I0738869

深南中路2号

N0.2 ShenNan Middle Road

鲁兆明 著

by Lu Zhaoming

壹嘉出版

书名：深南中路2号

作者：鲁兆明

出版人：刘雁

装帧设计：壹嘉出版

开本：6.14 "X 9.21"

定价：US$ 22.99

出版：壹嘉出版

网址：http://www.1plusbooks.com

电邮：1plus@1plusbooks.com

美国·旧金山·2018

目录

第一章 爆炸

壹

此时的华曦，除眼睛里还有一丝惊恐之外，大脑已经一片空白。

华曦总是对这个城市的夏天抱有敌意，当深圳特有的纯白色阳光从头顶直直喷下来时，身体的每一个私处都会暴露在光天化日之下，让你无处躲藏。汗水无止无休地从腋窝和隐秘的地方滋生，沿着汗毛向着每一个可能的方向蔓延，身上就像很多小虫子无声地爬过一般，令人毛骨悚然。

凡是大汗淋漓的时候，华曦就失去了说话的乐趣，实在不愿张嘴说些什么，华曦对自己的解释是，我既不需舌头降温，也不愿像蝉一样聒噪。他宁可坐等太阳落山，等黄昏时分的那一丝丝凉意，他相信，凉爽的夜晚一定会到来。凡是这样的午后，华曦都会静静地望着小美身边的那扇窗子，一言不发，等待她的身影从那扇已经陈旧的木窗前出现。

在这个有着漫长夏天、漫长午后的城市里，静止地等待已经成了一种习惯。

不过，今天的热度似乎是华曦记忆中的顶点，白色的阳光从四面八方投射过来，全身都蒸腾在浓浓的沥青味道里，这是一种干燥的热度，隐隐感觉全身爬满了腻腻的虫子，让人觉得有点恶心。特别是华曦今天还穿了一件新买的白衬衣，白得泛光的涤棉面料上有着隐隐约约的花纹，现在它已像打湿了的报纸一样牢牢地沾在桌面上。坐在小货车车厢里的华曦苦笑着对自己说：这可真是咎由自取！

在这正午的柏油路上，从地面上升腾起来的热气让远处零落的楼房、树木和梧桐山都变得恍惚起来，阳光又一次欺骗了华曦的眼睛。

华曦之所以衣冠楚楚地坐在破旧的货车车厢，实在缘于一场误会。吃午饭时，华曦接到装修队的工头阿求的传呼，说笋岗仓库的仓管员拒绝发货，阿球拿的这张提货单上只有公章、没有存货人的签名，让华曦赶紧来一趟签个名，工地上正等着这批镏金玻璃开工呢。华曦可不敢怠慢这批货，这批西班牙产的镏金玻璃价值 42 万港币，是华曦的全部身家。

"路上可要小心点，这种货我们最不愿意管了。"刚刚进城的小仓管员看着这两大木箱如此金贵的玩意儿终于弄上了货车，便如释重负地对华曦甩了几句算是告别的话。

在这明晃晃的正午，笋岗库区内看不到一台出租车。天下事就是这么奇怪，你不想要的时候，出租车就像甩不掉的影子一样跟着你跑，等你真需要它的时候，却一辆也没有了。华曦转念一想，这种事情又何止出租车呢？

吱吱呀呀的货车停在华曦的身边，阿求操着一口潮州口音的普通话探出头来问："华老板，坐我们的车走吧？"

华曦望着这快要散架的破旧货车和锅炉房一般的驾驶室，无奈地摇摇头，就爬上了卡车的后斗。在这里，至少空气还算干净，至少还能像个卫兵一样，看守着这批金贵的西班牙镏金玻璃，看守着这批希腊诸神之间的战争与爱情故事。华曦牢牢拉住支撑成 A 字形状的玻璃木架，就向泥岗路出发了。

纯白色的阳光打在镏金玻璃上，将华曦的傻笑映在伊阿宋、俄耳甫斯和美狄亚寻找金羊毛的故事里。镏金的七弦琴和美狄亚赤裸的躯体泛着刺眼的光芒，这似金非金的幻彩让华曦在汗水淋漓之中，感受不到路人投射过来的奇怪眼光，也让他暂时忘却了衣冠楚楚却坐在货车后厢上的那一丝尴尬。

直到这一刻，这一切记忆都是完整的，只是笔直躺在医院过道长椅上的华曦不再记得而已。

一道撕裂神经的剧痛划过眼前，在这一刻，散射着炽热阳光的白色天空似乎凝固了，突然又在瞬间爆发，强大的气浪如骤开的门板一样将华曦推向空中。躯体僵直地飞在空中的时候，耳膜才轰的一声被击破，没有了声音，世界变得如此宁静，只有神经末梢能感受到大脑被一根生锈的钢丝抽出一般的剧痛。血液和意识都在空中凝固了，馏金的玻璃碎片如魔术中的雪花飞刀一般被定格在空中，在华曦的眼前，只有这些依旧闪亮着刺眼光芒的馏金玻璃，如雪花被冻在凝固的空气中。之后，所有的记忆和感官都瞬间停止了。

飞向天空的并不仅有华曦和两箱西班牙馏金玻璃，还有整个泥岗路上的一切。气流和声浪在一瞬间爆发，没有人能感受到它来的方向和过程，为记忆留下的只是一个永远的片断。在这突然的瞬间，一切形态都为此改变。生长在这个亚热带城市里总是葱绿的榕树和刺桐只剩下躯干，砖瓦和玻璃碎片击打在凹凸不平的柏油路上，溅起一串串的白烟，只有被阳光涂抹成耀眼白色的天空在猛烈偏移后又恢复了酷热下的平静。

清水河的天空上漂移着一条形状怪异的恶魔，浓烈的白烟中夹杂着红的血和黑的砂，在升腾之中变幻着狰狞的嘴脸。以往的宁静已经变成翻卷的焦土，仅剩下框架的楼房垂首寻找被剥去的外衣，扭曲的柏油路抽泣着试图校正平日车流的秩序，只有危险品仓库的瓦砾上，依旧熊熊燃烧的火焰为这个炽热的下午增添着焦躁与不安。在爆炸的一瞬间，特区边缘的清水河仓库区显得如此宁静，以往的人声鼎沸似乎瞬间都被牢牢地钉在不起眼的角落里。不知道过了多久，哭喊和嘶叫才忽然爆发出来，响彻整个清水河的上空。

今天是 1993 年 8 月 5 日，深圳清水河。

贰

爆炸的声浪击碎床头金色招财猫的时候，吴缨正优哉优哉地游离于睡梦和清醒之间。本来这样的正午最适合睡觉，只是这几天女人的烦心事可能又要到了，让吴缨觉得坐立不安，特别是窗外的蝉声紧一阵慢一阵，尖脆的声音如同生锈的铁片不停地在耳膜上划过，心情也无法停止地烦躁起来。午饭后，吴缨冲了凉，就躺在床上翻来覆去。每到这个时节，耳边蝉声鼎沸，吴缨总觉得心里有些痒得难熬，血液不停地在体内窜动，皮肤上绯红点点，恨不得马上将华曦抓过来心无旁骛地感受一次，用心去感受、感受身心战栗的悸动。不知是睡着了还是一直在胡思乱想，当房间的一切被窗外的气浪彻底掀翻时，吴缨也被掼到了床下的角落里，招财猫和窗玻璃的碎片散布在吴缨光着的脚丫旁，伴随着一声撕心裂肺的惨叫，白皙的赤脚马上渗出了殷红的鲜血。

等宁绍辉冲进来把吴缨拖上床做简单包扎时，门外的走廊里已经挤满了慌乱的人群。尽管走路一瘸一拐，吴缨还是率先冲上了楼顶的天台，急得宁绍辉在后面直嚷："大小姐，你小心点！"

站在楼顶上，虽然宿舍楼只有三层，但越过荔枝公园，依然能清楚地看见清水河上空不断升腾起来的浓浓黑烟，消防车的警笛尖叫着，从四面八方而来向浓烟滚滚的地方驶去。大家站在楼顶上，谁都没有讲话，都在认真聆听这个城市从未上演过的一曲交响乐演出。静默了一会儿，人们互相观望，似乎都想在对方的脸上找出肯定的答案。但是，所有的人只有失望和恐慌，如此大的爆炸背后隐藏着什么呢？炫目的天空没有任何答案。

人们渐渐散去，吴缨干脆坐在楼顶的墙沿上，呆望那片还在不停翻滚的黑烟，那边的火情还没有停止。宁绍辉很想下楼去办公室，见吴缨没有要走的意思，就轻轻地坐在她的身后，小心地问："要不要上医院？"

吴缨似乎没有听见，依旧呆呆地坐着。宁绍辉只好再次问了一遍。

"没那么娇气！"虽然吴缨的话语里带着一股不耐烦，但由她这一口北京腔说出来，宁绍辉依然觉得那么受用。好一会儿，吴缨才从眼前的景象里挣脱出来，自言自语地说："还会不会再炸？"

宁绍辉赶忙应道："哪能呢？又不是演《地雷战》。"

"哦，"吴缨轻声的答道，"如果被炸死，会不会很难看？"

"那当然，血肉横飞，就和我们老家里煤矿爆炸一样，伤到的人很惨，满地都是胳膊、腿啊……"

吴缨赶紧制止了他兴致盎然的话题，"好了好了，不看看这是什么时候？"

"不是你问的吗？"

"谁问你们老家的煤矿了？"

宁绍辉被吴缨的抢白噎住了嘴巴，心里觉得蛮委屈。天下的女人都是另一种动物，其共性是缺乏逻辑，只有极少数是天生独具灵性的，在宁绍辉的眼里，吴缨就是一个。宁绍辉对吴缨私下里的评价是，如果这个世界真有神灵存在，吴缨就是鬼魅。因为她浑身上下洋溢的是那种不可捉摸的意念，飘忽不定，你无法捕捉其真实想法。特别是那双眼睛，简直就是一潭深渊，深不见底，又似乎有什么向你召唤，使你无从拒绝，也许这就是魅力。反正，越是复杂、越是难以捉摸，宁绍辉越是入迷。

虽然吴缨算不上漂亮，但宁绍辉觉得她才属于比较典型的美人胚子，身材丰满，皮肤白嫩得如婴儿一样，特别是她讲话时，细细的眉梢和俏皮的眼角为所有的话语都添加了生动的注脚。只要看着吴缨的眉眼，无论她说什么，宁绍辉都会心旌神驰。宁绍辉自从辽宁小城里考上了黑龙江大学，就一直对生长在大城市的女孩抱有崇高的敬意，特别是遇见吴缨这样来自北京的姑娘，远比哈尔滨的那些生猛女子更多了些大气和首都特有的风情。于是他将独自一人的时间主要用于研究吴缨的气质与首都之间的关系上，虽然这些答案多在迷乱与矛盾之间，不过，仅仅这种猜谜游戏就已经足以让他痴迷忘返。

虽然宁绍辉是社科院的硕士，而吴缨不过是西城旅游学校的中专生，但宁绍辉依然将她作为偶像仰望。因为他觉得吴缨身上与生俱来的气质和灵性，以及自小在首都熏陶的风情和格调是中国的高等教育无论如何也培养不了的。也许，这种敬仰只能隔着眼镜片观而后止，如果一旦牢牢地握在手里，唯恐体温也会将她融掉。

吴缨回到办公室里，才将自己的脚翻来覆去地端详了一番，虽然只是让碎玻璃擦破了点表皮，但感觉很疼，这点伤又不值得上医院，于是重新细细地包扎好，将赤脚搭在另一张椅子上。好在公司的人都跑掉了，办公室里就她一个，所以只要关好门，自己这幅模样也不会招惹他人抗议。她拿起电话，第一个就想起华曦，其他人差不多都在这个大院子里，所了解的情况恐怕比自己多不了多少。

<h1 style="text-align:center">叁</h1>

红十字会医院的走廊里，晃动的全是惶恐的面目与暗红的血渍，嘶哑的叫声与痛苦的呻吟演绎着灾难来临的表情。

华曦醒来的时候，大脑里依旧是那股撕裂般的剧痛，一阵阵的轰鸣在大脑的表层盘旋，仿佛身处暴风雨的雷电深处一般，让人无处躲藏。眼前是一片晃动的模糊影子，影子后面是一团巨大的白光，如钢针般地扎向大脑神经，不知道它是来自窗外的日光还是恐怖的瞬间留下来的影像。华曦只有重新闭上双眼，艰难地抵抗大脑里足以让人绝望的轰鸣声，这个时候，身外的世界一切都与他无关了。不知道过了多久，他又昏昏沉沉地睡去了。

华曦还在红十字会医院的长椅上昏迷不醒的时候，最为他着急的是守在医院门前公用电话亭的两个人，其中一个满脸胡楂的男人对身边的女孩说："厂里要我先去送货，你暂时顶一下，回头我再来接你回去。"

这个一脸灰尘但仍掩不住眉目秀美的高个子女孩只好无奈地摇摇头："好吧，好人做到底，你把送货单拿去，可早点回来啊。"

吴缨急匆匆赶到红十字会医院的时候，华曦还在医院的长椅上昏迷。这时的红十字会医院早已经挤满了送来的伤者，零落的血肉和酒精的气息充斥在病房和走廊里，吴缨忍着胃口翻动，在遍地横七竖八的伤员中寻找想像中的华曦。在电话里，一个女孩子急急地告诉她，华曦受了重伤，伤情危殆。听对方讲话的时候，吴缨还很平静，可是放下听筒，她才突然明白了对方的意思。于是，疯了一般跑下楼，忘记了自己的脚还在隐隐作痛。到了门口，吴缨又转回头，叫上宁绍辉，两人拦了车赶往红十字会医院。此时此刻，宁绍辉成了吴缨最好的依靠。在挤满了伤者和无助人们的走廊里，一个身材高挑的女孩在吴缨的面前伸出手来，"你就是吴小姐吧，我叫胡蓉，你的朋友在这边。"

吴缨随着胡蓉挤过如受惊的鱼一般的人们，但怎么也不会相信这个叫胡蓉的女孩会在这个血团一般的躯体前停下来。吴缨看着长椅上这个被浸着鲜血的纱布包裹得如扭曲树干一样的血人，自己的双腿顿时酸软如融化了的蜡。宁绍辉仔细打量了华曦一番，向胡蓉问道："医生怎么说？"

"没有什么具体的检查结果，医生说，主要是皮外伤，人还在昏迷，还来不及做全面检查，不敢肯定有没有内伤，你看这么多伤员。"

宁绍辉现在注意到吴缨已经一脸惨白，悠悠眼神泛起恍惚的光，忙将二人拉出医院的门诊楼，在围墙边的台阶上让吴缨坐下。在医院门前，救护车和各种车辆不断拉来更多的伤员，三个人围坐在一起，共同呼吸着灾难的气味。

过了好久，宁绍辉转头对那个叫胡蓉的女孩低低地说："胡小姐，谢谢你，多亏了你。"

吴缨这才开始注意眼前这个女孩，第一个印象就是她脸上不太像汉人的挺拔鼻子和一双眯眯的毛毛眼，眼角悄悄向上收起，看上去让女人也会心动。因为她浑身还沾满灰尘，分不出肤色深浅，但从轮廓分明的高挑身材、一头直直的长发及裹在牛仔裤里的一双长腿来看，应该是男人愿意为其抛妻别子的类型。

胡蓉又眯起那双毛毛眼，浅浅地笑笑，从鼻翼到嘴角的一道细细纹路划出弯弯的曲线。"没什么，刚巧我们去文锦渡送货，爆炸时正在泥岗路上，看到他浑身是血，趴在路边。当时把我吓坏了，真以为他不行了，还是我们黄师傅胆子大，愣是把他扛上车。"

"黄师傅呢？"吴缨现在的脸色已经好多了。

"去文锦渡了，这批货急着出关。不过当时我俩在这里也没办法，怎么也得找个亲人朋友来啊，他身上什么东西都没有，连个身份证、名片都没有，就一个传呼机还挂在腰上，可电池摔松了，里面的电话号码全没了。我俩正着急呢，传呼就响了，幸亏它没完全摔坏。"

"还是要谢谢你啊，"吴缨轻轻拉了拉胡蓉的手。

"真的没什么。"

三个人再次来到走廊里时，华曦的脸色已经好看多了，只是脸上还残留着些凝固的血渍，呼吸也开始渐渐有力了，输液瓶里的药水正一滴滴注入。吴缨蹲下，握住华曦还没有知觉的手，眼睛里漂移着一汪泪水，只是她不会让它当着这么多人的面流下来，她更愿意隔着这咸咸的水面来看着这个已经握在自己手里的血人。这时，宁绍辉叫来嗓子嘶哑得如纸片的老大夫，吴缨紧紧拉住大夫沾满血迹的上衣，似乎所有的希望都在面前这张干瘪、憔悴的脸上。

大夫拍拍吴缨的手臂："真是万幸啊，身上戳了那么多碎玻璃，居然没伤到动脉，小伙子命真大。等一会儿再拍个片子看看，如果内脏没伤到就应该不会有危险。"

吴缨这个时候只有拼命点头，眼眶里转动的泪水却止不住地淌下。

"你们要留人看护啊，等一下就去拍片。哦，最好把单位领导叫来。"

大夫走后，霎时一阵孤独的感觉涌上来，吴缨觉得自己站在伤员和医生之间，是那么孤立无助。她泪水涟涟地望着四周，忽然将头埋在有些木然的宁绍辉的肩上，像个婴儿一样抽泣起来。宁绍辉有些紧张，还是抚摸着吴缨颤抖地肩膀，献出一个平生难得的依靠。这时，那个叫胡蓉的高个子女孩已经消失在混乱的人群中。

肆

挤进眼里来的是一线昏暗的光，夹杂着散碎的黑影，在眼睑里晃来晃去。华曦努力想分辨这束光来自何处，可大脑里一片混乱。镏金玻璃迷幻的光线一直在头顶摇来摇去，刺得睁不开双眼，正午的温度还在灼烤着即将爆裂的皮肤，刺耳的撕裂声依旧在神经末梢盘旋。这是哪儿？这是什么时候？这团暗黄的光也许还是那一瞬间的印象，也许是大脑皮层疼痛的反射。这时，华曦感到每一次呼吸都让浑身上下阵阵的刺痛，每一次的痛都牵扯着心脏的跳动，仿佛周身爬满了肮脏的蜥蜴，在贪婪地剥食着自己的皮肤。

在辗转的疼痛之中，思维渐渐聚拢起来。华曦已经能够分辨出那束暗黄色的光团是来自窗外的路灯，桷树浓密的叶子在晚风里微微晃动，将那团光影撕碎成斑斑驳驳的散乱音符，为漆黑的四周增添了一丝不安。热的风缓缓从窗外飘来，混合着烤焦的沥青味道和丝丝血腥，黑漆漆的房间里还卧着一些黑影，走廊外不断传来脚步声和窃窃低语。华曦明白现在正躺在医院的病房里，因为门上的那块小玻璃窗上用暗红的油漆写着"内2"的字样。可是这又究竟是哪里呢？自己是怎样来医院的呢？在那亮光一闪时，躯体飞到空中的姿态似乎还有些印象，但是后来发生了什么呢？华曦怎么也无法回忆起来。他试图动动手脚，双脚像水泥桩一样沉重，但还能稍稍摆动，手上虽然拉着输液的管子，也能轻轻将手指并拢起来。虽然只是简单地动动，华曦还是气喘吁吁。这时，一个黑影忽然出现在华曦的眼前。

"你醒啦？"

这个黑影突然在眼前出现，让华曦不禁有点惊吓，但这随之而来的声音又是那么熟悉。床头的小灯亮了，照亮了一小片墙壁。女孩小巧、纤细的身材在床前勾画出单薄的影子，瘦削的肩膀含住裸在素色连衣裙外的脖子，只有齐肩的直发不住摆动，让灯光偶尔地映在华曦再熟悉不过的鼓鼓嘴巴上。这个身影曾经很遥远，华曦曾努力地回想她的样子，总感到那么陌生，那么难以完整地勾画出来。他曾经试图用电话键盘召回过去的记忆，电话听筒的那一头传来地却总是散乱的只言片语，让他觉得更加陌生。然而就在昏暗的病房里，在痛楚的纠缠下，这个印象却完整地出现了，华曦无法分辨这是虚假的真实还是真实的幻象。

"小美，你……"

"快别动！再乱动就让你挂一辈子拐杖。"小美的声音还是那么清脆。

华曦听小美这样吓唬，想抬头看看自己是否四肢齐全。小美脸一红，马上觉得这个玩笑是那么不合时宜，于是扶住华曦的头说："好了好了，医生说了，你属于泡病号那一类，在这里混两天就可以回去上班了。"

"真的没事？"

"有没有事你自己不知道，你的手脚不是长在你自己身上么？"小美又恢复了以前那副蛮不讲理的模样。

"可我现在很疼，"

"谁不疼啊，你以为谁不是肉长的，我还疼呢？"

"你也疼？"

"是，心里疼！"

说着，小美凑到华曦的脸前，眯起眼，将尖尖的鼻子在华曦脸颊上蹭了两下。华曦紧张地忘却了疼痛，脸颊上一股凉凉地感觉，让他心情一下好了许多。小美接着神秘地说："傍晚的时候已经给你拍过 X 光了，你猜大夫怎么说？"

"不知道。"

"你猜嘛！"

"猜不到。"华曦艰难地拉出了以往一贯的神情。

"大夫说，这可是个罕见的病例，怎么肚子里面全是坏水啊？一肚子猪肝猪肺，完了完了，我成兽医了。"

华曦扑哧一声险些笑出声来，引来全身一阵疼痛。

"你想气死我？气死我对你有什么好处？"

"我开心啊！我高兴啊！"

"好！那我现在就光荣牺牲，"

"太好了，省得我这么辛苦地送饭。"

小美兴致勃勃地玩斗嘴游戏，纤细的身体如舞蹈般晃来晃去，声调也越来越高。这时一旁的病人开始咳嗽翻身，两个人才止住嘴巴，静静的对望。

小美从来都是这样，在华曦的记忆里，她疯起来可以闹个天翻地覆，有时又会整晚上都一声不吭。所以，华曦把她称作"新新怪物"，相比那些刚刚可以上街的少男少女，小美古怪得有点离谱。

灯影下的小美，现在安静得一动不动，像皮影戏里的纸人被粘在了灯光前的白布上。睫毛在灯光里淌下了长长的影子，忽闪忽闪地不知道在想些什么。虽然疼痛还在一阵一阵的袭来，华曦此时觉得支撑自己的是来自小美手上的温度。几年来，他还从没有过这样的脆弱，这样对小美的依恋。在那些天台上的日子里，无论是绵绵小雨还是台风来临，华曦从没有这样孱弱的感觉，而现在，小美瘦小的身影像是博物馆那堵高大厚重的墙，可以攀爬许许多多的依靠。

"爆炸的时候，你在哪儿？"随着大脑逐渐清醒，华曦开始对这不平凡的一天有了兴趣。

"我今天刚从广州回来，第二次大爆炸的时候，我刚到宝安，车子就不走了，听说很多深圳人都跑出来了，说还会有大爆炸，可能整个深圳都保不住了。"

"第二次大爆炸？"

"你不知道么？又炸了一次，我只赶上第二次，第一次我就不知道了。"小美的语气里流露着无可救药的遗憾。

华曦摇摇头，"我不知道，严重么？"

小美神秘地说："我也是听说，这一次比第一次还厉害，死了很多人，很多消防队的人都死在现场了，好多人开始向东莞疏散，说还有什么油气罐、毒气罐之类的要爆炸。"

"你怎么没走？"

小美神气的仰起头，"我可不想错过这个大场面，那么多的人、那么多的车，我是好说歹说才搭上一台宝安公安的车才回来的。"

说着说着，小美又来了精神，华曦只好让她赶紧小点声儿。

伍

清水河第二次爆炸的时候，华曦还在红十字会医院里昏迷着。吴缨找来忙乱不堪的大夫，大夫检查的结论是，华曦受伤比较多，失血和冲击导致昏迷，有严重的脑震荡迹象，现在还很难说内脏会不会有问题，不过可以肯定没有生命危险。正在这时，又一次强大的轰鸣声冲进病房的走廊里，门窗和输液的吊瓶发出瘆人的吱呀声并剧烈摇摆。走廊里的所有人都僵止了，如同凝固的雕像。吴缨牢牢地抓住宁绍辉的胳膊，抬头等着从天降临的灾难。这一刻，是那么静，那么漫长。不知过了多久，人们轰的冲出门诊大楼，聚集在门前的那片空地上。这时清水河的上空，巨大的黑色烟雾夹杂着暗红色火焰飞舞在半空之中，不停地翻卷着，变幻着午夜魔鬼的不同形象。所有人和树上的飞鸟都停止了呼吸，呆呆地望着，等待它再一次张开血盆的大口。

吴缨瘫在地上时，宁绍辉已经被天空上的景象所震撼，心里空得像一团晒干的海绵。这个来自东北的年轻人虽然经历过家乡的煤矿瓦斯爆炸，但无论如何也不肯相信，眼前的景象是真实的存在，不肯相信这个新兴的城市会如此脆弱。当见到吴缨脸色惨白地瘫在地上，莫名的恐怖瞬间占据了宁绍辉全部的大脑空间，他搀起吴缨急急地逃出了医院。

此时深圳的大街上，尽是慌乱的人群。警车和大批的公安还在向清水河方向涌去，更多的人和更多的车则是拥挤在深南大道上，向宝安方向缓慢挪动。

宁绍辉拖着吴缨赶回了深南中路边的博物馆，在附楼的楼下遇见心急如焚的老于，老于抹着从那张因谢顶而显得分外明亮的秃头上流下的汗水，劈头盖脸地骂道："你们去那里了？不看看这是什么时候，要是出了什么差错，你让我可怎么交代啊？"

这个时候，吴缨低着头什么话都不想讲。于志阳在公司里属于大内总管，凡是总经理不管的他都要管，就连吴缨晚上有什么动向、有没有男孩子经常打来电话都要管，而这一切起因于吴缨父母的委托。华泰电子器材进出口公司是中央部委企业，吴缨的父亲是部里主管这块业务的副部长。于志阳来深圳之前一直是吴缨父亲的手下，眼看无望升上正处级，于是，吴部长一手将于志阳安排到深圳，享受正处级待遇，堂堂正正地坐上了公司常务副总的位置。

吴缨在北京民族饭店做了几年大堂副理，父母见她总是一副胸无大志的样子，就想让她出去锻炼锻炼，吴缨乐得这样的安排，她早就希望躲得远远的，省得一天到晚请示汇报。可惜，吴缨来到深圳才发现，父母早已经把眼线安排好了，她的一举一动还是逃不出父母的手心。

老于见吴缨没有什么动静，就指着旁边一直发动着的面包车，拉出一副哀求的声调："大小姐，快点吧，快去收拾东西啊。"

"干吗？"

"去中山啊！你不知道吗？好了好了，回头再跟你说，我们去中山的温泉度假村，房都订好了。小宁，你也别傻站着，快去收拾东西，带点简单的东西就够了。"

这时，小美兴冲冲地从外面跑了回来，粘满汗水的脸上分外红润。

"吴缨，哦，于总好，"小美发现老于也在一旁拉着脸，赶忙降低了声调，"你们这是干吗？"

吴缨只好结结巴巴的回答："我们要出门。"

"是啊，很多人都在往外跑，一路上很堵车的。"说完，小美扭头跑上了楼，宁绍辉一见紧跟着在楼梯上叫住小美，回头望望吴缨没有跟过来，就悄声地对小美说："我和你说件事，你要有点心理准备。"

小美愣愣得，她一直不喜欢宁绍辉总是一副温吞水的样子，"什么事？快说吧。"

"华曦他……受伤了！"

陆

小美呆呆地坐在办公室里，周遭没有一个人。同办公室的老林是老深圳了，现在肯定已经回家照顾一家老小了，波仔还没有从淡水回来，可是惠惠呢？这个死丫头又不知道跑到哪里去了。

这间"富昌货运代理公司"是小美来深圳后做的第二间公司了。87年刚来深圳的时候，先是在一家报关行学做报关员，后来在海关的报关厅里认识了老蔡，老蔡那时刚刚从蛇口港出来做了老板。老蔡觉得小美做事麻利，吃了一顿饭就将小美笼络到了自己的旗下，继续作老本行，条件是薪水之外每月还有一笔多少不等的奖金。小美觉得老蔡人很温和，不像个很暴躁的人，就答应了。做了两年下来，公司做得风顺水顺，人员也渐渐多起来。只是老蔡还是一副憨憨的样子，经常自己搭车去谈客户，和以前没有什么两样。

"富昌"在深圳市博物馆附楼的三楼，只有靠着楼梯口的两间办公室，看上去很寒酸。这栋五层的小楼是深圳市博物馆的附楼，以前是博物馆的办公楼，不过早几年就用于出租收租金了。现在楼里有十几家公司挤在里面办公。吴缨在二楼，小美在三楼，华曦以前的建筑设计院在顶层的五楼，气派很大，整整占了五楼的一半。小美的办公桌背对着大门，但她还是经常能从楼梯上分辨出华曦的脚步声。只有他才能用七步跨完十二阶的台阶，并且每到了一层都会用力地拍拍楼梯扶手。如果听到是华曦上楼，小美就会将一只撅嘴小瓷猪面对着自己。要是华曦下楼，小瓷猪就会乖乖躲在角落里，只有光光的肥屁股露在外面，还会时不时地用铅笔来鞭挞一番。这只小猪是一次散步的时候，华曦在人民桥的地摊上买给她的，当时的主要目的是讽刺小美具有和猪一样喜爱撅嘴的习性，特别是小美也属猪。

小美心里很烦躁，她气恼怎么在这个时候连电话都静悄悄的，如果随便有个电话过来，哪怕是打错的，也能让自己从这烦恼中挣脱开一会儿。华曦离开这里快半年了，这半年里只见过一次，还是在巴登街路边的宵夜摊子上，害得小美空着肚子就跑了回来。小美很想慎重地重新审视一直萦绕在自己大脑里的那段回忆，是一个片断的回忆还是一段伤害的过程，自己也无法肯定，虽然这大半年来一直在努力，还是终究无法做一个肯定的结论。小美最怀念在台风之夜溜进荔枝公园偷杨桃的那段记忆，那天的杨桃是她平生记忆里最美味的水果。可是，每到这个时候，华曦又会变得像台阶上的鼻涕虫一样地可憎，特别总是在他身后晃动的吴缨的影子，总让她从回忆中一下挣脱开来，重新回到现实之中。

电话铃声终于响了，老蔡在电话那头絮絮叨叨地问个不停，特别是让小美将办公室锁好，先找个地方躲躲，他自己在蛇口就暂时不过来了。

　　小美知道自己无处可去，也不想去哪里。小的时候，小美就幻想有一天自己能拥有一个树顶上的阁楼，清清静静过一辈子。小美反锁上门，卧在沙发里，脱掉鞋子，揉着酸痛的双脚，鞋带在脚上留下了两道明显的凹痕。

　　"犯罪啊！"华曦龇牙咧嘴地叫着，身上战栗着似乎要把床板震断，而小美则开心地大笑。在那个寒冷的冬天里，小美惩罚华曦的最佳办法就是把冰冷的双脚塞进他胸口最贴身的内衣里，在里面所有暖和的地方动来动去，让华曦狂叫不止。这样，这双小脚很快就暖和起来，而华曦在坚持几分钟后，就会紧紧地捂住这双小巧的赤脚。这时候，小美脸红起来，但也不愿意把脚从里面抽出，任由华曦用它搔痒和做出各种怪动作。几次，华曦试图说服小美，要以最认真的态度和专业绘图员的手艺为它涂上漂亮的指甲油，都被小美严词拒绝了，

　　"涂指甲油是女人最隐秘的事，你休想！"

　　"可是那么多女人在马路边和公车上都可以画指甲油啊。"华曦露出一副很冤枉的神态，但小美却一脸严肃。

　　"可这是脚啊！"

　　夜色渐渐从窗户渗到了凌乱的桌面上，外面的世界开始平静了，偶尔的几声汽车笛声传来，仿佛要为这个不寻常的一天画上休止符。在睡梦里，小美嘴角露出了微笑，蜷缩的身体如柔软的婴儿般安详，头发像个刺猬似的散乱洒在脸上和沙发上。在酣梦里，她又回到了华曦胸口细腻的皮肤上那种隐约的温暖之中。

　　吴缨打来电话的时候，已经快夜里十一点了，小美正昏昏沉沉地游荡在断断续续的梦里，迷迷糊糊之中，许久才听出是吴缨的声音。

　　"现在几点了？"

　　"都半夜了，你怎么还在办公室啊？我试着找找你，你还真在。"

　　"今天累了，迷迷糊糊地睡着了。"

吴缨试探着问，"你没出去躲躲？"

小美笑了，"我这不是正躲着吗？"

"你还是一点正经儿都没有，说正经的，深圳现在有什么动静？"

"还能有什么动静？我不是好好的吗？"

吴缨也知道，从小美的嘴巴里问不出个所以然来。只是，躺在温泉度假村的床上，心里老想着那个已经变成血团一般的华曦，天知道他现在怎样了。虽然也想干脆躺倒大睡，忘却这一天的惊吓和折磨，只是，隐隐作痛的脚和惴惴的心让吴缨难以平静下来。洗完澡之后，吴缨将电视频道转来转去，但是，根本无法将注意力转移到爆笑的娱乐上去，想来想去，也许只有小美可能会有些消息，只是该怎么问呢？

小美听着吴缨说东道西，也不知道该再聊些什么，只是吴缨更不愿意放下听筒。小美噘噘嘴巴，做个鬼脸，她知道这样的表情是对方看不见的。

"我要去洗手间了，憋不住了，不跟你聊了，过一会儿我可能要去红十字会医院。"

吴缨马上装出一副既惊诧又关心的口气："怎么了？不舒服。"

小美笑呵呵地说："我能有什么事？听说华曦受伤了，快不行了。我去再见上他一面，你也早点回来吧，晚了就可能见不到他了。"

放下电话，吴缨的心紧一阵松一阵，她知道，小美嘴巴里说出的话，你如果相信二分之一，就会犯百分之五十的错误。只是，在这个时候，任何谎言都会引起女人大脑中不着边际的猜想，在翻来覆去之中，吴缨捱过了这漫长的一夜，到天光放明的时候才昏昏睡去。

统建楼和华联大厦上的霓虹灯还在一闪一闪的，只是有些残缺不全了。路上的行人很少，今天的夜里，也许大多数深圳的新移民才懂得阖家团圆的含义。只有小美，走在寂静的深南中路上，快乐地将身后尾巴一样的影子甩得一颠一颠的。因为总是那么繁忙的深南中路从没有像今天一样宁静过，偶尔一台出租车疯了一样的划过，也不会为现在的宁静卷起一点波澜。

　　小美快乐地游荡在深圳浓重的夜色之中，齐肩的短发在身后荡来荡去，紧紧裹在牛仔裤里的两条细腿踩着便道上的花色地砖，踏出一串舞步。暖暖的夜风缓缓袭来，隐约闻到一股湿湿的青草气息，预示明天可能又是一个雨天。

　　从下午进门的那一刻起，小美就犹豫不决的是，要不要去医院看华曦。虽然知道他没有什么生命危险，不过从宁绍辉紧张地有些惨白的神情上可以看出，伤势应该很严重。同自己哪怕仅是感冒就能折腾得让所有人都知道的情况相比，华曦一定正非常痛苦，只是这个家伙从来不愿意张扬而已。小美对自己说，真没想到自己也变得这么冷酷，只是一想起华曦在自己身边的种种劣迹，又觉得这样去着实便宜他了，现在还不想给他这个悔过自新的机会。到两人相见时，也许不等华曦悔过自新，小美自己就先悔过了，在这一点上，小美对自己实在没有把握。不过，当撂下吴缨的电话，小美还是不自觉地冲出了黑洞洞的博物馆大院，完全没有为步行去红十字会医院编一个理由。不过，小美从心底对吴缨的举动感到好笑，吴缨貌似成熟，实际上心理还是蛮幼稚的，这种事儿，小美一眼就能识破。当然，这种幼稚的举动也许正说明她是真心牵挂着华曦，只是不好说破而已。想到这里，小美的心情黯然了许多，双脚也开始变得沉重起来。

柒

　　天亮的时候开始淅淅沥沥地下起了小雨，雨点打在榆树的树冠上，发出沙沙地如水雾般的清凉声音。华曦醒来的时候，小美已经不在身边。华曦为能在这样一个特殊的夜晚、特殊的场合，还能和小美对坐兴奋不已。只是失血后的身体过于虚弱，眼皮和神经末梢都开始进行无声的反抗。小美开始命令他睡觉，但华曦唯恐这一刻会溜走而再不回头，只是身体实在难以坚持下去，只好让小美也快点回去休息。小美又撅起嘴巴。

"你真忍心这么晚让我一个人走回去，你就不怕我被采花大盗骗走轮奸？"

华曦早就听惯了小美这样的讲话，无奈地笑笑，"说你轮奸他们还差不多！你不会坐出租车么？"

小美拉长了声调，那带着湘西口音的清脆声音在寂静的病房里显得更加动听。

"喂，华大少爷，你不看看今天是什么日子，出租车司机也是人啊，谁还出来搏命啊？好了，你就少操心了，我去门诊那里当义工，为人民服务。"说完，小美又俯下身子，用尖尖的鼻子在华曦的脸颊上用力地蹭了蹭，转身就飘出了病房。

小美不在身边，华曦觉得空落落的。实际上这种感觉已经缠绕他很久了，只是最近才在与曾老板和包工头之间的应酬中淡忘了许多。如今，全身僵直地躺在医院肃穆的病房里，这种空空的感觉又浓重地袭上心头。白衣的大夫和憔悴的伤员挤满整个病房，进进出出地全是伤痛和失落，没有人追忆过去，只有人猜想未来。从篮球场上和小美的第一次斗嘴，到今天似乎已经很久了。好多细节已经在酒精中融化成了抓不住的烟，我们眼睁睁地看着过去从眼前飘走，但是谁也无法制止它。如果有人勇敢地站出来寻找过去，在深南中路的街头，就会有很多人停下，齐刷刷地投来一片白眼，只会让你自己觉得无地自容。之后，这条繁华的大街上依旧是整齐划一的匆忙脚步，没有人会对你留下一句像样的评价。华曦对能再见到小美曾经彻底失望过，一是小美故意躲着他，二是对见面的结果彻底失望，他知道，小美永远也不会原谅他，就如永远不原谅她那严肃的父亲一样。小美从来都是如此，她似乎是永远在和别人作对，华曦还从没有在她面前占得上风。更别提她会在某一天的夜里，跪在他的面前，用眼睛里的湿润告诉你说我们重新开始吧。

　　华曦偷偷地将笑容传播在这肃杀的病房里，惹来了一直坐在床角落里的老者一通白眼，他那年富力壮的儿子还在昏迷不醒。这间本来有 8 个床位的病房现在满满地躺着 12 个伤员，其余站着的都是面目悲戚的家属和同事，大家用静默度过了这漫长的一夜，偶尔有人走出来又走进去，但都像哑剧中的悲惨角色，唯恐破坏了这肃穆的场景。这时，小美从人缝里冲了过来，笑着对华曦大惊小怪地嚷嚷着："你活过来啦？"

　　华曦只好马上制止她，小美笑着压低声音说，"昨天晚上还真以为你壮烈牺牲了呢，后来见你龇牙咧嘴地喊疼，就估计你死不了。"

　　"我喊疼了吗？"

　　"哦，你居然不知道？叫得震天响，不信你问问别人。"

　　华曦知道她从来以整蛊别人为最大的乐事，就懒得接茬。小美见他不说话，就像猎人找不到猎物一样扫兴，晃动手里的袋装鲜奶说："算了，赶紧补充点营养，有劲了就回家，赶紧给别人腾病床。"小美将吸管送进华曦的嘴里，嘴巴里还不停的念叨着："快点喝，别人可都惦记着这袋牛奶呢，这可是全深圳最后一只奶牛的最后一袋奶了。"

　　华曦喉咙里咕隆一声，险些呛着："那奶牛都上哪里去了？"

　　小美扑哧笑出声来，趴在华曦的耳边压低了声音说："全都在红十字会医院的病床上躺着呢！"

　　华曦自知又上了小美的当，只好红着脸一声不吭。小美打来热水为华曦小心地擦干净脸，端详了半天，"嗯，这回又漂亮了，又可以出去泡妞了，就是可惜留下一身伤疤，让别人摸起来觉得恶心。"

　　华曦紧接着话茬问道："你觉不觉得恶心？"

　　"恶心！"小美斩钉截铁的回答。

捌

这几天，华曦恢复得相当快，医生说他属于比较幸运的，从车上摔下来正好落在草坪上，所以没有什么大伤，就是全身让碎玻璃划伤了不少，失血比较多，不过年轻人新陈代谢好，用不了几天就可以回家了。这段时间里，小美每天都会送饭过来，有时还会从饭馆里买些老火汤带过来。吴缨也回来了，和宁绍辉一起来过，自己单独也来过。吴缨每次来都会带着水果，偶尔还会带着一两朵华曦叫不上名字的花儿，让华曦觉得忽然享受到了极高的待遇，一时还真有些不习惯。

中午的时候，包工头阿求带着曾老板来看华曦。阿求只受了一点表皮伤，由于玻璃特别重，所以爆炸时，货车只颠了几颠，倒是汽车玻璃整个拍在阿求和司机的脸上，两个人当场都晕了过去。等醒了的时候，阿求再也找不到了华曦，见两大箱玻璃全成了满地的碎片，阿求就赶紧跑回去向曾老板汇报，让曾老板赶紧想办法解决"晶彩夜总会"的装修材料。

本来华曦接下曾老板"晶彩夜总会"的装修工程事出偶然，潮州人曾老板是在深圳开歌舞厅起家的，只是这两年他在凤凰路的"银座歌舞厅"日渐萧条。一次在饭桌上，华曦给曾老板出了个主意，让他把歌舞厅装修成欧洲古典水晶宫的模样，里面全部用玻璃和反光材料，让来玩的人进来就不知道东南西北，最好买单的时候连钞票都能数错，就肯定能赚钱。曾老板当场就拍板让华曦做个具体设计，大家觉得好就让华曦接下这个工程。

华曦离开设计院后，除了给别人作作设计图之外，还没有单独做过工程。他在一个香港供应商手里见过一种西班牙产的镏金的装饰玻璃，深圳还没人用过，将它用在"晶彩夜总会"上，不仅能吸引客人，自己还能从曾老板手里赚一笔可观的材料钱。于是，华曦就与曾老板商量，装修工程采用包工包料，首期先付三成，自己垫钱买来镏金玻璃，到工程快收工的时候，就能把大部分钱收回来了。华曦盘算盘算，估计这一笔工钱差不多能赚上八、九万，镏金玻璃和其他一些材料大约能赚十五六万，自己先期将全部家底垫上也值得。更何况只有不到八九百平方米的装修工程，能赚这么多，华曦已经很知足了。

曾老板一进病房，就洪钟大嗓的扯着潮汕口音的普通话嚷着："好兄弟，委屈你了。"说着一屁股坐在华曦的病床上，拉着华曦的手问长问短。一时间让华曦不知如何是好。

这几天华曦躺在病床上一直盘算，估计这次的麻烦远远不止自己受的这点伤。如果曾老板因为镏金玻璃不能按时安装而解除合同的话，自己的所有家底不仅全赔进去，工地上的工人也会围上门来讨要工钱，另外还欠着不少的材料钱没结清呢。每每想到这里的时候，就一脸愁云惨雾，连小美都没法让他开心。华曦见老曾肯来医院看望自己，心里总算有了点谱儿，摇摇头说："曾大哥，我把你的活儿给耽误了。"

曾老板急忙挥挥他的胖手，一百八十多斤的体重将病床压得吱呀作响，"不能这样说、不能这样说，全是清水河那倒霉仓库惹的祸，应该把管仓库的头儿全拉出去枪毙。"

阿求也附和着说："华老板就别想这些了，先安心养病啦，生意的事情以后再说。"

老曾呵呵地咧着肥厚的大嘴对华曦拍着胸脯，"只要你认我这个大哥，这点损失算我俩的，你就放心养病吧，大哥不会亏待小兄弟的。"

曾老板看华曦已经基本上没有什么大碍，就拉出了一副细声细语的温和口气。

"兄弟，身体最重要了，活这一辈子，不就是图个快活吗？没有好身体，好吃的、好喝的、好玩的，什么都享受不了啊，你就安心在医院里养着吧。"说着，从口袋里掏出一个信封，塞到华曦的手里。

"曾老板，已经给你添麻烦了，怎么能收你的钱呢？"

老曾笑着："咱兄弟之间还在乎这点钱？这是大哥的一点意思，给你压惊用的。工地上我已经安排阿求继续干了，那镏金玻璃我也安排人去买了，你就别操心了，回头阿求赚的钱里有你一半。怎么样？我给你做主，阿求不敢翻天。"

阿求在一旁赶紧赔着笑脸，"哪能呢？两位都是我大哥，我这不是还指望您发财么？"

两个人一阵风般地走后，华曦就如同身体散架一样瘫在病床上。他知道，这次是彻底亏了，连自己这几年的积蓄都赔进去了，从阿求手里别指望能捞回多少损失来。这两个人是串通好了来医院做戏的，老曾省下不少装修费，阿求多挣了工钱，只有自己赔光了家产。想到这里，华曦两眼一阵漆黑。

玖

吴缨来的时候，小美刚刚将华曦用过的碗筷送到水房去洗，两人在门口打过招呼。吴缨就把一袋鲜红的水蜜桃放在床头的小桌上，"刚刚从北京带过来的，抓紧吃，这种桃子放不住，容易烂的。"说着，就拉了一张木凳坐在了华曦的眼前。

华曦倚在床头上，看得出吴缨今天是特别打扮过的，嘴唇上暗紫色的唇膏油亮油亮的，仔细画过的唇线，让本来就饱满的双唇像个成熟的柠檬。在黄昏的灯光下，淡蓝色的眼影闪着幽幽的荧光，让吴缨一贯含情的双眼多了一份入夜的情调。

华曦笑着调侃道："又来慰问非洲灾民了？打扮得这么漂亮不怕让非洲灾民给吃了？"

吴缨反击道："非洲灾民我倒是不怕，就怕让那些没良心的深圳灾民吃了。"

华曦一阵诡异地笑，然后低声说："我已经吃过了。"

"味道怎么样？"

"太腻！"

吴缨拉下脸来，嗔怒道："我就知道你喜欢瘦的，不塞牙么？"

华曦见吴缨拉下了脸，就不敢接她的话茬，只好低下头，呆呆地盯着吴缨紧紧并拢着的两条丰润的腿。吴缨见他不怀好意地盯着自己的腿，就微微侧转了身，"有什么好看的？这几天你看的还少吗？"

华曦心里明白吴缨暗指的是什么，只是假装糊涂地反问："这几天？你来过几次啊？每次还不是坐一会儿就跑掉，谁知道你在忙些啥。"

"小美不是天天都在么？"

华曦见吴缨干脆把话点透，就拉长了腔调，摆出一副很享受的样子，"味道各有不同啊！"说着就装作很自然地将手顺便搭在吴缨白皙的腿上。

吴缨将华曦的手拨开，呵呵地笑起来，"你别臭美了，当心到最后竹篮打水一场空，一个都落不着，连床头送饭的人都没有。"

正这个时候，小美进来将洗好的搪瓷碗放进床脚的纸袋里，双手揉着自己酸疼的细腰，朝华曦嚷嚷起来："你还打算在这儿住到什么时候啊？赶紧办出院手续，我可不想再这样伺候你了。"

华曦嘿嘿地笑起来，"一个妹妹给送饭，一个妹妹给送水果，出了院还有这待遇么？我可是坚决不出的。"

小美马上接茬道："休想，从明天开始，我可不来了，你饿了就吃水果吧。"

吴缨一听，马上一语双关地对华曦说，"小美说得对，不过，恐怕连水果也没得吃，饿急了你就自己搞掂吧。"

小美哧哧地笑起来，华曦赶紧抗议，"哎，众叛亲离！你们不能见死不救啊，没一点儿仁爱之心，想看着我活活饿死？"

吴缨拉出一副讥讽地语调："你就是仁爱之心太多了，所以只能饿死。"

小美纠正说："他哪里有心啊？他是见人就爱，饿死也不冤。"

　　两个人一唱一和地将华曦奚落了一番，见华曦已经无话可说，就拉出一副胜利者的骄傲，洋洋得意地看着华曦如何收拾这副窘境。华曦在她们二人面前已经习惯了这种场面，只是不慌不忙地说，"女人就是这样，有人爱的时候偏不把握机会。等老得没人爱的时候，就开始后悔年轻时怎么没饿死。"

　　华曦的话点破了两个小女人的心事，两人几乎同时沉下脸不再说话。这时华曦才真有些发窘了。

　　走出医院的时候，吴缨提议走回去，小美只有不情愿地答应。也许是下过雨的缘故，没有了前几天的闷热，走在路上，心情比在医院里好了很多，只是两个人都觉得没什么话可讲，所以两个人一路上东张西望地享受着晚风中的那份清凉。吴缨一直认为散步有助于减肥和保持身形，所以走起路来总是兴致盎然。小美不习惯和别人并肩走在一起，经常自顾自地走开，之后要吴缨停下来等她。以前和华曦走在一起的时候，华曦总是把小美拉在右手边，可是不知不觉地，她就跑到了华曦的左面。为此，华曦纠正了她几次，她依然是改不了，而且总是反问，为什么女人就要走在男人的右面？华曦告诉她，这样可以挽住男人的右臂，女人挽住男人的右臂比较容易做出小鸟依人状。小美总是反问他，难道挽住左臂就不能小鸟依人么？可实际上，小美从没有挽过华曦的任何一条胳膊，让华曦白费了不少口舌。

　　走在华强北路上，四周黑漆漆得没什么生气，几盏昏暗的路灯上飞舞着密密麻麻的蚊虫。一幢幢厂房的黑影如这个夏日夜晚的一个个截面，断续地讲解着两个小女人的脚步。偶尔匆匆路过的三两路人和宿舍楼窗口里的幽暗灯光，像一个一个符号，为这个亚热带城市里的女人诉说着混乱的心情。没有霓虹灯、没有出租车，只有嗡嗡作响的空调机奏出潮湿的低音，只有一两个恋人黏稠的黑影为夜风消解。

　　忽然，小美眼中涌出的泪水模糊了黑暗中的整个城市。

第二章 那个八月

壹

沿着深南中路，过了市政府大院和特区报社，就到了深圳博物馆。博物馆是一栋暗黄色呆头呆脑的建筑，有五、六层楼高，表面的瓷片已经开始有些脱落，门口两株高高的大王椰快将博物馆的大部分遮挡住了。从深南中路踏上几级台阶，就是博物馆面前的小广场，广场的左侧有几株蒲葵、几株南洋杉和一株年代久远的老榕树，老榕树的须子落地生根后，又长成小榕树，就这样拉拉杂杂地长成一片，让硕大的树冠下面总是很潮湿阴暗，杂草丛生。据说这株老榕树年代已经很久远了，至于究竟有多长时间，没有人能说得清楚，也没有人真正关心它的历史和年龄。

博物馆小广场的中间栽着一个不锈钢的雕塑，雕塑上的那个裸男正使出吃奶的力量破坏一个烂门框，华曦经常见到一些游客以它为背景摄影留念，表示曾经深圳一游。小广场上铺着灰色的花岗岩石板，衬出了博物馆一幅庄严肃穆的模样。每到雨后，石板上都会有一汪一汪的积水，久久不肯散去。每到夏季，几束勒杜鹃红遍了小广场的一角，华曦来深圳后的第一张照片就是在它面前拍的。当时他站在篮球场的边上，左手抱着篮球，右手高举，装出一副董存瑞英勇就义的神情。可照片洗出来后，却发现小美把主要画面都照顾了那几束红艳艳的勒杜鹃，让华曦感觉照片上的自己怎么看都像个歌舞厅门前泊车的保安。

华曦最中意的还是小广场边上的小篮球场，虽然已经年久失修，篮板上只剩下一个孤零零的球框，但水泥地面还算平整，特别是靠博物馆这面还有三节看台式的台阶，让你在球场上时总感觉有好多观众捧场你的精彩投篮表演。博物馆用于出租的附楼就在台阶的后面，中间只隔着一片草皮和几株小树，附楼表面爬满了攀援类植物，让你很难分辨出它原来的样子。只有茶色玻璃窗和凸出来的白色空调机，看起来格外显眼。华曦每天都要在这栋楼里爬上爬下，而且坐在窗前就可以看到小美宿舍的窗户，他曾经就这样呆呆地望着，度过了很多个难捱的午后。

小美住的这栋灰白色的宿舍楼是个典型的南方建筑，长廊一样的楼道暴露在室外，楼道一侧排着十几间单身宿舍，楼道的顶上挂着无数件刚洗过的外衣和内衣，三层长廊里挤着几十间这样的单身宿舍，也挤着近百位风华正茂的痴男怨女。小美和惠惠共住的那一间就在三楼的一边，隔一间就是本楼所有女士公用的卫生间，冲凉和方便都在这里。吴缨后来单独住的那间在二楼的一侧，而另一侧的洗手间为本楼所有男人共用，因此，经常有些男人几乎赤条条的在吴缨的窗前走过，偶尔出门不小心，还会与半裸的精壮男子撞个满怀。为此，吴缨曾经气愤地手写一张告示贴在楼道里，上书："此处不是屠宰场，所有男士须衣冠整齐，不得赤身裸体。"可惜贴出的当天，就有人在后面补写道："唯女士例外。"因此，大家笑过之后，告示就没了什么作用，依旧有喜爱暴露躯体的家伙，端着红色的廉价塑料盆在吴缨的门前晃来晃去。

贰

华曦在这里住了三年多，这里几十条单身男女的模样基本都认得。反正大家都是来自五湖四海，在深圳没家没业，亲戚朋友也不多，因此经常找个借口就凑在一起聊天或者围住夜宵摊子并指定某个得意忘形的家伙狠狠宰上一刀。凡是这个时候，华曦就成了聚会中当仁不让的主角，并表现出气度不凡的领袖风度，搞的吴缨、惠惠之流的小姑娘们围着华曦团团转，并指望着在夜宵之后他能继续安排下一个活动。

在成为一个小团体的中心人物上，华曦是很自信的，这种发自内心的骄傲是他在上中学的时候就培养起来的。华曦自小因一场大病，长得又瘦又小，到上中学的时候，他还是班里个子最矮的一个，和女同学一起坐在教室的第一排。后来，一位刚刚从师范音乐系毕业的漂亮女老师对华曦疼爱有加，经常牵着华曦的手一路放学回家，就在这大半年的时间里，华曦猛得高大了许多，快得连他父母都惊讶。当华曦发现自己已经开始低头看同学并不得已要坐到教室最后一排的时候，漂亮的女老师就不再牵他的手下学，而且不久就匆匆结婚了。

本来华曦有着一条很好的嗓音，而且天生对音乐的感觉特别准，漂亮女老师一直夸他有音乐天赋。但是，在设计院做总工的老爸偏偏一定要他子承父业，而且要指定院校、指定科系。

当华曦挺着一米八三的大个子、背负着父亲的嘱托和笑脸走进大学土木工程系的课堂时，不仅本系的女生，而且连经常在一起上大课的建筑系女生都齐刷刷地投来媚眼，让华曦一时手足无措，使原本白皙的皮肤忽然爆出几颗青春痘。不过在华曦看来，本系女生虽然对自己格外热情，但还是建筑系那几个狂妄小女生更有些姿色，特别是比自己高一届的叫凌红的那位，虽然她是少有的对华曦冷冰冰的一个。当然，要是和邻校师范学院的女生比起来，她们可就具有普遍意义的黯然失色了。

华曦就这样凭着高人一头的个子和出众的嗓音，一进大学校门就成为年级的大班长、系合唱团的团长，后来更是系学生会主席和校学生会的文艺部长。后来更因学校里传出了华曦是男校花的说法，更使华曦一时声名大噪。不过，华曦还是很能把持得住自己，学习成绩一直不错，虽然也似有似无地谈过一两个不长不短的恋爱，但是还没有和任何一个女孩子发生过肉体上的亲密关系。这并不是华曦自己不想，主要是老妈每次来信都要警告他，如果不努力学习，远大的革命前程就在他身上泡汤了。而且老爸还在华曦的身边安排了眼线，同学们背后称之为"暖通王"的系主任王教授正是华曦老爸在大学时的同窗好友，华曦的一举一动都会以最快的速度被华曦老爸一一掌握。再之后，迎接华曦的就会是一通电话里或者是书信上的严刑逼供。因此，每当在花前月下暗自冲动、意欲不轨的时候，脑海中老爸老妈愠怒的眼神都会让华曦顿时不举，无论怎样红袖催暖，也没了云雨的心情。

然而，华曦这样一块肥肉怎奈逃得过食客的追逐。就在"暖通王"理所当然的保送华曦就读本系研究生的那个暑假里，苦读五年并和华曦同时保送研究生的建筑系女生凌红，在一次同学的告别聚会上，借着一点酒劲，轻易地将华曦摁倒在自己的石榴裙下，并在校园中大肆传播了这条消息。从此，华曦脸上的青春痘逐渐消失了，以前的张狂也逐渐为不经意之间的成熟取代。虽然老爸老妈又在书信里把他教育得死去活来，只是见他大有死不改悔之意，也就渐渐地放松了管教。

随着身边聚着的女孩子逐渐散去，华曦越来越多地投身于学生工作之中，虽然依旧还有一两个女生拉出一副死心塌地、以身相许的姿态，但他还是感到索然无味，更愿意把业余时间泡到学生会的演讲和辩论之中。为此，凌红曾和他吵过几次，认为他不务正业，而华曦总是不屑一顾地回答："混凝土含筋量与人类的命运有必然联系吗？"凌红虽然在建筑系里属于颇有灵气的才女类型，但在华曦面前，她只能拴住他的身体，但无力束缚住他的古怪思想。两个人也就继续一同在食堂吃饭，一起去图书馆，偶尔趁大家上课的时间在宿舍里睡睡觉，继续着别人都这样做的恋爱故事。直到华曦弃学去了深圳，两人的生活才真正开始改变。

<h1 style="text-align:center">叁</h1>

华曦到深圳的时候，正是 89 年夏天最热的时候。走出罗湖火车站，就被炫目的阳光所笼罩。华曦眯着眼望着前面高耸的国贸大厦，看看身边

匆匆过往的人流，顿时觉得自己长大了许多，这次才像是个成熟的男人。站在人民南路等公共汽车的时候，华曦忽然想起了牵着他的手一同回家的音乐老师，那曾经是很久远的事了，不知道她现在怎样了。身边一队怪模怪样的老年人由导游打着小旗领路走过，嘴巴里叽叽喳喳的粤语似乎在介绍着什么，虽不知道他们在讲什么。但他马上意识到，就在自己背后的不远处，是还正处在英国殖民统治下的香港，还有几百万水深火热之中的炎黄同胞。不过，香港同胞跟自己又有什么关系呢？华曦耸耸肩，就登上了途径深圳博物馆的公共汽车。

"靓仔"是华曦到深圳后听到别人对自己说的第一句话。身体已经发福的林素梅是第一个见到华曦怯生生地站在"中铁建筑设计院深圳分院"的人。

"我姓华，我找梁为先院长，"

后来总是被华曦一口一个"梅姐"叫得开心不已的林素梅扭着肥胖的腰肢迎上前来，"你就是新来报道的研究生吧？欢迎欢迎！梁院长已经交代过了，欢迎你到我们这里来工作，我们正缺你这样的人才呢。"

虽然林素梅带着客家口音的普通话让华曦听起来有些吃力，但是初来乍到的热情却让本来对深圳带有极大偏见的华曦大吃一惊。他明白，原来老爸在他的同学和朋友之中，还是很有影响力的，看来自己血管里流动的千真万确是老爸的鲜血。

华曦弃学到了蚌埠的叔叔家里，老爸也专程赶过来见面。老爸递给他已经买好的火车票，让他到深圳后直接去找中铁院的梁院长，梁院长既是老爸的师弟，早年又当过老爸的见习助手，他会安排一切。华曦半信半疑地上了火车，一路上还在评估老爸的影响力。当他一见到林素梅的热情时，才深深为自己的老爸所感动。

"梁院长去了广州，要到明天才能回来，你先在这儿休息一下，一会儿我带你到食堂吃饭，晚上暂时在旁边的特区报招待所就和一宿，等明天梁院长回来，看他怎么安排。"

楼下的食堂本来是博物馆的内部食堂，后来在附楼里办公的人多了，食堂就公开出售饭票，也就慢慢变成了大家的公共食堂。食堂里吃饭的人不多，饭菜也干净可口，就是蒜茸通心菜是整棵整棵炒的，让吃惯了北方菜的华曦难以下咽。

走出特区报招待所的简陋门厅，华曦就站在了深南大道上。实际上，深南大道还有几个学名，罗湖那一端叫深南东路，从大剧院到上海宾馆叫深南中路，从上海宾馆往西到香蜜湖方向，按道理应该叫深南西路，可是也许是那边太荒凉了，到了晚上就黑麻麻一片，引不起人们给它起个学名的兴趣，所以就以深南大道统而称之。

天还没有黑透，深南中路上的行人已经很少，路灯不是很亮，只有大剧院那一面有些灯火，晶都酒店上有几个霓虹灯字在缓缓来临的夜幕中闪亮。偶尔有几台车子在路上跑过，拉动着华曦的视线，渐渐消失在深南中路的那一头。路对面巴登街的那一片鳞次栉比的民房拥挤在一起，渐渐地传来随着夜晚而起的喧闹声。这就是华曦眼里的深圳，和他预想中的深圳没有什么不同，只是冷清了些。

信步走过红岭大厦，只有晶都酒店的路旁有些三三两两的人群，在霓虹灯变幻的光影中，路边的男人在为自己的欲望换算金钱，树影下的女人在为自己的肉体制订价格。华曦看着他们毫无顾忌地讨价还价，感觉深圳确实是一个如此公开的社会，一切价格和欲望都是透明的，再没有了羞涩和廉耻。继续往前时，被一道铁丝网拦住了去路，华曦抬头望去，铁丝网后是一片黑漆漆的海和一片黑漆漆的山，这就是大名鼎鼎的香港。没有灯火、没有人烟，和成龙电影中的香港相去甚远。难道电影只是一个假象、难道深圳只是一个假象，难道关于肉体的讨价还价也只是一个假象？也许我们眼中所看到的都只是假象，也许真实的那一面永远存在于我们探索不到的地方，只有假象才可以被我们所感知。汽车的尖锐刹车声和霓虹灯的幻影不时地打断着华曦的思维，带着无数的疑问，就这样昏昏沉沉地度过了深圳的第一夜。

第二天早上的第一件事，华曦就向梅姐提出了昨天遇到的铁丝网后面的问题，本来还有些睡眼惺忪的梅姐一听华曦这样奇怪的问题，就马上笑得再无一点睡意。

"那里就是香港啊，亏你还是个研究生。不过那里是香港的新界，是香港的农村。电影里拍的香港全是九龙和港岛，那边当然繁华了。"

华曦还是有些不明白，香港不就是个弹丸之地么？弹丸之地怎么也有农村？难道香港也有农民种田么？华曦的疑问更多了。

梁院长到了下午的时候才回到深圳，见到华曦就抓住他的手不住地上下打量着。

"长得和你老爸越来越像了。你小的时候，我还总抱着你呢，唉，二十几年了。"华曦曾经听父亲说起过这位颇有学者风度的院长，不过对于小时候的事情，他就回忆不起来了。

梁院长一边回忆着过去，一边将华曦拉到身边坐下，"你小子的事情我都知道了，你父亲让我看着你。正好我在深圳也是孤家寡人一个，和我做个伴儿。有空陪叔叔喝两杯。"

虽然梁院长曾是父亲的师弟和助手，但华曦依然有种受宠若惊的感觉，赶忙说："我还不懂事，以后还要梁叔叔多教导"。

梁院长哈哈笑起来，"小伙子不错，挺懂事。不过以后别当着别人的面叫我叔叔，还是叫院长的好。"看到华曦不住地点头，梁院长继续说："你选择来深圳是对的，这里适合你们年轻人，大有可为啊！虽然今年整体的经济形势不太好，但对咱们院里没有什么影响，现在手头上的设计单就已经排到明年了。你先熟悉一下，暂时将院里的工程资料整理起来。建院好几年了，大堆的资料堆在那里，再不整理以后就喂老鼠了。再说，最近有两位同志的家属过来了，宿舍特别紧张，你就先在资料室里支张床，凑合一段时间。不过，资料室归你一个人享用，总比挤单身宿舍强。"

华曦赶紧点头称是，再次谢过了梁院长的照顾，就和梅姐一起上街买了些简单的生活用品，晚饭后就开始安顿自己在深圳的第一个窝儿。

资料室是附楼五楼最里面的一间，只有十几个平方米大，几个大铁架上堆满了图纸和一些乱七八糟的资料，里面沉积多年的灰尘让华曦一时不敢喘气。直到半夜，华曦才浑身湿漉漉的将里面大致打扫干净，图纸基本上都堆整齐，新买的单人铁架床终于塞到了里面，外面用资料架挡住，像个大抽屉般的严实。华曦喜欢干净的习惯是凌红一手培养起来的，在大学四年里培养的散漫邋遢，会经常受到凌红的严厉指责，即使在女研究生宿舍里偷欢的时候，也要先将手脚洗干净才被允许爬上床。凌红的床上，一年四季都挂着蚊帐，即使冬天也不例外。华曦每次问到这个问题，凌红都会一样的回答：这样才有安全感。实际上，凌红一直把华曦比做拴不住的浪子，累了的时候就会自己摸回家来，但超不过三天，又会扬长而去。她从没能在华曦身上找到任何让自己安全的理由，她自己也奇怪，为什么会对这样的浪子一往情深。有一次，两个人赤裸着躲在凌红的蚊帐里时，凌红抚摩着华曦的胸肌说，"我在你身上，看到了建筑的肌理。"当时华曦听了并不以为然，过后才觉得有些失落。之后很长的一段时间里，华曦总是找出种种借口避免和凌红一起吃饭和看书，只是每个周末趁凌红宿舍无人，两个人劈头盖脸地一通发泄，而每每热汗淋漓的时候，华曦都会想起凌红那次仿佛自言自语的告白。

"再这样做下去，我就要死了，"凌红卧在华曦的肩膀上，气喘吁吁地说。这个时候，凌红的脸上并没有什么多余的表情，说着打开枕边的收录机，她最钟爱的希腊女歌手娜娜·穆斯库莉优雅平静的歌声顿时将刚才的兽性冲得一干二净。

“从生做到死，只有射精的那一刻才是快乐的。”

凌红重新卧回华曦的肩头，“女人是不会射精的。”

“被射也是快乐。”

凌红转过身去，沉迷到娜娜的散发着希腊贵族女子的气息之中。当华曦起身要穿裤子的时候，忽然见凌红泪流满面地抱住他，低泣着说："多陪我一会儿，我怕。"

“算了吧，晚上还有很多事呢。”

走出宿舍后，又恢复了平时的模样，凌红继续骄傲地做着品学兼优的冰山美人，华曦一如既往地投身到学生会的工作之中，直到华曦无声无息地弃学去了深圳，凌红大病了一场，病愈之后，褪去骄傲的脸上反倒日渐红润起来。

肆

初到深圳的这段日子，像手纸一样留不住记忆，只是每天的酷暑让华曦觉得长夜难熬。白天总是随着沾满灰尘的图纸日趋整齐而度过。每到黄昏，华曦就会独自在灯下，翻翻玛格丽特·杜拉丝的小说集，偶尔还会将从大学图书馆有借无还的萨缪尔森的《经济学》随便从中间读上几页，之后就会昏昏然地睡去。到了半夜两三点钟的时候，他又会两眼放光地爬起来，望着窗外黑黑的天空发呆。这时，华曦大脑里晃过的尽是杜拉丝的深深叹息，偶尔还会有《去年在马里昂巴德》中的提问：去年我们在这里约会，你答应过今年要和我私奔。深南路上的路灯如同女人犹疑的目光。我没见过你，我也不曾答应过什么。

在深圳，华曦没有什么同学或朋友。研究生的同学还没有毕业，既是本科同学又是小时候玩伴的薛坚毕业后来深圳晃了两年，后来又跑去了海南，和华曦早没了联系，天知道现在他在哪里。平时，院里的同事们在一起，华曦除了偶尔和梅姐说上几句话之外，难得开口。一次，绘图员叶青翘起扎着马尾辫的小圆脸问正巧路过的华曦，"你来了这几天，怎么没见过你讲话？"

华曦笑笑，"我一直在讲啊，只是你没有听到。"

叶青红扑扑的小脸充满了疑问，"奇怪了，那你和谁讲话？"

"和自己啊。"

叶青笑起来就像个秋末的知了，"那准是在背后讲别人的坏话。"

"话就是话呗，哪里有什么好坏？"

华曦走出门去又突然转过身来，指着墙角的一个旧篮球对叶青说，"这个篮球是谁的？我能玩玩吗？"

"公用的，拿去吧，记得还回来就行。"

华曦抱着篮球对叶青笑了笑，"记着，我可是和你讲话了，而且没讲坏话。"

"谁知道啊？"叶青故意地撇撇嘴。

伍

吃过晚饭后，华曦第一次到了篮球场上，独自打起了篮球。八月的深圳，白天长得足以让人忘记黑夜的模样，黄昏七、八点钟的太阳依旧明晃晃的挂在天空中央，似乎没有任何西沉的迹象。那尊不锈钢的裸男身上依旧泛着惨白的眩光，只是微微吹来的风里有了海的气息。院子里的老榕树开始显出了浓郁的绿色，树下的草坪也涌出鲜嫩的新翠。

深南中路上的人流已经稀疏，喧噪的城市开始宁静下来，篮球敲打在地面上的声音从博物馆的高墙上反射出散漫的回音。一会儿，汗水就湿透了印着大学标志的背心，几乎透明一般贴在华曦的身上。华曦在大学时是年级里的篮球高手，但始终没有被校队选上，让华曦一直引为遗憾。不过华曦的投篮姿势相当漂亮，特别是三米线外的急停跳投，帅气的手势和优雅的弧线，必然引起围观女生一阵掌声。

也许是还没有习惯深圳的天气，也许是还不习惯没有观众的表演，一会儿工夫，华曦就已经气喘吁吁、动作变形了。连续三个原地跳投不中后，华曦一时火起，带球准备三步上篮。当他在篮下高高跃起准备将球送进篮筐时，由于起跳过急，球碰到了球框的下沿并折射回来，没等华曦落地，篮球已经狠狠地砸在他的后脑上。华曦顿时眼前一黑、双腿发软，一下栽倒在硬邦邦的水泥地上。这时，球场旁的台阶上就传来一阵恣意的笑声，这笑声有着金属一样的节奏，直接穿透了华曦的自尊与骄傲。在华曦看来，就像面皮上挨了一记清脆的耳光，顿时让他恼羞成怒。

球场边的台阶上，一个瘦长的女孩正捂着肚子笑得前仰后合，两只赤脚不停地跺着地面。华曦摇摇晕晕的头，强撑起身体坐在有些发烫的地面上，朝着球场那一端的女孩恼怒地叫道："有那么好笑吗？"

女孩子笑得喘不过气来，断断续续地回答，"是很好笑。"

在华曦的记忆里，自己还没有出过这样尴尬的洋相，特别是在陌生的女孩子面前，只好强忍着对她摊开双手，"给留点面子好不好？"

女孩看出了华曦的恼怒，赶紧憋住笑，"不好意思，继续继续。"

"我可不想再丢人现眼，"华曦说着就将滚到手边的篮球拾起重重地抛到女孩的脚下。女孩发现华曦真得生气了，这才赶忙挤挤眼，一副正儿八经的模样，"你打得很好啊，在这个大院里，你打得最好。"

"那也值得你笑成那样？"

"是好笑嘛！我只见过人打球，可从没见过球打人。"

华曦摇摇头，看来有如此不可理喻的观众在场，今天也就到此为止了。

女孩见他坐在那里不动，就又嚷嚷着："你继续嘛！我保证不笑了。"

"有你在，我没这个胆量。"

"咦，这些天见你不言不语的，没想到你的脾气这么大。"

华曦很奇怪地看着这个突如其来的女孩子，自己对她似乎没有任何印象，"你认识我？"

"是啊，喂，你是不是就想让我这样喊着跟你说话，想累死我？"

华曦无奈地站起身，拍拍屁股上的尘土，走到台阶上和她并排坐下。"你认识我？"

女孩扬起头得意地说，"你不就是五楼新来的那个家伙么！"

华曦为她的语气觉得好笑，伸出手来说："我叫华曦，华是中华的华，曦是……"

"稀是稀罕的稀，"女孩抢着接过话茬。

"对，稀罕的稀、稀粥的稀、稀屎的稀、上西天的西。那你怎么称呼？"

女孩笑着拉拉华曦的手，"我姓林亚美，你就叫我小美好了"，

华曦笑着纠正她，"我姓林，叫林亚美，"

女孩红了脸赶紧说："对对，我姓林亚美，叫小美，你就叫……"，说着两个人都哈哈大笑起来。

这时，华曦才正眼打量身旁这个叫小美的女孩。不用说，小美一看就是个典型的南方女孩，她并不矮，也不瘦，只是窄窄的肩、瘦瘦的腰和细长的腿让她更像一株生长过快的小树。说话时，眼睛和嘴巴里总是带着山野一般的气息，黝黑光洁的细腿随着齐肩的直发不住地摆动，让华曦觉得坐在面前的是一个热带阳光下翩翩起舞的精灵。

小美发现华曦呆呆地注视着自己，便直截了当地抗议，"你这个人很没礼貌的。"

"是么？"

"难道你自己不知道？有谁会和陌生人开这样的玩笑？我和你还不是很熟呀。"

"刚才是你在开我的玩笑啊，我和你也不是很熟。"

小美一听，立即站起来，将身旁草地上的小收音机拾起来，"那好，

再见！”

华曦顺口答应道："再见。"

小美马上站定叫道："你好过分哦！"

华曦愣愣地，"为什么？"

"你从来都是这样对别人的么？这不是很不礼貌么？"小美干脆转身又坐下，拉出一幅势不甘休的架势。

"是么？"

"是么是么，你还会说些好听一点点的吗？"

"我错了么？"

"难道你是对的么？"

"哦，"华曦耸耸肩，不说话了。

小美尖尖的鼻子开始一动一动地忽闪着，两眼紧紧盯住华曦脸上故意做出的木然表情，"你还会说点什么？你有点同情心好不好？"

"怎么了？"

"什么怎么了？我在等你赔礼道歉。"

"为什么？"

"因为你很没有礼貌。"

"哦。"

华曦越是装出一幅木然的神色，小美越是着急，这时干脆换上乞求的口气，"你就快点道个歉吧，一句道歉的话就行，就一句。"

华曦实在忍不住大笑出来，"有谁见过求别人赔礼道歉的？"

"你就试一试嘛，"小美对华曦的笑声并不以为然。

"好好，我道歉。"

小美长出了一口气，"这不就对了，多简单呀，这下我开心多了。"

华曦望着小美得意的神情，忽然发现快乐原来如此简单，生活也并不是想像中的那样沉重。看着小美如翅膀一样在黄昏的天光下忽闪的睫毛，看着她那双瘦长的手在晚风中飞舞，华曦渐渐忘记了过去的沉重，忘却了身在异乡的失落。也许，灵魂的触动总是靠着和弦余音中的最后一拍，悟道总是在置身于参禅之外的一瞬。此时，华曦感觉到很多年没有过的轻松，心情如雨后的城市豁然开朗，随即就脱掉湿漉漉的背心，顺势仰倒在身后的草坪上，让皮肤与青草亲密接触，贪婪地吞吐着大地的滋润。

小美见华曦旁若无人地仰望天空，就随手打开收音机，这时，收音机里正缓缓地淌着达明一派的《石头记》，这是两个老男孩关于逝去情感的悲情演绎，也是华曦在大学时代唯一喜欢的粤语歌曲。小美把它重重地放到华曦裸露的肚皮上，"看你态度不错，奖赏你一首歌，好听不？"

"一般般，"华曦随口逗她。小美起初有些惊讶，但瞬间就低下头，似乎颇有感悟地说："是一般般。"

华曦反问道："你不喜欢么？"

小美皱皱鼻子，"以前挺喜欢的，不过现在听起来，也觉得挺腻歪的，两个大男人幽幽怨怨的，怪没劲的。"

"不过他们的音乐还是挺棒的，能用电子音乐这么好的传达出古典情绪，港台音乐里还没人能比。"

"喔，你好厉害！还懂音乐，你不是学建筑的吗？"

"我学的是工程结构。"

"喔，厉害啊厉害，我快要崇拜你了，来来来，给签个名。"小美故意大惊小怪地叫着，装模作样地伸出手来，华曦顺势将她的手抓住，轻轻往肚皮一拍，"给你盖个章，代替签名了。"

小美笑着将手抽回来，在草皮上抹了两下，"全是臭汗，全是细菌。"

华曦笑了。收音机里的音乐消失后，主持人用粤语讲起了什么，华曦仰脸问道："你听得懂么？"

"当然了，我是深圳人嘛！"

"哦，那你普通话说得不错嘛！"

小美诡笑道："当然了，我只算半个深圳人，才来深圳两年，不过我可是拿的深圳身份证哦。"

"那你就是地主了嘛，地主要请客的。"

小美得意得像只夜晚才出来活动的蝙蝠。"没问题，发了工资就请你大吃大喝。不过，你也真没绅士风度，哪有上来就让女士请客的道理，再说，我们又不是很熟。"

"我们还不算熟吗？"

"不算不算，不过，你要是请我到巴登街宵夜的话，我想我们可以快点熟悉起来。"

华曦点点头，"那也要等我发了工资才行。咳，我干吗要装这绅士啊！"

小美又装出一本正经的样子，"不过我可提前声明一点，虽然我不喜欢绅士，但是，在请客吃饭的问题上，我还是最喜欢绅士的。喂，仅限吃饭啊，别往别的地方想啊。"

"我也不敢啊。"

"别看你色眼眯眯的，估计你也不敢。"

"那难说。"

"是么？你敢色胆包天？"

"我敢色胆结石！"

小美哧哧地笑着，安静了一会后，一个人仿佛是自言自语，"现在连伪装绅士的男人都少了，倒是伪装淑女的人越来越多。"

"你算不算淑女？"

小美睁圆了眼睛，"我？淑女算不上，处女还差不多。"

虽然华曦也是在女孩子圈中混大的，但平生还没有见过如此口无遮拦的女孩，就壮着胆子取笑道："现在处女也很稀罕啊。"

"当然啦，那你是不是处男？"小美神神秘秘地问。

"处男算不上，只能算是猛男。"

小美笑得险些呛着，"你太吹牛了，看你羞羞答答、细皮嫩肉的样子，还猛男呢！"

华曦也猛将一军，"不信就试试。"

"试你个头，你和他试试去。"小美指着那正和门框拼命的不锈钢裸男。

"和他没感觉。"

"还要感觉？巴登街那里多的是，我去给你找两个？"

"好啊好啊。"

在两个人你来我往斗嘴的时候，夜色浓浓地笼罩住了整个大院，远处的深南中路亮起了路灯，黑洞洞的天空上，可以隐约分辨出云在缓缓移动，风起之间有着淡淡海的空阔，树梢上开始缭绕着夜的冥想。

也是在这样的天空下，在学校教学楼后的花园草坪上，华曦曾与凌红关于建筑空间与时间的关系有过一次争论。凌红从建筑学的角度解释空间与时间的关系、解释空间的构架和时间的节奏，并且对空间和时间中的每一个构件进行审美式的解剖。华曦佩服凌红的学者风度和演讲口才，但是问到建筑与人的关系时，凌红就给不出一个像样的解释。这时，华曦突然发现凌红感兴趣的只是建筑本身静止的表象关系，只是建筑构件虚拟的抽象审美，她没有把握人的存在，没有处理人与建筑之间的互动关系。在凌红的思想里，空间只是一个没有背景的曲线，时间也成了瞬间截取的片断，人在这个世界里成了一串模糊的影子，包括华曦自己。每次做爱的时候，凌红都会专注地欣赏华曦赤裸身体的轮廓，她会用软软的舌尖扫过他小腹上的每一块肌肉，用指尖在华曦健壮的胸肌上划出一道道鲜红的印记，直到华曦难以自持。华曦曾问她为什么做爱时要睁着眼睛，这和那些性爱书上讲的不同，凌红也很奇怪，"是么？我只有看着你才觉得很兴奋。"华曦意识到，从建筑学的意义上讲，自己身体的每一块肌肉都能引起凌红审美式的生理反应，都能让她迅速达到心理高潮。可是，每次做爱留给华曦的只是对于下一次的恐惧。但是在今天的夜空之下，华曦仿佛重又回到了混沌的原初，虽然没有条理、没有逻辑、没有审美式的遐想，可是那么真实、那么原始，重新体会到身体内自由勃发的冲动。这时候，华曦觉得自己就像个刚刚从地里钻出来的蛇，外边的世界是那么陌生新鲜，充满了好奇。

小美敲了敲华曦的脑壳，"想什么呢？"

华曦惊醒过来，"哦，正在发呆！"

"我不信，是不是正在找感觉？"

"发呆就是发呆，发呆就是什么都没有想，发呆就是什么都没有想得呆着。"

小美诡异地笑笑，"实际上，想也不怕啊，想也正常啊。"

"想也想不到她们身上啊，我没那么下贱。"

小美叹了口气，"她们也是人啊，"

"没想到你还真有同情心？"

"我有个小学同学在珠海做三陪，不过，我只是听说。"

"是么？"

小美挥挥手，"算了，别提这些了，想起来不好受。"

说完，小美开始安静下来，静得像院子里的一棵小树，华曦也不愿作声，两个人在台阶上默默地享受着亚热带城市空旷的夜晚。寂寞的篮球场反射着一线路灯、一点星光、一片月色，两个人呆呆的影子模糊得像一团幼稚的思想，没有人想要把它梳理清楚，没有人关注它的存在，就像勒杜鹃后面的那丛香兰草，从不会招摇，只是静静地发呆。收音机里一首接一首的播着保罗西蒙和加芬科尔的歌，淡淡的倾诉和着孤独的吉他，让两个人的夜晚更加空阔。晚风停止了飞舞，夜光泻成一片草色，只有小美眼睛里的一点点晶亮，写着一串寂寞的心情故事。

过了好久，小美才低低地说："明天看样子又是个下雨天。"

陆

　　华曦睡醒的时候，天阴沉地能拧出水来，水墨般的云几乎压倒了博物馆的楼顶，窗外那几棵槟榔树绿成了浓妆的模样。窗外没有一丝风，重重的湿气包裹着身体的每一个部位，连架子上整理完的图纸也变得潮乎乎的，没有丝毫的精神。华曦昨天睡得很晚，回来后一直睡不着，闭上眼就是小美默不作声呆坐的样子。他能清晰地听到小美不停地说着什么，她的喃喃自语清楚地传进耳朵，却无法分辨出什么内容。他也奇怪，为什么脑子里没有小美斗嘴时的俏皮模样呢？直到后来又翻了一通《去年在马里昂巴德》，华曦才昏昏睡去。

　　早晨收到两封信，一封是父亲的，一封是凌红的。

　　父亲用标准的楷体勉励华曦要认真做好目前的工作，特别透露了梁院长表示要重用华曦，以后要挑起院里工作的大梁，目前要熟悉情况，消化学到的知识，为以后的发展奠定基础。信的末尾特别提到，入夏以来母亲的身体很好，最近在吃中药，这么多年的糖尿病不是那么容易康复的。

　　凌红用了学校研究生院印制的信封，远远看去就很醒目，信不长，字体也很潦草，她常用的活页纸看上去也很熟悉。

　　这个暑假，我一直在学校里看书，同学们都回家了，宿舍里清静了许多。家里要我回去，可是回去太浪费时间，再说我弟弟也要从荷兰回来，家里住不下，干脆就在学校图个清静。只是你不在，没个人说话，食堂里的饭菜也比以前难吃，真想你在身边多好啊。

　　你这样放弃学业，实在可惜，前几天见到王教授，他还替你惋惜，拿到学位之后再去闯深圳会顺利很多。深圳怎么样？你还适应吗？挺想去看看你的，只是现在不行，也许以后实习的时候会有机会。

　　你走后，我也想了许多事情，有些是我们俩人的，有些是我自己的。

现在也有些不明白，只是知道随着时间推移，很多事会逐渐明白起来。不过我始终无法原谅你的不辞而别，如果当时你能见我一面，也许就不会像今天一样，我们还能在校园里同窗读书。学校里并不像你想像的那样黑暗，到九月，同学们还会回来，一切还会是以前的样子，只是少了你。我并不觉得我们沟通有问题，而是你看问题有时比较偏激，所以对情绪有所打击。我希望你到了深圳那种地方，一定要多克制自己的奇怪想法，自然会有自己的一份天地。如果觉得不顺心，过了这段时间就回来吧，现在工作并不难找，再说继续把书读完也好。

我并没有像你所说的，不考虑你的实际情况。和你是第一次，以前没有尝过恋爱的滋味，虽然我做不到别的女孩那么小鸟依人，但是，你是我心里唯一的牵挂。是你让我尝到了被爱和做爱的滋味，难道就这么一点要求也过分么？同学们嫉妒地把我们比作金童玉女，平时我注意到那些姿色平庸的女生们看我的目光，我就开心得难以言表，难道这点支撑我信心的资本你也不愿意成全么？

宿舍楼里现在加我在内不超过10个人，要是你在多好啊，好想睡在你的胸前，看着你睡着的模样。

不写了，越写越想你，这样我要睡不着了。

凌红

89 年 7 月 29 日入夜

华曦看完凌红的信，就不自觉得嘿嘿笑了起来。在过去的一年多的时间里，两个人之间的感情就像是每年大学戏剧节里的一出保留剧目，华曦在观众面前扮演着大学青年才俊的角色。他必须和那个公认的才女同出同入，一同在食堂里吃饭，一同在图书馆里看书，一同在黄昏的湖滨讨论最流行的话题。除此之外，你不能有其他越轨的行为，不能奇装异服，不能蓬头垢面，既不能对别的女生不理不睬，又不能对别的女生过于近乎。这一切，都让华曦感觉到像死人一般的索然无味。也许只有到了两人躲进宿舍并脱下凌红的外衣时，他才能感觉到体内的原始冲动依旧存在，他会把头埋在凌红两个粉红的乳峰之间，感受异性肉体的挤压和温暖，只有这时，华曦才从自己暴跳如雷的下体里感到了久违的自尊。但在缠绵之余，当他看到凌红那已经迷离的双眼在自己身体的各个部位游历时，华曦心里又会冒出一股强烈的屈辱，感觉自己不过是一尊搬上床的罗马雕塑，正经受着手持参观券的游客动情欣赏。每到这个时候，华曦的雄风就瞬间消失了，好几次要借助凌红的帮助才跑完了全程。每次做完。华曦都恨不得将每周例行的做爱时间能改成黑夜，开始一段黑暗中的摸索和激情。只是和凌红同住的几个女孩居然都是孤家寡人，没有夜不归宿的习惯，让华曦成为心头永久的遗憾。不过，凌红对此并不以为然，她会用纸巾擦干净嘴巴，重卧在华曦的肩上，继续用手指在华曦的鼻子上勾画它挺拔的轮廓。

华曦也曾经怀疑自己，心理上是不是存在病源。透过窗帘的午后阳光，洒在凌红白皙的躯体上，卷曲的头发如丝一般披落下来，半掩着胸前饱满丰润的乳房，平滑的小腹将视线带到充满神秘幻想的山坳，带着露水的红唇和亮亮的指尖摇摆着如醉如痴的诱惑。然而即使在这样的景象前，华曦也只有燥热、没有冲动，他唯有紧紧握住凌红柔软的乳房，用脸颊感受那份细腻的体温或用舌尖在分泌着体液的神秘之所上下游动的时候，华曦才真正感觉体内的冲动汇聚在一起四处冲撞，并会像火山一样爆发出来。

但是就在昨天，在空阔的夜空下，在和小美听着保罗西蒙发呆时，华曦感觉到了那种极少露面的冲动，虽然并不强烈，但是那么真实，甚至回到自己的床上时还能找到它的余音。华曦尽情地享受了这一刻，在这个宣泄的过程中，他的头脑里没有凌红，有的只是那一片暗夜的天空。

正在这时，叶青跑进来，"喂，睡醒了没？梁院长让你跟他去工地开会了。"

柒

车子开过了八卦岭，在一栋工业厂房前面停下，四周尽是些隆隆作响的多层厂房。华曦强撑着晕乎乎的脑袋开了一上午的像天气一般阴沉的会议。

在回程的车子上，梁院长安排华曦就今天的会议做个纪要，同时为工地现场桩基出现流沙的问题拿出一个可行的解决方案。华曦明白梁院长特别提到的可行两个字是什么意思，赶紧点头答应下来。回到院里，食堂里已经没有饭了，只好在楼下买了快食面上楼，华曦为梁院长也泡了一包，两个人一同看着报纸胡乱吞了下去。

吃完快食面，华曦觉得百无聊赖。虽然头晕晕的，又怕倒在床上会胡思乱想，见整个办公室里都静悄悄的，就下了楼来，走到篮球场边的台阶上坐下，望着阴沉的天空发呆。

华曦看得出，一场暴雨马上就要到了，空气湿得如浴池里的雾气，黑糊糊的阴云像年久的拖布一样压在头上，层层叠叠，压得人从心里说不出话来。蚂蚱在草尖上低飞着，像深圳众多的流民在寻找落脚之处。身上的衣服快要湿得沓在身上了，湿气从皮肤的毛孔渗到骨头里，让全身都酸软酸软的。深南中路上依旧还有来来往往的车子在奔跑，跑得那么急，全然不顾身后的拖曳着的影子。八月的深圳，永远像一锅烧开的牛肉，变的是肉，不变的是汤。华曦呆望着陌生的南方八月，混沌的大脑如梳不开的线团，没有清醒、没有方向。

突然砸在华曦脸上的雨点溅起一片回声，不等抬头，黑色的暴雨就如泄洪一般倒了下来。眼前的景象，仿佛不是雨落到人的头上，而是人掉进了雨里，雨点带着空气的浮尘呼啸着向头上砸来，每一滴都带着无限的仇恨重重地敲打着大脑神经。雨水从草尖上划过，击倒了勒杜鹃和墙角的几束洋紫荆，在球场的表面汇聚激荡。华曦在这一瞬间就全身湿透，雨水将衬衣紧紧地贴在肉皮上，眼睛里也是模糊一片，只好屏住呼吸一头钻进办公楼里。

整个下午都是望着窗外的暴雨度过的，办公室里开着灯依然显得很昏暗，华曦听着雨点击打窗玻璃的清脆声音，心里乱得像被雨水淹泡着的杂草。本想起草梁院长上午安排的纪要和流沙处理方案，可是所有的思想都被暴雨所牵扯，根本静不下心来考虑问题，特别是窗外一阵阵充满节奏感的雨声，让人昏昏入睡。于是，华曦干脆铺开便签，提笔给凌红写封回信。

在我提笔给你写这封信的时候，窗外正下着在北方从没见过的大雨，这场雨似乎能够冲走一切。到深圳的这段时间里，一直处于混沌状态，自己还没分清深圳的东南西北，所以不像你有那么多的体会和感伤。

以前，我们曾经对未来前途抱有诸多的怀疑和希望，也曾经对人生进行过解构式的剖析，努力要寻找各种存在的理由。结果是，我们失败了，随着那样一段思想自由时代的终结，我们没有留下任何可以证实的理由。

或许，过去的我们太专注于结果和思辨，为感情的终极形式而努力。但是今天，我觉得这样做对于你和那段日子是不公平的，我们都没有理由在他人身上试验情感的幻想和冲动，就如我不能替你分担灵与肉的痛苦一样。虽然，你我曾经尝试着标准的恋爱方式，但是，我们却忘了恋爱的基本动机。相互依偎的爱也好，宽衣解带的性也好，这一切不过是玻璃笼子里两个猴子的杂耍表演，粗俗地向世人暗示着人类生活的必修范本。

希望你能原谅我的无知，或许对你是一种难以忘怀的伤害，但唯有如此，我们才有勇气等待明天的来临。我无法面对与你告别的那一时刻，因为在你的面前，我会丧失掉积蓄下来的所有勇气，因为在那个时候，我手里只有一块钱的赌注。

关于深圳，我还像窗外的暴雨一样混沌，无法向你做更多的描述，只是发现这里的雨特别大、雨后的天也特别蓝。

華曦雨中

89 年 8 月 6 日

　　向梅姐借来胶水封好信，华曦就准备躲在资料室里小睡一会儿。可叶青推门进来，满月一般的脸上挂着天真到幼稚的微笑，"华工，没冻着吧？给你点板蓝根泡水喝。"说着，叶青就坐到了华曦的桌子前，亲自为华曦倒上开水，将袋装的板蓝根冲进去，然后端到华曦的面前。看着华曦慢慢喝起来，叶青才松了口气，神情也自然了许多。反正这个下午没什么事可做，华曦不妨用闲聊来打发这段时间。叶青低头看了看华曦刚刚封好的信，"华工，大白天就写情书啊，是大学的同学？"

　　华曦不自然的辩解，"哪是什么情书啊？只是普通朋友而已。"

　　"骗人！鬼才信。"

　　"嘿嘿，鬼都不信，"华曦干脆自我否定，省得辩解起来麻烦。

　　"怎么样？"

　　"什么怎么样？"华曦反问道，

　　"你爱她吗？"叶青拉出一副好奇的神情，

　　"爱又怎么样？不爱又怎么样？"

　　"咦，奇怪了，不爱她你写什么情书？"

　　华曦笑道："我说过这是情书了吗？"

　　叶青自知这个问题多余，"反正你学问大，我也辩不过你。"华曦见状，就主动问道："你来深圳多长时间了？"

　　"我？比你早不了多久，五月份。"

　　"自己来的？"

　　"当然了，不成还是警察叔叔送来的？"

　　华曦赔着笑脸，"我这话问得真多余，有男朋友了吗？"叶青一听，脸色马上阴沉下来，"有！不过跟没有一样。"看到叶青脸色突然变得不

48

好看了，华曦自然封住了嘴巴。叶青自己倒是诉起苦来，"我想来深圳，他却舍不得父母和县工商局那份工作，所以怎么动员也不愿意离家，所以我就孤家寡人的一个人跑来了。到现在，一共也没有几个电话来，你说，这不跟没有一样。"

华曦搬出一副成熟的样子，"但我看得出，你是很爱他的。"

叶青长叹了一口气，圆圆的身子在椅子里团成了一团。

"在学校的时候，我俩爱得死去活来，我用了一年时间才把他追到手的，可不容易了。在我们专科学校里，追他的人多了。可他就是不愿意离开县城，我能怎么办？"

"你也留在那里不就行了？"

"可我父母都来了东莞。"

华曦摇摇头，觉得自己没什么资格能劝导眼前这个爱情道路上的迷惘者，就不肯作声了。叶青撅着嘴巴停了一会儿，就对华曦提议道："华工，晚上你要是没事，我带你到荔枝公园转一转，这一片儿我还是挺熟的。"

"可是还在下雨啊，"

"放心吧，你看这雨不是已经小了么，我估计到下班后准停。"

捌

这场大雨果然在晚饭时就停了，不过为深圳留下了深深的积水，低洼的地方存了有半米深的水，让这个海滨城市成了水乡泽国。博物馆的院子里，篮球场变成了游泳池，博物馆正门前的那片台阶下面汇流成一条湍急的小河，角落里的勒杜鹃还剩一半沓在水面之上，只有老榕树下的那片花池，漂浮在水面之上，没有积存多少水。

深圳的天气就是这样，大雨还没有完全消退，明亮的阳光就急不可耐地从云层后四射出来，将缩水后的云彩映出霓虹般的色彩。只有这时的阳光才不再是明晃晃的一片，七彩的色调优雅地铺满天空，轻柔的云彩已经忘记刚才大发淫威的肆虐，舒展四肢向正遭受水患之苦的人们展示着它轻盈的体态。

华曦站在办公楼的门口，望着地面上粼粼的波光。从身边走过的人们纷纷脱了鞋子，赤着脚走向宿舍楼。这时，小美赤着脚从水面上跳了过来，清脆地叫了声："嗨，跟我走一趟。"

华曦有些莫名其妙，"去哪里？"

"别啰里啰唆的，快走吧，到地方你就知道了。"

华曦将脚下的皮鞋放回办公室，赤着脚跟小美走上了深南中路。深南中路上有些地方水可及膝，汽车小心翼翼地往前挪动，路上已经堵了一大片。人行道上的水只淹到脚面深，小美一边走一边故意踩着水花，害得华曦不住躲闪。

"喂，你要把我带到哪里去啊？"

小美眨眨眼，一脸的神秘，"我认识一个人肉包子铺，送你过去换几个零花钱。"

"太小看我了，再贱卖也能替你置办一套嫁妆啊。"

"不必，只要够这个月的宵夜钱我就满足了。"

华曦一脸的义愤，"这简直是对我人格的侮辱，再差我也是名牌大学的硕士研究生啊？"

小美嘴巴要撅到了天上去，"你可真够研究生的，脑子里长虫了。对人家包子铺来说，研究生和要饭的一个价儿，人家还能在包子上标着：这屉包子馅是名牌大学研究生的，比别的贵两块？"

华曦只好点头，"行行，我就值这个价儿，我认了。那我临上案板之前能不能有个请求，怎么着我都为你做了点贡献啊。"

"这个人还没怎么样就讲条件，说吧，我努力满足。"

"让我亲你一下，就算作了包子馅，我也死而无憾了，好让我终于知道了女人的味道，可以含笑九泉。”

小美听了马上笑弯了腰，脚下溅起一大片水花，惹得路过的人投来白眼。“你脸皮真厚，你这老油条还扮纯情，瞧瞧你，嘴皮子都亲出老茧来了。老实交代，一共糟蹋过多少女孩子？”

“天大的冤枉啊，我比窦娥都冤，我可从来都是冰清玉洁的，一般来说，别人不勾搭我，我从不主动勾搭别人。”

“哈，看来你都是被诱奸的？”

华曦做出一脸的委屈，“是，当然，偶尔也会有农民当家做主人的时候。”

小美得意洋洋地指着华曦，“说实话了不是！现在还保持着奸淫关系的还有几位？”

“什么叫奸淫关系啊？”

“好好，用你们研究生的话叫男女关系的有几位？”

“就一位，再没其他不轨行为了。”

“全都交代清楚了？”小美严肃地皱起了眉头。

华曦大叫，“你这是审犯人呢？”

小美为两人的精彩做戏哈哈大笑，然后装出一副小鸟依人的样子揽住华曦的胳膊，嗲声嗲气地安慰道：“这不是关心你嘛，年轻人自己来深圳，多孤独啊，多需要有人关心啊。”

“你最好还是大点声说话，这样当心酸得我满地找牙。”

“好好，现在这一位是你诱奸的还是你强奸的？”

华曦翻番白眼，不知道该怎样回答。小美继续追问：“别羞羞答答的，招吧？”

“谁羞羞答答的？反正已经结束了，谁像你啊，大大咧咧没个女人样。”

华曦话一出口就觉得有些伤人，赶快注意小美的反应。小美果然沉下了脸，不吭声了。华曦拉拉她的手，想表示一下歉意，可是被小美挡开了。两个人都没有再说话，脚下溅起的积水也比刚才小了很多，华曦心情有些沉重，渐渐地落在小美的身后。

这时华曦才发现，小美今天似乎是特意打扮，齐肩的直发用一束各种颜色的皮筋扎在脑后，走起路来东甩西甩的，吊带的短裙上铺满了碎碎的栀子花，露在外面的胳膊和后背光洁地闪着阳光的痕迹，击打着水花的两条细腿笔直而有弹性，走路时一跳一跳地让栀子花的裙摆有节奏地散开收拢。

华曦在大学时曾经散布过着这样的理论，他认为世上的女孩子有这样几种类型：一是青春玉女型，这样的女生充满活力和伪装的天真，并且永远用无知掩盖一切，大脑和她腋窝下的皮肤一样苍白，一切行为均以琼瑶小说的人物作为基本标准，可以与你在烛光下任意约会但无论如何不肯上床。再一类女生属于窈窕淑女型，无论长相如何都自觉比作婵娟再世，永远不会让你看到牙和脚底的模样，思想和她的叹息一样虚假而神秘。你勾引她时要做好思想准备，因为往往最后的结果是你被她摁倒在床上。至于其他，华曦一概总结为山野村妇型，骨节粗大、体壮如牛，不去厕所就很难有性别之分。情爱两个字，在她们的嘴里是一种继续生存的依据，在她们的床上是一种生理困扰的借口。调情对她们来说只是既不想吃又吃不起的一道饭后甜点，唯一的人生目标就是生得伟大、死得光荣。

走在小美的身后，华曦觉得，小美无论如何也不属于这三种类型，赤脚走在深圳大街上的小美是无法在大学校园里想像的，你永远捉摸不住她的思想轨迹，就同她的脚步一样，无法预测她的下一步迈向何方。

走过上海宾馆的时候，华曦追上去，轻轻地拉住小美的手，小美继续低着头，似乎没有感觉到华曦手的温度，不过这个时候，小美脸上的神色已经平静了许多。华曦现在泡在水里的脚开始有点酸疼，于是轻声说，"小美，我们歇歇吧。"

小美转过头来，"马上就到了，"并拉着华曦快步跑过马路。刚刚跨过马路，华曦顿时被眼前的景象惊呆了。

横亘在眼前的是一条城市中心内绵延数千米的绿化带，纵深几百米，两侧望不到尽头，仿佛是横陈在城市心脏旁的一个山野公园。最奇妙的是，在自然野趣的边缘，矗立着密密麻麻、灯火辉煌的高楼大厦。

雨后的绿化公园里，积满了雨水，金黄色的夕阳悬在荔枝林的梢头，让整个自然公园成了汪洋一片的金色沼泽。水面上铺满了金色的夕阳，眩得人睁不开眼睛，葱茏的荔枝林也化成了一片繁盛的剪影，远处的笔架山清晰地勾画出了脊背的轮廓。在这城市中心的山野中，所有挣扎出水面的植物都茂盛地开放，成行的苏铁依旧将剪碎的夕阳撒在粼粼的水面之上。

"哇，金色池塘。"华曦想起了一部美国电影的名字。小美紧拉着他的手，"还有更好的呢！"

两个人一前一后，一脚深一脚浅地摸进了荔枝林，华曦担心地问小美，"我们这样进来，没有人管吗？"

"这是个开放的绿化带啊，放心吧，没人收门票。"

这个巨大沼泽里的水足有小腿深，有些地方几乎没过了膝盖，两个人就是这样一步一步地向前摸索着。由于赤着脚，水下的杂草和树根将脚扎得很痛，华曦一边走一边咧嘴，而小美不住拨开树枝和苏铁的尖叶，似乎更愿意在前面为华曦找一条平坦的路。一会儿，小美站住，指着前面对华曦说，"这里有一条小河，你看我们怎么过去？"

华曦定睛仔细看看，才发现眼前有一条大约几米宽的小河，只是因为水面上涨，小河已经躲到了水下，成了不为注意的暗沟。华曦摇摇头，"看来我们只有游泳了，"

小美诡异地笑道："你游泳吧，我可以从水面上走过去。"

"你还会轻功？"

小美说着就用脚试探了一下，很谨慎的在水面上一步一步地向前走，华曦起初很惊讶，接着就发现，原来水面下有两条木梁架成的一个小平板桥，大约只有不足一米宽，因为水淹，已经没在水下了。华曦扶着小美的腰一起谨慎地走过小桥，再走了几步，就见荔枝林中，有一座简陋的看林人的小木棚，木棚用木架支起来，离地面有三四米高，一个小木梯连在水面上。小美二话不说地爬了上去，并在上面招呼着傻傻发愣的华曦。

木棚上仅仅用四个柱子支撑着一个竹席遮住的棚顶，地上铺着一张草席，从这里可以尽览四周的景色，金黄的阳光将木棚的倒影投在沼泽的水面上，荔枝林的树冠在脚下成片的铺展过去，如一片翻滚的云团。从这里向东望去，远远的城市变成了一片金黄色的剪影，反射着夕阳的高楼大厦衬在暗蓝色的天空下，形成了这个新兴城市一道独特的风景。小美和华曦坐在还湿乎乎的草席上，背负着暖暖的夕阳，望着远处的城市，小美开心地尖叫，兴奋地捶着华曦的肩膀。

华曦被这奇妙的景色震撼，能够从这个角度、在这样的阳光下观看这个城市，华曦似乎在忽然之间，领悟了这个城市的全部灵魂。

"这是我的一个梦想，我总是梦想能着从这里、从远处观察这个城市，看看所有的深圳人为之奋斗的巅峰。哈哈，我成功了。"小美脸上的幸福比夕阳还要灿烂。

"我经常一个人晚上来这里，平时这里人不多，可是每次总有一个看荔枝林的老人在这上面，悠闲地望着一切，我想他比我们站得都高、看得都远。总有一天，我也要上来看看。"小美眉飞色舞地说着，两只眼睛贪婪地攫取四周的景色，仿佛这城市会突然消失一般。"今天下大雨，这里进不来人，我估计那老人一定不在，所以，哈哈……"

华曦不仅为眼前的景色所震撼，也为小美的激动所感染。看着这座由激情创造的城市、望着堆积着孤独与落寞的天空，华曦第一次为自己的选择而骄傲。

最后的一线余晖横挂在遥远的天际，积水也变得深沉了许多，城市的剪影逐渐与天空合而为一，只有刚刚亮起的霓虹灯撕破了夜色的苍茫。华曦注意到，此时的小美变得格外宁静，宁静得有些迷茫，长长的睫毛模糊了专注的眼神，暮色凝结在她翘翘的鼻尖上。这时，华曦觉得面前这个静止的生灵是那么美，美得让人不敢触摸，不敢有任何非分的遐想。小美此时就如同陷入沉思的铜像，优美的曲线下埋藏着无限感动。此时华曦才真正发现，挂在小美唇边上的那一丝女人特有的妩媚，足以让所有细心的男人为之动情；栀子花掩映下的结实挺立的胸，如春天的花蕾，含苞待放又欲说还羞。

小美幽幽地，似乎在自言自语，"不光是你，就连他也认为我男人气。"

华曦明白她还在为自己刚才冒失的言语而苦恼，马上安慰道："刚才我是胡说的，别当真。实际上，我觉得，你是我遇到过的最特别的女孩，你身上的东西是在别的女孩身上找不到的，我……"

小美凝望着华曦，嘴角的妩媚里有着说不尽的忧郁。

"是么？"

"真的！我喜欢。"

小美浅浅笑笑，这种表情似乎不是属于她的，但是这种笑挂在此时她的脸上，又是那么和谐。

"我也想像别的女孩子一样娇滴滴的，有男人宠爱。可惜我出生后，妈妈就把我送到湘西的外婆家，外婆把我像男孩子一样的养大，说不要像妈妈那样做女人，一辈子老受人欺负。"

"怎么会这样？"

小美长叹了一口气，"我出生在湛江，爸爸是南海舰队的舰长，那时妈妈还在舰队的文工团。爸爸的脾气不好，一出海回来就在家里又打又吵，总是怀疑妈妈，到后来，妈妈最怕舰队回港。我出生后，妈妈就把我送回了外婆家，所以我一直对爸爸的印象不深，他也很少到湘西来看我，因为外婆不喜欢爸爸，对我说爸爸总打妈妈。后来，部队换防时，全家就搬到了福州，我考进厦门集美读大学时，才偶尔全家团聚。"

"他们还吵吗？"

"我读大学三年级时，他们离婚了。我还记得妈妈离婚时的神情，她哭着告诉我，以后千万要找个真心爱你的人。我判给了爸爸，弟弟跟着妈妈。那时，爸爸老得不成样子，头发几天就白了。没过多长时间，爸爸就因车祸瘫在了床上。春节时，我还去看了他，他已经快不行了，每天只能在轮椅上晒晒太阳。"

华曦有些好奇，"那你怎么来了深圳？"

"后来妈妈改嫁了，嫁到了香港，爸爸说，妈妈和那个人已经好了很多年了，是妈妈刚参军时的战友，复员后就去了香港。所以我毕业时就找了个理由到了深圳，以为这样就能经常见到妈妈。可我到深圳的时候，妈妈带着弟弟移民去了贝尔法斯特，又让我空想了。现在，我一年回福州一次，去看看爸爸，他身体很差，脾气还是那么坏，全医院的人都怕他，不过，估计也见不上几面了。"

华曦注意到，小美说到妈妈的时候，眼角里开始闪着泪光，眼神也迷茫了。

"你恨他吗？"

"恨谁？"小美惊异地问。

"你爸爸啊？"

小美沉重地摇摇头，两道细细的眉毛紧紧锁在一起。"我不知道，他毕竟是爸爸啊，看到他瘫在轮椅上的样子，我好难过，可惜我不能替他分担什么。舰队的叔叔们都说爸爸是个好军人，和妈妈是个错误的结合，我也是个错误的产物。也许是妈妈太浪漫了，我还记得小的时候，妈妈来湘西看我，在老家的门口，总是唱着歌哄我睡觉，我那时就学会哼好多苏联民歌，像《红莓花儿开》、《喀秋莎》什么的，所以到上大学的时候，一到联欢的时候，我就只有唱那些古老的苏联民歌，很多是同学们没有听过的。

可惜，我没有唱歌的天分，这一点不像妈妈。”

一轮满月已经从上海宾馆的背后爬了上来，将四周的水面照得明晃晃的。

“你是不是听烦了？我可是有生第一次和别人提起这事。”

华曦急忙摆摆手，“我都听得入神了，对我来说好新奇，也许是我的经历太平淡了。”

小美似乎没有在意华曦的解释，继续沉浸在断断续续的回忆里。“从离开外婆的这些年来，我没有谁可以相信，也没有谁想听我说话，所以我就自己讲给自己听，特别是到深圳以后，我觉得我要憋死了。我总是等啊等，自己也不知道在等什么。可是，等来的是妈妈两三个月来的一张明信片，等来的是外婆在老家病故的消息，从今天等到明天，也不知道要等什么，可就是要继续等下去。”

华曦发现小美的脸颊上已经有了一道泪痕，在皎洁的月光下，像一条银线在风中飞舞。

“你可以尝试谈一次恋爱，也许它可以帮助你摆脱许多。”

“试过了，这招儿不灵。”小美笑着说，嘴角的妩媚里带着一丝狡黠。

“上大四的那个暑假里，他比我还低一个年级。可是热度没持续几个月，就开始烦了。为什么？还不是受不了我的男人气呗！”说完，小美自己先哈哈笑了起来。

“喂，我刚才可是玩笑话，你不要当真啊。”

小美摇摇头，把悬在木棚外的两条腿晃地像个秋千。“你不说，我也知道，反正我也改不了了，就这样吧。”

“我就喜欢你这样。”

小美眯起双眼，“嘴巴真甜，让我闻闻，”说着就把鼻尖凑到华曦的面前，使劲地抽抽鼻子，“真不错，好甜！不过他可没有你这么乖，经常禁不住我整蛊，没闹一会儿就急了。”

　　"就这样结束了？"华曦说这话的时候，不知道是替她惋惜还是替她庆幸。

　　"哪有那么容易收场，你以为是美国电影？谁也没有想过分手，谁也没有想过未来，就是这样，反正不重要。我毕业来深圳的时候，他也没有怎么挽留我，他毕业留在厦门，我也没有要求他来深圳，他乐得清静，我乐得轻闲。嘿嘿，实际上便宜了他，"

　　华曦嘴巴撇起来，"我已经听不懂了，你们是小孩子过家家么？你以后呢？"

　　"你可是真够笨的，这和以后有什么关系呢？实际上不过是没有勇气说分手罢了。另外，又何必让自己更空虚呢？没事的时候想想也好。"

　　华曦试探着问，"那你以后呢？"

　　"什么以后？你怎么那么关注以后啊，以后还不是和现在一样？上班下班吃饭睡觉，会有不同吗？"

　　"我倒不是关注以后，主要是刚来深圳，还不知到明天会怎么样。"

　　"明天和今天一样，"

　　"那你就不想嫁人了？"

　　小美惊呆了一般，叫着："嫁呀，当然嫁！不光要嫁，还要嫁个满意的。"

　　"谁会娶你？"

　　小美犯愁地挠挠头，"这倒是个问题，我以前怎么没想过呢，"然后试探着问道："要不，咱俩就凑合凑合？"

　　华曦见小美又顽皮起来，就顺势接道："我看够呛，不一定能忍受得了。"

　　小美继续道："你就忍忍吧，要不怎么叫凑合呢？反正你的条件也比较困难，我就算是支援灾区了。"

　　"要是就这么定了，你看我们挑个日子把大事办了？"

　　"嗨，既然是凑合还挑什么日子啊，趁现在四周没人，还不抓紧就地正法？"

两个人调笑着，时间就这样匆匆的过去了。在这水泄一般的月光下，没有疲倦、没有困意，月亮挂在被暴雨洗静的天空上分外明亮。远处明灭的霓虹灯诉说着夏夜的故事，四周的虫鸣此起彼伏，为这样的夜晚增添了一份悠远，一份宁静。

两个人说笑着，又不约而同地停下来，注视着对方。华曦伸手揽住小美有些凉意的肩头，小美顺势闭上了双眼，让长长的睫毛弥合彼此的情绪，华曦轻柔地咬住小美的嘴唇，让一份男人的温存悠长地润进小美的心里，感受着小美湿润的温度。两人急促的呼吸吹拂到彼此的脸上，让剧烈跳动的心共振着对方的脉搏，舌尖寻找着神秘的暗夜，聆听着血液里游荡的激情。

"这是我今年夏天的第一个吻。"小美推开华曦的手，整整衣服，严肃地说，"果然是高手。"

华曦一愣，"是接吻高手还是调情高手？"

"都是。老实交代，亲过多少个女同学了？"

"土木系和建筑系的本科和硕士生基本上无一漏网，博士生里还差几个。"

"哇，佩服佩服，以后要多多讨教。"

华曦为自己的牛皮有些自鸣得意，"现在就可以继续免费授课。"

小美撇撇嘴，"不行，今天忘记买牙膏了。"

两个人记不起是怎样走出这片沼泽了，只是记得每一步都踏碎一片月光，溅起宿鸟不住地啼叫。在他们的身后，月光悄悄地聚拢，让这个夜晚继续明亮下去，继续把寂寞和烦恼留给这个城市里的无数未眠人。

第三章 台风季节

壹

　　华曦出院的时候，小美没有来，只有吴缨过来替他收拾东西，并把他一直送回金城大厦。在临走出医院的时候，华曦问起那个把自己送医院的女孩，吴缨说当时那么紧张，名字已经想不起来了。华曦于是又返回住院部翻查入院登记，只见送院一栏上草草写着胡蓉两个字，下面没有电话、地址，只看得出是一个女孩的潦草笔迹。华曦失望地走出医院，叫了出租车回到住处。

　　华曦看着已经积了一层灰尘的住处，心情变得很坏，本想打扫一遍，看着眼前杂乱不堪的家，还没干活就觉得浑身酸软。想想自己几十万的家底变成了一堆昂贵的玻璃碎片，忙了很久的工程落到阿求这小子的手里，心里阴沉得像一摊碍眼的煤渣。于是干脆拔掉电话线，栽倒在灰尘扑鼻的床上，蒙头大睡。华曦不知道睡了多长时间，在似梦似醒之间，多少故人和往事在眼前匆匆而过。吴缨用手捋着卷曲的头发，柠檬般的唇向自己打个粘粘的招呼；小美这时总是迅速转过头去，将一头散乱的黑发甩给自己；阿求笑得眯上了眼，忙不迭地从包里掏出烟；宁绍辉从来不喜欢这些人，他更愿意闷头坐着，看着大家你唱我和。惠惠和叶青在哪儿？身边那些谈笑风生的人们呢？好像黑夜过后就是黄昏，夜色苍茫之间，眼前朦胧晃动的永远是捉摸不定的影子，所有人都互相重叠着，像是皮影戏里的呆板角色，忽近忽远、难得真实。寂静的黑夜像一串章回故事，像串通后密谋上演的一出哑剧。终于在天亮之前，鼻梁上架着金边眼睛的凌红从那株大榕树下闪出来，直勾勾地盯着华曦，目光里充满了无法化解的仇恨。

华曦艰难地从床上爬起来，站到花撒下痛痛快快地冲个冷水澡，这时，大脑才逐渐地清醒过来。他光着身子走到客厅，打开冰箱，里面只有两包快食面和一点辣椒酱，他干脆到水管下喝了两口凉水，又坐到床上。这套房子是华曦从设计院出来时，向一个早年移居香港的浙江女人租下的。

金城大厦曾经是深圳市红极一时的豪宅，只是现在已经明显地破旧了，楼梯里黑糊糊的，四周都是密密麻麻的商铺，叫卖声和叉烧店的音乐每天持续到后半夜。房间里很小，房子里放下那张华曦特意购置的双人床后，窄得仅够一个人转转身。不过从23层的窗户上，可以越过粤海酒店眺望到深南路的全景，特别是天黑之后，大剧院门前的灯火可以清楚地成为暗夜中最明亮的地方。手表已经摔坏了，床头的闹钟也停了，华曦不知道现在的具体时间，只是看到即将落山的夕阳从窗外直直地投射进来，让笔直的深南大道沐浴在一片金黄之中。

华曦不知道自己睡了多长时间，反正酸疼的脑壳已经不能忍受枕头的挤压。他干脆赤身裸体地坐在23层的窗台上，呆呆地看着夕阳落山。夕阳渐渐地沉到了楼房的背后，将西边的那一大片天空照得如稀释的血迹一般，深南大道上逐渐亮起了幽暗的车灯，如排着队的鬼魅。这是一个空洞的世界，人们围着自己编织的目标而蠕动，没有人回头观察自己的足迹，所有人都按照因为拥挤而共同选择的方向行进，所有的人都在争先恐后，像急于着床的精子一样，唯恐被下一次例假淘汰出局。

电视里预报着台风的消息，太平洋西岸的低压气旋已经形成，代号"朱庇特"的强台风正在向广东沿岸袭来，华曦想起，如今又到了台风季节。每到台风来临的时候，就是博物馆大院的年轻人开心聚会的时刻，在南海边的这个小城里，台风是每年必经的洗礼，也是所有人无法忘记的回忆。无论台风大小，博物馆大院的单身汉们都会选一间宿舍，自己买菜烧饭，大吃大喝一顿，这是一年里最开心的时候。所有的活动都要华曦出面安排，否则大家就会吵上门来，一同指责他的懒惰。

贰

　　华曦没来多久，就成了这个大院里单身一族的核心。

　　每天黄昏时，总有一群年轻人聚在篮球场的台阶上打球聊天，特别是叶青和惠惠，更是这群人中的活跃分子，每天嘻嘻哈哈地搅个不停。只有小美会很安静地看着大家天南海北的聊天，这个时候，她总是默不作声，脸上也不会流露什么表情，尽管华曦会时不时地和她搭上一两句话，她也只是点点头算做回答。华曦注意到，这段时间里小美的情绪低落了许多，即使两个人独处的时候，小美似乎也没有了那份肆意。

　　每天吃完晚饭，华曦就会拿起篮球来到球场，自然会有几个寂寞的单身汉聚在一起，开始一场小型的比赛。宁绍辉就是其中最凶猛的一个，虽然球技一般，但是擅长冲撞，防守时寸步不离，因此经常被华曦安排为防守后卫。这个时候，三三两两的女孩子就会围坐在台阶上，偶尔几句呐喊加油，特别是惠惠的尖叫声，总让华曦状态异常骁勇，因此会换来更多的尖叫。小美也会拎着她的收音机，坐在人堆里，注视着华曦的一举一动。

　　球场上分不出胜败，于是大家围坐在一起，用讽刺和挖苦继续着人类争斗的过程。虽然话题每天都有新变化，但是最终都会落到叶青和惠惠的身上，特别是二人未来的婚姻问题，大家提出了超过一百种以上可能出现的结果，而每个结果都是孤守残灯、落寞而终，最后必然让二人面红耳赤、愤怒不已。当深夜来临的时候，华曦就带着大家到巴登街路口的那家夜宵摊子上，轮选一名东主，让大家小吃一通，使这个夜晚里欢乐的人们能多一点点满足。

　　每次回程的路上，华曦都会主动地凑到小美的身边，虽然没有说话，但能感受到小美身上不自觉流露出来的依恋。一次，走进博物馆大院的时候，华曦忽然发现小美眼睛里有了一点泪星在黑夜中闪烁，华曦放慢脚步，拉住小美的手，"怎么不开心？"

小美停下脚步，没有作声。

"也许你可以信任我，也许可以说给我听一听。"

小美仰起头，平静地像篮球场上洒满的月光，"实际上，我也不能肯定我是不是不开心，反正，我不知道。"

这场对话就是这样的结束了，华曦回到资料室里有些睡不着。这个夏天，似乎空气都是静止的，窗外没有一丝风，只有不变的温度驱赶着睡意。虽然离那场大雨只有半个多月的时间，但是华曦明显地感觉到了小美有了些变化，疯疯癫癫的劲头儿似乎被雨水冲淡了，有时华曦感觉小美安静地像只懒惰的猫，总是守着收音机里的音乐，观望着夜色中流淌而过的乐符。华曦希望能在夜风中重新体会小美双唇的柔软，然而每每在血液蒸腾时就迷失了温存的方向，小美的影子总躲在凌红映着午后阳光的躯体之后，只有凌红双乳和杏唇的蠕动，才能让自己尽情宣泄。

到了第二天的黄昏，小美的身边多了一个高大的男孩，五官端正的脸上露着一副怯生生的模样，纤弱的身体上拘谨地套着一件尺码有些过大的白衬衣。在别人的哄笑下，小美面部僵硬地介绍说是男朋友从福州专程过来看望她。华曦也客气地打了招呼，并邀他一同加入篮球比赛。男孩怯生生地谢绝了邀请，和小美并肩坐在台阶上，一同看完了并不精彩的比赛。这个晚上，华曦始终没有什么上佳的表演，让叶青和惠惠惋惜不已，实际上，也许只有华曦才能体会到这场无聊的比赛是多么漫长。赛后，本来和小美同住一室的惠惠恳求叶青收留她一宿，即使打地铺也在所不惜，为此，大家哄笑着散去，都说免得耽误小美的宝贵时间。华曦回到楼上洗了澡，心里如失去了地球引力一般的空洞，在闷热的房间里翻了几页芥川龙之介的《袈裟与盛远》，脑子更被小说中武士的怅悔和女人的迷惑所搅乱。也许今天黄昏的一切正如芥川所想，这些不过都是一个阴谋，一个有调戏色彩的玩笑，一个有虐待倾向的宣言。

　　华曦下了楼，手里还拎着《芥川龙之介小说选》，晃晃悠悠不知所向，抬头望去，小美宿舍的窗户还亮着暗暗的灯，华曦胸口里像搅碎柠檬一般，血液都发出辛酸味道。华曦走进博物馆的后花园，坐在灯柱下的石墩上，借着昏暗的灯光翻开书，也许，芥川的故事可以排解一切。花园里静得吓人，墙外那几排市政府的宿舍楼里传出了电视的声音，灯下的人们在悠然地过着普通人的普通生活，家里人围坐在一起，为荧屏上的人物叹息掬泪。院墙下的几株蒲葵和那片香兰草发出了淡淡的幽香，透过轻微的鼻息渗入大脑，让忧郁变得更加深刻，让孤独变得更加清晰。

　　然而，芥川和香兰草都解救不了华曦，眼前晃动的只有小美窗前的灯光，华曦不能忍受那灯光的折磨和灯光下可能发生的各种猜测，只有逃也似的离开，直到逃到了深南中路上，看不到宿舍楼的黑影才止住了脚步。

叁

　　深南中路是一条东西方向的大路，也是贯穿深圳的唯一的主干道。向东直通到国贸和东门，向西就到了上步工业区和上海宾馆，再西就连着香蜜湖和华侨城。华曦站在路边，不知道该往哪个方向，但唯有远远离开这里，才能缓解幻想的折磨。望着路上的车流，望着偶尔从身边走过的情侣和孤身的行者，华曦无法为自己判断一个方向，也许，所有的人都曾经茫然地站在黑夜的大街旁，有些在寻找目的，有些在寻找目的的方向。

　　走过大剧院，到了蔡屋围的老树下，树下有些乘凉的人们聊着一些闲话。走过摄影大厦，楼下的那些卖摄影器材的小商店依旧灯火通明，各种照相机堆满了货架，柜台后的老板和小店员闲扯着，小店员被老板逗得笑低了头。布吉河水积存在解放桥下，只剩下杂草丛中的一捧，不时随风传来一阵阵死水的味道。华曦现在觉得两条腿开始有点酸痛，望望远处人头攒动，于是，就攀坐在桥栏杆上，呆呆地望着从眼前的划过的人影舞动。

不远处是通往香港的铁路桥，桥上静悄悄的，没有火车嚎叫着跑过，沉寂地如一条现代化的废墟。桥下的商贩架着炭火，在烘烤着羊肉串和鸡翅膀，炭火的烟气和烤肉的香味在眼前缭绕，华曦渐渐地被眼前流动的世界吸引，纷扰的大脑慢慢地有了一点平静。路上的人们只留下了一道模糊的影子，各地方言表达的喜怒哀乐不清不楚地传来，又恍恍惚惚消失，只有对面昏暗的路灯和远处中国银行大厦办公室的灯光久久地停留在视线里。

"老板，借个火。"身旁一位黑衣女孩手里夹着一支烟在望着华曦。华曦忙收回散乱的思绪说："我不抽烟，"。

黑衣女孩一听就转身走到路上，拦住一位行人点着烟，又走回华曦的身边，倚在桥栏杆上，幽幽地抽着烟，脸上没有任何表情。女孩个子不高，高跟鞋撑着的身体，使有些部位不合比例的凸出来，染成了咖啡色的卷发在路灯下泛着暗黄色的光，黑色的透明上装紧紧地裹在身上，清楚地露出了内衣的形状。华曦注意到，女孩没有表情的脸上夹杂着一丝疲惫，浓妆遮不住松弛的眼袋和迷离的眼神，油漆一般的口红沾满了烟嘴，浓重的香水和烟味迅速飘散过来，让华曦从心底产生了一线怵意。

这时，女孩转过头来，似乎充满了疑惑地问，"先生，我们是不是在哪里见过面？"

华曦一听，马上决定要赶快离开，黑衣女孩似乎看出了华曦的念头，马上换了一副面孔，"你别怕，我不是那种女人，只是走累了歇一歇。"

"我怕什么？"虽然这样说，华曦还是不敢确定自己的判断。

"我觉得我们好像在哪里见过面，好眼熟。"

"不会吧，我刚来深圳不久，"

"一看你就是刚毕业的大学生，深圳就缺你这样的斯文人。"

"是么？"华曦还从没有觉得深圳会这么需要自己，只是他并不相信耳边的这一切。

"是啊，"女孩眼里泛着光，似乎要用确定的眼神来证明自己说的一切，而且又将身体凑过来倚在华曦的腿边，"真的，深圳没什么好男人，尽是些下三滥。"

"你是江浙人？"华曦努力分辨着她那天南地北的腔调，

"江苏。"

华曦有些惊奇，"哦，江苏哪里？"

"扬州，你是？"

"我是你五百里外的老乡。"

"那也是老乡啊，这么巧，不过在深圳的江苏人还是挺多的。"

两个人就在桥栏杆旁闲扯了起来，这时，华曦已经没了要走的念头，刚才的那一线怯意也不知不觉地消失了，只是心里还在对这个女孩不停地做出判断，猜测她的来历和职业，猜测她身后的那段故事。聊了一会儿，华曦忽然发现黑衣女孩的眼神开始有些飘忽，说话也不那么专注了。一会儿，女孩提出来一起走走，于是两个人沿着布吉河随便走去。河边的树黑漆漆的，树下的柏油路坑坑洼洼，走起路来一脚深一脚浅，女孩先是拉住华曦的手，之后又将华曦的手臂紧紧地挽在怀里，头也凑到了华曦的肩膀上。华曦顿时觉得阵阵紧张，心剧烈跳动，但又极力保持着平静说，"这样不太好吧？"

女孩将浓妆的脸凑到华曦的面前，"只是寂寞嘛。"

"我们还不算认识啊。"

女孩笑道："我们也没做什么啊？"

华曦无言以对，女孩在华曦肩膀下低声地说，"实际上也没什么了，就是寂寞，特别是到了晚上，总是自己跟自己说话，深圳就是这样子，时间长了能把人憋疯。平时要好的几个死党嫁人的嫁人、出国的出国，就剩下我。"

"你可以回家待一段时间。"

"我来深圳三年就回过一次，还是老爸过世的时候，实在不想回去。"

"那你平时做些什么？"

"除了吃饭睡觉，还能做什么？"

华曦出于礼貌不敢再问下去，只是女孩的香水和隐隐的体香让自己的身体不自觉地有了反应，特别是女孩紧紧靠住的肩膀已经渗出了汗水，滑腻腻的感觉刺激着神经。走到宝安路下的一栋新建好的大厦外，女孩指着高处的无数个窗子，"我就住在这儿，把我送进去吧。"

虽然华曦已经做好了这样的准备，只是没有想到女孩会如此大胆，"方便吗？"

女孩嘿嘿地笑着，"有什么不方便的。"

上了电梯，直到 17 楼，女孩打开门站住，对门外的华曦笑笑说："感谢你送我回家，再见。"

华曦愣在门口，脸上的表情顿时僵住了，只好很不自然地说了再见，转头走向电梯。这时，女孩又在门口叫住他，"看你是个好人，实在不想骗你。刚才有人在跟踪我，所以只好让你冒充我男朋友，实在不好意思。"

华曦呆呆地站在电梯厅里，一时不知如何是好。缓了一下神，才解嘲地说，"看来我不知不觉地作了一次雷锋。"

女孩也愧疚地站在门口，摇摇头，"算了，进来吧，进来坐一下再走。"

离开这座大厦的时候，已经过了午夜。华曦走在依旧温热的大街上，大脑里空空旷旷的。街上的行人很稀少，只有一两个水果摊子还亮着灯。华曦在女孩简陋的客厅里喝到了家乡的新茶，也了解了一种以前从不理解的生活。女孩拿出了相册翻着给华曦看，看她小时候搔首弄姿的模样，笑过之后，又看了她和几个男人在深圳、云南、泰国的合影，告诉华曦这几个香港人的身份和她们在一起的时间。而现在有个当地的年轻人一直在追她，今天就是和他吵了几句后，才遇见华曦的。说起这段的时候，女孩的眼睛里闪着狡黠的光芒，为自己的小手段洋洋自得。

回到自己的铁架床上之后，华曦才想起，《芥川龙之介小说选》忘在了女孩子的客厅里，而自己还不知道这个女孩的姓名，也不知道她的电话，甚至记不住那栋大厦的位置。一切就是这样匆匆地来、又匆匆地去，甚至没有留下一点痕迹。

肆

到了第二天醒来的时候，昨天的一切都已经淡忘，梁院长催着华曦把流沙的处理方案重新计算一遍，一直到了晚饭后，华曦还爬在一堆计算的数字里。这时，宁绍辉冲进来，问他为什么脱离组织活动而不请假。华曦被问懵了，"什么组织？"

"博物馆大院光棍协会啊，你可是书记啊。"

"我什么时间当上了书记？"

"昨天晚上，四处找不到你，就缺席任命你为书记了，而且当场决定，由于你缺席组织成立大会，处罚你今天在巴登街买单请客。"

华曦无奈地摇摇头，"你们不征得我的同意就随意成立组织，这是多大的罪过。算了算了，饶你们一次，明晚我买单，今晚我要干通宵了。"

楼下的篮球比赛照常进行，小美和那个拘谨的男孩照常在台阶上观看，只是小美比昨天更显得失落和憔悴。篮球比赛结束了，人们也散去了，大院里又恢复了往常的平静。华曦躲在房间里，继续计算着无数个关于流沙与钢筋量的枯燥数字，夜色就是这样悄悄地爬过了窗棂，溜进床头的书桌上。只是华曦不愿意抬头，不愿意望见宿舍楼小美窗口的灯光，这时，只有图纸和计算器上的数字才最鲜活、最性感，每个符号都会在枯燥的纸面上跳舞，每个数字组合都有轻快的旋律。就这样在抽象的快乐中，很快到了深夜。随着夜色从门缝溢出，小美轻轻地走进来，坐到华曦身边的床头上，在台灯昏暗的灯光下，小美的脸色有些惨白，眼睛也是肿的。华曦呆呆地望着突如其来的小美，刚才还鲜活跳动的符号乖乖地回到图纸上。小美拉过华曦的手，幽怨的眼睛深得像雨后的黑夜，紧咬的嘴唇只是轻轻动了动，没有说出一句话。华曦握住小美冰凉的手，看见一滴眼泪从脸颊上汩汩地流过，化成了一道亮亮的水印。不知过了多久，随着散乱的头发轻轻飘起，小美又消失在门外的夜色之外。

到天亮的时候，华曦还趴在桌子上睡着，直到走廊里有人陆陆续续上班来，才匆忙地洗了把脸，将计算好的处理方案送到了梁院长的办公室。路过叶青的面前时，叶青睡眼惺忪地指着刚送来的特区报，"台风要来了，小心窗子啊，要是把图纸泡了，你就惨了。"

伍

下班的时候，天已经阴沉地如柏油路面一样，灰黑色的云低低地压在头上，把红岭大厦的顶部含混地包裹住。风已经一阵一阵的吹来，马路上的尘土和纸片开始在地面上旋转着，树梢来回摆动，把哗哗的声音送进阵阵的风鸣之中。今天没有篮球比赛，也没有观众，华曦坐在台阶上，感受着平生第一次即将接触的台风预演。风迎面扑过来，没有凄惨，只有大自然的生动。这时虽然天空上的阴云蓄满了亟待奔腾而下的雨水，但风却是干燥的，吹在脸上，没有一丝湿润的含义。小美不知什么时候也坐在了华曦的身边，风把她的头发舞得四处飘散，脸上的神情却依旧凝重。华曦没有转头，虽然只是小声地，但可以确定小美能在这风动之中听到它。

"男朋友呢？"

"走了。"

"这么快？"

"台风要来了。"

两个人又不说话了，只有风开始逐渐地肆虐起来。风像逐渐长大的孩子，用力地撼动着可以摇晃的一切，树、草和飞舞的垃圾一起随着风的节奏跳舞，让视野里所有的建筑物都显得那么无助。华曦和小美渐渐地睁不开了眼睛，风混浊了面前的一切，头发也像孤草一样迷失了原有的自尊。小美忽然凑到华曦的耳旁，大声地叫道："一切都结束了。"

混合着风声，华曦不敢确定听到了什么，大声地问："什么？"

"一切都结束了。"小美再次地喊道。

"这么快？"

"是。"

"值得纪念么？"

"值。"

这时，豌豆大的雨点借着风力向脸上砸来，每一个雨点都足以让人湿透一大片，风也仗势欺人地凭空猛烈了许多，似乎要把地上所有的一切抛向黑暗的天空。华曦拉起小美扭头就往附楼跑，风改变了人的方向，在树梢的猛烈抽打下，两个人歪歪斜斜地逃进了办公室。华曦第一时间关上窗户，认真地锁好，这时书桌上已经浸漫了水，几本小说已经被泡得湿沓沓的。小美扯过毛巾捋着头上的水，身上的裙子已经完全帖在身上，暴露出女孩所有的秘密。

两个人抹着脸上的水，望着对方狼狈的样子，相对而笑。似乎这笑是赠与刚才的一切，是对过去的送行，是对心头阴霾的化解。小美双手抓住华曦湿透的衣领，把华曦慢慢地拉过来，然后将自己投入到华曦的怀抱之中，两个湿漉漉的身体紧紧地贴在了一起。

窗外的台风越来越猛烈，窗棂不停地呻吟，模糊的玻璃在窗框中挣扎，似乎要逃离这暴风的折磨。雨水积存在窗棂下，然后借着风力从缝隙里溅进室内，一片细碎的水花使书桌上又淤起了积水。

"你记恨么？"小美怯生生地问，华曦还从没见过小美这么胆怯，似乎生怕失去什么。

"记恨什么？"

"记恨我呀。"

"为什么要记恨你？"

"我让他留宿啊。"

"哦，台风不是已经来了么。"

华曦轻描淡写地回答，试图以此表示自己的大度。可这时小美马上换了一副面孔，刁钻地抓住华曦的两个耳朵，两条细眉夸张的吊起，尖声地叫道："那你老实交代，这两天有没有跟踪我？"

既然两只耳朵都被别人抓在手里，华曦此时也不敢反抗，"没有，向毛主席保证。"

但小美并没有善罢甘休的意思，"真的没有？"

"真的没有！"华曦的声音里已经带出了哭腔。

"有没有在我的窗户前走来走去？"

"没有，根本没上过你的楼。"

小美一听，顿时松了手，做出彻底失望的样子，"看来你真的不关心我。"

耳朵获得了自由，华曦马上摆出一脸的得意，"不是我不想上去，主要是怕受不了窗户里面的刺激。"

小美脸色一红，"呸！谁像你这么色情！"

"我一个人，跟谁色情啊。"

小美做出举拳就打的姿势，华曦赶紧抱头躲在床下。

小美嚷嚷道："还没打呢，躲什么？是不是说错话了？"

"是。"

"错了要罚。"

"认罚，罚什么？"

"罚你去买吃的。"

华曦顿时站起来，指着窗外呼啸的台风和暴雨，"小姐，你疯了？"

小美眼睛溜溜一转，"你想不想吃杨桃？"

"没见过，"北方长大的华曦很少吃到南方的水果，见过也不一定叫得上名字。

"就是那种有六个棱的，黄黄的，有这么大。"

"没见过。"

小美见华曦摆出一副无知者无罪的样子，就只好详细描述以此来诱惑华曦的味觉，"它有这么大，吃起来甜甜酸酸、松松脆脆的。"

"等台风过去就买给你。"

"可我等不及啊。"

"这时候，谁还开门做生意啊？要钱不要命么？"

小美神神秘秘地说，"我知道一个地方有，现在一起去。"

"现在？"华曦惊呆了，外面的台风正在肆虐地蹂躏着虚弱的窗户。

"是，现在。"小美拉起华曦就往外跑，华曦不得已地跟在后面，跑下楼梯，两个人手拉手发疯一样冲进了急骤地狂风暴雨之中。

暴雨是台风的孪生兄弟，借助风力，雨点像明晃晃的刀子一般横扫着一切。人在风中，似乎失去了重力，轻飘飘地为台风随意舞动。所有的雨水都是迎着面孔泼来，并在眼前激荡开来，随即消散在急骤的雨流之中。吹落的梧桐树叶拍在脸上，像挨了重重的巴掌。华曦只有紧紧拉着小美的手，跟跟跄跄地窜进后花园里，又从铁栅栏上翻过去，溜进荔枝公园里。华曦不知道小美要去哪里，只有紧紧拉住她的胳膊，猫着腰在剧烈摇摆的树下穿过。脚下的积水泛着水花，水花和雨点合在一起向着一个方向泼去。四周尽是挣扎的树，嚎叫着不愿离开脚下的泥土。风雨从树枝间肆意地掠过，带走了怯懦，带走了软弱，只剩下无止境的骇人咆哮。小美勉强依仗着树干的支撑，几乎要趴在地上一般地来到湖滨的一棵树下，满头雨水地对华曦大声叫着："看，杨桃就在那儿，"

华曦几乎无法睁开双眼，雨水像瀑布一样地从额头冲刷下来，只有用手遮住额头向树上望去，昏暗的风雨之中，有几个拳头般的果实在摇动的树枝上舞动，他大声喊道："怎么办？"

小美将华曦摁在树干旁，"扶住，别松手。"自己一边抓着树干，一边踩在华曦的肩膀上，"用力站起来。"

小美蹬着华曦的肩膀攀到树杈之间，牢牢地抱住飘摇的树枝，将手能够得到的杨桃丢到地上，然后又死死抱住树干慢慢爬下来。两个人将捡起的四五个杨桃兜在怀里，重又顶着台风向回爬去，到了围墙边，两个人气喘吁吁地躲在墙下歇口气，华曦叫着，"这儿没人管吗？"

小美把头缩在两个肩头下，"有啊，有保安，抓到罚钱。"

华曦一听赶紧起身缩在风雨里，"快走吧，别让他们看到，"

"好，我先翻过去，你拿着杨桃。"

小美翻到了公园的墙外，从铁栅栏之间一一接过了杨桃，正当华曦抓住铁栏杆要翻的时候，小美站起身，朝着四周大喊，"来人啊，有人偷杨桃了。"喊声夹杂着狂风和暴雨，淹没在注满激流的世界里。

华曦一听小美大叫，生怕她叫来保安，冰冷的手顿时抖了起来。四处环望，瓢泼般的暴雨击打在脸上和身上，无法分辨任何隐藏在暴风雨后的危险。于是只有慌忙地爬上铁栏杆，并恶喊道，"别叫！想害死我？"

小美仍大喊不止，"快来人啊，有人偷杨桃啦"，害得华曦几次从铁栏杆上溜下来。

等二人顶着台风窜回了附楼，华曦就一把抓住小美，义愤填膺地质问："你可真够歹毒的，竟敢在这个时候出卖我？"

小美笑得险些说不上话来，头上的雨水随着笑意挥洒，"你可真够蠢的，这时候哪有人管啊？就是看见了，也不会出来啊，你快傻颠了。"

回到房间，华曦就赶紧擦干身上的雨水，看见小美全身还如泡在水里一般，就找出件衬衣递给小美，小美接过来，"你先出去，顺便把杨桃洗了，一会儿我削给你吃。"

　　杨桃的味道并不像小美夸张的那么好，只是松松脆脆，很清新的味道。不过最吸引华曦的还是小美在昏暗灯光下的模样，过大的衬衣下隐约显现的曲线，让华曦觉得在这台风肆虐的夜晚，简陋的房间和鲜黄的杨桃都别有情调。小美似乎注意到了华曦的目光，嗔道："别瞎看，快点吃。"

　　"为什么不许看？"

　　"有什么好看的！没见过么？"

　　"没见过！"

　　小美将削好的杨桃塞进华曦的嘴巴里，"没什么好看的，谁长得都一样，何况我又这么丑，看多了容易害病。"

　　华曦试图了解这两天发生了什么，"难道他嫌弃你丑？"

　　小美摇摇头，"怎么会呢？起初可是他追求我的。"

　　"怎么这么快就结束了？"

　　小美迷茫地望着华曦，"说真的，我也不知道。这两天我也一直疑惑，以前我们总是在一起读书，一起闲聊，我捉弄他的时候，他也会傻笑，让你一看到他就会好开心。可是，分开之后，这些就都忘了，两个人见面只是像有某种契约的陌生人，不觉得开心，也不觉得讨厌。"

　　小美深深地叹了口气，"这两年来，既没有勇气相爱，又没有勇气分手。实际上，这次他过深圳来，也是鼓足了勇气，想尝试着改变，他都做好了随时离开厦门的准备，可是，仍旧不行。"

　　"为什么？"

　　"不知道，我不知道，他也不知道。可能你不会信，临走时，他哭了，像个小孩子一样哭了，他说他从心里爱着我，可是，想像和现实却是两回事，甚至在抱着我的时候，都没有反应，他哭得好绝望。我也无法把他和过去联系在一起，甚至在他哭的时候，我脑子里想的仍旧是你，我是不是太残酷了？可是我无法摆脱脑子里的混乱想法，我居然做不到安慰他。后来，我只好坦白了，坦白了我们之间的事。”

“我们之间的事？”

“是，是关于我们两个之间的事，我向他坦白的，是很多没有发生过，有些只是我曾想过的事。我告诉他，我们两个相爱而且疯狂，第一次做爱居然在夜晚的篮球场上，有时疯狂起来会在大家上班的时候躲进开水房。你为我抛弃了以前的恋人，自小青梅竹马的恋人，而她因此为你割腕自杀。我骗了他，我知道我不该撒谎、不该骗他，但是，也许只有这样，才是最好的结果。”

小美的眼泪涌出来，寂寞地落下，“我编造了最残忍的借口，他信了，他哭得像个孩子。我甚至没有勇气说出分手两个字，只好用这种方式来伤害他。他走的时候，让我带他问候你，可我知道，他承受了伤害。他上车之后，我还看见他眼里有泪，我转身就走，我不敢再看他的样子，我怕我挺不过这一关。回来的路上，我哭了一路，我怕他会灰心，我怕你会生气，我都不敢走进这个大院子。直到晚上，看到你坐在台阶上，我想，我一定要给自己一个交代，可又怕你会走开，直到你问我时，我才突然有了信心，才敢把编造的谎言讲出来，这是给自己的一个交代，也是对过去的解脱，我太自私了。半夜的时候，几次看到你的窗口还亮着灯，估计你也没有睡，好想过来看看你、陪陪你，可是我不知道，你会怎样看待我，怎样看待一个撒谎的下贱女人。我在试图去爱一个男人的时候，竟然心里会想着另外一个男人，我用与这个男人的幻想去安慰另一个男人的失落，我用他的身体去满足我对你的幻想，他成了可怜的替代品，这对他太残忍了。”小美开始抽泣，嘤嘤的哭声阻止了一切。

华曦的大脑里一片空白，他无法接受面前的一切，只有拉住小美的手，任她沉溺在哭泣的泥沼里。窗外的台风越刮越烈，仿佛要挣扎着将这混沌的世界撕裂。

陆

　　华曦把电话线插上，呆坐在窗台上，等着电话铃响起。他不知道该给谁打电话，又猜想如果电话铃声响起，躲在电话的背后会是谁，也许这就是全部的无奈。电视里的字幕一遍又一遍的预告台风"朱庇特"今夜明晨就会在惠州和深圳之间登陆，请市民做好防风防洪的准备。这是今年的第一次台风，也是华曦经历的第五次台风。

　　华曦的肚子开始呻吟，饥饿感像难缠的蚊子一样挥之不去，只好套上背心短裤，走出门来。楼下的街边依旧灯火通明，各种商店都人头攒动，完全不像刚经历了爆炸的洗礼。过往的人们或行色匆匆、或嬉笑怒骂，都在用不同的方式消磨着时间。楼下一条窄窄的胡同里，尽是各种小吃店和大排档，油烟味飘到了大街上，引来不少贪吃的食客。华曦在一间叫"上海小食"的店门口坐下，叫了一碗上海馄饨和三个素菜包，开始闷头大吃。不远处，一对青年男女蹲在街边，女孩喝醉了，在拼命地呕吐，男孩拍着她的背。邻桌一个丑陋的香港中年男人正在和一个打扮妖艳的年轻女孩低声说笑。华曦一边大嚼素菜包，一边欣赏着夜色下的街景，竟然忘了整晚上的落寞。人就是这样容易安慰，也许是我们从心底拒绝痛苦，也许是从心底贪恋享乐，只要精力稍不集中，所有的烦恼和困惑就会被淡忘。所有持续的痛苦，所有失眠的折磨，都是那些想博得同情的弱者编造出来的。

　　夜色已深，街头多起来不少妖冶而疲惫的女子，她们三三两两，架着喝醉的男人，走到这条食街上，继续着未完的谎言，满足着对这个世界的饥饿。华曦腻烦地站起身将十块钱放在昏昏欲睡的老板娘面前，到街边小书店里挑了一本茨威格的《明天的世界》，又买了啤酒和小吃，就上了电梯。电梯门正要关上时，冲进来一个浓妆艳抹的女子，身上的酒气和香水味道充斥了小小的电梯箱内，女子打了个酒嗝，又匆匆在 12 楼下了电梯。华曦回到房里，打开一瓶啤酒和小吃，坐到窗台上，随便翻看起茨威格夫妇在巴西自杀后才出版的这本回忆录，随即就沉浸在二战时期欧洲人的悲凉命运之中，让刚刚淡忘的落寞情绪再次浮上心头。

这时，电话铃声急促地响起，华曦拎起听筒，吴缨夹杂着哭音的低沉语调从电话的那一段响起。

柒

第一次见到吴缨是在华曦九一年的夏天从北海回到深圳的时候。

九零年的春节前，梁院长就通知华曦，部里在广西北海设立了分院，要深圳分院支持几名技术骨干过去，虽说是临时的，但估计时间也不会太短。华曦虽说内心并不乐意，但是无奈院长和老爸都坚决要求他，况且人仍然算深圳分院的，工资也在深圳领，也就只好答应了。那个春节，华曦一个人孤零零地在深圳过了，小美早早地回了福州，大院里的同事都回内地老家过年了，只有华曦一个人冷冷清清地，靠着几本小说和保罗西蒙的翻版录音带，这个春节就这样悄无声息地过去了。等人们陆陆续续回来的时候，华曦还有点惋惜时间过地真快。这期间，凌红打来电话，说正在准备博士考试，华曦赞扬了她一番。

春节过后，小美打来电话，他父亲病情严重，她可能要在福州停上一段时间，所以到华曦临走时，也没能见到小美。虽然在夏天华曦还回过两次深圳，由于北海的事情越来越多，人也就懒了，也渐渐少了回来看看的念头。

在从柳州到深圳的火车上，华曦还在盘算，大院里的那些单身汉是不是还每天要聚在一起打球和宵夜，可是等进了大院，才发现原来的伙伴已经走了一半，并多了不少陌生的面孔。小美呆呆地站在华曦的面前，上上下下地打量着华曦，像是打量一头刚牵回来的牲口。

"看什么看！不认识么？"

"不熟。"小美疑惑地摇摇头。

在华曦看来，小美倒是没有什么变化，只是皮肤略微白皙了一些，两条细腿依旧是那么活泼。

"真不认识了？"华曦强调地口气似乎要把过去找回来。

"真不认识，不过挺像个北海边上的渔民。"小美的口气固执地表明华曦离开的时间是多么的漫长。这时，一直站在小美身边的女孩子自觉地开了口，"你俩别逗了，赶快拥抱吧，小美想你都该想疯了。"

这个女孩中等的个子，皮肤白得不像与深圳有任何关系，圆脸上的眼睛和嘴巴都画着弯弯的弧线。她主动伸出手来，"你好，我叫吴缨。"

小美依然冷冷地望着华曦，"你那乡下婆没带上来让她见见世面？"

华曦被问愣住了，"什么？"

"就是你在北海找的那个乡下婆啊，"

华曦笑笑，恍然大悟般的，"哦，那个乡下婆啊，她早就到深圳了，这不正在这儿迎接我嘛。"

小美愤怒地扬起拳头，随即就扑到华曦的身上，用力地捶打着华曦的后背。

晚上大家一起做东迎接华曦归来，一桌子上，大家都问长问短，并不住地拿小美开玩笑，小美就只好躲在华曦的身边偷偷笑。宁绍辉还是老样子，不过他已经升了公司财务部的经理，虽然话不多，倒是第一个抢着掏钱结了账。

桌子上，只有吴缨是个新面孔，叶青和惠惠依旧叽叽喳喳，据说这期间，叶青交过两个男朋友，可是都没有相处得太长，而惠惠更是像交通警察换岗一样的换男友，用小美的话说，从市政府的要员到龙岗镇的工厂司机，基本上都尝试一遍。不过在华曦看来，坐在宁绍辉身边不太说话的吴缨倒是露着一副大家闺秀气，两个圆眼经常流露出一丝凌人的高傲。只有宁绍辉不住用余光瞟着吴缨，带着贪婪地关切。

九一年的夏天，依旧如往常一样的闷热。小美拉着华曦的手要带他到一个新去处，两人从附楼的楼梯上到了天台的出口。以往这里是锁住的，可如今铁栏杆已经被折断了两根，人可以轻松地从中钻过去。两个人在楼顶的墙檐上坐下，环顾四周，荔枝公园和深南中路就在眼底下，大剧院门前熙熙攘攘的人群和灯火，显出楼顶格外安静和隐秘。小美身体趴在楼檐的栏杆上，让两腿在楼檐外荡来荡去，用手指着远处暗夜中的灯火，"你知道那是什么地方么？"

"是国贸。"

"不对，再远，"

"罗芳村？"

"不对，还要远。"

"不知道，"

小美憧憬地仰起头，"是梧桐山，山上可以看到整个深圳，还能望到香港。"

"你去过了？"

小美遗憾地摇头，"没有，山上有边防部队，不让上。"接着，小美又指着楼下远处的几排亮着灯火的宿舍楼，"你知道那是什么地方么？"

华曦干脆装作不懂。

小美憧憬地说："那是家。"

"不对，那是别人的家，"

"亮着这样的灯，就是个家。"小美低低的声音清楚地传到华曦的耳朵里，他能感觉到这个柔弱女孩心里蕴藏的孤独。家对于华曦，并没有什么明确概念。读大学时，每到寒暑假，看到外地同学急匆匆离校追赶拥挤的火车，华曦还不明白这些同学为什么如此匆忙，原因是华曦的家与学校在同一座城市里，只要两毛钱，华曦就可以搭公共汽车到家里大吃一顿。到深圳后，偶尔会有想家的感觉，只是没那么强烈。

"你最近回过福州吗？"华曦关切地问，而小美脸上的神态如此时的夜色一般凝重，"自打父亲过世后，就不想再回去了，家里没有亲人了，只剩下那一处房子，空荡荡的，想到它心里就难受。现在还经常做梦，梦见爸爸在病床上，拉着我的手。那个时候，实际上，他已经开始昏迷了，可是只要拉着我的手，他的眼睛就会是湿湿的。"小美身子俯在栏杆上弯成了一团，静静地披了一身月色。

"那是他过的最后一个春节，他吃了我包的饺子，我从没见过他那么开心，也没见过他那么和气。他跟我说这辈子最高兴的就是有我这个女儿。在他最痛苦的时候，一直叫着妈妈的乳名，这时候我才知道，爸爸一直爱着妈妈，是离婚害死了他。以前我一直以为是爸爸不喜欢妈妈，总是对妈妈没有好脸色，妈妈常在背地里哭。有一次，我放暑假的时候回福州，进门就见到妈妈在厨房里流泪，我问她，她什么也不说。后来让爸爸看到了，就又发脾气。妈妈哭着说别让女儿看到，她会记一辈子的，爸爸就跑了出去。后来那个暑假，爸爸一直住在部队的招待所里。临开学的时候我去看他，爸爸带我到外面吃饭，我哭了，请爸爸回家去住，爸爸没说话，但努力点头答应了我。但自那以后，他们就离婚了，还是弟弟告诉我，我才知道。他们不愿意让我分心，爸爸在心理上承受着这一切。那一年的秋天，妈妈到厦门来看我，像变了个人一样，精神好了许多。我也替妈妈高兴，我和妈妈在鼓浪屿的一家小旅馆住了三天，我们一起聊天，一起去海边散步，旅馆的人都说我俩像是姐妹，我从没见过妈妈这么开心过。妈妈临走的时候告诉我，她以前在部队当卫生员的时候，有一个恋人，当时在同一个卫生所里。组织上介绍妈妈和爸爸两个人成亲，妈妈不同意，上头就让那个人复员回家了，当时爸爸是部队里准备提拔的后备舰长。后来妈妈生了我，日子也就这样一直过下来了。妈妈那个恋人去了香港，还来湛江看望过妈妈，被爸爸发现了，从此两个人就再没有和好过。爸爸是山东威海人，做了一辈子舰长，在海上漂了一辈子，最受不了妈妈移情别恋；可妈妈又是那么需要人来疼，想有人一生陪在她身边，爸爸的粗鲁和暴躁让她最后下了决心。妈妈说，如果当时没有我，早在湛江的时候，她就会选择离婚，只是无奈，后来又想以弟弟来缓和，还是没有成功。我不知道你能不能理解，反正就是这样，他们俩都是无辜的，但结合在一起就演绎成了一个错误。"

华曦点点头，"我想我能明白一点，但肯定不是全部。"

"我在家里实际上一直是个乖女儿，总想调和他们之间的关系。可是，我又一直觉得什么都帮不到他们。那个时候，我没有朋友，也没有请同学到家里去过，一直怕同学们发现，我简直要憋死了。到那次妈妈来看我以后，我才觉得开朗了好多，就是在回学校的路上，我在公共汽车上认识了他，是我们系海洋地质专业的，比我还小一个年级。不过，那个时候，无论我怎么疯，他都会笑着看，那时觉得他是天底下最好的观众和依靠，虽然我从没有和他说过这些，但是他总是很体贴的，我不讲话的时候，他会逗我笑，给我讲笑话。我呜哩哇啦讲个没完的时候，他会像你现在一样专注地听。你在听吗？"

"当然，不过我可不会讲笑话。"虽然华曦自信满有幽默感，只是听过的笑话从来像耳边风，总记不住。

小美撩起被风吹乱飘在额前的头发，"爸爸在那个春节里，吃完饺子，还给我讲了一个他小时候经常听的笑话，说过去有个乞丐，每天装哑巴在街上讨饭，一天拿了两分钱买酒喝，喝完一杯后对老板说，再来一杯。老板很吃惊，说你怎么会说话了？乞丐说，平日没有钱，叫我如何说得话？今天有了两个钱，自然会说了。"

小美自己嘿嘿地笑了，笑得很沉重，眼睛渐渐眯成了毛茸茸的一条缝。"这时我第一次听爸爸讲笑话，也是最后的一次。爸爸自己笑过说，自己还不如那个乞丐，我知道他指的是一辈子没有讨到妈妈的那份真爱。"

　　望着小美如此动情地回忆，华曦倚在小美的背后，拢拢她那被风吹乱的头发。小美静静地依靠在华曦的怀里，依旧望着远处的夜空，两眼注满了泪水。

　　午夜的天空如僵死的灵魂一般空旷，霓虹和灯火渐渐地熄灭了，城市的喧嚣开始慢慢褪去，所有的空阔都留给了这个城市里寂寞孤独的人们。

捌

　　那个夏天是那么的漫长，所有的人都在做着不变的工作，过着不变的生活。只有吴缨回了一次北京，回来后，带来了一大袋在深圳难得一见的水蜜桃，而且吴缨是坐飞机回来的，让大院子里的单身汉们羡慕得眼红。

　　华曦的资料室已经被他整修一新，所有的图纸资料都整齐地堆放在门口的铁架上，靠窗的一侧是一张小铁床，窗下一张小书桌既是他晚上看书写信的地方，也是他做兼职资料员的办公台。从北海回来后，梁院长开始让华曦做起了项目经理，基本上单独操作项目，但是由于资料室还是华曦的宿舍，委派别人做资料员不很方便，只好让华曦兼着资料员的工作，好在事情并不多，主要是项目结束后，资料交接时要忙上一天，其他时间基本上没什么太多的事情。这天，华曦刚刚从工地上回来，吴缨就拿着两个大大的水蜜桃敲门进来，华曦一见，连忙取笑道："吴大小姐回来了，怎么，中央有什么新精神么？"

　　吴缨笑着将水蜜桃碰到华曦的面前，"中央有没有新精神，书记你应该知道啊？你看我这不是一回来就立马向书记报到嘛，再说不还得孝敬孝敬您老人家。"

　　"太客气了，以后这样的贿赂就不必了，这次我就收下了，下不为例啊。"华曦装腔作势地收下桃子，笑呵呵地让吴缨坐在床上。虽然大家在一起已经很熟了，不过，华曦还是不敢和吴缨开过分的玩笑，这点和小美、惠惠、叶青在一起的时候绝对有区别。特别是惠惠，在这个又瘦又小的客家女孩面前，华曦可以随便讽刺、挖苦，惠惠从来都不会跟你真着急，只是嘻嘻哈哈一番就过去了。然而面对吴缨，华曦总怕一旦哪句话伤到她，她就会让你下不来台。但实际上，吴缨从没有和人红过脸，也没有和谁发过脾气，只是，从骨子里露出来的娇宠让朋友们胆怯三分。

吴缨在这群人里，是穿衣打扮最时髦的一个，走到哪里都会引来单身汉和有家室的半老男人火辣辣的目光。她是大院里第一个穿薄纱露肩装的，是第一个敢穿超短裙上办公室的，也是大院里最浓妆艳抹的一个。当然，在这批光棍私下的点评里，吴缨的身材也是最令所有男人垂涎的，特别她的皮肤总是那么白皙光滑，似乎永远是和深圳的阳光绝缘。今天坐在华曦床边的吴缨，穿着一身低胸无袖的连身碎花长裙，前面是自上到下一排酱红色的纽扣，过分饱满的胸部将纽扣绷得紧紧的，从衣缝里直接露出内衣的花边。此时的华曦有些面红耳赤、心慌意乱，头赶紧转到一边，吴缨倒是自然地把桃子擦干净，剥掉皮递给华曦，"尝尝吧，在这里很难买到的。"

"谢谢大小姐恩典，"华曦装出一副谦卑的样子。

"哼，就我想着你们，你们从来不想我。"

"不会不会，我们像深圳的太阳一样热切地期待着您的归来。"

"甜言蜜语，一个电话都没有？"

华曦急忙说辩解，"公司的长途电话实在不方便啊。"

吴缨仰仰头，不屑一顾地回应华曦，"不方便？那要看分谁了，要是小美回家，我估计你能把电话打烂！"

华曦拉出一副坚决的神情，"不可能！你们都是我亲爱的革命同志，一视同仁，决不会厚此薄彼。"

"真的？"

"向毛主席保证！"

吴缨满足地笑了，"这还差不多，这才像个书记的样子。"

华曦无奈地摊开双手，"没办法，吃了人家的嘴软啊。"

吴缨站起来要抢华曦嘴巴里的桃子，"呸，吐出来，真过分！"

华曦吓得赶忙转过身，连连赔罪，"我错了，晚上我请客给你接风。"

晚上宵夜的时候，也许是大家频频向吴缨敬酒的缘故，到散场时，吴缨喝醉了，几乎在椅子上坐不住了，将头倚在华曦的肩上。在座的人都看在眼里，只是装作没在意。回去的路上，吴缨晃晃悠悠地几乎摔倒，华曦只好采用三角稳定原理的姿势将她架住，到了老榕树下，吴缨蹲下要吐，华曦一边拍着她的后背，一边叫住小美，小美却好像没有听见一样拉着惠惠回了宿舍。

吴缨吐不出，华曦扶着她在花池边坐下，她脸色惨白，就势趴在华曦的腿上。这时，华曦反倒局促起来，"你看，酒量不大，酒胆不小，喝成这个样子还不是自己难受。"

华曦一个人絮絮叨叨地，仿佛只有不停地说话才能避开嫌疑似的，又像是说给别人听的，只是四周漆黑一片，空无一人，唯有深南中路上的路灯孤独地绽放，唯有吴缨趴在腿上一声不吭。刚才的几杯啤酒让华曦的头也有一点晕晕的，只是寂静的夜风吹过来，头脑现在清醒了许多。不远处的宿舍楼上亮着点点灯光，身后的棕榈树传来沙沙的风动叶响。眼前是吴缨丰满诱人的躯体毫无拒绝地卧在身前，她一只手揽住华曦的腰，另一只手抚在华曦的腿上，腿边饱满的胸口传来急促的心律波动。

人的欲望从来是在暗夜里起伏，缓缓的晚风降低了血液的沸点，四周的寂静增加了触觉对冲动的撩拨。吴缨幼滑的脊背在手掌下汩汩地游过，特别是鼻息中漾着酒后女人特有的体香，华曦忽然出现了难以自持的冲动，而这冲动恰恰是吴缨能直接感受到的。只是吴缨依旧平静，她如睡着的婴儿一样，宁静地享受着华曦的心潮起伏。没有言语、没有喘息，只有心灵感应。这是华曦从没有过的体验，在短短的瞬间里，完成身体各种触觉的预热，来自心底的电流让大脑的每一个神经细胞回馈着知觉牵动，知觉的快感在寂静的黑夜里传递着骚动，吴缨用撞击般的心跳回应着华曦意念的痴狂，似乎只在一瞬间，两个人就完成了奇特的感性道白。

吴缨疲惫地抬起身来，眯着眼偎在华曦的肩上，脸上平静地如草叶上的月光。华曦此刻开始怀疑刚才只是大脑神经的暂时短路，除了溅起的一点火星之外，什么都没有发生过，但自己的手掌依然能感受到吴缨躯体仍未消失的回音。华曦无法分辨是酒精的驱使还是月色的撩拨，让自己能在骇人的宁静中完成了如此奇妙的知觉之旅，虽然无法真实地再现，但却是最真实的感受。吴缨抬起头，凑在华曦的耳旁，轻轻咬住华曦的耳垂，嘴里咕隆了一句，也许是离耳朵太近了，也许是耳垂的酥痒模糊了听觉，华曦听得并不真切。吴缨松开嘴，娇声地对华曦说："我的头好疼。"

"走吧，"

"不！"

"走吧，"

"不！"

"回去冲冲凉，头就不疼了。"

吴缨摇摇头，"很久没有这样尽兴了，你多陪我一会儿。"

华曦顺口答道："没问题，别说一会儿，一辈子都行。"

吴缨冷笑一声，"口是心非的家伙儿，就嘴巴上说得好听。"

"是么？"

"是！不过也真委屈你了，要是总能听到你的甜言蜜语，我也就满足了。"吴缨哀怨的语调十足像个深陷闺房的贴身丫头，"我的要求一点也不过分。"

华曦惊讶吴缨说出这样的话，赶忙答道："你要是爱听，我就天天说给你听，让你听得烦死。"

"这可不像华书记说的话，不过，我倒是乐意烦死。"

华曦好像获得皇上恩典一般，"从今以后，你就是想不听，恐怕我也停不下来了，谁让我打从心里喜欢陪着您呢。"

"去去，别肉麻得过分哦。"吴缨轻轻推开华曦，但又低声地像是自言自语，"肉麻总好过心麻。"说完，就闭上了两只圆眼，一动不动了。

此刻，吴缨倚在华曦的身边，如孩子赖在玩具店里，静默地贪恋着本不属于自己的温暖。没有了往日平和的神情，没有了偶尔流露的高傲，在月光下，她薄得像一层透明的纸，似乎连呼吸都止住了，看不到以往惯用的油滑表情，看不到四散外溢的风骚性感，此刻，偎在华曦身边的只是一团夜色中不甚清晰的影子。

华曦从没有预想过如今的情形。虽然当二人擦身而过时，华曦能经常清楚地感受到吴缨不经意的性感，甚至很多次，她的性感会牢牢地占据华曦入睡前那段难熬的时间，但当吴缨卧在自己身边并如此简单透明时，华曦心里乱成了一团布吉河底的水草。每当吴缨如草尖上的蝴蝶，将浑圆白皙的小腿弯在众人面前时，华曦就明白了什么是值得男人冲冠一怒的红颜。每当此时，华曦都会有种冲动去抚摸她幼滑的双腿，感受她饱满红唇的滋润。特别是睡前，只有吴缨才能调动所有的血脉，让华曦当天所有的精力在她的肌肤诱惑下喷涌而出。可是，当眼前的这一刻，在平静的夜色前面，二人的心跳渐渐宁静下来后，华曦却怎么也不能肯定吴缨会如此地恬静地卧在这月色之中，纯净得没有一丝杂念。而自己却抬不起一贯高昂的头颅，抱着含混的心情，甘心情愿地扮演起奴才的角色。夜色在偶尔吹过的晚风中湿沓沓地粘在身上，华曦的思绪凝成了一片混沌的弧光，在昏暗的灯光下，分辨不出个究竟。

回到床上时，华曦还是逃脱不开吴缨今晚的影子，在漆黑的屋里，只有吴缨的脊背在眼前晃来晃去。在吴缨的目光下一阵倾泻之后，华曦昏昏地睡着了。

连在梦里，华曦都没有见到小美。

玖

吴缨来的时候，外面已经开始下起了大雨。

吴缨浑身湿漉漉地站在门口，身上不停往下滴水，手里还紧紧地拎着两个大塑胶袋，袋里装满了食物和酒。她眼睛红红的，眼泡还有点肿。华曦接过袋子，把吴缨让进房里，并给她递过一条干毛巾。吴缨无辜地站在房子中央，四处望了望，对华曦说："给我找件干净的衣服，过一会儿我要冻感冒了。"

华曦从衣柜里找了件圆领背心，"穿它吧。"

吴缨从卫生间里出来的时候，身上套着华曦的大背心，手里攥着刚洗过的内衣内裤，在衣柜里找了两个衣架晾在了客厅的窗台上。华曦依旧坐在窗台上看《明天的世界》，吴缨走过来，低头看了看，"你还真有心情，明天的世界是台风的世界。"

华曦翻了翻白眼，"关我什么事？"

"都不关你得事，你就闷在家里吧。"

华曦放下书，"怎么了？哭得惊天动地的。"吴缨刚才在电话里时，抽泣地说不出话来，华曦从未见过她哭得这么凶，于是赶忙让她过来。

"好多了，现在没事了。"

"什么？这么快没事了？我准备了半天的说辞岂不浪费了。"

"按你的意思，我非得哭个没完没了？"

华曦赶忙站起来"别，我可不是这个意思，"

吴缨坐到床上，两只手抱拢双腿，"这么说，是我不该来了？"

华曦叹口气，摊开双手，"哎，大小姐，我没有这个意思，我欢迎还来不及呢。你坐着，我给你倒杯水。喝可乐还是白水？"

"袋子里有啤酒。"

华曦拎着一听可乐进来递给吴缨，吴缨没有接，"我说袋子里有啤酒嘛，"

　　"行了，哭得昏天黑地的，还喝什么啤酒？想愁上加愁？"

　　"不，就要啤酒。"吴缨在床上斩钉截铁地拒绝道，华曦只得又到厅里将两大袋吃的东西全拎了进来，

　　吴缨笑呵呵地说："这还差不多，"

　　"伺候您老人家肯定要全心全意，"

　　"是么？"

　　"肯定是。刚才发生什么事了？"

　　"没什么事啊，"吴缨翻着白眼地反问华曦。

　　"没什么事你哭什么？"

　　"哭就一定有什么事情么？没事我就不能哭？"

　　"好端端地为什么要哭？"华曦实在不解现代女人们的奇怪思维。

　　"哭和吃饭、睡觉一样是我们的权利。"

　　华曦无奈地摇摇头，又仿佛如恍然大悟一般，"明白了。"

　　"你明白什么了？"

　　"例假来了。"

　　"呸！"吴缨重重地打了华曦一拳，华曦顺势又坐到了窗台上。此刻在窗台上端望吴缨，华曦发现她像是片漂浮在水面上的荷花花瓣，圆领背心里的身体含露带芳，让华曦看得心跳耳赤。吴缨将头垂在弓着的膝盖上，"你就知道挖苦别人，你躺在医院里的时候，看还有谁来照看你？有几个人像你这样没肝没肺的，要刮台风了，连一点情绪都没有。"

　　"刮台风是天闹情绪，和我有什么关系？"

　　"可是和我有关系，"吴缨堵住华曦的话，"每到台风来的时候，我都会心情变得特坏，而且每次都和你有关。"

　　"和我？"

　　"是。"

“为什么？”

“因为每次你都不在我身边，你说和你有没有关系？”

“有，肯定有，不光和我，几乎和所有人都有关系。”

“少贫嘴！”吴缨喝了一口啤酒，再次制止住华曦，“每次深圳刮台风，都会有坏消息传来，我都觉得奇怪。来深圳后的第一次台风，正是人生地不熟的那一段时间，我就收到了他的来信，说相隔这么远，要我别爱他了，当时外面刮着台风，我就想出去散散心都不行，就愣是在屋子里憋了我两天两夜。第二年也是刮台风时候，他又来了一封信，你猜怎么样？他告诉我他要结婚了，娶的却是我最要好的朋友。为什么总是这么凑巧？总是在台风的季节里，有着同样的心情；总是在台风的季节里，有着同样的遭遇。”

“他是谁？”

“他？我以前的恋人，毕业后到了一间比利时人的外企里做了狗腿子，还整天乐颠颠地挺知足。”

“后来呢？”

“后来？后来就结婚了，没过多长时间又离婚了，再后来就嫁到了比利时了，再后来就不知道了。”

“你那最要好的朋友呢？”

“成了小寡妇了，也没个工作，还整天在北京城里晃呢。”

华曦轻描淡写地对看上去万分忧郁的吴缨说：“这你有什么好难受的？走了就走了呗，散了就散了呗，还能怎样？”

吴缨抬起头，专注地望着华曦分辨道：“我没有怎样，只是到了台风季节，心情就糟糕得一塌糊涂，想痛痛快快哭一场，哭着哭着就想起了你，当时我还以为小美在你这里呢。”

“出院后就没有见到她。”

“所以，我才敢来啊。”

“说了半天，我也没有听出来，这台风跟我有什么关系？”华曦又拉出了惯用的无辜。

"说有关系就有关系，台风来的时候，你都和小美在一起，我只能从窗户里看着你，难道这还和你没关系吗？"

华曦哑口无言了，细想起来，这几年自己在深圳的时候，每次遇到台风来临，总是和院子里的单身汉们一起聚在一起，大家围成一堆打"拱猪"或者"锄大D"。华曦不会打牌，总是在一旁当观众，小美就会倚在他的身边，一起静静地度过这段风雨交加的时光。后来吴缨也参加过，只是总早早地退场。在大院子里的所有单身汉和认识华曦的人，都知道他在和小美谈恋爱，只有他们两个人自己不肯承认。华曦从来没有从心底正视这个问题，和小美在一起是愉快的，同时也伴随着一种看不到尽头般的忧郁，总是在欣喜之余注意到小美偶然从脸上划过的茫然。华曦自己也无法分辨这是爱情还是介于同性般的友情，在爱之余的心绪冲动总会在那一瞬间来临，每到这时，体液如开水一般沸腾，而外表却依旧保持着一贯的冰冷。只有单独回到自己的床上时，望着吴缨或者凌红的影子，积蓄的情绪才得以宣泄而出。每次拉着小美的手，走在夜晚的深南中路上的时候，小美都会像情人一样依偎在华曦的身边，只是回到大院的时候，小美就会轻轻一声再见，自己蹦蹦跳跳地回了宿舍，没有过吻别，甚至不曾让华曦送上楼。所以，华曦从来都不敢认定两个人是在履行着同一条的爱情约定。

窗外的雨越来越大，伴随着风，猛烈地击打着窗户。台风渐渐临近了，从窗户往下望去，深南大道已经成了一片变幻着的灯影，窗上的雨水模糊了整个世界。

就在某一个夜晚，也是这样坐在窗台上，望着对面小美的窗户，华曦忽然发觉自己的大脑已经很久停止了思想，没有意识、没有内省，如同昏昏噩噩的睡虫，直至小美窗户的灯光暗去，华曦的眼泪也随着留下来。那个夜晚，没有风、也没有雨。

灯下的吴缨静静地望着华曦发呆，暴露在外的面颊和双腿泛起红润的光。华曦此刻没有冲动，也没有痴狂，这个美丽性感的躯体不止一次地展现着他的面前，但是今天，他变得无动于衷。最初的吴缨，是宁静之中的体会，那来自宁静的触觉燃发了二人之间的烈火。至今，华曦都无法忘怀那悄悄来临的快感巅峰，于黑的夜、于暖的风，它不可再现的来临，又悄无声息的褪去，只余二人永久地体味着天地造化。此后，每次相聚，无论是何情何景，都再也没有达到如此的神经快感，虽然各有满足，但是总留遗憾。眼前的吴缨是华曦入梦前的女神，每次出现都挑逗着他的神经，让他迅速达到快感的巅峰，但是自打井喷的一瞬间起，吴缨就把华曦一个人留在了无尽的迷茫之中，想想小美，小美似乎就在身边，冷眼观望着这一切，脸上的表情似乎是刚看完了一场斗鸡表演，而自己正如痴狂的女主角和挑剔的观众之间的奴仆，既要专注表演、又要为女主角提词。

吴缨平静地打断华曦的思绪，"难道我对你来说，已经没有一点感觉？"

华曦梦醒过来，"什么？"

吴缨嗔怒道："我现在可是坐在你的床上啊！"

华曦摇摇头，"不是，台风让我想起了很多。"

"想小美了？"

华曦又摇摇头，"这个时候想不起别人。茨威格还有时间幻想着明天的世界，还在为二战中的欧洲人幻想着未来的出路，而我们，连今天的世界还没想清楚。"

听到这里，吴缨的眼睛里闪过一丝痴迷，"我最喜欢你这个样子，看上去像个忧郁的流浪诗人。"说着，吴缨放下手里的啤酒罐，站起身来，靠近华曦的身边，轻轻拢住华曦的脖子，紧紧地吻住了华曦的嘴巴，双手摸索着脱掉了华曦的上衣。

华曦拥着吴缨温润的躯体，女人特有的线条和知觉感染着他的神经，体香和长发的味道优柔地飘进大脑里，勾引着血液和思维逐步迈向沸点。

这时，吴缨向后退了两步，站在灯影下，褪掉了那件过长的背心，让充满阴影和曲线的身体呈现在华曦的面前，两眼直直地望着华曦，似乎在等待着法官的最后判决。

吴缨的身体和她的脸一样，也是圆滚滚地，看不到一点骨骼的痕迹，双乳像两座膨胀的山丘，罩着云端的两朵彩霞。双腿笔直而丰满，在灯影下凸显出小腹部的优美曲线。凸凸的唇、凸凸的胸、凸凸的臀构成了吴缨的经典情节。望着眼前似幻似真的诱人躯体，华曦无法抑制自己的情绪，他还从没有这样端详过女人，从没有这样直接和全面地观察世界的另一半。以前，从来是局部和触觉的，而今天，他如此接近地、如此冷静地观望着屡屡在夜晚光顾的女神，那一切在夜里企图过、意淫过的意象都变成触手可及的时候，他惊异地呆住了，心瞬间落入了冰凉的无底深渊，他忽然发现自己变得无能了。

暴雨已经变成了肆虐，台风侵入到了这个城市，带来了狂暴，吹走了一切，风声如雷鸣般地云霄掠过，涤荡着一切存在的和幻想中的尘埃与杂念。水淹了整个城市，淹没了所有争斗和辱骂，人们窝在角落里，绝望地等待，等待明天的来临。

拾

吴缨蜷缩着睡在床的一边，天已经大亮了。昨天的台风只剩下一点点的尾巴，继续扫荡着这个城市残存下来的欲望。华曦整宿都坐在床边，望着吴缨抽泣着睡去，他无可奈何地数着时间一点点地过去。台风肆虐着城市，也肆虐着他的心灵。华曦从未如这样地失望，面对吴缨，总是有着无穷无尽地打击，甚至包括自己的身体，看着吴缨失望并抽泣的样子，华曦彻底地丧失了最后的一点点信心。天亮的时候，困意渐渐迷糊了头脑，合上双眼就见到吴缨赤身站在自己的面前，眼里充满了嘲弄。

不知道是几点钟了，传来一阵响亮的砸门声，华曦揉着双眼爬起来，套上一件短裤，走到客厅打开门，只见小美笑吟吟地站在门前。

小美见到华曦衣衫不整、睡眼惺忪的样子，推开他，哈哈笑着走进来，将手里的一袋杨桃塞进华曦的手里。华曦愣在门前，一时还没有反应过来，小美的脸就突然变得刷白，人也顿时僵直在客厅中央。窗台上晾着的女人绣花内衣在随风摇摆，半开的门缝里，赤裸的吴缨还在酣睡之中。

小美静静地看了华曦一眼，转头走了出去，重重地摔上了房门。

第四章 荔枝红了

壹

华曦呆呆地站在门口，木然地望着那扇被小美重重摔上的门。

那扇肮脏的黄木门污渍斑斑，上面的夹板已经开裂，翘出了里面斑驳的门牙，铁把手边尽是些擦不去的油腻。平时，华曦没有觉得它多么恶心，但此时此刻，这扇木门是那么令人生厌。如果没有它，华曦也许会冲出去，死死拉住小美苦苦请求她的再一次原谅；也许他会拦在电梯门前，用沉寂的表情告诉小美，自己是真心地爱着她。也许小美就不会离去，也许会给自己留一线希望，留一个机会足以解释年少轻狂。但是，这扇黄得像肝炎般的破木门挡住了自己的去路，而且那一声散裂般的巨响平地里炸开，挡住了自己的去路，华曦为这恐惧而止步，脚步冲不出声音的漩涡，只留下大脑一片空白。

华曦木桩般地钉在房子中央，四周如死去一般寂静，唯有那扇肮脏门板告诉他，小美一去不复返。

贰

在那个夏天里，小美对华曦冷淡得要命，让华曦有些无所适从。虽然华曦不住地亲近她，可小美却总是昂着头，似乎对华曦的关切视而不见。每次华曦约她，她都会推三阻四，要么去上夜校补习英语，要么陪着惠惠单独散步，因为在那个夏天里，惠惠几乎不停地失恋。华曦心里知道，是那天吴缨的醉酒刺激了小美，只是小美连个解释的机会都没有给他。华曦魂不守舍地度过了这个夏天的后半程，直到一天，自己不可抑制地又一次拨通了小美的电话。铃声一响，电话里就传来了小美在三楼轻快的语调，"你好，富昌货代。"

华曦清了清嗓音，"小美，是我。"

小美听出是华曦，顿时愣了一下，只是马上又换上了一贯的俏皮，"你是不是成心要浪费公司的钱？从五楼往三楼打电话，打电话不要钱么？"

华曦没有被小美的情绪感染，依旧低沉地说："我想……也许我们……。"

小美马上打断了他的支支吾吾，"行了，我知道你的意思，不就是想约我吃饭么，哪有那么难为情，就到晶都的佳宁娜吧，你看几点？"

华曦不知道该如何是好，只好支支吾吾的答应下来。到下班的时候，华曦忙取出这个月刚发的工资，坐等小美，小美一直拖到了六点半才打来电话，两个人在大院门口见了面，一身轻松打扮的小美远远就笑起来，"放心吧，不会到佳宁娜去宰你，我没那么心狠手辣。走吧，市府食堂的馄饨面，我想了好几天了。"

两个人闷头吃完馄饨面，小美提议出去走一走，两个人重又走上深南中路。今天华曦在等小美的时候，先换了件新衬衣，之后还特别把有点长了的头发沾水梳理了一番，而小美又是惯常的那条牛仔裤，将两条细腿包得紧紧的，上边罩了件大背心，看上去很随意。

起初两个人都低头不语，保持着距离各走各的路，华曦虽然一肚子的话却不知道该怎样开口，走在路上一直盘算着如何引入话题。很快小美就挺不住了，止住脚步问道："你不是单单就想约我出来吃饭的吧？"

华曦站住，"很久没有一起吃饭了。"

小美一听，哦了一声，"那饭也吃完了，回去吧？"说罢转身就往回走，华曦一把拉住她，"别，还有好多事呢。"

小美转过头来冷冷地，"说吧。"

此时华曦又不知道该如何开口了，小美等了等，"你倒是说啊，快急死我了！再不说我就真走了。"

"我…想，小美，我爱你。"华曦鼓着所有的勇气说出这句话，这三个字虽然在肚子里演练了上百次，可是从嘴巴里说出来却耗尽了刚才两碗混沌面的所有能量。说完之后，华曦甚至有了虚脱的感觉。

小美听完，依旧冷冷地沉着脸，"就这些？"

华曦艰难地点点头，小美突然喜笑颜开地蹦起来，拉住华曦的手，"我就想听这些，活该让你憋这么久，早说啊。"

华曦顿时如释重负，"早说？你也不听啊。"

"你不说，怎么知道我不听？"小美此时永远会强词夺理，华曦非常了解她这一点。

"好好，都是我的错。"

"那你知道都错在那里了吗？"小美拉着华曦的手已经温和了许多，只是嘴巴里仍是咄咄逼人。

"我还不是太清楚。"

"你这是什么态度？对错误认识得太不深刻。"

华曦辩白着，"那你说我错在那里。"

小美沉吟了一下，"我说出来，你可要老实承认，不许蛮不讲理。"

"一定一定。"

"你的错就在于花心，没有责任感。"

"我？"华曦实际上对小美的话并不感到惊异，只是从心底并不想听到小美如此说出来。

"是的！"小美低下头，双眼望着不紧不慢走动着的脚尖，"从那天开始，我就发现，你是个花心的男人。虽然我不愿意接受，但我必须承认我的判断，我不想又走回父亲的那条路上去。华曦，实际上那天你叫我的时候，我听到了，可是不知道为什么，我就是无法转过身去，也许是我的理性让我寻找一个判断的机会。我上了楼，几次在窗前徘徊，可是终究没有勇气拉开窗帘看个究竟。"

"那天我只是扶着吴缨啊，她…"华曦急切地辩白，可被小美拦住，"不用讲了，我都看在眼里了。实际上也没有什么，我不可能替你阻拦所有的诱惑，也不可能熄灭你的欲望。我只不过是多心了，是我的要求太高了。我想了很久，实际上，你是个很好的朋友和哥哥，也是个很好的情人，幽默、浪漫，人又帅气，但你不是个好爱人。难道这还不够么？我应该知足了，我知道你也疑惑这一切，可是，在我没想清楚之前，我不知道该怎样面对你。我真的很知足，如果你爱我，那是我的幸运，我应该高兴、应该兴奋，在这个大院子里，我是个幸运的人。只是我不敢爱上你，如果爱上你，我会累上一辈子。"

华曦心情沉重地像块铁板，嘴巴里如咬着一块冰，说不出一句完整的话。双脚机械地向前挪动着，一尺一尺丈量着深南大道无尽的长度。

"刚认识你的时候，我曾觉得我是天底下最幸福的人，你会陪我去看大雨、看夕阳、看深圳。我不讲话的时候，你会沉默地像块石头；我絮絮叨叨的时候，你是最好的听众。你不会挖空心思地窥探别人的心理，但会时时刻刻关注我的变化，和你在一起能引来那么多女孩子的红眼和嫉妒，我还能求什么呢？只是，在你的眼睛里，我总能看到不安，这种不安是只有我能看到的，它总是若隐若现，总是在我不开心的时候按时出现。虽然你不知道，但我却总是希望在你的脸上证明她只是个错觉，但每一次都是更加失望和不安，因为我逐渐确信了这一点。这段时间里，我想要为自己寻找一个解脱，可是，我挣扎不开你的影子，虽然不安、但是沉醉，单独一个人时候，我就沉醉在你的影子里，徜徉在你的手心里，伴随着那天的雨，我迷幻着自己的寂寞。我知道，我没有勇气离开你，你的电话让我更犹豫未来，更动心思地权衡今天的快乐和明天的苦果之间的较量。华曦，你不用解释，这和你无关，是我的心理有问题，爸爸妈妈的婚姻给我留下了太多的阴影，我冲不出这个悖论式的宿命。"小美说着，泪花在眯成一条缝的眼睛里落下来，手紧紧地抓住华曦，生怕他凭空跑掉一般。

"实际上，我也在想，我是多快乐的人，可是快乐为什么总是那么短，快乐的尽头就伴着忧郁。每天我兴致勃勃地迎接生活，可是到了黄昏，我就深深陷入到莫名的哀愁之中，忧心婚姻、忧心命运、忧心未来，我做不到惠惠那样的快乐，做不到惠惠那样尽情地享受爱情、享受生命，哪怕只是简单的性爱，我也无法忘情地投入。和他在一起的时候，他觉得我男人气，事实上，并不是我不懂男女温柔交欢，只是在进入状况的一瞬间，我从心底恐惧，我甚至不能分辨到底恐惧什么，那时，我无法享受生命带来的原始快乐，我紧张地像战场上的一株小草，时刻等待着战火和硝烟。"

小美紧握的手里泌出了汗水，华曦不知道是自己的汗水还是小美的汗水，只知道湿润的两只手紧紧地贴在了一起。小美沉静了一会，忽然恢复了平时的天真，诡笑着抬起头，"我真傻，其实我是多幸运啊，虽然不能做爱人，但你的确是天底下最好的情人和哥哥啊，这已经让惠惠羡慕死了，惠惠早就说了，要不是看着我经常陪她聊天散心的份儿上，早就将你追得死去活来了。"

两个人说着走着，脚步自动地从深南中路转上了宝安路，又从红荔路踏回到荔枝公园的后门，穿过通心岭再回到博物馆，小美紧紧地挽住华曦的胳膊，拖着一团幽幽的背影，像一对如胶似漆的恋人峛崺行在夜色朦胧的城市里。失落的感觉困扰着华曦，小美整晚的话让他无法理出个头绪，只有紧紧依靠着的身体让华曦觉得心中的小美依旧存在。

叁

第二天，小美发起了高烧，华曦中午时赶到小美的宿舍，惠惠正在给小美分捡花花绿绿的药片，见到华曦进来，就嚷着："这下好了，不用吃药了。"

躺在床上的小美瞪了惠惠一眼，让华曦在身边坐下。

小美烧得像个刚出锅的馒头，身上热气腾腾的，额头上不住地流下汗水，嘴角平日总是轻快跃动的线条如今已弯成疲惫地残月。华曦问了问情况，惠惠就投诉说她坚决不肯上医院，宁可在床上硬扛着。听到说上医院，小美艰难地眯着眼睛，哀求着华曦，"不去，别让我去医院，行不？"

华曦点点头，没有说话，只是轻轻地握着小美发烫的手，小美也静静地享受着两只手里悄悄传递的温情。惠惠看在眼里，就撅起嘴巴，"好了，你俩统一战线，看来是我多此一举了，算了，给你们独处的时间，我让路。"说完就收拾手袋里的东西要出门。华曦赶忙拦住她，"惠惠，大中午的，天气这么热，你去那里啊？我又不妨碍你。"

惠惠随即放下手袋，嘴里却依旧辩白着，"是我妨碍你俩啊。"

华曦笑笑，"她烧成这样，我俩能干什么？不妨碍不妨碍。"

惠惠笑道："谁知道你俩能干什么？谁知道你俩昨晚干了什么，让她回来就烧成这样。半夜里烧得她嗷嗷叫，还死活不让我告诉你。"

吃过药，在阿司匹林的作用下，小美又静静地睡着了。华曦呆呆地握着小美依旧不肯放松的手，想着昨天晚上小美说过的话，虽然那些话还清晰地记着，但是头脑里乱乱的，依旧不能分辨清楚其中的真实含义。

惠惠坐在自己的床上，倚着枕头休息，一时间，狭窄的小屋子里静悄悄的。这间宿舍是小美和惠惠的天地，里面放下两张小床后，就只有转身的地方了。两张小床中间摆着一张小桌子作为二人共用的梳妆台，床脚下是两个简易的塑料衣柜，门背后的凳子上架着两个红塑料盆，里面有些洗漱的东西，其余就别无长物，倒是惠惠床头贴着的几张明星海报非常抢眼。惠惠是广东梅县的客家女，高中毕业后来了深圳，跟小美先后进了富昌公司，做了几年下来，也成了报关的高手。在大院里的这群年轻人中，惠惠是最开朗的一个、最瘦小的一个，但也是最拥护华曦书记地位的一个。惠惠给人的第一印象就是皮肤黑，除了这个缺点和身材过瘦之外，惠惠的长相还是大伙公认的漂亮，细眉细眼里传递着春情，噘着的嘴巴总是挂着任性。单身汉们个个都喜欢惠惠，都愿意与惠惠套套近乎，可是一提起惠惠成排的男友，大伙又都有些心有余悸。

"你真应该对小美好点。"惠惠闭着眼低低地似乎在自言自语，华曦听到，忙从乱乱的思绪里逃出来，"我对大家都挺好啊！"

"问题就出在你对大家都挺好上。你就别装了，你们的事，小美都对我说了。"惠惠压低了声音说，似乎唯恐小美听到。

"你都知道些什么？"

"什么都知道！"惠惠卖弄着关子，"你别把小美逼疯了。"

"我？"

"是啊，我可没见过这么痴情爱着一个人的，这种爱法，换了我，我可吃不消。"

华曦为惠惠的夸张神情感到有些惊异，"是么？我真是不太清楚。"

"哎。亏你还是名牌大学研究生呢，情商太低！居然不知道女孩子爱你爱得那么苦。"

"我真的不太知道，我只觉得小美把我当作好朋友和大哥哥。"

"蠢啊！那我问你，你爱不爱她？"惠惠拉出了一副爱情辅导员的架势。要正面回答这个问题，华曦又变得支支吾吾起来，"这个嘛，还真说不清楚。"

惠惠气愤地将两只细眉立起来，"瞧你这种人，和小美一个德行，就是不敢正视自己的感情，爱就是爱，有什么难为情的？"

在惠惠的质问下，华曦反倒平静了许多，"爱一个女孩和喜欢一个女孩是两个范畴的东西，虽然不太容易分清楚，但至少不能相提并论。"

"哎，你们这些学问大的人怎么这么复杂啊，爱就是爱，恨就是恨，何必非要区分爱和喜欢呢？这是和自己找别扭。"

华曦顽固地坚持着，"爱和喜欢确实不同，属于不同的感情形式。"

“有什么不同？”

华曦思索了半天，谨慎的回答：“爱一个人需要社会责任，爱不是一场游戏，喜欢则有很多种，它更轻松，少了很多压力。”

惠惠似乎听明白了，就压低声音质问道：“那你对小美是爱还是喜欢？”

华曦沉吟了半天，“我不知道。”

惠惠听了就不吱声了，过了半天，才叹了口气，“大院里的这帮人都觉得你俩是天生的一对，谁知道你们这么复杂。虽然我水平低，可我知道应该趁着年轻享受生活、享受爱情。”

“怪不得你的男朋友够一个排了。”华曦取笑道。

“是啊，不好么？”惠惠为自己争辩着，“有什么不对么？他们争着给我送花，争着对我说甜言蜜语，争着约会我，难道这不是很享受很满足么？我可以每天依偎着爱情睡去，梦里都会笑醒，难道这样不好么？为什么要让自己像个僧人一样的苦修呢？虽然有时小美气急了也骂我下贱，说我是个骚货，可是这个鬼东西却从来没有享受过爱情的快乐啊，你俩接个吻，她都会对我念叨上半个月，真没劲，难道你们在一起只会拉拉手、说说国家大事什么的？”

华曦反问道：“可你也有失恋的时候啊？你不也痛苦得要死要活的？”

“是，但是我可以马上迎来下一次的恋爱，看你俩，简直是互相折磨，你瞧瞧小美，面黄肌瘦，典型的阴阳不调，年轻轻的都快成了老太婆了。”

“惠惠，你胡说什么？”小美不知什么时间已醒过来，忍不住发话了。惠惠吓得吐吐舌头，“好好，算我什么都没说。”

小美现在看上去平静了一点，脸色也好了许多，“什么都没说？我都听到了。”

惠惠赔着笑脸，“我这不是向书记汇报汇报最近的思想动态嘛，不关你事的。”

小美顶道：“不关我事？你把我的秘密全交代了，还不关我事？看我怎么缝上你的嘴，等你再失恋的时候，我就把你关到门外，看那个男人收留你？"

"我这不是替你打抱不平嘛？至少让他多给你点爱情的滋润。"

"感谢，不需要。"

"好好，不需要，等你需要的时候，可没人帮得了你。"惠惠被小美顶的渐渐软了下来，只好对小美不住地赔笑脸。华曦在一旁听着二人斗嘴，女孩的私房话让他无所适从，不知道该如何是好，只好拦住小美，"好了好了，发着烧还吵个不停，至少惠惠很快乐。"

小美不服气地说："我也很快乐。"

惠惠在一旁阴阳怪气地，"是啊，每天拉拉手，多快乐啊。"

小美本来发烧的脸一下羞得更红了，闭着眼扯着无力的嗓音大叫道"惠惠，闭嘴啊！"

惠惠笑着坐到小美身边，做戏般地抱住小美的脸，"小美，别生气，以后我俩在一起，不要那些臭男人。"

小美扑哧地笑了，将惠惠推开，将头倚在华曦的胳膊里，"你别臭美了，谁要你？"

惠惠抬头像是乞求般地问道："书记，你要我不？"

华曦尴尬地点头，"要，你们两个都要。"

华曦的话音刚落，小美和惠惠齐齐地冲华曦嚷道："你别臭美了。"

肆

小美的病好了之后，生活又恢复了原样，只是脸色苍白了许多，人也不像以前那样活泼了，平时闹一会后，就会很快显出疲态。华曦几次劝她到医院检查检查，身体上的事情马虎不得，可是都被小美当作耳旁风般的推脱了。不过，这段日子里，小美还是在夜晚的时候拉华曦去散步，或者坐在楼顶的天台上，看着深圳的夜色聊个没完。只是华曦心中一直挺乱，不知道自己在小美心中的角色到底是情人还是大哥哥，这些话题小美再没有提起过，两个人似乎都在回避着这样的问题。偶尔，惠惠在和男朋友通完长长的电话后，也会参加天台上的聊天，三个人古往今来、没边没际地聊上个没完，华曦还会把新买的手提音响拎上来，从披头士到罗大佑，从保罗西蒙到平克弗洛伊德，没完没了的音乐和没完没了的话题一直持续着将这个夏天送走。

吴缨还总是参加大家每天必修的篮球课，只是作为观众，她并不是那么投入，和大家一通说笑之后就会匆匆地离去，经常到一个自小要好的朋友家里去打牌和看电视。大家在一起的时候并不是很在意，虽然华曦也同吴缨有说有笑，但毕竟小美在身边，心里还是多了层隔阂。

伍

这个月底，在北方已经是入秋的时刻，可是在深圳，白天的天气仍和夏天没有多大的区别，只是晚上有了些许凉意。这个时候，正是深圳荔枝成熟的季节，宁绍辉在大院的年轻人中提议，大家集资到南山的荔枝园里去采荔枝，顺便野营一下。这个提议一出，即时得到了铁杆单身们的支持，让宁绍辉顿时感觉有了成就感，说话的调门也提高了许多。只是叶青对野营的地点提出质疑，虽然南山的荔枝比较好，只是那里没有地方住，不如到龙岗的盈翠宾馆，它是为东深引水工程办的小招待所，临着东深水库，背后有一大片荔枝园，关键是叶青的远房叔叔当所长，可以优惠订到房间。

周六还没到下班的时候，吴缨就把公司的三排座标致轿车停在了大院的门口，这群单身汉将车塞得满满的，害得司机直抱怨轮胎年久失修，既费力又耗油。小美和华曦紧紧地贴在一起，惠惠在一旁被挤得嗷嗷叫，只将小美往华曦的腿上搬。吴缨一身休闲装，颇像个海外旅游者的模样，大大方方地坐在副驾驶的位置上，指挥着司机向龙岗歪歪扭扭地出发了。

盈翠宾馆不过是东深水库旁的一个仅有两三排平房的简陋招待所，只是背依大山、面朝湖水，虽然简陋，但别有一番味道。标致车坚持着开到这里的时候，已经七点多了，这些人的肚子早就饿得哇哇乱叫了，下车就一头冲进门厅背后的食堂里，抢着位子眼巴巴地等着上饭上菜。叶青跑前跑后地收了所有人的身份证，全部登记完领了房间钥匙的时候，恶狼们已经将先上的几盘菜吃的一干二净，只有小美心细，为叶青每样都留了一点出来。叶青拎着钥匙，对围坐在一起、所有眼睛全部直勾勾地盯着残汤剩菜的一桌人嚷道："喂，一共八个人，我开了四间房，男士两间，女士两间，谁和谁住赶紧报名？"

宁绍辉马上举手，"我和你住。"

叶青红了脸，"呸！你老老实实地看哪位男士收留你吧。"

宁绍辉叫道："这种公有制的分配方法不合理！"其他的男人也起哄般地附和着。

叶青板着脸，神态完全像个处理游客闹事时的导游，"有什么不合理？一个一个说。"

宁绍辉抢先叫道："道理很简单，因为男女搭配、干活不累。"

大家哄堂大笑，不过到最后宁绍辉还是和华曦一同分到了一把钥匙，华曦低声地对宁绍辉说："真看不出，你可真够活跃的。"

宁绍辉拉出一脸的严肃，"我这个人工作归工作，玩起来，比谁都疯。"

还没吃完饭，大家就纷纷让华曦确定活动内容，华曦让叶青提前跟食堂订了两箱啤酒和一些小食，让大家回房间休息休息，洗个澡，之后到门前的湖边集合。回到房间，宁绍辉还带着刚才的一脸兴奋，华曦笑他难得这么开心，宁绍辉拉着华曦坐好，还为华曦倒了一杯茶，脸上表情如春天的野草一般真诚。"深圳的生活条件这么差，看着那些在内地的同学都逐渐安定下来了，自己心理压力特别大，这种难受，只有自己才知道。好不容易出来玩一次，还不痛痛快快的。"

华曦听了很平静，"实际上，是离开了那种工作压力很大的环境，心底的天性就释放出来了。"

宁绍辉红了脸，"你说的在理，可能是平时老装着吧，总是把自己伪装起来，有时候，我特想和你念叨念叨。"

"我们平时总是伪装成不孤独不寂寞的样子，不仅要向同学朋友伪装，还要向家人亲戚伪装，所以，今天的深圳人活得很累。"

宁绍辉紧锁起眉头，人也深陷在破旧的沙发里。"同学也好、父母也好，都觉得你到了深圳就应该是发财了，觉得你是大老板了，觉得深圳遍地是黄金。他们哪里知道，我们在深圳也是挣几个工资，讨一份生活。所以，每次遇见同学，每次和家里人通电话，我都不知道该怎么去面对他们，不知道该不该把真实的生活告诉他们。每次听到父母的声音，我都觉得他们苍老的声音里充满了期盼，我从来不会对他们说真实的生活和感受，永远都是好好好。也许他们心里清楚，只是我自己觉得特别内疚。这种情况对于我这样来自小地方的人，特别明显。"

华曦摇摇头，"我们都一样，都承受着这样的压力，只是我们都不愿意表露出来罢了。也许所有来深圳的人都承受着和我们同样的心理压力，所以，这个城市才与众不同。不过，孤独是让我们成长的一剂良药，排解孤独才是我们必须的选择。也许，你应该谈谈恋爱，寻找一段稳定的感情。"

宁绍辉叹了口气，在昏暗的灯下，似乎变成了一团阴影，再没有了刚才欢快的心情。"我在大学的时候，也是很出众的。只是到了深圳才发现，自己忽然变成了一个最不起眼的过客，没有人关注你，也没有哪个女孩会倾慕你，在这里，钞票吸引了所有的注意力，我不过是个一贫如洗的穷光蛋。谁会喜欢你？"

"我看不是，我注意叶青对你就挺有好感的。"

宁绍辉嘿嘿地笑了两声，"算了吧，大家都不容易。我可不想两个人凑在一起过穷日子。说老实话，如果说好感，我倒是挺喜欢吴缨的，不过，只是想想而已。"

华曦坚定地鼓动着，"没有捣不烂的门，没有推不倒的墙，你只要行动起来，我看就有希望，大家都寂寞嘛。"

灯影下的宁绍辉又嘿嘿了起来。

陆

等华曦和宁绍辉洗完澡出来的时候，大家基本上已经在湖边上到齐了。小美正和惠惠一起往地上铺报纸摆小吃。吴缨一见华曦，就大声地嚷嚷着，"两个大男人，在房间里还这么久，做什么好事？"

华曦打趣道："我们谈谈感情。"

"你俩个大男人谈什么感情？"

"我们大男人就不能谈感情？"

叶青叫道："真变态！这么先进的玩意儿你们也敢虚心接受？"

惠惠做出遗憾的样子，"哎，真浪费！挺好的男人，怎么都自相残杀了？刚才还说男女搭配呢。"

小美笑着对惠惠说："我看是急的，实在没地方下嘴，就只好哥们之间凑合凑合了。"

宁绍辉对小美摊开双手，"哪有那么严重，我们两个不过是暂时谈谈而已，又没做别的？"

吴缨大惊小怪地说："你还打算真干啊？很危险的。"

华曦看大家玩笑开得离了谱，就挥挥手，一屁股坐在人群中央的草地上，"行了行了，拿我们当什么人了？我不过是给小宁介绍个女朋友而已。"

吴缨身体一挺急急地问："哪的哪的？"

华曦干脆卖起了关子，"哪的？就是我们这里的，就在眼前这些人里啊，人家托我向他表示表示，所以我刚才就向他摸摸底罢了。"

小美一听忙着打听，"谁啊谁啊？"

华曦转过头去，故意不理小美，"反正这儿就你们四个是女孩，还能有谁？不过，他已经答应考虑考虑了。"

宁绍辉见华曦开起了玩笑，便故作诚恳地使劲点点头。

这四位女孩一下都不说话了，脸上的表情都僵僵的，谁也不想先站出来洗刷自己，因为大家都明白，谁先站出来谁会落得一身嫌疑。在座的其他男性这时嘴巴里开始起哄，可脸上却都露出了古怪的表情。华曦见状，就皱皱眉头，似乎不耐烦地对大家说："行了行了，别瞎猜了，人家的事情，你们管那么多干吗？"

一直不爱说话的司机在一旁冒出一句，"别猜了，是谁就赶快交代了吧。"

小美第一个憋不住了，举手大叫："不是我"，其余三位一见也马上举手大叫不是我，华曦冷笑道："嘿嘿，都不是你们，难道是我了？"

小美憋红了脸，"到底是谁？快说吧，叶青，是你，一定是你。"

叶青马上从草地上爬起来，"向毛主席保证不是我，我敢肯定是吴缨。"

吴缨当时就涨红了脸，毕竟这么多的男性在场，自己的脸面重要。"不是，就是叶青，对对，还有惠惠，是你。"

就在大家互相指责、乱成一团的时候，华曦实在憋不住了，趴在草地上笑得几乎喘不过气来。四个人一看，马上明白了是怎么回事，顿时蜂拥过来，摁住笑翻在草地上的华曦一通绣拳，打得华曦抱头鼠窜，撞翻了一地的啤酒瓶。

在华曦大喊救命并亲姑姑亲奶奶的求饶之后，四个女孩纷纷坐在草地上面红耳赤地喘着粗气，而华曦依旧狼狈地抱着头在草地上偷偷地笑，其他人也纷纷地取笑着，只有宁绍辉尴尬地坐在那里，脸上的笑容及其不自然。华曦看在眼里，马上正经地说："你们也真够呛，宁绍辉哪点不好，你们现在不把握机会，以后后悔可就来不及了。"

吴缨一见宁绍辉的表情，马上冲着华曦嚷道："谁说宁经理不好了，我就喜欢，不过是你在这里搞鬼，整蛊我们。"

惠惠和叶青在一边也马上帮腔声讨华曦，华曦一见，马上挑动道："既然这样，你们赶紧报名，先下手为强，谁抢到宁绍辉他就归谁。"

这时其余的男士也争着嚷嚷道："还有我们呢，我们也要参加。"

华曦干脆大手一挥，"干脆，姑娘们，你们就抢吧，抢到谁，今晚他就归你了，任打任骂，不得还口。我喊一二三，开始。"

入秋的夜色清澈得像月光倾泻下的这片湖水，宁静、没有一丝微澜。宁绍辉借着几杯啤酒的力量，吹起了拿手的口琴。大家还是第一次发现平时沉默寡言的他还有如此的绝技，优美清亮的琴音在湖面上漂去，《深深的海洋》、《巴格达咖啡屋》、《月亮河》，一曲曲动听的旋律随着大家的哼唱，沿着曲折的山、顺着平静的水悠然而去。

眼前的这片湖水，更像条宁静的大河，有千余米宽，曲曲折折地蜿蜒在山峦之间，在月光的抚动下，如大片水银的海，将星空久久地驻留在寂静的山野之中。山里清新的空气鲜活而生动，不像在城里总是懒洋洋地。它沁人心脾，赶走往日积存的污浊，让人的眼睛都格外明亮。宁绍辉吹上一段，就喝上一杯，借着格外清醇的月色，他很快就有些醉意了，在他更加肆意的伴奏下，华曦和吴缨一起哼唱着随着时光而淡忘的那些熟悉旋律。

春天的花开、秋天的风以及冬天的落阳

忧郁的青春、年少的我曾经无知的这么想

风车在四季轮回的歌里它天天的流转

风花雪月的诗句里我在年年的成长

月色尽情地染透了湖滨忧愁而快乐的身影，在银色的草地上，一点点乡愁、一点点回忆和一点点酒醉化成了清凉夜色舞动的灵魂。谁也没有注意到，小美高挑的鼻子在月光的勾勒下，呈现出一条挺拔的曲线，一颗明亮的泪珠汨汨地落下，无声地溅入草丛之中。

吴缨提议要小美给大家唱首歌，说还从来没有听小美的嗓音呢，华曦望望小美，估计她肯定会推辞，如果勉为其难就出面打个圆场。小美并没有推辞，只是静静想了想，就用低低的声音似哼似唱，这声音仿佛从山那边飘来的空谷冥想，不太真切但声声入耳。

是这般柔情的你、给我一个梦想

徜徉在起伏的波浪中隐隐地荡漾

在你的臂弯

……

睡梦成真、转身浪影汹涌没红尘

残留水纹、空留遗恨、愿只愿他生

昨日的身影能相随、永生永世不离分

是这般奇情的你、粉碎我的梦想

仿佛像水面泡沫的短暂光亮

是我的一生

小美唱罢，草地上所有的人们都呆住了，没有掌声、没有唏嘘，半天人们才醒过来，吴缨拉住小美的手，称赞她的歌声。华曦指点着小美，"小美骗我，还说自己没有唱歌的天分，原来是真人不露相，成心想看我们出丑啊。"吴缨也附和着，小美捂着半个脸说："我看你们是变着法的骂我，虽然五音不全，也不至于这样挖苦我啊。"

华曦冤枉地对着大家申诉，"你们都听到了，小美觉得我们这样夸是挖苦她，你说我们该怎么办？"

大家齐声起哄道："罚！"

小美被迫喝下了小半瓶啤酒后，脸色开始变得绯红。吴缨看着小美费力地喝完酒，就拉出一副挑逗的口气，"你呀，总是故意隐瞒自己，你可要当心，一旦华曦看不到你的优点，也许哪天会跑了哦。”

小美本来凌厉的嘴巴开始有些结巴了，“我才不稀罕呢。华曦本来就是公家财产，谁喜欢谁就拿去，不必征得我的同意。是不是，华书记？”

惠惠笑道：“你舍得吗？”

小美摇摇头，“既然不是我的，还有什么舍不得？”

吴缨马上紧跟一步，“真的？我可抢了，你不要后悔啊。”

小美此时毫不示弱，“你要是喜欢他，我劝你早点下手，惠惠对他打了很久主意了。”

惠惠马上窜过来，举拳就打，小美扭头就跑得没了踪影。

月亮无牵无挂地升到了头顶，清澈的月光洗涤着湖滨这些醉意阑珊的人们。宁绍辉已经彻底醉了，他卧在草地上披着满身的月色混沌大睡。叶青、惠惠和其他两个人围在一起打起扑克牌，输家当场要喝掉半支啤酒，因此，宁静的湖畔不时地传来他们的嚎叫声。

半支啤酒已经让小美醉意朦胧，她躺在草地上，枕着华曦的腿，双眼迷迷蒙蒙地望着天上的月亮。吴缨虽然没有喝很多酒，但此时她也倚在华曦的身边，在确信小美看不到的地方轻轻地拉着华曦的手。在两个人中间，华曦有些尴尬，幸好有迷人的夜景和朦胧的酒意，可以掩饰掉轻松神情中夹杂的一丝慌乱。吴缨的头轻轻地依在华曦的肩上，华曦可以清楚地闻到那曾经熟悉的体香，那种久久存在记忆中的味道在空旷的天空下，像蟋蟀的叫声一样敏感地刺激着华曦的神经。小美拉过华曦的手，就着月光，醉眼朦胧地看着华曦的掌纹。端详了半天，恍然大悟般地说：“怪不得你如此多情，掌纹杂乱，似有若无，不是旷世绝学，就是采花大盗。”

华曦笑道：“你别装神弄鬼？”

吴缨也笑道：“小美说得对，这种掌纹绝对是个感情骗子。”

小美接着说：“不仅如此，而且从纹路的走势看，应该是三娶三离。”

在二人的夹击下，华曦开始抗议了，"你俩尽胡说，我小的时候曾遇高人指点，说我终生荣华，妻和子美，是典型的富贵相。"

小美冷笑道："就看你的花心样，也难妻和子美，所以，吴缨，我劝你还是要好好挑挑。"

吴缨笑了，"舍不得了吧？"

"没有的事，我说话算数，你赶紧拿去，再说他本来也和我没什么关系呀。"

华曦一听，就揪住小美的鼻子，嘴巴里继续抗议："你俩在挑处理货么？怎么着也得经过我同意呀？"

吴缨拦住华曦的话头，"你就没什么资格发言了，我们姐妹已经内定了，从今天开始，你就准备听吆喝吧。"

"听吆喝？我现在不还是左拥右抱么？"

吴缨推开华曦的手，"你净想好事，看我们怎么收拾你。"

华曦把宁绍辉扛进房间后，冲完凉时已经快四点了，体内残存的酒精还在徐徐燃烧着，让他在床上折腾了很久才昏沉沉地睡去，等醒来时，已经快接近中午了。在宾馆后面的荔枝园里一通烧杀抢掠之后，这些单身汉们才大筐小筐地满载而归。宁绍辉在回程的车上，酒精还没有完全排解，直大叫头疼。而小美上车后就像个玩累了的孩子，呼呼地睡起来。吴缨特意坐到了华曦的身边，将头倚在华曦的肩上闭目假寐。回程的车上很安静，只有汽车破旧的吱呀声和窗外的风声。华曦静静地望着窗外，看着瞬间的景色从车窗前匆匆的行过，心头忽然一沉，他觉得自己就像一枚红红的荔枝，被一群兴高采烈的人们采走，咀嚼一番后，就被抛到了草丛的深处，再不关他人痛痒。华曦越想就越觉得有必要和小美坦诚地聊一聊，在车回到大院后，华曦叫住已经跳下车的小美，"你一会儿去哪里？"

小美收住脚步，"一会儿？睡觉睡觉，我快困死了。"说完就拎着荔枝筐和惠惠一颠一颠地上楼去了，把失望的华曦独自留在了空空旷旷的院子里。华曦拖着一条长长的影子呆呆地伫立在院子里，周围一切都静悄悄地，只有角落的那簇勒杜鹃在夕阳下红得正艳。

柒

之后的几天里，华曦偶尔会到天台上坐一坐，但小美一直没有上来。最近院里的工作很忙，经常要加夜班，而且，几个老客户找上门来，私下要求华曦帮着做些简单的设计活儿，主要是上沙村的工业厂房的改造。华曦用晚上的时间加加班，可以拿到一笔不算少的外快，因此，这段日子里也很少去主动约小美去散步。

时间过得好快，一晃儿，天气就明显冷了，在天台上已经感觉有些冻了，华曦更少出去，基本上都闷在房间里画图和计算。吴缨来过几次，还带来了麦氏咖啡礼盒，闻着飘香的咖啡，暖暖的香味从吴缨的笑意上融融地流露出来，让华曦心里渐渐地感动。在这些夜晚里，华曦埋头画图的时候，吴缨会坐在旁边的床上，用被子盖住双脚，专心地捧着华曦推荐的小说，就着一杯咖啡静静地读上一晚。偶尔，华曦也会有所冲动，只是不愿破坏这份难得的暖意，就不再去想它了。总是到了很晚的时候，吴缨就小心地放下书，折好书页，平静地和华曦道声再见。华曦也没有去想更多，还是把手里的事情做完，才倒在吴缨捂热的床上昏昏睡去。

每天在楼里或食堂里都能见到小美，小美也依旧是嬉皮笑脸的，只是，华曦觉得似乎两个人生疏了许多。偶尔大家一起去宵夜的时候，小美也坐得离华曦远了许多，让华曦感到不太自在。这种情况一直持续到了电话铃音不停地响了许久的那天下午。

下午上班后，华曦正在找一份桩基资料时，听到对门的办公室里响起了电话，华曦没在意，因为平时都是叶青和梅大姐接听，之后就扯着嗓子在楼道里大声地叫人。电话铃音持续得响着，似乎楼道里没有一个人，华曦并没有想到这个电话会是找自己的，因为平时他的电话很少，特别是最近配上了传呼机后，更没有人会打电话到办公室来。无奈，急促的电话铃音实在让华曦无法忍耐，他只好大步流星地蹿过去抓起听筒。

电话的那端是凌红，正在离深圳不远的珠海。

凌红和导师来珠海参加一个关于建筑教学的研讨会，散会后，准备来深圳看望分别已久的华曦。华曦听着电话那端有些陌生的声音，嘴巴上支支吾吾地表示欢迎，并详详细细地说了该如何坐船、该如何换车，可脑子里却是一阵混乱。记忆永远是团燃烧着的火焰，幻想起来很美，真实感受时却又万分恐惧。虽然华曦已经很少想起凌红，当她即将出现的时候，却又不知该如何面对，也许这就是人生的思维悖论。放下电话，人还恍恍惚惚地，出门时险些和叶青撞在一起。

很久没有和凌红通信了，只是知道她在读博士，学习很忙。华曦偶尔也会在夜深人静的时候想起她，但是已经没有了过去心底隐藏的感伤，如今凌红只是一个模模糊糊的印象和午后阳光下的躯体，像一副没有性格的淡彩画，悬在平淡的白墙上。以怎样的心态应对凌红的提问和嘲讽，该如何解释岁月的停滞和世事的变迁，这个问题一直将华曦纠缠到晚饭时候，望着面前的蒜茸通心菜和苦瓜炒肉丝，华曦吃得淡如白水。

捌

华曦将凌红从车站接回来的时候，这些无聊的单身汉们刚刚赛完篮球，看见华曦身边走着一个婷婷的女教师模样的姑娘，马上就阴阳怪气地起哄，"华曦，又换了一个女朋友？"

小美站在人堆里，脸色僵硬，嘴巴抿成了一条硬朗的直线。华曦脸色尴尬地介绍，"这时我大学时的同学，过来出差。"

宁绍辉整整已经被汗水湿透的运动衣，大声地问："华曦，这位就是你心里的那位女博士吧？"

华曦不自然地点点头，凌红倒是蛮大方地向大家问候着。不过，在小美看来，凌红并没有什么特别之处，中等的个子，虽然人长得白白净净，一副少见阳光的样子，但眉眼之间似乎缺了点灵气，特别是鼻梁上架着的那副金丝眼镜，让人感觉有些阴郁。小美主动上前和凌红打了招呼，还眉飞色舞地称赞她，"天底下居然有这么漂亮的女博士，怪不得华曦天天把你挂在嘴边上。这次你可不要走了，华曦想你都想疯了，天天像祥林嫂一样念叨你。"

凌红浅浅一笑，"是么？他会这么痴情？深圳可真是个改造人的地方。"

放下行李，两个人走上大街，华曦问道："想吃点什么？海鲜还是粤菜？"

凌红摆摆手，"这几天开会天天吃海鲜了，还是有点特色的吧。"

华曦想想，"有一家潮州粥挺不错，估计你会喜欢。"

"随便！"凌红说这话时，又是一贯华曦熟悉的神情。

两个人走在深南路上，凌红拉住了华曦的手，华曦觉得这双手的温度既熟悉又陌生。凌红一边走一边四处张望，"深圳不是我想像中的样子，没有那么好，也没有那么坏。"

华曦本来只顾低着头望着自己的脚尖，听她一说，奇怪地问道："想像中的好在哪里？坏在哪里？"

"城市建设没有我想像中的那么好，这里的人没有我想像中的那么坏。我也没有觉出特区和内地有什么太大的不同，就是人们走路都慌慌张张的。"

"都是生活，不过是在不同的地方罢了。"

凌红很有感悟地附和道："是啊，都是生活。"她略微沉吟，接着说；"我看得出来，刚才那个叫小美的女孩对你很有好感，而且，我敢肯定，你俩的关系不一般。"

华曦想做贼被当场抓住一样，脸突然涨红起来，"哪里？只是很普通的朋友罢了。"

凌红轻松地拦住华曦的话，"别不承认了，你的脸已经证实了，这样很好啊，在这么一个地方，有人关心你爱护你，是种幸运，别太自私了，也要多想想别人的感受。"

在凌红的面前，华曦像个犯了错的孩子，虽然凌红没有什么资格来批评他，只是在她面前，自己总是无言以对，只好默默地接受着劝导和批评，心里也没有什么太多的愤懑和不满。为了转移对自己不利的气氛，华曦说："我在特区报招待所给你订好了房间，条件不好，你凑合凑合。"

凌红随意地答应着，"你看怎么方便怎么好。"

天气转凉后，街上的行人已经比夏天的时候少了，虽然路上还有些狂跑的车，但仍然有股凄清的味道，两个人手拉着手，像过去在校园里一样散步，但心境却变了许多。华曦问道："这两年，你个人生活安排的怎么样？"

凌红抬起头敷衍着，"挺好啊。"

"有男朋友了么？"

"男朋友挺多，可中意的还没有。"

"你就是眼界太高，看谁都不中意。"

凌红拉高音调纠正道："不是我不中意人家，是人家不中意我。像我这样的半老徐娘，谁还稀罕呀。又老又丑，还是个博士，只能廉价处理了。"

"你现在学会讲笑话了，怎么可能？毕竟是校花啊。"

凌红的语音里开始有了些失落，"还不是你惹的祸，不管遇见谁，都会拿来和你比，比完就没什么兴趣了。不过，你就不用为我操心了，虽然我高攀不上你，不过好在早晚都能嫁出去，后面排队等着的还有一个班呢。不就是一辈子么？怎么都能过得去。"凌红悲切的样子让华曦有点心酸，她接着说："这样也挺好啊，毕竟现在还能拉着你的手在深圳的大街上闲逛，挺满足的，真的。”

华曦心里堵得像塞住了一团棉絮，只有挽过凌红的胳膊，沉默地走向前方昏暗的人群。

两个人吃晚饭回来的时候，已经快十一点了。进了大院，华曦发现小美一个人瑟瑟地坐在篮球场的台阶上，走到身边时，华曦问道："小美，怎么还没睡？"

凌红笑着抬高声调对小美道："和男朋友吵架了？"

此时，华曦发现，小美的表情僵硬，神色有些恍惚。

"谁跟我吵架呀？房间里太闷了，出来坐坐。"

凌红关心地拉住小美的手，"手这么凉，当心冻着，病了可是自己难受。不早了，我们回去休息了，你也快回去吧。"

华曦跟在凌红的后面，后背上明显地感觉有着两只眼睛刺过来，是怨毒还是嫉恨，华曦不愿去想，只有亦步亦趋地跟着凌红回了房间。进了房门，凌红就两只眼睛直直地望着华曦，嘴角边上挂着一丝得意的嘲笑，"你现在是不是特恨我？"

华曦明白了凌红的意思，马上讥讽地回应她，"既然有送到嘴边的，哪还顾得了那么多？"

凌红嘿嘿一笑，"别总是摆出一副高高在上的样子，有一天你会后悔的。别总把自己当作万宝路骑士，终究有一天会从马背上掉下来，被马踩死。"说着，就把华曦拉过来，捧住他的头疯狂地吻起来，两只手开始撕扯华曦的衣服。

华曦开始被动地接受了这一切，他无力在这个疯狂的灵魂面前改变什么，痛苦和伤害只是这场角斗游戏中的一段，只是在这场追逐的残杀开始之前，输赢结果就已经确定了。明白了这一切，心就痛快地死了，心死唤醒了体内蛰伏的欲望神经，疯狂的双唇渐渐找回了过去的体验，在丰满的身体间，华曦开始像一头发疯的蛮牛，撒野般的耕作着肥沃的土壤。

当华曦呼呼地喘着粗气，散架一般地倒在床上，凌红却站在地中央，仔细地一件一件穿好衣服，华曦冷冷地问："这就完了？"

凌红平静地令人吃惊，"已经足够了，我的要求只是这么一点。"

"你可以在这里过夜。"

凌红借着台灯往脸上补了补妆，"抱歉，我已经不习惯了。"

第二天早上，华曦刚睡醒，楼下传达室的老人送来一封没有封口的信，一看就知道是凌红的笔迹。

华曦，我走了，坐最早一班的火车到广州，去广州看望我仰慕已久的建筑界前辈。请你原谅我的突然来访和不辞而别，因为只有这样，才会让我有决心为这场感情划上一个句号，留下一个永远的回忆。感情总是一个两面的硬币，在爱的背面写的是恨，只有它不停旋转的时候，我们才为它痴狂、为它感伤。在这场游戏之中，谁也无法肯定它落地后的一面是爱还是恨，因此，感情就是一个忐忑地等待判决的过程，对此，我厌倦了，厌倦了争斗和无穷无尽地折磨。所以，没有道别的告辞，才是真心地结束。

昨天我下楼的时候，看到那个叫小美的女孩还在楼下等你，作为女人，作为已经身处事外的女人，我劝你，不要再像折磨我一样地去折磨她，我想，深圳的女人更难。保重，凌红。

华曦放下信，沿着窗口的一线天空望去，无边无际地阴云密实地遮盖了眼前的整个世界。

晚上，下起了小雨，秋天随着雨丝将凉意带进了屋子里的每一个角落。华曦继续闷在房间里赶着下沙村的厂房设计，小美破天荒地来敲华曦的房门。进来后看看华曦画的图，吐吐舌头，就乖乖地躲到了华曦的背后，不愿打扰华曦。华曦为她找出本杂志，自己就又闷头开始赶工。

当华曦站起来想舒展一下筋骨时，发现小美已经倚在床上睡着了。华曦将她轻轻搬上床，脱掉鞋子，盖上一件衣服，又坐下继续干活。不知道过了多久，反正夜色已深，窗上结了蒙蒙的露水，华曦发现小美正在背后痴情地望着自己。

"醒了？"

"醒了。"

小美慵懒的声音像只乖巧的小猫，让华曦觉得十分新奇。小美戳着下巴，呆呆地望着华曦，半晌，嘴巴里才慢慢地冒出几个字。"我好惨啊，我爱上了一个花心大少。"

"可以不爱啊。"

"不行，已经刹不住车了。"

"他可是花心大少啊，危险啊！"

"爱就是这么危险。"

玖

外面的雨仍在不停地下着，华曦呆坐在窗台上，耳旁还回响着小美重重地摔门声。那门撕裂般的声音尖锐地从耳膜和心头上划过，让华曦毛骨悚然。窗外阴冷的光照亮了吴缨仍在酣睡中的赤裸身体，散落的秀发和丰满的身体引不起华曦此时一丝丝的冲动，他只觉得胸口憋得喘不过气来。睡梦中的吴缨翻了个身，转向华曦，此时可以看出吴缨的脸上还带着泪的痕迹，她是留着泪睡去的，懊恼之余，华曦感觉自己成了一个不停招惹罪恶的罪人，除了罪恶还是罪恶。

窗外的雨没有一点要停下来的迹象，潮湿的空气包裹住了整个世界，连思想都水淋淋的。华曦抓起电话，要连线世界那一端的小美，可是，在这个潮湿的世界里，思想随时都会短路。

拾

在这个城市里，夏天的雨是喧哗的，秋天的雨是静谧的。夏天的雨冲走了尘埃，污浊了心灵，秋天的雨阴霾了天空，却净化了灵魂。华曦记得，那是入秋后的一场雨，从早上一直下到夜晚，把所有的人都拢在了房间里，让墙上的攀藤疯长了许多新芽。华曦在房间里伴着保罗西蒙画了一晚上的图，到午夜的时候，小美拎着滴水的雨伞站到了门口，脸上挂着湿漉漉的委屈，"惠惠又把我赶出来了。"

惠惠最近的恋爱对象是蛇口一间石油公司的翻译，经常陪着外国专家坐着直升机在南海上转来转去，经常一两个星期才能回来一次。今天有空来深圳看惠惠，看外面的雨一直不停，惠惠就大大方方地将小美请了出去。小美无奈，只好洗漱完毕，拎起雨伞走出门，来到华曦这里。华曦让小美坐在床上，从床底下抽出院里在夏天的时候作为防暑降温费发的半箱可乐，为小美打开一听。这间资料室除了堆放资料的铁架之外，仅能放下一张小床和一张书桌，也只有一把椅子，来了客人就只好坐在床上了。不过好在平时没有什么人来，华曦也就没有在意过，住在这里总比两三个人合住一间单身宿舍强得多，所以，华曦还是从心里蛮感激梁院长的。

小美翻看着华曦床头的小说和录音带，华曦放下手里的工作静静地看着灯影下的小美，两个人都没有作声。雨夜的小美没有了往常的肆意，让雨水沾湿的一缕头发还贴在额头前，两只习惯眯眯的眼睛映出了台灯的光亮，一袭碎花长裙凸显出身体单薄的轮廓。

"你继续画吧，我不影响你。"

"已经画了一天了，我也累了，这点活儿终于快完了。"

小美哦了一声，仿佛没有听见一样，继续低头翻看着华曦床头的书。过了一会儿，小美才缓缓地出了声，说话的神态不像是说给华曦听的，更像是自言自语，"这个死惠惠，真是祸国殃民，今年算上这个蛇口的翻译哥哥，已经谈了三个了。"

"她是属于来得快、去的也快，典型的恋爱游击战。"

小美一脸委屈，"最坑人的是，每次她失恋了就来折磨我。所以最受伤的其实是我。"

"谈了这么多次恋爱，她应该有些经验了，怎么还那么伤心？"

"所以我才骂她是头不长脑子的猪，每次都是轰轰烈烈地恋爱，然后轰轰烈烈地分手，一通伤心落泪之后，稳当不了两个星期，又一脑袋扎进去。我都奇怪她怎么就是不长记性啊。"

华曦笑笑，"至少她很投入，爱得很敬业，以后有很多值得回忆的故事。"

小美撇撇嘴，"她呀，每次都是老一套，电话、约会、上床、分手，已经成了例行公事，我骂了她几次也没用，还老和我争辩说是享受生活。"

"也许惠惠说得对，生活本来就是如此。"

小美沉默了一会儿，辩白地说："可能吧，也许是我们太认真了，过于看重结果，反而忽略了过程的乐趣。只是，每次看到惠惠分手后失落的样子，我都会想起我父亲，想起他们磕磕绊绊的生活，所以，我还是不愿意相信折磨会是一种享受。不过，我还是挺佩服惠惠的勇敢，她呀，总是事情还没有个苗头的时候，就投入了一腔热情，然后拼命地自得其乐。实际上，惠惠是在不同的对手身上欣赏着自己的感情，那些男孩子不过是做了她自己感情的镜子。在这点上，惠惠和叶青不同，叶青谈恋爱是想找个好人家，把自己早早嫁出去，惠惠谈恋爱纯粹是玩。所以，我研究了半天，只能把她归结到自恋狂和色情狂那一类里。"

"你又开始胡说！"

"真的，每次和男人上床后就向我大谈体会，说如何如何美妙，你说她可气不可气？我骂她犯贱，她还和我顶嘴，说这就是生活，说只要两情相悦有什么不可以，反正是享受，何苦推辞。气得我骂她是个贱女人，再不要理她了。"

"背后说人坏话，该掌嘴！"华曦亲昵地制止她。

小美急忙捂住自己嘴巴，"是，该打该打，再也不说了。惠惠是咱的好哥们儿，批评她不算是背后说坏话。不过，惠惠在这方面倒不是乱来，她不喜欢的人，用什么方法也休想。"

华曦将可乐打开递给小美，"你呀，就知道说别人，你自己还不是畏手畏脚？"

小美仰起头，转转眼珠，拉长语调怪声怪腔地说："这个么，山人自有打算。"

"打算什么？"

"这是秘密，坚决不能告诉你。"

华曦一听，马上捂住自己的耳朵，"我就当什么也没听见，与我无关。"

小美笑道："与你无关？你休想逃脱责任，不过你放心，还轮不上你打扫战场。"

两个人说着说着，小美就打起了哈欠，本来眯眯的眼睛开始困得打架。小美戳着下巴呆坐了一会儿，忽然艰难地说："今天我没地方睡了，本姑娘准备在这儿就和一晚，欢迎不？"

华曦已经对今晚可能发生的故事做了各种构思，见小美提出这样的要求，马上装出一副兴奋的样子，"欢迎欢迎。"

小美马上拉长了小脸，板着面孔拖着一副教训的口吻，"你可别想歪了，少打你的如意算盘，经本人慎重研究，考虑到你平时的品行，决定我睡在床上，你睡在椅子上，而且未经许可，不许乱说乱动。"

华曦顿时瘫倒。

华曦洗漱回来时，小美已经和衣躺到了床上，脸面向着墙，身子弯成了一团。华曦为她盖上毛巾被，自己在椅子上坐下，想了想，就将两只脚搭到了床上。同时抄起一本书，没头没脑地看起来。过了好一会儿，小美纤细的身子在床上动了动，继续面对着墙平静地说："别看书了，早点上床睡吧。"

华曦心里暗喜，只是嘴巴里依旧不动声色，"你睡吧，我就在这儿倚一会儿，天很快就亮了。"

小美一把掀开毛巾被，腾地坐起来，小脸一时间变得通红，"你还要我求你么？快上来睡觉。"

华曦丢下书，马上窜上床，一把把小美揽在怀里。

小美依旧面向墙壁，华曦小心地抱着她，大气也不敢喘，只是两只手缓缓地在小美的身上逡巡着，静谧之中，可以听到小美咚咚地心跳。小美纤细的身体光滑又富有弹性，女人的曲线在华曦的抚摸下开始变得玲珑多姿，隆起的胸部在华曦的手中真实得像清晨的新橙一般。华曦的唇在小美的脖子和耳朵上游移着，双手探进光滑的身体里。虽然小美依旧面向着墙壁一动不动，但是华曦感觉得到她的身体在微微颤抖，呼吸急促地伴着心跳而律动。华曦紧紧地抱着小美，在她的耳边低低地哀求着："小美，我憋不住了。"

小美低低的声音好像生怕有人听见，"我也一样，可是不行啊。"

"怎么？"

"你运气很差，今天不方便。"

华曦心里说不出是失望还是沮丧，如同中秋之夜正赶上阴雨连绵，节虽然照过可终究少了点什么。小美感觉到了华曦的失望，转过身来，杏眼里闪着恳求的目光，"就这样抱着不好么？"

在黑暗中，小美的眼睛带着疑惑和羞怯，为这个雨夜里多了一份痴迷和不安。俩人环拥之间，小美将微张的唇印在华曦的双眼上，轻轻地吸走了黑暗中所有的失望，给这个秋雨微凉的城市添了一点点暖人的春情，华曦渐渐醉在这春意阑珊之中。

忽然，小美抬起身，咬着嘴角，半天才挤出几个字："我帮你解决吧？不过，你不许睁眼。"

"好，我就闭眼想着你，"

"不好，不许想我，"

"为什么？"

小美依旧带着天真诡异，"你就想像是在和别人做爱，比如，和吴缨，和惠惠，反正不要是我。"

"我试试。"华曦顺从地阖上眼，双唇纠缠在小美饱满的乳峰上，贪婪地体会新芽初现的感动。小美将赤裸的身体紧紧地送到华曦的手间，用喘息交流着两个人之间所有的秘密。小美的手轻柔地在华曦的身上摩挲扰动着，不停地催动激情到来。汩汩的潮水渐渐淹没了沙丘，天然的吟唱遮住窗外的潇潇夜雨。随着渐渐猛烈地喘息声，在手指摩挲下，感性被推到了极致，就在两人相互感动的那一瞬间，华曦坦白了自己的一切。

"刚才想的是谁？"小美此时已经平静下来，瘫在华曦的肩头。

"是你。"

"不是让你想吴缨么，为什么不听话？"

"我试了，可是不行，眼前只有你，眼前只有一场大雨，我俩已经淹没在雨水里。"说着，华曦将头埋在小美的胸前，在山岚雨晕之间昏昏睡去。

在这个雨夜里，小美变成了一片白色的纸鸢，在无云的天空上飘飘荡荡，华曦惊恐地拽着绷紧的线，担心它会随时断掉，担心她会随时飘走，飘到云端的后面，飘到这个世界上永远到达不了的角落。窗外的雨紧一阵慢一阵，一直没有停歇，华曦在这似真似幻的期待中，渡到天光。

第五章 天凉好个秋

壹

吴缨醒来的时候，已经快到中午。外面依旧淅淅沥沥地下着雨，"朱庇特"台风只是扫了深圳一点边，就从惠东登陆去了。华曦几次拨通小美的电话，都没有人听，这个时候谁又会到办公室去呢。吴缨是个从骨子里懂得包装自己的人，刚起床就冲进卫生间梳洗干净，然后将内衣熨干穿好，细致地化了淡妆，这才坐下，头伏在华曦的腿上。然而这一切，似乎都没有进入华曦的眼里，他目光呆滞地望着窗外的细雨，心里空落地像台风肆虐后的街道。

"别想了，心烦没有用的，慢慢调解调解就好了。"吴缨还在说着昨晚发生的事情。华曦动也没动，似乎什么都没有听到。吴缨望着华曦沉着的脸，小心地宽慰着他。华曦低下头，吴缨化过妆的脸上依旧遮不住眼泡的红肿。

"谁来过了？还送来杨桃。"

"小美。"华曦尽量让自己保持着平静，不动声色地回答她。吴缨听到小美的名字，脸部难以察觉地抽搐一下，平静地问："她人呢？"

"走了。"

之后两个人又不说话了，只是安静地依偎在一起，听着窗外沙沙的雨声。吴缨轻轻地叹了口气，"几年了，总是躲不开小美的影子。"

"以后不会了，"华曦的声音像是从腹部传出来的，"总有个终结的时候。"

吴缨把脸贴在华曦的胸口，"你别那么伤心了，一切都会好起来的。

感情这东西只能想一想，并不实在。”

在华曦看来，感情这东西对于吴缨，只是茶余饭后的一道甜点。一次在黄昏的天台上，吴缨对华曦说起以前，说起北京的故事、北京的情人，她说得那么平静，让人觉得似乎不是自己的故事。吴缨从旅游学校开始，同学、家长都在为她一一介绍男友，只是吴缨从没认真过。母亲希望她能嫁个好人家，经常介绍老同事和上级领导的公子与她认识，不过，还没有一个经得起吴缨的淡漠，每次的努力不用多久就烟消云散了。气得妈妈质问她喜欢什么样的，吴缨翻着白眼回答道：“如果我知道，我早就嫁了。”

每个男孩子离她远去，都没有什么分手独白，因为吴缨从没有给他们独白的机会。吴缨也没有觉得有什么遗憾和懊悔，只是到深圳后，谈过的男友一个一个都结婚了，而自己还没有做过新娘，这时候，她心里才有点酸酸的。在天台上，吴缨望着远处渐渐亮起的灯火，眼睛里是难得一见的平静和冰冷，“问题是，我不知道爱情是什么？情爱与性爱有什么关联？我不是一个完美的感情动物。我只了解自己，但不了解男人。”

“了解我吗？”华曦不愿看到吴缨如此沉重，因此选个敏感话题。吴缨摇摇头，“一点点，不过我知道你很吸引我。”

“哦，那些地方？”

“这不能告诉你。”

“为什么？我有权知道啊。”

吴缨笑起来，刚才的沉重瞬间就从眉眼间消散了，她笑的样子会让鼓鼓的鼻子和嘴巴都会充分地绽开，让你不得不被她感染。“你呀，从骨子里是个最优秀的情人，就这一点。”

“是么，就这些？”

“已经足够了。”

“没有要嫁给我的打算？”华曦故意做出得寸进尺的样子。吴缨撇撇嘴，“跟你在一起没把握想半年后的事儿，所以，还是算了吧。”

华曦嘿嘿地笑了，"先谈谈恋爱，试试嘛。"

吴缨惊奇地望着华曦，"谈恋爱？先爱得死去活来，再恨得死去活来？算了吧，我没谈就怕了！我还是清静点好。不过我劝你，你别把小美整得太惨，深圳的女人不容易。这话我可以和你说，但是不能直接劝小美，所以你还是悠着点好。"

华曦认真地皱紧眉头，"可我想，我是爱上她了。"

吴缨轻蔑地笑笑，"那你爱我么？"

华曦沉吟了半天，"这个，我不敢肯定。"

吴缨凑近华曦的脸，语气坚定地，"如果你要是喜欢我，就亲我一下。"就在华曦迟疑的时候，吴缨攀住华曦的头，鼓鼓的唇直接地印在他的嘴上。华曦惊呆了，然而只是迟疑之间，两人的舌头就贪婪地缠在一起。

这时，吴缨推开他大笑起来："现在，我的唇膏已经印在你的嘴巴上了，说明什么？"

华曦抹抹自己的嘴巴，他为刚才的突变闹呆了。

"你抹也没有用，我的唇已经永远地来过这里了，你逃不掉的。其实，刚才只是一个试验，试验的结果已经证明了这一点：你只是一个极品情人，永远不会是一个好爱人，所以，你能带给小美的只是痛苦。"

华曦想申辩，但被吴缨拦住。"你别说刚才是因为我勾引你，这个世界上只有两情相悦、没有被逼无奈，所以，你没有必要为刚才的行为抵赖，你就是一个花心的情人。"

"你玩我？"

吴缨嗔道："你怎么变得这么笨啊，不是玩你，是让你认清楚自己，别老以为你是个坚定的爱情主义者，你不是。"

此时，华曦反倒平静下来，"那我是什么？"

"花心大少啊！你太懂得欣赏女人了，女人身上的每一点特征都会吸引你，都会影响你成长，你会细微地照看和发掘女人身上的优点，而且无论是谁，都会随时打动你，所以，你只能做情人。你的优点是，你可以满足女人的要求，而你的缺点是，你可以满足任何女人的要求。"说到这儿，吴缨摊开双手，"我说的不会错，你看着办吧。"

华曦听完吴缨对自己的论断，咬牙切齿地做了鬼脸，"你就胡说吧，看我不把你先奸后杀！"

吴缨洒脱地转过身去，"可以奸，不能杀。"说完就自顾自地看起了风景，再不理睬华曦了。

贰

小美还没有消息，只有在中午的时候，薛坚突然打来了电话，让华曦很惊奇。薛坚上次来电话时还是去年在广西的时候，如今有一年没有他的消息了。电话响起的时候，华曦正在床上和吴缨温存，电话铃声让两个人都觉得万分扫兴，华曦拎起听筒的时候，还带着制不住的愤怒。

"兄弟，干什么呢，这么半天才接电话？"

"谁啊？"华曦有些不耐烦。

"我，薛坚。"

薛坚过两天就到深圳的消息真让华曦吃惊，只是电话里不方便问个清楚。薛坚自中学到大学都与华曦同班，只是大学毕业后，华曦读了研究生，薛坚直接分配到深圳，很快又去了海南，之后，就只能偶尔听到他的消息了，一会儿在海口，一会儿在北海，后来还到过玉林。不过，每逢春节，薛坚都会给华曦的父母打电话拜年，也让华曦安慰了许多。

放下电话，两个人想继续把刚才的热情做完，可是又都没了情绪，于是就干脆躺在床上，华曦捡起《明天的世界》，吴缨顺手抢了过来，"你现在越来越没劲了。"

"怎么了？"

"你没事了？人家还没完呢。"

"哦，我以为你不想了呢。"

"是不想了，可是没完啊。"

华曦只好准备再次预热，又被吴缨制止，"不是这样，只要呆着就好了。"

华曦一脸无奈，他觉得吴缨并不是个大脑简单的人，恰恰是她对很多事情看得很透彻，或者说过于透彻，所以，她才总是处身世外一般，既不大喜、也不大悲，只想得到她想要的东西。吴缨有一句名言是，我要情上的性，不要性上的情。有几位单身汉就此和她理论，吴缨舌战群雄，平心静气地说："年轻时最宝贵的就是年轻的感觉和犯错误的本钱，所以尝试就是收获。"此言一出，众人折服，包括华曦，再不敢小看吴缨，只有叶青愤愤地评价吴缨是"整个一妖精！"。

吴缨在华曦的怀里得意地望着天花板，忽然说："我挺同情小美的，好端端的一个女孩，让你给糟践了。"

华曦一听就把吴缨推到一旁，"我糟践的？还不是她看见你在这儿。"

吴缨笑出声来，"你急什么呀？又推卸责任，和我有什么关系？你不能不承认，这就是缘分。"

华曦只能点头，吴缨劝慰地说："你呀，本来就不适合她。"

"适合你么？"

吴缨本来圆圆的双眼眯成一条线，"我更不行了，招架不了你。你要是想结婚生子，应该去找个山野村妇，最好不认识字，吃不饱穿不暖的，只有她才可以纵容你的一切。"

"你真自私！"

吴缨认真起来，"错了，我实际上并不自私，我乐于和别人分享一切，只要她愿意。"

"你想没想过，这对别人是一种伤害。"

"那是因为她们狭隘，与我无关。"华曦无话可说，干脆坐起来，吴缨一见，也倚在床背上，"你知道么，小美在你那里过夜时，我有多难受。虽然我知道你爱她，我和你还只是挺普通的朋友，但我照样嫉妒。不过，你确实不属于我的，我也不能接受独占你的结果，唯一就想多占你一会儿。"说着，一滴眼泪从吴缨的脸上滚落，砸在她饱满的胸前。

华曦将她抱过来，抚着她的长发，"好了，我最见不得女孩子的眼泪了，以后你想占多长就多长。"

"是么？"吴缨红着眼，本来就有些肿胀的双眼更显得迷离。

送走吴缨的时候，天已经黑了，雨也在不知不觉中停了。吴缨临走时，停下来对华曦小心地说："我看，小美要杀了我，不过我还是想找小美谈谈。"

华曦制止了她，"算了，时间是最好的解决办法。你最好去看看小美在不？我挺担心她。"

吴缨走后，房间里只剩下华曦和无聊。电视里找不到一个像样的节目，心里乱得看不进书，到了半夜的时候，就锁上门想出去散散心。华曦刚走进电梯，就见到一个黑衣女孩醉倒在电梯里，身边尽是些呕吐的秽物。华曦上前扶起她，发现正是那个前两天在电梯见过的 12 楼女孩，面色惨白、醉得不省人事。华曦把她搀到了一楼的保安室里，交给保安，自己忽然觉得兴致索然，干脆上楼重新躺到床上。这时，华曦的大脑里就像台风刚刚吹过一般，空空落落的，几天来发生的一切，留下了创伤但没留下痕迹。从爆炸到小美匆匆离去，似乎只是一出彩排，还没有正式上演的日期。也许记忆永远像一块没有蒸熟的蛋糕，既不能吃、又见不得人。华曦无法让空荡荡的大脑理清所有发生过与没有发生过的事，于是就跳下床，开始摊开纸笔，开头写上小美，但这封信是写给小美还是写给自己？华曦也无从判断。

小美，昨天过得好快，还没来得及我们细想，就匆匆在眼前划过了，我就像地铁站台上永远不想上车的人，看着忙碌的人们风驰电掣地离去。也许，你就在那辆我根本看不清楚的车上，只是，车经过得太快，甚至留不下一点点想像。

我没有权力求得你的原谅，因为我还不知道错在那里，我甚至不敢肯定是我错了还是这个时代错了。在所有的动荡时代里，人们都经受着情感的折磨，伟大的茨威格以谢世作为这一段情感的终结。也许在几十年后才会发现，我们年轻时正生活在一个动荡的年代里，有无知、有冲动，也有愚蠢。如果，还来得及对我们的后代说上几句，我会告诉她，年轻的我很充实，有过一段刻骨铭心的恋爱。只是，我在无意间放开了手，她从我的手间飞向了自由。

我曾经愚蠢地以为，我们会在这个城市内白头偕老，看来，这只是慰藉空虚灵魂的一剂汤药，一切都在无法预见之中，一切都在冥冥掌控之下，我们都是爱的传道者，从不曾奢望爱的结果。也许我会对自己说，我有过；但在清晨醒来的时候，我知道，我输了。

小美，也许在几十年后的一天黄昏，我们会同时想起了那些天台上的落日和雨后的苍茫，也许会在那一刻同时想起了今天这道难题的答案，同时发出会心的微笑。睁开眼，眼前有一颗黄得正艳的杨桃朝你微笑，也许这就够了。

小美，我依旧爱你。

叁

薛坚走出机场的时候，嘴巴咧得像个葫芦，朝华曦的肩上重重捶了几拳后，就自己拎了行李登上了开往市区的中巴车。华曦想帮忙也插不上手，只能颠颠地跟在后面。从小的时候就是这样，虽然薛坚的年龄只比华曦大几个月，但是一直在华曦面前以兄长自居，而且会主动地教华曦如何调皮捣蛋，挨打受罚的时候，也是薛坚冲在最前面。到毕业后，虽然天各一方，但在华曦心里没有主意的时候，还是会不自觉地想起薛坚。

薛坚从小就比华曦的个子高，人高体壮，他与华曦同住在一个大院内，跟着单身母亲一起长大，据说，他还有两个姐姐，跟了离婚的父亲，只是他自己从来没有提起过。薛坚从机场的出口出来时，华曦一下都不敢认了，他比以前瘦了，脸上的胡子好像有几个月没有刮过，皮肤黑得像是刚从非洲探险回来，不过一身的高级行头和明晃晃的项链、戒指，让华曦觉得他更像个贩卖人口的暴发户。

回到家里，华曦把薛坚推进卫生间洗澡，薛坚只带了一个小包，连换洗的衣服都没有带，只好从华曦的衣柜里选了两件。华曦为他倒了杯水，沮丧地说：“我可不想在你面前硬撑着，实话说，这次你来，我不能请你大吃大喝了，我破产了。”

薛坚脸色冷峻，口气平静地让华曦摸不着底，“看来我投错人了，怎么回事？”

华曦只好将最近发生的事一五一十地说了一遍。在薛坚面前，华曦越说越觉得心里委屈，说到动情处，眼圈开始红了。薛坚一言不发地听完，问道：“就这些？”

“就这些。”

薛坚突然哈哈大笑，“又栽了一个，失落的特区创业者队伍又多了一员。”说完，就点着一支烟，深深地吸了一口，然后将白色的烟吐得远远的。“行了，别哭丧着脸，不就是亏了几十万吗？有什么大不了，再挣呗。我这次虽然属于逃亡，不过手里的钱还够咱俩糟蹋上半年，走吧，喝酒去。”

华曦拦住薛坚，“我去机场前给你在家具店订了张床，我现在打电话让他们送过来了，先把你睡觉的地方安排好，我再给你接风。”说罢，华曦忙又补充一句，“请你吃饭的钱还有。”

薛坚拍拍了华曦，诚恳地点点头。从小的时候，薛坚就是这样，他不太会甜言蜜语，薛坚自己也承认说不来这样的话，总是以拍拍打打来表示，华曦早已经习惯了。不过华曦还是觉得，毕业后这几年，薛坚更有主意了，也多了一份说不清的油滑。

在客厅里支好单人床，又把新买的被子枕头铺好，客厅里一下显得拥挤了许多。不过薛坚看上去很满意，搓着双手四处端详着，一会儿就指着华曦的双人床大叫："你现在是不是有别人？比如说姑娘什么的。"

华曦坚定地表白着："没有没有，只是睡了这么多年的集体宿舍，总想睡个舒服觉，所以才换了张双人床。"

薛坚摆动着大手，"这就是你小子的毛病，贪恋享受。我可是睡不惯这玩意儿，容易做噩梦。"

忽然，薛坚从床头柜上拾起吴缨忘了带走的小化妆镜，"你还敢骗我，愣说是没有花姑娘，你别说这是你用的。"华曦被逼问地无奈笑笑，"我就不能有个一夜情或者小情人之类的？难道你认为我应该长期干着？"

"你老实承认不得了，我又不跟你抢。别说得那么好听，啥小情人，不就是泡妞儿么？我举双手赞成。"

华曦没有想到，薛坚现在如此豪饮，菜刚上齐，一支白酒已经被消灭，看得邻桌的食客直吃惊。等第二支白酒打开时，薛坚的脸色才有些泛红。华曦的头开始有点昏了，只是老友见面，兴奋异常，酒量也大了许多，问起薛坚的现状，薛坚的眉头就紧皱起来，话也低沉了许多。

"我们亏就亏在读了这几年大学上，我俩一样，犯了同一个毛病，中国的高等教育制度把我们教育得太老实、太缺乏创造力了，眼看着钱就在手边，就是不敢去赚，这就是我们这代大学生共同的错误。"

薛坚又往嘴里灌进一杯酒，"在海南的时候，别人炒地皮，我们干工程，当时总觉得工程才是我们的专业，后来才发现，那些小学没毕业的家伙都能拎着红线图蒙钱，我们为什么不行？所以，我也就改行了。钱是没少赚，不过也碰到了一批不要脸的，签了合同就是不给钱，我就叫了几个人，晚上到了他的家，把他一家捆起来搜钱。”

“后来呢？”华曦觉得好奇又不太相信。

“你别这么看着我，是真的，我不会对你吹牛。钱拿了，人放了，他腿折了，就这样。”

“后来呢？”

“还不是一样，他也找人满世界找我，我干脆躲去了北海。我认识的一个宁波人在那里开典当行，我过去后一块合股干。”

华曦笑了，“就你老人家这个粗粗拉拉的劲头，还开起当铺来了，算得清账么？”

薛坚举着酒杯的手停在空中，“哎，你别拿老眼光看人，虽然我以前抄过你的数学考卷，但是我也进步啊，我也算是从事过金融行业啊。当时做典当就跟抢钱一样，来典当的没什么正经人，大部分是赌徒，输急了什么都当，全新的本田车，钥匙一交，拿十万块钱就回赌场。”

“你就不怕那车是偷来的？”

“管那许多呢，偷来得我反手也能卖掉。”

华曦见他说得兴高采烈，就举起杯，“行了行了，我听着都悬，喝酒吧。”

两个人歪歪扭扭地从酒楼出来的时候，已经晚上九点多了。薛坚醉了，嚷着要去发廊里按摩，华曦坚决拉着他回家聊天，于是在楼下买了啤酒，晃晃悠悠地回到了家里。进了房门，薛坚一头栽到小床上，没等华曦冲凉回来，就呼呼大睡起来。华曦今天也喝了大半瓶白酒，头像针扎的一般，就干脆关上客厅里的灯，回到自己的床上。酒精混合在血液里，它不能让人激动，但能让人亢奋。华曦全身泛红，血管明显地暴露在皮肤上，思维被搅动地四处乱撞，先先后后的人影叠在一起，忽远忽近，似曾相识又无言以对。昏昏沉沉之间，电话铃声响起，电话的那端好像是吴缨，也许是小美，柔和的语调从世界的那一边传来，勾引着心头所有的烦恼和软弱。华曦抱着听筒，说着心头的烦恼和懊悔，眼泪模糊了所有的思想，他不知道是解释还是倾诉，似乎只有不停地说着才能缓解酒精的折磨，忘了什么时候，忘了听筒的那一端是谁，他昏然地睡去。

肆

第二天醒来的时候，薛坚正在无聊地在房间里转来转去，见到华曦醒来，薛坚站在门口，叉着腰，大声地呵斥着："快点起床，你不看看几点了？"

华曦睡眼惺忪地反驳道："几点了有什么用，又不用上班？"

"嘿，你还有理了。不上班就睡懒觉啊，青春都这么睡过去？"

"那还能干什么？"

薛坚一脸的愤怒，"要干的东西多了，起床！"

华曦洗完澡后，头还昏昏沉沉的，胃口里不住泛起酒气。看着薛坚黑漆漆的脸，华曦只好乖乖地穿好衣服，二人下了楼，华曦先到邮局寄出了给小美的信，之后站在大街上问到："你拿主意，去哪？"

薛坚嘿嘿笑了，"怪不得运气这么差，原来是好几年没有去仙湖拜佛了，走，跟我去仙湖烧香。"

仙湖并不远，就在梧桐山的一侧，站在这里可以清楚看到山坳中的城市。这里群山环绕，碧树连天，山中央有一汪清澈的湖水，五条手指一般的山脊上，有一座红墙金顶的雄伟庙宇，沿着山势修建而成，气宇轩昂，香火的余烟袅袅地盘旋在山坳之间，这就是薛坚闹着要来的弘法寺。薛坚登上蜿蜒的台阶，手里小心地照看着香火和蜡烛，一脸虔诚和严肃。佛堂前烧香的人排起了队，华曦对烧香拜佛之类的事情提不起精神，就懒散地将双手插在裤子口袋里，倚在旁边的扶栏上看着薛坚。此时，旁边台阶上款款走上来一个素妆女孩，一身布衣打扮，墨镜遮住了半张脸，从苗条的身材和走路的姿势上看，华曦直觉感到有些眼熟。女孩看到香堂门前烧香的人们排起了队，干脆站在一旁，颔首垂眉，向佛堂的方向拜了一拜，就沿着佛堂后面的台阶向上走去。这时，华曦才忽然想起，她就是那天在电梯里醉酒的 12 楼女孩。

薛坚终于轮到了佛堂前，此时，薛坚一脸气定神闲，完全不像刚才的虔诚模样，而是双手捧定燃着的香，低头冥想，之后才稳稳地跪在蒲团上，连扣三下，就起身拍打拍打身上的香灰，倒退了几步走了出来。见到华曦还在愣愣地发呆，就捅了捅华曦，"看什么呢？"

华曦一惊，忙说："没什么，刚才过去一个人看着眼熟，刚想起来她就住在我的楼下。"

"女的？有一腿？"

"什么呀，不认识，就是在电梯里见过。"

二人走出弘法寺，随意地在山间溜达，后来薛坚引着华曦来到湖滨的乱石上坐下。仙湖位于山坳之中，曲曲折折的，面积有几个足球场大，湖中心有个小岛，岛上长满了郁郁葱葱的树，平静的湖水上有人泛舟嬉戏，将碧蓝的水面残忍地撕碎。薛坚点着一支烟，顺手递给华曦一支，见华曦不要，就嘿嘿地笑着说："你是来深圳少有的没有变坏的人，稀有啊！"

"我是比不了你，我可不敢抄别人的家。"

薛坚听华曦提起自己的经历，就摇摇头，"你是不知道，谁想一天到晚担惊受怕啊，他要是痛痛快快给钱，我还懒得找人捆他呢，不过，我这次在玉林干的比这还狠。"

华曦好奇地问："你不在北海好好当你的银行家，跑到玉林干什么？"

此时，薛坚第一次压低了声音，声音苍凉地像是遥远的老树。"这是我犯的最大错误，也是我们这代人共同的弱点 -- 好高骛远。本来北海的典当生意一直不错，可是渐渐就感觉钱赚得太慢，所以我退了典当行的股，拿钱去和另一个宁波人到玉林开了一间期货公司，做恒生指数和美国道琼斯，狗屁股指期货？无非就是开赌场，人们要投机赚钱，他才不管股票指数是涨是跌，我们连电脑都没有，就拿个小黑板往墙上一挂，随时用粉笔写，反正也没人懂，你说涨就涨、说跌就跌，我们就在保证金里对冲，大把收手续费。"

华曦惊呆了，不相信天底下居然还有这样的生意。

"最初是很好赚，不过时间不长，大伙也有点明白了，赔钱的人开始上门要弄清楚。我一看不好，就和那个宁波人商量，准备卷了保证金跑掉。不算我俩赚的钱，光保证金还有七百多万在我们的账户上呢。哪知道，宁波那小子比我还奸，听我说完，在吃饭的时候就给我下了过量泻药，让我在医院里整整打了三天吊针，等我出院的时候，这小子先卷了全部的钱跑了。那些客户不干了，把我堵住不放，让我整整在号子里蹲了半个月。"

"怎么样？吃苦了吧？"

薛坚哎了一声，马上又拉出一副轻描淡写的口气，"可不，不好受。不过他们也拿我没什么办法，我也是受害人啊，那里面也有我的钱。后来还是北海的那个哥们儿把我保出来，我开始满世界找那小子，从宁波到山西他老婆家都去了，愣是没找到。后来还是一个朋友在钦州发现了他，我带着几个兄弟到了那儿，把他堵在家里。这个王八蛋，在地下赌场里把钱输得差不多了，半夜里见到我冲进来，都吓得瘫在床上了。我把剩下的几十万拿走，就让兄弟们把他抽了一通，然后给玉林公安局打个电话，我这就来深圳投靠你了。"

"你现在纯粹是个流氓大佬。那你多少还赚了点？"

"狗屁！那些跟班的人你都是要给钱的，弄不好，要来的钱还不够给他们的呢。算上我带到玉林的钱，三个月的工夫整整赔了两百多万，所以，兄弟，你赔那点钱算不上什么，这是多好的人生教训啊，读多少书都学不来的。"

　　薛坚直直地注视着平静的湖水，好像对水底飘摇的水草发生了浓厚兴趣。华曦望着他，渐渐地发现自己的处境和薛坚比起来是多么优越。偶尔划过的小船将波波涟漪送到二人眼前，搅乱了两个人失落的心情。水下那片靛蓝映着薛坚迷茫的眼神，在奔波的无奈中，失去的是找不回的心情。从水面映着的那张线条硬朗的脸上，华曦可以看出，这个粗犷的男人眼里，有着一分茫然、两分失落和几许寂寥。

　　薛坚转过头来，"别说这些了，你怎么样？"

　　华曦木然地眨眨眼，"什么怎么样？不是都告诉你了吗？"

　　"不是这些，个人生活怎么样？"

伍

　　个人生活怎么样？还能怎么样。华曦坐在仙湖湖畔的乱石上，回想自己在深圳这几年的混乱生活，自己的热情和高傲被这个城市敲打地七零八落，留下的只有回忆和遗憾，留下的只有迷醉和叹息。

　　"还能怎么样？一个爱人和一个情人。"

　　华曦简单地将小美和吴缨的故事讲给了薛坚，只是在重要章节隐去许多。薛坚听完，似乎更对吴缨感兴趣，很想见一见这样一位奇女子，有如此达观的生活态度，如今实在不多见。华曦嘿嘿地笑着，心里却琢磨着薛坚的话，吴缨算得上达观么？天底下没有几个人了解吴缨的生活，所有的评价都是猜测和妄语。也许只有华曦多少知道一点、仅仅是一点吴缨的世界。

　　九二年的秋天来得特别迟，虽然北方的家里已经开始秋高气爽，但深圳还是燥热冲天。为了消暑，宁绍辉联合几个人在附楼的天台上，立了一个冲凉架，从五楼的水房里引了一根胶管上来，还装了一个水龙头，这样就可以在天台上一边看着落日一边冲凉了，除了必须穿着游泳裤外，其他没什么不方便的。这段时间里，华曦忙着干私活，夜以继日地为那些包工头画着土建和装修的图纸，收入可观，攒下一大笔钱，直让其他单身汉们眼馋得天天围攻华曦请客宵夜。院里人也都知道，只是碍着梁院长的面子，谁也不敢吭声。再说，华曦又没有在上班时间里做，所以，大家就都当作不知道。小美依旧会守在华曦的身边，整晚上躲在床上看书听歌，虽然经常憋不住要说话，只是看到华曦在闷头做事，自己就一忍再忍，直到华曦放下笔，才兴高采烈地拉着华曦上到天台，摁着他冲个凉，之后尽情地聊上一会儿天。

这天黄昏，华曦刚刚吃完饭，又和小美躲进屋子里。华曦刚拿出图纸，吴缨就推门款款走了进来，落落大方地对小美说："小美，有件事求你，答应不？"

小美刚刚捧起书，见吴缨进来，就装腔作势地拉起架子，"说说看。"

看来吴缨今天是特意打扮过，脸上的妆比平时浓了许多，深褐色唇膏将双唇描绘地分外醒目，人还没张口，一股浓浓醉人的香水味就已经飘了过来。虽然天气还很热，但吴缨用心地在脖子上扎着一条蓝底金花的丝巾，一件几乎完全透明的白色丝质衬衣松松垮垮地遮在咖啡色的短裙外，清楚地露出了圆润丰满的身体和内衣的形状。华曦看在眼里，虽说这是吴缨的一贯风格，但还不免有点心惊肉跳，于是敷衍着说："什么事求小美？看看我同意不？"

吴缨笑着说："你呀，今天没有发言权，你就乖乖听话得了。"

小美虽然一贯不满吴缨的打扮，但是，也佩服吴缨在穿衣打扮上的胆量，两只眼不停地在吴缨身上打量着。吴缨坐到小美身边，拉住小美的手，脸上一副亲昵的微笑，"我想借华曦一用，行不？"

小美一听，反问道："干吗用？搬家？"

华曦一听与自己有关，就嚷起来："你也太不尊重我了，借我一用也得先征得我同意啊。"

"现在不关你事，我要先征得小美同意。我和家里吹牛说交了男朋友，而且两人好得快要结婚了。这次，我父亲的一个老朋友来深圳，受我妈的指命，一定要见见我的男朋友。可是我现在上哪里去找男朋友啊，只好临时抱佛脚，借华曦冒名顶替一下。"

华曦一听，马上举手抱拳："这个我可做不来。"

小美拧着眉毛，"哼！平时不努力，老大徒伤悲，平时干吗去了？人家宁绍辉对你好得像你的跟班似的，你老爱答不理的，现在着急了吧？"

吴缨低声下气地说："不行啊，带着他去，我妈还不杀了我。带华曦最起码不丢人，你说是不？"

小美被吴缨反问地不知道说什么好，只好撇撇嘴，"你别问我，想带谁去问谁去，我又不是他的管家。"

华曦此时梗起了脖子，"一般来说，这种欺世盗名的忙我是不帮的，纯粹属于虚假繁荣、粉饰太平嘛。"

吴缨马上拉出娇滴滴地口气，拽着华曦的胳膊晃来晃去，"求你了，就这一次，救人一命嘛。"

华曦跟着吴缨走上了深南中路，就问道："你那叔叔在哪儿等啊？坐车吗？"

吴缨左看右看，"不用坐车了，很近的。时间还早，我们走走吧。"说着就挽住华曦的胳膊，将头倚过来，吓得华曦赶紧说："不用装得这么像吧？"吴缨却满不在乎地回答："先培养培养感情嘛。"

黄昏的太阳还明晃晃地刺眼，街上的行人不住地转头，将贪欲的目光投射到吴缨的身上，华曦低头发现，在夕照的阳光下，吴缨身上这件丝绸白衬衣，只是烘托了肉体的质感和胸罩的鲜艳，起不到任何遮挡的作用。在众多的目光下，华曦感觉像是自己一丝不挂地走在大街上一般，浑身上下的不自在。不过，此时的吴缨全然没有在意路人投来的色眼，而是痴情地挽住华曦，双脚有节奏地踏着脚下的柏油路，让身上所有饱满之处上下微微跳动。

走过新塘街，这里的行人明显地少了，路边的树茂盛地遮住半条马路，吴缨突然咯咯笑了起来，"你瞧我，分明是借来的男朋友，可自己还美得屁颠儿屁颠儿的，真是贱命一条！"

"你倒是自己找一个啊，省得一天到晚无聊。"

"你说得容易，你以为深圳的好男人遍地都是么？"

"我看小宁就不错。"

"算了，别提他了，都是同事，我可不想说难听的。"

"那你到底想找个什么样的？说出来我们也好替你操操心。"

吴缨翻着白眼，"你以为这是买电视么？还有个具体标准。关键问题就是，我不知道好男人是什么样。"

华曦打趣地说："像我这样的呢？"

吴缨不耐烦地回答："早跟你说过了，懒得跟你重复。"

华曦严肃地劝导她，"我觉得你应该学学惠惠，你看她多快乐。"

吴缨沉吟了一下，又将华曦的胳膊紧紧地挽在胸前。"说心里话，我也挺羡慕惠惠的，在感情上特勇敢、没有功利心，谈恋爱只追求个过程，根本不管明天会怎样。是啊，这样挺快乐的。不过，我讨厌她的是，谈恋爱也得分个对手，不能什么人都上啊，换了我，我可提不起那劲头来。实际上，我的标准很简单，不用有钱有势，只要我看着喜欢，怎么都行。"

华曦打断吴缨的话，"我看不是，依我看，你属于患了爱情恐惧症。你并不是不想真心去爱一个人，只是害怕爱的过程。这一点上，你与小美不同，小美很想真心地爱一次，只是害怕爱的结果，而你是害怕在爱的过程中，会伤害你的自尊和骄傲。因为你太骄傲了，太高高在上了，所以不能忍受屈尊平等地去爱一个人。实际上，你与惠惠都是享乐主义者，惠惠是个纯粹的享乐主义者，她最直接地享受着恋爱带来的感情与肉体上的快乐，而你是个骄傲的享乐主义者，你要骄傲地享受别人侍奉上的爱情并从中体会出贵族式施舍的快乐，所以，你至今还单身。"

　　吴缨听完华曦的滔滔厥词，就白了他一眼，"行了行了，虽然你说的我听不懂，但我还是要告诉你，你在胡说八道！刚才我邀请你的时候，我简直下贱得像个讨食的猫一样，我骄傲了么？算了，实话告诉你，今天是我最要好的朋友雪儿的生日，她邀请我来过生日派对，可是人家是一对儿，我不能只身一人，所以才请你来陪我。刚才我要是不这么说，小美能放你出来么？"

　　雪儿是吴缨的中专同学，和吴缨前后脚来到深圳，先是在阳光酒店做销售，做了两年就跟了一个在宝安开电子厂的香港人同居在一起，辞掉了工作，每天闲晃在家。雪儿是那种人见人爱的乖巧女孩，很纯情的样子，白白小小的，不像是个北京女孩，华曦以前曾见过她几次，都是在吴缨带来一起吃宵夜的时候。当时华曦听说雪儿做了人家的二奶，确实很吃惊，很为雪儿可惜的，特别是听吴缨说，这个香港人不仅结了婚，而且在公明镇还包了个四川女孩，就更加遗憾和不解。不过一年多没见，华曦险些认不出她了。站在门里的雪儿脸色苍白，刚画好的浓妆后面是慵懒的眼神，纤瘦的肩胛骨支撑着吊带短裙晃晃荡荡。雪儿一见华曦就满脸堆笑，"还是吴缨的魅力大，终于把您给请来了，我还以为您来不了呢。"

　　雪儿身后的男人年纪大约三十几岁，身材有些发福，泛着油光的脸上架着一副明晃晃的金丝眼镜，雪儿介绍说："你们没见过吧，这是我的男朋友阿标。"之后又转头向阿标夸张地说："这位就是吴缨朝思暮想的帅哥啊，我还以为他今天来不了呢。"

　　华曦将手伸到阿标的面前，"什么帅哥？我姓华，就叫我华曦吧。"

　　阿标把华曦让进屋子坐下，又递过烟来，被华曦推辞掉，于是就自己点着一支，嘿嘿地笑着说："不抽烟好啊，我们是戒不掉了。"

　　雪儿住的这套房子在二十三层，从客厅的阳台上可以俯看到香港，仔细装修过的两间卧室和客厅面积都很小，摆上家具就有点转不过身来。虽然房子里的装修和摆设都透着一股浓重的俗气，但对于一贯住在办公室里的华曦来说，这里已经胜过天堂。听吴缨说，这套房子是阿标买给雪儿的，为了讨雪儿的欢心，亲手将写着雪儿名字的房产证用礼盒包好，在一次烛光晚餐中送给雪儿，雪儿才答应辞掉了工作，正式搬进来。正在华曦环顾四周时，吴缨惊奇地叫道："雪儿，真不得了，你居然做了这么多菜，手艺不错嘛。"

雪儿也叼起一支烟，"你别逗了，我哪有这手艺啊，熟菜都是在楼下饭店里订的，不过这老鸭汤可是阿标亲手煲的，你闻闻，味道怎么样？这些可都是我亲自点的，保证符合你的口味，只是不知道华曦能不能吃惯。"华曦点着头说："没问题，我什么口味都行。"

阿标起身走过来，"来来，大家上座吧，不早了。今天是雪儿的生日，特别是吴缨还请来华先生这样的贵客，今天我贡献一支正宗的四十年法国红酒，这支 Loire Chinon 是我从巴黎带回来的，一直放着，就等大家聚齐了的这一天。"

在饭桌上，吴缨表现地很腼腆，只是静静地挨着华曦，小口地喝酒。而雪儿却露出了一贯的娇蛮，一再地劝着华曦和吴缨饮酒，被华曦一再推辞后，还不依不饶。在四个人喝酒过程中，华曦发现，这个叫阿标的香港人并不像人们私下里说的那样无知和粗鲁。虽然来自内地的人们经常咬牙切齿地说，凡是漂亮的女孩都被香港的货柜车司机包了，虽然在华曦以往的印象中，仿佛在深圳的所有香港人都是粗鲁的嫖客。而对面的阿标言谈举止很有教养，除了牙缝里的烟垢外，外表给人的感觉像个过早发福的中学教师。阿标总是微笑着不停地给大家夹菜，饮起酒来也很豪爽。一支红酒喝完后，华曦的头开始有点发晕，阿标又从柜子里拿出一支，"换一支差点的，这只马爹利只有十二年，"并且不容华曦推辞，就打开为大家倒上。吴缨叫道："标哥，你是想让我喝趴下啊，我现在头就晕了。"

阿标笑起来，双眼被肥胖油光的腮肉挤成了一条缝，"不怕不怕，雪儿已经把房间都准备好了，喝醉了可以在这儿睡。"

"多难得啊，吴缨，好好玩一晚吧，我们难得这样开心啊，还有帅哥陪着，你不是想他很久了么？"雪儿这时已经有些醉眼迷离，脸上开始泛起绯红，说着就将半杯酒倒进了嘴里，嘴里不清不楚地说着："这杯敬你们二人新婚愉快！"

吴缨脸色瞬间就红透了，"你胡说什么啊，华曦可是我辛辛苦苦借来的。"

雪儿说话已经开始有些含含混混了，"别管是借来的还是抢来的，反正今天开心就好，我和华曦碰一杯。"说着歪歪扭扭地走过来，踮起脚搂着华曦的脖子将刚斟上的半杯酒倒进嘴里。华曦也把酒一饮而尽，但他明显地觉出雪儿身上肆意的味道。雪儿已不再是那个纯纯的小女孩了，在她扑上来搂住华曦的时候，明显地觉出这是一个少妇骚动的身体，是一个肆无忌惮的松弛身体缠绕在自己身上，迷离的眼神里失落了青春的记忆，褪去口红的唇上透支着生命的热情。雪儿松开手，就趴在吴缨的肩头，"我们老朋友喝一杯，让帅哥作陪"。

吴缨又饮了几杯酒后，开始有些醉了，双眼朦胧地有些睁不开了。她觉得房间里越来越热，就解下了脖子上的丝巾，把它缠在华曦的脖子上，痴痴地望着他笑起来，一只手在桌子下搭在华曦的腿上。华曦将身体移过来，从身后揽住吴缨的腰，和阿标对饮了一杯。而这时，吴缨已经完全地倚在了华曦的身上。

喝光了这支马爹利，四个人都有些坐不住了。华曦已经觉得有些天旋地转，他很少喝洋酒，没想到后劲如此强烈。在吴缨的提议下，大家坐到了客厅的沙发上，阿标拖出了一箱啤酒，说给大家解解酒，华曦推辞说不能再喝了，雪儿就拎着啤酒瓶子往华曦的嘴巴里灌，于是，四个人又开始打闹着喝起啤酒。

外面的天色已经完全黑起来了，吊灯也被阿标调得很昏暗，在昏暗之中，吴缨倚进了华曦的怀里。随着缓慢溢出的蓝调音乐，雪儿和阿标拎着酒瓶跳起了慢舞。雪儿攀在阿标的身上，一边挪动着脚步一边将酒倒进嘴里。在昏暗中，雪儿扒掉了短裙的吊带，让裙子滑落到地板上，赤着身子继续慢慢摇动。华曦看到雪儿如此迷醉，也拉起吴缨，开始在拥挤的空间里随着漫不经心的音乐摆动起来。醉意阑珊的吴缨把啤酒瓶塞进华曦的嘴里，嘴角上流出的啤酒沫淋湿了吴缨的衬衣。四个人像幽灵一般在狭窄的空间里游动，体香与酒气混做一团，刺激着大脑的神经。华曦已经深陷在纯粹欲望的包围之中，既迷醉又胆怯，吴缨的头发骚扰着自己的鼻息，雪儿的赤身摩擦着视觉神经，华曦禁不住捧起吴缨无力的头，将难以忍耐的欲望含进自己的嘴里。

在音乐的间歇，吴缨捋着醉意飘洒的头发，歪歪扭扭地进了房间，华曦重坐回沙发上。阿标点着一支自己卷好的烟，猛吸了两口，又递给雪儿。雪儿躺在沙发上，虽然赤着身子，却似乎没有觉出华曦的存在一样，眯着眼享受着烟草的味道。吸了两口，又闭着眼将烟递给华曦，"来，抽几口大麻。"华曦推辞了，但是在这烟气缭绕中，华曦觉得自己的思维已经开始游走，身上也软得像煮熟的面条，于是挣扎着起身走进房间。

陆

某些外力可以改变人的忠实想法，就如同在酒精的刺激下，一个懦夫可以挑战强权一样。华曦不能抗拒酒精的化学作用，同时也无法拒绝人为地诱惑，在推开门的一瞬间，他没有意识到，生活从这里开始转向，转向冥冥之中预定的方向。

台灯暧昧的光线下，卧在床上的吴缨脸绯红得像一朵美艳的花蕾，华曦在她身边坐下，吴缨睁开眼，"我喝多了，有点喘不过气来。"

吴缨转身趴在床上，背手指着砖红色的胸罩，"帮我解开，勒得我胸闷。"

华曦战战兢兢地掀起吴缨的透明衬衣，笨手笨脚地解开胸罩，吴缨这才翻过身，双手缓缓地解开衬衣的扣子，拨开胸罩，露出两个如山丘般起伏的饱满胸部，沙哑的语调里既坚定又带着哀求，"你不是说我是个享乐主义者么？现在就让我彻底地享乐。"说完，就闭上双眼，丰厚的嘴唇微张，期待着华曦的滋润。

灯影下，呈现在华曦眼前的是成熟女人的极至欲望，充血的肌肤膨胀着爆裂的欲望，隆起的乳房闪动着迷惑的光泽。这一切在昏暗的灯光下，变得如此合理、变得无法抗拒。华曦伏在吴缨赤裸的身体上，双唇摸索着激情的脉络。在吴缨饱满的乳峰上，在闪着微微金光的茸毛里，华曦沉醉在血液贲张的冲动中，在起伏的躯体上蠕动，如一头耕牛犁在肥沃的田野上，播撒着快乐、收获着满足。吴缨用发自鼻腔的快乐回报和挑逗着华曦已垮掉的神经，让他更加努力地耕作。从起伏的乳峰到柔软的小腹，再到隐秘的腋窝，华曦将唇印留在了吴缨的全身。

吴缨快乐地呻吟着，失魂落魄地寻找终极的快乐。这时，欲望的裸露已经超过身体的裸露，为了梦想的满足，人不再掩盖身上已经退化的原始兽性，更愿意以动物的表演体会欲望的滋味。无所谓地点，无所谓时间，此时只有欲望的快乐。

吴缨杏眼迷离地止住华曦，"够了够了，你闭上眼，让我来。"说完就起身，熟练地脱掉华曦的衣服，双手和双唇开始在华曦的隐私处痴迷地抚慰着，让华曦在极速内一次一次舞蹈在激情的巅峰。

"你是不是觉得我是个坏女人？"精疲力竭的吴缨有气无力地问道，释放完激情的她倚在床上看着翻找衣服的华曦。

"为什么要这样说？"华曦一边穿上内裤，一边反问道。

"干完就走，你不想给点小费吗？"

华曦愣在床的另一头，脸部肌肉都僵住了，"我不是这个意思，我只是不习惯光着身子睡觉。"

"这还差不多，不过今晚你就要光着睡，我喜欢。"

华曦重又回到床上，吴缨闭上双眼窝到华曦的怀里，"我只要这一晚，天亮的时候，你就自由了。"

在明白今晚是不可能走出这扇房门之后，华曦再次将吴缨丰美的女性特征品尝了一遍。这一次，吴缨激情的呻吟变成了嚎叫，最后只剩下气若游丝般的喘息，只有尖尖的指甲和牙齿在华曦健壮的肌肉上画上了一道道的暗痕，这才彻底地昏昏睡去。

柒

也许是激情释放后的平静，也许是酒精带来的亢奋，华曦守着安静得听不到鼻息的吴缨，大脑里只剩下一团混沌的思维碎片，嘴巴里干得仿佛含着一把炉渣。于是他悄悄地下了床，套上裤子走到客厅里。客厅里没有开灯，只有一片月光从阳台的落地门上洒进来，将地板照得明晃晃的。在昏暗的角落里，华曦忽然发现一个人影蜷缩在沙发下的地毯上，顿时有些毛骨悚然。打开灯定睛一看，原来是雪儿。

雪儿赤着纤瘦的身子坐在地毯上，双手抱头，面颊上全是斑斑泪渍。华曦捡起地上的裙子披在她发抖的身上。雪儿抬起头，呆滞的眼睛没有任何色彩，红肿的眼泡像一对成熟的石榴。雪儿伸手将华曦拉到身边坐下，头无力倚在华曦的肩上，身体在夜晚的凉意中瑟瑟发抖，而目光依旧呆滞地望向阳台外的夜空。虽然华曦的酒意尚未褪去，虽然不知到客厅里发生了什么，但从雪儿的神色中，华曦知道自己此时是无能为力的，于是，华曦只好紧紧地闭着嘴巴，默默地陪着这个夜色中飘荡的游魂。雪儿从地上揉瘪的"万宝路"烟盒中抽出一支烟，叼在嘴里，华曦为她点着，雪儿深深地吸了几口，头动也不动地将烟举到华曦的面前，声音远得像是来自模糊的夜空。

"不是大麻。"

白色的烟嘴上有着咬湿的痕迹和一点点残存的口红，华曦接过烟，猛地吸了一口，烟嘴上的滋味让他忽略了烟草的味道。雪儿伸过手，从他嘴上夺下烟，抽了两口后，又塞进华曦的嘴里。两个人就这样默默地享受着同一支烟的燃烧。

此时的雪儿不再是华曦印象中的那个纯情活泼的女孩，没有光泽的皮肤在灯光下显得有些阴森森的苍白，散乱的棕色头发遮住了半张毫无表情的脸。华曦从背后揽住雪儿细细的身子，手无意地碰到她悬垂的胸上。雪儿一动不动，仿佛对华曦的举动没有任何感觉。华曦发觉她的身上是冰冷的，似乎血液已经停止了流动，于是就悄悄将手移开。雪儿抓住他的手，把它放在自己小小的乳房上，干瘪的乳房像她的脸上的表情一样平静。华曦努力让自己平静地问道："阿标呢？"

"走了。"

"怎么不睡？"

雪儿咬着嘴唇，愣了一会儿，才缓缓地说："睡不着。"

"很晚了。"

"闭上眼就想哭，没办法睡。"

华曦抱住她的头，"别想了，天快亮了。"

雪儿抬起头，苍白的沾满泪渍的脸上带着乞求，"抱抱我行吗？"

华曦点点头，雪儿爬上了华曦的腿，蜷缩在他怀里，冰凉的脸紧紧地贴在华曦的胸口。在华曦的胸前，雪儿像一片枯枝一样，轻得似乎没有重量，瘦弱的骨架缩成了一团。

"抱紧点。"雪儿依旧乞求着，眼泪开始积蓄在眼眶里。华曦用体温温暖着她，双手轻柔地抚摸着她的身体，努力让她渐渐地平静下来。雪儿的头发散乱地垂在脸前，华曦看不到她的表情，但是感觉得到雪儿的唇在逐渐温暖起来，在华曦的胸前上轻轻地咬着，她的身体也渐渐地放松下来，逐渐地有了重量。

华曦此时没有任何冲动，这种冷静让自己也很吃惊。怀中这个疲惫的女孩仿佛是一个寒夜里被遗弃的猫，舔着路人的手背乞求着怜爱，华曦心里渐渐地轻松下来，酒精浸泡过的大脑也开始渐渐清醒，手在雪儿的腹部、臀部划过，召不起半点异样的感觉。

雪儿渐渐温暖起来，身体不再颤抖。她低低地对华曦说："陪我出去走一走。"语气里没有一丝商量的余地。

华曦将裙子套在她的身上，两个人就浑身酸软地下了楼，走在已经寂静的大街上。街上的灯火依然不明不暗地亮着，喧闹的城市已经沉睡，只有偶尔跑过的出租车漫无目地的寻找着目标。雪儿挽着华曦的手，歪歪扭扭地挪动着脚步，抬头看看路边漆黑的楼房，低头看看灰暗的柏油路，长叹了一口气，对华曦说："坐一会儿吧，我累了。"

雪儿带头坐在马路边的花坛上，看着清冷的街道，幽幽地说："今天幸亏你在，否则我真不知道该怎么熬过今晚。"

"别太难受了，睡一觉就好了。"

雪儿转过头，依旧平静地望着华曦，"谢谢你，我的问题是睡不好的。如果你刚才和我做爱，我不会拒绝你的。"

"我不忍心这样做。"华曦顺口就为自己撒了一个谎，而且说的极其自然。

"吴缨的命真好。"雪儿的语调里充满了羡慕和悲凉。

"你完全可以过另外一种生活，干吗要这样糟践自己？"

雪儿的眼睛一下湿润了，大颗地眼泪砸在水泥地面上，"我没有吴缨那么命好，我不想再过过去的日子，我穷怕了。阿标并不是你所想像的那种坏人，他花钱养着我，而且对我没什么格外的要求，不是我拒绝他的问题。"

"我可能是不懂，不过我觉得你应该换一种生活，也许你会快乐起来。"

雪儿拽起裙角擦了擦眼泪，一种难以名状的表情从嘴角爬到脸上："和阿标在一起的时候，我就很快乐。只是，哪里又有十全十美的事情。你知道为什么刚才我不会拒绝你吗？因为，阿标不是一个完整的男人。他爱我，只是并不快乐，只要我能陪陪他，他就很满足了。"

华曦理不清雪儿这颠三倒四的表白，就直接地问道："看来你是真心地爱他，那又何必哭得这么伤心？"

"我不知道为什么哭，我也不知道是不是爱他，反正，我吸完大麻就这样，就想哭。"说着，雪儿的手搭在华曦的腿上，"他走了以后，我就呆在客厅里，我不知道是在等你还是在等一个男人，等你抱着我的时候，我才感觉到，我已经等到了。可能是大麻让人胡思乱想，毕竟你是吴缨的朋友，我真不知道怎么会有这种想法。不过，当时你如果要我的话，我肯定拒绝不了。我只有在喝醉酒和吸大麻的时候，才觉得阿标是个男人，可惜他当不了，他身边的女人都只是他的宠物，他就这么一点儿爱好。"

华曦摇摇头，"但是你不能陷在酒精和大麻里，它会毁了你的。"

雪儿幽怨地反问道："那我能做什么？我刚来深圳的时候，天天在酒店的大堂里值夜班，我见过太多上夜班的女孩，她们做得好辛苦，我可不想像她们一样不停地上床，不停地接客来换点小钱。虽然阿标教会了我吸大麻，但吸大麻时的快乐是和男人做爱比不了的，你不知道其中的滋味，那个时候，我就想光着身子跳舞，感觉旁边所有的男人的目光。只是，过了那一瞬间，一切就都变了，变得只想哭，只想找个喜欢的男人靠着。"

在两个人回去的路上，华曦发觉拖着疲惫脚步的雪儿如此的性感，是一种不曾见过的残败的性感，是满足你随意践踏的性感，是生命极至中透支无耻的满足。在雪儿细细的腰上，华曦的手触摸到了孤独的游魂在月黑风高之中的舞蹈，让人心惊又令人神往。开了门，华曦拦住雪儿，"现在你会拒绝我么？"

雪儿的嘴角掠过一丝笑意，"快去睡吧，让吴缨知道了，她能杀了我。"

说着就把华曦推进房间。

捌

华曦说完这些，脸沉得惊走了湖里的鱼儿。薛坚听完，半天没有作声，之后两个人就都陷入了一阵沉默。停了半天，薛坚向华曦挥挥手，于是两个人起身走出仙湖。一路上，薛坚都没作声，华曦不知道为什么，也懒得追问，回到城里后，天色已经到了傍晚，两个人径直到了楼下的上海包子店里坐下。这时，薛坚才点上一支烟，神情沉重地对华曦说："我们两个是从小一起的好朋友了，我要是有些话说得不对，我希望你别往心里去。"

华曦点点头。

"这么多年来，我是个粗人，你是个秀才，我一直特敬重你。可是，我现在才发现你有问题，刚才我在一路上都在想，该不该对你说出来，也许说出来，我们两个连兄弟都没得做了。不过，我觉得还是得说，要不然你会犯大错。"

薛坚艰难地咽了咽唾沫，"先说我吧，我毕业后的这几年里，特别是到海南开始自己做生意之后，我干过的女人，说出来能吓死你。不过，这些人都是我花钱买来的，干完了买单，双方都挺高兴，这不过是一单最简单的生意，说白了，就是嫖娼。这些年我几乎嫖娼上了瘾，到了晚上就难受。我觉得，我的心态完全变了，不再把女人当回事，错过了好几次机会。在我的眼里，对我有点好感的女人，我就觉得他是贪图我的钱，而我看谁都像鸡婆。直到这一两年，我才慢慢调整过来，特别想谈一次恋爱，死去活来的爱一回。可是没人会爱上一个我这样又穷又粗鲁的流氓。听你讲完这几年的事，我最深的感触是。"

华曦此刻像等待审判一样等待着，而薛坚则直勾勾地看着华曦，看着他脸上的每一丝表情的变化。

"我感觉你真他妈的是个混蛋，是个不辨黑白是非的混蛋。"

薛坚看到华曦等待的脸上没有什么太多的变化，才继续说下去。"也许这里数我最没资格说你，但是你内心的混乱让你错过了最难得的真爱。你不仅伤害了小美的一段感情，可能是永久地伤害了她的一生。我不想说吴缨不对，但是是你自己让这一切乱了套。"

两个人结完账往外走的时候，一个浓妆的女孩匆匆走进来，走在两人刚坐过的饭桌上。华曦认出她就是今天在仙湖见到的 12 楼女孩，薛坚拉拉华曦的衣角："认识她？"

"就是今天在仙湖碰到的那个，住在我楼下，12 楼的。"

"做什么的？"

"不知道，"

薛坚的两只眼睛死死地盯在十二楼女孩身上，像是贪婪地盯着一件值钱的古董，咂咂嘴说："不错，找个机会弄来泡泡。"

这个晚上，两个人都躲在房间里没有出来。薛坚在客厅的沙发上，面前是一包烟和两支啤酒，跷着二郎腿读了整晚的《天龙八部》，华曦躲在自己的房间里，开大电视的音量，和吴缨在电话里漫无目的的聊天。几次薛坚从门口往里望望，又都缩了回去。这个时候，谁也不愿意多谈些什么，也许是该好好想想了。

晚上的天气已经明显地凉了，向窗外望去，天空也显得特别透彻。粤海酒店和国贸的霓虹灯闪得刺眼，街上的行人稀稀疏疏的，没了往日的热闹。华曦听着电话里吴缨抑扬婉转的北京腔，脑子里想着博物馆附楼的天台和小美的影子，一切都那么陌生，仿佛像褪色的老照片，封存在积了厚厚灰尘的角落里，照片里的情绪和所有的喜怒哀乐都像漂浮在水中的落叶，渐渐地消失在所有能感受的景色之外。

第六章 无雪之冬

壹

　　一晃儿，薛坚已经来深圳有个把月了，天气也渐渐地凉了下来。这段时间，华曦和薛坚两个人大多躲在家里，看看书、聊聊天，无所事事地度着这个冬天。其间，华曦还特意安排吴缨和薛坚见过一面，是在金塘街的饭馆里，三个人吃了一次无滋无味的饭。看得出，吴缨并不喜欢薛坚，而回到家里后，薛坚也没对吴缨作什么评价，让华曦心里挺不好受。华曦的本意是，既然都是他的朋友，不希望大家之间存在什么芥蒂，至少都有个好的印象，以后相处的时候会顺当点。

　　华曦憋了很久，才趁《红顶商人胡雪岩》让薛坚哈欠连天的时候，小心翼翼地问他对吴缨的印象。薛坚揉着充斥血丝的双眼，狐疑地看着华曦，"我的印象很重要吗？"

　　华曦被反问地不知道该做何回答。

　　薛坚嘿嘿地笑笑，"既然是你的朋友，我肯定尊重，这点你放心好了，我不会让你为难。"

　　华曦迟疑地摇摇头，连忙解释道："我不是这个意思，我想，你的看法能让我……"

　　"你就别拐弯抹角了，我知道你的意思。不过，你没有必要顾忌别人的想法，喜欢就喜欢好了。"

　　"你个人觉得吴缨怎么样？"

　　"哪方面？"

　　"随便哪方面。"

薛坚放下手里的书，抽出一支烟，"你现在越来越烦了，自己喜欢就喜欢呗，我的印象与你有什么关系呢？我和她就见过这一面，其他都是听你说的，我能有什么认识？不过从见面的第一印象看，吴缨属于想当狐狸精又怕天黑的那种女人。"

华曦睁大眼睛，凑到薛坚的面前，为他点上烟。薛坚眯着双眼，拉出一副装腔作势的架子继续说道："从吴缨的面相上看，她是个福相，可是福得有些过火，容易招惹是非，和你一样，是个没准主意的。"

"是么？"

"当然，你老兄看人错不了。天底下的女人差不多就这三类，一类是为了自己活着的，一类是为了社会活着的，还有一类，就是吴缨这种人，是不知道为谁活着的。第一类的女人特有主意，生活目标特明确，自己知道要什么和要干什么。第二类女人特没主意，社会上流行什么就要什么，别人说对她就以为对，别人干什么她就干什么，这种人最没劲。吴缨这类人属于自己没什么准想法，特想不负责任，可是又想讨别人的好，所以老是没个准性，最后决定她们想法的就是冲动和荷尔蒙。我说得对不？"

华曦摇摇头，"不见的全对，不过值得参考。"

薛坚笑笑，"你体会去吧，你老兄一向看人错不了，这可是我多年的经验。吴缨就是那种邪劲儿不够的小狐狸，还没修炼成精呢。做朋友没问题，还挺有趣，可是要做老婆还差着呢。"

华曦岔开话头，"你想找个什么样的？"

"什么什么样的？"

"老婆啊！"

薛坚大笑起来，"老婆？我？饶了我吧，你看我像个做别人丈夫的人吗？在这一点上，你别拿我开玩笑了，我还是有自知之明的。"

"为什么？有什么事让你如此绝望？"

薛坚郑重地望着华曦，脸上的表情流露着一丝不屑，"兄弟，什么叫丈夫？一个稳定家庭里的男人才叫丈夫。这个男人必须有稳定收入，能养的起家庭，他才叫丈夫。我这辈子最讨厌的就是挣一份稳定工资、过一成不变的日子，所以，我养不起一个家。我可不希望我的老婆孩子为我担惊受怕、流离失所。就是这个原因，所以，还是继续当光棍吧。"

"也许就有哪个女人愿意跟着你流离失所，你别不信啊。"

华曦说到这里，薛坚的眼睛罩上了一层纱样的东西，"你说得不错，是有这样痴心的女人。虽然我玩过不少女人，可是，做我的妻子的女人就应该享受最好的生活，享受一个女人所有的幸福。但是我现在做不到，我无法给予这一切，我就不想坑害人家。"薛坚说着说着，情绪就低落了下来，烟灰积了很长一段，悄无声息地落在地板上。"有个女孩，苦苦地等着我，可是被我拒绝了。我把她给害了，我不愿意看到她那么伤心，所以才躲了，躲到看不到她的地方，躲到能忘了她的地方。正是为了忘了她，我才没完没了的嫖妓，我才没完没了的喝酒。也许只有这样，只有让自己更无耻，心里才好过。"

"为什么不挽回？你可以的。"

薛坚的脸凝成了一块黑色的冰，"算了，一切都过去了，剩下的只是心死。"

这个冬天格外的冷，房间里冻得像地狱，让思想都结成了肮脏的冰坨。灰暗的墙壁映衬着阴沉的天空，哈气里都能拧出水来，只有隐隐闪动的烟头上还有一丝生命的气息。华曦苦苦等着小美的电话，可是，电话铃声的背后只有吴缨，华曦渐渐地失去了希望。薛坚依旧躲在床上，读完了金庸的全套武侠，之后又找来所有的胡雪岩，整天沉浸在官与商的辩证关系中。偶尔两个人也会到楼下走一走，往往没走多远，就被冻得缩回来，继续着无聊的冬日之旅。

贰

在冰凉的空气里，华曦觉得自己像一具泡在福尔马林里的死尸，情绪同腐朽的味道一同凝固在玻璃瓶子的壁上。虽然也曾经鼓起勇气拨通原属于小美的电话号码，可是那一端永远都是挂断的声音。扯断的电话线已经割断了两个世界的联系，也让华曦更觉得这个冬天冷得难熬。

薛坚明白华曦的心思，只是从来不会主动提起，见到华曦魂不守舍的时候，就独自一人抱起《红顶商人胡雪岩》躲到床上去，任华曦在房间里像头闷驴一样走来走去。晃动着的身体并不曾让冰凉的地板暖和起来，倒是心绪日加黯淡了许多，如同一直阴沉的天气，总在不知不觉里浸入黑暗。

叁

华曦醒来的时候，就发现房间里停了电，电热水器和电视机都没了动静。打了一通电话才发现大厦管理处因欠费已经给他拉闸停电，华曦暴躁地同管理处大吵了一通，交了三百多块的管理费后，才怒气未消地冲回楼上，狠狠地摔上门，一个人坐在床上生闷气。薛坚只是看着早上醒来就发生的一切，一言未发，像什么都没有发生一样。过了很久，薛坚懒散地走进华曦的房间，望着华曦脸上凝成水珠的怒气，用一副挑逗的口气问道："怎么样，顶不住了吧？"

华曦不解地抬起头来，怒气冲天地脸上挂着狐疑，"什么顶不住了？"

薛坚挠挠头，随便地依在窗台上，眼睛轻蔑地瞟着华曦，"我还以为你有多沉稳呢，现在也慌了吧？我一直懒得说你，就想看你什么时候才能明白过来，现在终于不行了。"

"你说得我听不懂。"

薛坚嘿嘿冷笑了两声，"华曦，从我来深圳，就发现你这几年越来越糊涂了，你都忘了人活着图什么了。你自己想想，你现在是个什么生活状态？每天低沉地像个走鬼，每天还陷在儿女情长里，你的斗志去哪里了？"

在薛坚的逼问下，华曦忽闪着眼睛，不知道该做何解释。薛坚继续拉长了脸严肃地说："小时候，你是我们这群哥们里最有出息的一个，我一直觉得你肯定能出人头地。可是，我真没想到，你今天会落得如此的田地。要事业没事业、要感情没感情、要钞票没钞票，兄弟，我从心里替你着急。只是我一直不愿意明说，一直希望你自己能明白过来这个做男人的道理，可是，今天我非说不可，不管你会不会记恨我。"

薛坚替华曦点着一支烟，并塞进华曦的嘴里。华曦深深地吸了一口，冉冉喷出一片昏黄的烟雾。

"华曦，从我来的第一天就发现，你的内心太混乱了，混乱得丧失了做男人的资格，你已经忘了一个男人应该做些什么。男人的头等大事就是做事，没有哪个女人会喜欢一个一事无成的人，如果你连一个女人都养不起，就根本没有资格奢谈感情。所以，你根本不必每天这样自怨自艾，这样只能让我更加看不起你。我知道你是真心爱着小美，而吴缨对你不过始终是一种诱惑。可是你没有分辨清楚眼前的感情，你不自觉地放弃了这份真爱，可是你又迷乱在这纷纷扰扰的感情游戏里，所以，你才矛盾、你才痛苦。"

华曦艰难地抬起头，"我已经把她忘了。"

"你别欺骗你自己了，你忘不了小美，吴缨在你心目中替代不了她，小美永远是你心底抹不去的痛。"

"那我又能怎么样？"华曦的眼睛里充满了无助。

"你现在必须改变目前的状态，拿出一副男人的样子来。首先，你有两件事必须去做，一是去找阿求把钱要回来，二是去找小美。"

华曦的头低得更沉了，"小美不会原谅我的。"

"你要去努力才能知道结果，去试一试，对自己也才有个交代。"

华曦呆呆地望着燃烧的烟头，在忽明忽暗之间，追索着过去的丝丝脉络。过去的时光虽然每天都还在回忆之中，但毕竟褪去了不少颜色，有些细节似乎已经难以回忆起了。记得起的是小美晴朗的笑声和诡异的眼神，记不起的是她的名字和夏天的无奈。

"好吧，我试一试。"

薛坚从床上拉起华曦，"怎么让小美原谅你先放放，你现在要做的是要回属于你自己的钱。"

阿求贼眉鼠眼地走进"胜记茶餐厅"的时候，华曦几乎认不出他了。阿求以往总是满身水泥砂浆的模样，可是今天却在鼻子上架着一副金边眼睛，头发向后梳理地一丝不苟，格子西装松松垮垮地挂在身上，手里还拎着时下最时髦的手提电话。躲在里面的华曦一见阿求进来就忙打着了打火机，坐在门口的薛坚马上站起来堵住了阿求的去路，一直大手伸过去重重地拍拍阿求的肩膀。

薛坚今天出门的时候，自己特意打扮了一通，黑西装里面是一件花衬衫，领口故意开得很低，露出了脖子上小手指粗的金项链。虽然这几天深圳一直阴天下雨，可是仍旧不忘带上纯黑色的墨镜，惹得华曦笑话他不像个黑社会，反倒像个登台演出的盲眼艺人。薛坚咧着嘴，露出挂着些烟渍的黄牙，"你别忘了，老哥我可是为你出头去的，到时候，你别把戏演砸了。"

华曦只有赶忙点头，本来这个主意就是华曦自己出的。华曦知道要约阿求见面，阿求一定不会来，只有把他骗出来。于是，就让薛坚在公用电话上打阿求的传呼，说是曾老板的朋友介绍的，有个写字楼的装修工程，想和他见面谈谈，顺便看看图纸。阿求果然马上答应了下来，约好在"胜记茶餐厅"见面。由于怕阿求见到华曦就跑，薛坚精心安排了见面时的程序，又反复叮嘱过华曦，这才兴冲冲地出了门。

这个茶餐厅不大，因为是上午十点多，里面没有其他食客，所以在薛坚拦住阿求的时候，阿求已经见到了餐厅角落里的华曦，心里一惊，本来想扭头就走，可是见一个黑衣汉子挡在眼前，就知道今天没那么轻易脱身了，只好乖乖地跟着薛坚走到一张空桌前坐下，华曦也跟了过来。薛坚不想听阿求假模假式地寒暄，上来就将两只西装袖子卷起来，露出手腕上黄灿灿的金表，"直说吧，我知道你做的工程还欠华先生四十万，那买玻璃的钱是我的，我现在手头急等着用钱，你马上找人把钱送过来。"

阿求本来就匹配不善的五官乱成了一团，脸上挤出来的笑容像一团油腻的抹布，"这个吗？我俩本来是有一点，可是没那么多啊，再说我的工程款也还没收回来，这个……"

薛坚手指轻轻一动，就打翻了桌上的茶水，茶水溅到阿求的西装上，湿了一大片。阿求并没在意衣服，而是闪电一般地将电话抄在手里，唯恐被茶水溅到。阿求坐在薛坚的面前，已经心底怯了三分，只是不愿意乖乖就范，脑子里迅速转动地就是如何脱身。只是薛坚看上去，就是一个典型的社会地痞，暂时不敢妄为，只好乖乖地坐着，等待着脱身的机会。华曦坐在一旁，唯恐阿求听到自己心里怦怦跳的声音，努力板着脸时刻注意着薛坚的表情。

"你他妈的少来这一套，我今天什么都不听，唯一就是拿到钱。"说着，薛坚就掀开西装的下摆，从腰里抽出一只湛蓝的64式手枪，枪体上冒着冷冰冰地蓝光。薛坚用枪指着阿求晃了两下，又塞回到腰里，"从现在开始，它就一直对着你，今天我拿不到钱就拿你的命，就这么简单。"

在见到枪的那一瞬间，阿求的脸就一下变得惨白，抹布一般的笑容顿时凝结成了惊恐，身体僵直地蹲在椅子上，一动不动。华曦也为这突然的变故惊呆了，他从不知道薛坚居然身藏着这种危险的东西。

然而阿求迅速地反应过来，僵直的表情融化成了轻蔑的微笑，"大佬，不必拿这种东西吓唬人吧，这可是在深圳市中心啊，枪声一响，所有的警察都过来，可不太好走啊。我这条烂命可不值得你这么动手吧？"

薛坚嘿嘿一笑，回手扯过旁边桌上的台布，双手在桌子下面，胡乱将枪包住，朝着阿求的腿就扣动了扳机。餐厅里一声闷响，子弹从地板上跳起，穿进旁边的墙里。阿求顿时一歪，险些从椅子上掉下去。华曦想去扶他，被薛坚制止住，"他没事，我还不想现在就放血，告诉你，我要的是钱。"这时，餐厅的胖老板被跑堂的伙计拉出来，满脸堆笑地问："几位老板，没事吧？"薛坚皱着眉头，"不管你的事，少插嘴。"

胖老板倒退着回到了厨房，也将伙计们叫了进去。阿求见什么都没有发生，门外依旧车水马龙，只好脸色苍白地嗫嚅着，"我实在没这么多，这单我就赚了十几万，"

"你少废话，最少三十万，我今天必须拿到。"

阿求哆里哆嗦地拿起电话，薛坚拦住他，"你想明白点，是钱要紧还是命要紧？少跟我耍花招。"

等阿求给他老婆通完电话，薛坚就让华曦出门拦住一辆出租车，等车门打开，薛坚就紧紧拉着阿求的手钻进车里，让车往银湖方向开去。

肆

在银湖度假村的门前，三个人下了车，开始向山上爬去。银湖度假村修建在山坳里，度假村的门前是一汪湖水，曲曲折折卧在群山之间，湖水四周是一条蜿蜒的山间路，在路旁山上的树丛中可以清楚地看到来时的公路和度假村大堂。华曦佩服薛坚的才智，这个地点最安全不过了，既可以看到进来的人，又可以随时往山后隐藏。不过，阿求向山上爬的时候，双腿已经开始打晃，在阴沉的天空下，脸色灰得像一片随时要下雨的阴云。

阿求蹲在草丛里，结结巴巴地对着华曦说，"这单活儿我可真没有赚多少，全让曾老板克扣了，我也是为难啊。换掉你是曾老板的主意，和我没一点关系。"

"我也没办法，之前买玻璃就是借的高利贷，人家追上门来，我也顶不过。"华曦本来战战兢兢的双腿经过爬山这一折腾，现在已经软得像煮熟的面条一样，嘴巴里上气不接下气，随口应付阿求的话一说出口，真像被债主逼上门一般。

阿求转头对薛坚乞求着，"大佬，我老婆已经去借钱了，我也不知道能不能借到，您宽限两天行么？"

"不行！你他妈的少废话，我也是替人办事，拿不回钱就拿你的命交差。"薛坚掏出烟点着，自顾自地抽起来。

山里的风阴阴地吹过，华曦禁不住打了个寒战。四周安静地没一点人气，只有树梢的风舞过的回音。华曦呆呆地坐着，数着时间一秒一秒地过去，猜测着即将到来的结果。四周居然连个小虫子都没有，仿佛这个世界都在这个寒冷的冬天休眠了一般。阿求依旧慌张地东张西望，不停地看着薛坚的脸色，寻找着能不能安全度过今天的信号。只有薛坚依旧冷峻地有些蛮荒，一包红色万宝路已经被他干掉了一半，而嘴角仍挑得高高的，充满了对这个世界的不满。

在等待间，电话终于响了，阿求哆里哆嗦地举起电话，薛坚随即抽出枪指着他的头，阿求赶紧将头缩进衣领内，不住地点头示意才敢接听。电话是阿求的老婆打来的，说借不到那么多钱，东挪西凑只凑够十六万，并且小声地问要不要报警，阿求赶忙怒火冲天地训斥起来，"千万不行，要是你还想让我回家。"

薛坚接过电话，"你马上一个人带着钱，坐出租车到皇岗口岸的大厅，到那里给我们电话。要是我发现后面跟着人，你就等着收尸吧。"

经过薛坚几次指引，阿求的老婆终于赶到了银湖。等出租车走后，见到四周确实无人，而且没有尾随的车辆和行人，薛坚才让华曦下去拦住一辆出租车等在路边，薛坚和阿求快速地钻上车，车子驶到阿求老婆身边才一拉车门，让她上了车。薛坚低声地问道："钱呢？"

阿求老婆哆嗦着交出手里的皮包，薛坚打开看了看，就对司机说："走，去南山。"

车子过了香蜜湖，在一片前后没有人烟的地方，薛坚叫停了车子，对阿求说："看你俩还算配合，今天就放过你，这点钱我就收下了，以后我们就当不认识。不过我告诉你，我认识你家门朝哪个方向开和你孩子上哪所学校，所以，后面该怎么办你自己琢磨吧。"说着就让阿求二人下了车，车子继续向南山跑去。

车子到了深圳大学，薛坚抽出五百块钱递给司机，"你辛苦了，刚才我们说的话你都听到了吧？"

司机谨慎地接过钱，满头汗水地点着头，"谢谢、谢谢，我最近耳朵不太好，老忘事。"

看着这辆出租车发疯一般地跑掉，薛坚和华曦才又拦下一辆出租车，往宝安县城里开去。到了宝安县城，二人又换了一辆车来到清湖度假村，并用薛坚的名字开了房住下。

酒店的房间已经显得很破旧了，特别是冬天的住客很少，房间里弥漫着一股阴冷的潮气，泛黄的墙上渗出了水珠。一进到房间，华曦就脸色惨白地瘫在床上，长叹了一声："我的妈呀，今天可吓死我了。"

薛坚嘿嘿一笑，"算是完成一件事，现在你可以踏踏实实地找小美道歉了。"

华曦欠起身，一脸好奇，"你怎么变得胆子这么大了？很有经验么！"

"这算什么？在玉林，曾经有三支枪同时顶在我脑袋上。有过太阳穴被冰凉的枪口顶着的经历，就什么都不怕了。"

"阿求会不会报警？"华曦仍然心有余悸。

"肯定不会！"

"为什么？"

　　"因为大家都是做生意的，谁也不想为了这点钱找麻烦。我早就算计到了，他最多能给这么多，因为这钱本来就是你的，他不会为了这身外之财去惹更大的事。如果我们要是真拿了他四十万，事情就没这么简单了。所以我一听说他老婆筹到十六万，马上就感觉这件事没问题，算他俩是个明白人。"

　　华曦钦佩地不住点头，"你可真清醒，我服了你。"

　　薛坚盘腿坐在沙发上，"清醒个屁！这还不是用命换来的？你以为我愿意变成这样么？不用化妆就是一个社会地痞流氓的样子。我也想跟你似的，谈上一段惊天动地的恋爱。"

　　华曦摇摇头，"你不是已经骂过我了么？"

　　薛坚长长地叹了口气，从腰里抽出那支枪，"你知道我最恨的东西是什么么？就是它。是它让我变得无知，是它扼杀了我的一段感情。不过，今天它算是帮了我的一个忙，这一段恩怨算是扯平了。"

　　"我从不知道你是带着枪来深圳的。"

　　"我来的时候没有，前几天我估计该用的上，就让朋友带过来的。不过，不想让你担心，所以没有告诉你。"

　　"为什么会恨它？为什么要带它？"

　　薛坚望着窗外阴沉的天气，沉吟了半天，"这就是命，活该如此。那年我去越南，当地的一个熟人说可以买到枪，当时只是好奇，可是想了想，觉得没准什么时候就用得上，所以就偷偷买了，一直把它藏在床底下，偶尔在半夜的时候，才敢拿出来擦擦。那个时候，公司里有个女孩，发疯一般地爱着我，可是，我不敢接受，也许那个时候，我已经有过太多的欢场经历了，我无法分辨什么是肉欲、什么是真实的感情。有一天，我喝醉了，带着小姐回到家里的时候，她在等我，她赶走了那个妓女，骂我是野兽，是不知羞耻的牲口。可能是酒精起作用，我抄起了这把该死的枪，指着她让她走开。她的眼泪马上就流下来了，她不是怕，是伤心。第二天，我的酒醒了之后，她已经离开了北海，后来就再也没有见过她。前一段我听说她在深圳，所以，我也来了，就盼着哪天能在大街上遇到，能向她当面赔个礼，我就知足了。”

“可以托人打听打听。”

“算了，命里有缘就自能相见。”

“你现在可以重新来过啊。”华曦试探着问道，薛坚一听，马上又恢复了平时那副满不在乎的模样，“别说了，我们还是把钱藏好，在这里躲几天避避风头。这两天可以好好地潇洒一下，找小妞儿痛痛快快地玩玩。”

伍

晚饭后，天已经完全黑下来了，薛坚建议华曦出去走走，两个人就沿着度假村里的花园散开了步。路边的树影都已经黑透了，很难分辨出树与天的区别。两个人都没有说话，只是默默地散着步，冷冷的风中只有踏在卵石地上的拓拓声。走到西丽湖边，薛坚从腰里摸出那支枪奋力扔向湖心，一片浪花溅起后，又迅速恢复了宁静。

“不可惜么？”华曦问道。

“不，过去的都让它过去吧，明天就不同了。”

“是啊，明天的一切都不同了。”华曦深有感触地附和着。

度假村的大堂后面有一间小小的酒吧，名字叫“圣何塞”，也许是来自南美或者美国的一个地名，华曦不能具体肯定。酒吧小小的，只有吧台上有点灯光，其他都黑糊糊的。也许是时间还早，也许是冬季的缘故，酒吧里冷冷清清的，没有什么人，只有吧台上两个服务生懒懒散散地挂着下巴呆坐。薛坚坐到吧台前，要了两支啤酒，华曦一头扎在点唱机前捣鼓着，半天才选出了一首《天堂的眼泪》，凄清的吉他和着苍凉的嗓音顿时缭绕在黑洞洞的空间里。薛坚笑着说："没必要把气氛营造得如此凄凉吧？"

"本来就喜欢。"

薛坚缩了缩头，不置可否地撇撇嘴，就举起了酒瓶，"为了你的气氛喝一口。"

"我也要。"不知什么时候，在两个人的中间坐进来一位浓妆的女子。女孩顶着一头精心梳理的卷发，像个帽子一样盘在头上，黑眼圈泛着金色的星光，嘴唇上浓烈的酱紫色唇膏让语调都变得油腻起来，一身黑色的皮衣衬得皮肤发出瘆人的白光。

"我陪你们喝两杯，行么？"

华曦还没有反应过来，薛坚就满脸堆笑地答应下来，并让服务生拿酒来。这个女子很熟络地和服务生打着招呼，"小妹，一支喜力。"

这个女子还没有坐稳，薛坚就嬉皮笑脸地将自己的高凳吧椅挪了过来，用两支腿围拢住她，手随意地搭上她的肩头，"怎么喝？"

"大家在一起就是为了开心，你说怎么喝，我听你的。"女子毫不示弱，应对的话不假思索地顺口而出。薛坚看华曦有些不太自然，就像个老熟人一般地介绍道："这是我老弟，今天一起出来开开心，我看你先跟他干如何？"

"还是三个人一起干吧！"女子顺着薛坚挑逗的话继续应承着。华曦皱着脸皮笑笑，"还是你们先干吧。"

一支啤酒下肚，薛坚就与这女子拥在了一起，两个人低头私语着，在不停传来的音乐中，华曦听得到两个人在谈价钱，于是转过头去，望着空落落的酒吧。点唱机里已经放着谭咏麟的粤语歌，虽然来深圳几年了，华曦还是听不太懂粤语，不知道谭咏麟在哀哀怨怨地唱些什么。

薛坚伸手拍拍华曦的肩膀，"老弟，我俩回房间消化消化感情，你自己在这儿喝点闷酒。"

"没问题，我自己安排。"华曦轻松地耸耸肩，用一副无所谓的样子来支持薛坚的决定。

薛坚走后，华曦又要了一支酒，喝了两口，对吧台里的服务生问道："听你的口气，你认识她？"

服务生仰起头，好奇地反问："谁啊？"

"刚才坐在这儿的那个女孩。"

"是啊，她每天都在这里呀。"

"哦，是这样，是你们的员工？"

服务生莫名其妙地摇摇头，"算不上，不过每天都在这儿找客人，所以就熟了。"

"你们怎么看她？"华曦继续问道，服务生干脆停下手里的活计，拧着眉毛使劲在隔着音乐的声音听华曦吞吞吐吐的话。

"什么怎么看她？"

"怎么看她这个人？"

"挺好的。"服务生不紧不慢地答道。

"可是……"

"别可是了，我知道你想问什么，"服务生痛快地回应着华曦，"她也是在工作啊，而且赚钱又多，没什么让人看不起的。"

华曦的脸上顿时变得很难堪，好像是自己做了什么见不得人的事情，于是赶紧掏出十块钱，找服务生换点唱机用的硬币。服务生接过钱，随便抓出一把硬币堆在吧台上，"今天犒劳你，反正没什么客人，随你点吧，你点的还真好听。"

华曦将点唱机里的唱片翻个底朝天，把老鹰乐队、理查德·马克斯、鲍勃·迪伦一堆英文歌排成长队，自己挂着一支啤酒，两眼盯着点唱机上变幻的灯光沉醉在里面。这时的华曦，脑子里一片空白，白天的经历已经被酒精冲走，只有两条酸痛的腿还留着恐慌的记忆。在五彩斑斓闪烁的灯影里，华曦似乎见到自己已经演化成了火焰上跳动的蝴蝶，扑扇的翅膀挣脱着火苗的撕扯，在欲念的诱惑下，生命久久不能离开火焰忘情地追逐。

这时，一直没有说话的服务生大声地对华曦说道："你就不能点个说中国话的么？"

华曦有些发窘，"马上就来，"说着随手翻了一只陈慧娴的"红茶馆"，让这个没有什么风格的酒吧一下变得温情起来。

过了一会儿，薛坚和黑衣女子走了回来，薛坚一脸兴奋，黑衣女子倒是很平静，像是什么都没有发生过，连脸上的浓妆都依旧。薛坚凑在华曦的耳边小声地说："真是个不错，工夫一流，这会儿看你的了。"

华曦连连摇头，"算了，我受用不了。"

"哎，不试试怎么知道？再说了，人活着就这么点乐趣，拼死拼活，还不是为了这点事么？别把男女之事看得那么重，这与你的感情世界没有任何关系，别活得那么累。"

房间里已经被折腾得狼藉一片，床单已经摊在地上，毛巾也上了台灯。华曦再回房间的路上，心还跳得怦怦响，不过看到房间的这片景象，忽然镇静了许多。黑衣女子跟在他的身后，虽然一路上没有讲话，但关上门就扯着华曦的手主动坐到了床上，油腻腻地嘴巴吃吃地笑着，"你的朋友好厉害，我倒是想知道你是不是也那么厉害。"

华曦努力让自己平静下来，故作轻松地答道："一会儿你就知道了，到时候你别受不了？"

女子诡秘地笑道："那就来吧？"

"好，我先去洗澡。"华曦自然地执行凌红培养的习惯，女子笑道："怪不得你的朋友说你是个好男人，去吧，我刚才洗过了。"

华曦进到卫生间，才发现自己完全不像个嫖客的样子，凌红培养的习惯是为了留给好女人的，自己用错了地方。为此，华曦倒是懊恼了自己一阵。从卫生间出来，黑衣女子还在心不在焉地调着电视里的所有频道，见华曦出来，就站起来自己脱起衣服。

在华曦的眼前，一个掩盖在油彩后面的陌生女人，熟练地扒下自己身上的衣服，没有掩饰、没有羞涩、没有美感地将一个女人的酮体赤裸裸地暴露在无遮无掩的空气中，华曦顿时觉得这个生存的世界毫无新奇可言。

薛坚在酒吧闲得无聊，只好和服务生有一句没一句地搭讪着，见华曦和黑衣女子回来，忙大声地问道："怎么样，我这个兄弟功夫如何？"

女子坐上吧台的高凳，从薛坚的手里抢过酒瓶，嘴对嘴地喝了一口，"比你强多了，这才是好男人。"还没坐稳的华曦当时感觉想找个地缝钻进去，脸上臊红一片。

"不愧是我兄弟，我推荐的不错吧？"说着，薛坚掏出一沓已经数好的钞票，放在吧台上。黑衣女人拾起，用手轻轻一捻，就小心地揣进口袋里，然后随手抄起酒瓶喝了起来，整个过程中，脸上都没有任何表情。

这时，酒吧里进来些三三两两的人，也许是天色将晚，渐渐有了生意。黑衣女人朝着薛坚和华曦点点头，"今天认识你们很愉快，我还有生意要做，今晚就不陪你们了，我每天都在这里，回头你们再来啊。"说着，从口袋里掏出五十块钱，递给吧台的服务生，转身就扭扭地走向灯影下的人群里。

薛坚擤擤鼻子，"活得真他妈的直爽！比我们强。"

华曦笑道："你也挺值啊。"

"我？要是能像她的一半，就不这么难受了。"

"你羡慕她？"

薛坚重重地点点头，之后带着满眼的狐疑看着华曦，似乎要在华曦的脸上找出个究竟。华曦垂下双眼，神色凝重地说："我到深圳这几年，今天是第一次召妓，起初还有点害怕，办完事发现也没什么感觉，算是人生的一场经历吧。"

薛坚板着脸，神色冷峻得像个严肃的牧师。

"嫖妓就像是鸦片，会上瘾的，它既会害了你的一生，又能在短时间内为你止痛疗伤。上瘾之后，平时总想召妓，可干完了又空虚得要命，这就是嫖妓的无奈。一旦上瘾，你就根本无法摆脱这种生理和心理上的困扰，一直到你不再分泌荷尔蒙为止。但是，嫖妓的好处在于能让你坚强起来，在看透了这个世界的虚假和伪善之后，就没有什么能够迷惑你的思想，一切都像是今晚这样，干活交钱，连名字都不用知道，女人最隐秘的东西就在这光天化日之下暴露给你，让你看、让你干，没有什么神秘崇高或者责任可言。"

薛坚喝了一口酒，"今天我不是想故意把你拖下水，只是在这段时间里，觉得你还没有看透人世间的许多东西，对女人的世界，你过于迷茫了，这样会让你活得很累。今晚你躺在床上，就会觉得女人不过如此，感情这东西只是小布尔乔亚在酒足饭饱之后的一种消磨时光的游戏，我们还在为生计奔波，没有资格在这个世界上谈论感情。在深圳这个地方，你我都不过是条为了填饱肚子而在垃圾堆里搜寻骨头的野狗，都是一群畜生。"

在醉眼迷离里，薛坚沉沉地垂下了他的头，理查德·马克斯苍凉的声音将华曦的思绪一点一点地钉在了斑驳的墙上，在吉他和贝斯的和弦里，华曦的世界被暗淡的烛光一点一点地融化，只剩下万宝路烟头上的一线烟雾，久久缭绕在混浊的空气之中。

陆

两个人摇摇晃晃地回到房间后，华曦就一头栽在床上，虽然经过了惊心动魄的一天，但大脑里却像一锅搅拌均匀的糨糊，混沌间没有丝毫的纹理。在恍恍惚惚之间，电话铃声响了，薛坚满嘴胡说八道地和打电话招徕生意的妓女闲扯着，再醒来的时候，薛坚正在和一个赤条条的女人挣扎着，再醒来的时候，一切都恢复了平静，窗外的日头已经升上了树梢。

华曦征得薛坚同意，偎在床上拨通了吴缨的电话。吴缨正奇怪满世界找不到华曦呢。于是华曦原原本本地将昨天要钱的事情说了一遍，吴缨听了嘿嘿地笑着说华曦在编故事。

吴缨赶到这里的时候，已经过了中午，又听华曦说了一遍昨天白天的故事，吴缨才肯相信听到的一切确实发生过，忙问他俩以后怎么办，薛坚嘿嘿笑道："还能怎么样？在这里休息两天就回去呗。"

"你不怕阿求找人报复你们？"

"我相信他不会，除非他大脑神经错乱。"

三个人说起以后的事，才想起很快就要过年了。吴缨告诉华曦，过几天就要回北京过年了，虽然公司要到腊月二十五才放假，可是她准备在此前连年假一起休了，所以，可以回北京呆上一个半月。华曦插嘴道："你今年不是已经休过年假了么？"

吴缨怔了一下，"噢，可能是我忘了，不过可能连老于也忘了，我就将错就错吧。"

"我看别人都没有忘，就你自己忘了。不过，你老呆在北京干什么，不觉得闷吗？"

"不觉的，想来想去还是北京好。"

"干脆嫁回到北京算了。"

"不是没可能。"吴缨满不在乎地应对着华曦，骄傲的口气里好像有着一丝抱怨。

薛坚本来在一旁低着头抽烟，听到二人斗起嘴来，就插话道："要我说，还是让吴缨在走之前替你找小美道个歉，否则，你可是真没什么办法了。"说着就转头对吴缨拉出一副诚恳的神态，"我这个老弟就是有点优柔寡断，从心里觉得爱上了小美，可是小美坚决不听他的电话，他又没脸上门道歉，所以，我想请你帮个忙，帮他去找小美说说，看看还能不能挽回。"

吴缨听着薛坚的话，脸上止不住地阴云翻滚，用眼角瞟瞟华曦，华曦在一旁表情呆滞，似乎在用沉默赞许薛坚的请求，于是，吴缨马上换上一副乐意助人的热情，"这点小事还需要劳驾你出面么？我还以为华曦真想断了呢。你这么一说，我今晚就去。不过，华曦，你也别为了这点感情上的事就把自己折磨成这样啊，小美实在不同意，不还有我吗？"

薛坚赶紧接过吴缨的话头，"我这个兄弟是小地方人，没见过什么世面，他可高攀不上您，您就别拿他开心了。"

吴缨迅速用眼角瞟了瞟薛坚，"哎，话可不能这么说，华曦在我们这群人里面可是大众情人，想追他的人可不止我一个啊，只能怨我们命苦啊。华曦，你说是不？"

薛坚感觉到吴缨的尖刻，就赶紧闭上了嘴巴，华曦反倒是在一旁继续沉默，让三个人迅速地陷在僵持的沉默之中。吴缨一看，马上打起圆场，"行了行了，这件事我马上就办，看着薛坚的面子，我甘愿当活雷锋，行了吧？"

薛坚赶紧点头，"还是吴缨体贴人，要不是你鬼迷了心窍，何苦糟践了吴缨这块好材料。"

"呸！你闭上臭嘴！"吴缨笑着举手要打薛坚，薛坚赶忙求饶，"我错了，我的姑奶奶。"

打闹间，吴缨突然一拍脑门，"光顾跟你们闹了，险些忘了一件大事，你猜我急着找你干什么？前天我去市人事局办事，碰到了一个人，怎么看怎么眼熟，你猜是谁？"

华曦道："我怎么知道？是我认识的么？"

"当然，不光你认识，还是你的救命恩人呢。"

"谁？"

"就是那个送你去医院的女孩啊，你都忘了？薛坚，你看他是不是真没良心？"

"我又没见过她，"华曦为自己辩白着，又问道："你怎么说的？"

"我排队的时候，她就在我的前面，我想了半天，才想起来是她。所以就上前搭腔，人家还以为我要插队呢。"吴缨从精致的手袋里翻了半天，找出一张纸条，"你瞧，胡蓉，人家可是自己开公司的，你这个没良心的自己看着办吧，我可是答应了要请人家吃饭的。"

"一定一定。"华曦赶忙接过纸条，纸条上只是用秀丽而潦草的写着胡蓉的名字和一个手提电话号码，华曦觉出这个名字好熟悉，似乎曾经和某种遥远的记忆有着不甚明朗的联系。那过去的一段时光，深刻地如能吞噬一切的隧道，掩盖住了一切清晰和模糊的记忆。

薛坚借口房间太热就轻易地溜了出去，房间里只剩下了华曦与吴缨两个人。吴缨坐在床边上，华曦继续缩在沙发里，突然让两个人独处，却都不知道该说些什么了。吴缨低头把玩着手袋的拉链，似乎这个静谧的环境让两个人忽然变得很陌生。华曦从薛坚丢下的烟盒里抽出一支烟，点着吸了一口，昏黄的烟雾迷蒙在两个人之间。

"你也学会抽烟了？"

"偶尔。"

"心情不好？"

"没有啊，挺好。"

"看得出，薛坚不喜欢我，我似乎没有在哪儿得罪过他？"

"和这没什么关系，不过是他为我好罢了。"

吴缨皱了皱眉毛，"就跟我会害了你似的，到头来，在你落魄的时候，还不是我第一个来看你，亏你们想得出。"

华曦撅着嘴巴，不知道说什么是好，两个人又开始陷入沉默之中。

吴缨望着蜷缩在沙发上的华曦，用柔和的口气说道："过来，坐到这儿来。"可是圆圆的眼睛里却充满了发号施令般的坚毅。

华曦将身体挪到床上，随即就脱掉鞋子，将头依偎在吴缨的身上。吴缨温情地抚着华曦散乱的头发，"还是想小美？"

"不知道。"

"别骗我了，想就想呗，有什么不好意思的？"

"没什么不好意思的，确实不知道。"

"想我么？"

"想，真话。"

"你会有真话？"

"就这句是真的。"

吴缨扑哧笑出声来，从华曦的嘴巴里拿下烟，在床头的烟灰缸里掸了掸烟灰，又给他放回到嘴巴里，"你现在是个不折不扣的混蛋。"

华曦叼着烟地嘴巴里不清不楚地冒出几个含混的字，"所以你才爱！"

吴缨走了之后，华曦见薛坚还没有回来，就昏昏沉沉地睡了过去，醒来时不知道是什么时候，反正天色已经大黑了，薛坚还没有回来，华曦就匆匆冲个澡，信步走出了房间，不自觉地又来到了"圣何塞"酒吧。

酒吧里只有两三拨儿客人，昏暗的灯光下荡着无聊的音乐，薛坚没有在这里，那个黑衣女子也没有在，只有吧台里的服务生还是老面孔。华曦要了一支带柠檬片的墨西哥太阳啤酒，趴在吧台上愣神。服务生抓出一把点唱机的硬币，拍在华曦的面前，脸上的表情古板得像背后陈旧的啤酒桶。华曦选了艾力克·克莱普敦的一张 unplug 的唱片，从头放起来，沙哑中带着磁性的声音穿透烟雾缭绕的昏暗，让所有的人都震慑在奢情的世界里。

"我想喝杯酒，"黑衣女子在身后说道，

华曦点点头，要服务生倒了一杯加冰的伏特加，黑衣女子接过来，摇了摇就仰头倒进嘴里，将冰块在嘴里含了含，又轻轻吐回到杯子里，将杯子重重地碰在吧台上，从手袋里摸出一包万宝路，自己吸了起来。鲜红的嘴唇挂着酒滴，浸湿了烟嘴，那片凝红的颜色如未干的血迹般显得分外残酷，惨白的皮肤上只有黑黑的眼圈和弯曲的睫毛，看不到眼睛的闪烁，此时，一粒大大的眼泪从低垂的睫毛下滚落，在惨白的皮肤上留下了一道明亮的痕迹。

"你不开心？"华曦低声地问。

"是你不开心。"

"那为什么流泪？"

"不为什么，总是这样。"

"别那么难过，总能过去的。"

"我不难过，能陪我跳舞么？"

在狭窄的桌子间，两个人缓慢地挪动着脚步，黑衣女子将头依在华曦的肩上，洗发水的味道混合着酒和烟的奇妙味道刺激着华曦的神经，人也渐渐地飘了起来。在充满艾里·克莱普敦的世界里，所有的人都失去了语言的能力，没有燥热、没有冲动，意识冲出了躯体的束缚，飘荡在属于自己的那片头顶不大的天空里，不敢远游，唯恐失去了明天的归属。

在黑暗的角落里，有人砸碎了酒杯，大声的吆喝着，有人在劝架，有人在张牙舞爪，华曦游荡在这个世界的边缘，除了克莱普敦的歌声和眼前近得模糊了的唇印，一切都和他失去了关系。在游荡与啤酒的焦灼之中，华曦很快就醉了，醉眼里看到了薛坚扶住他的肩，将他放到了床上。脑海里不停晃动着的灯影和鲜红的唇印久久不肯褪去，神经像荆棘一样刺痛着每滴脑浆，眼前是飞舞着金星的黑暗，无法分辨面前是坦途还是僻径。

呕吐过后，华曦才渐渐清醒过来。薛坚和黑衣女子坐在对面的床上，直直地看着他。华曦努力支撑着自己，"我喝多了么？"

"没有。"

"怎么会这样？"

"这要问你自己。"薛坚生气地反驳他，"怎么吴缨来了一趟就把你弄成这个样子？"

"不关吴缨的事。"

“那又是怎么回事？小美么？”

是小美么？小美在华曦的心里总是那么清晰，又总是那么没有重量，她就如同一片阳光下飞舞的羽毛，耀眼而不知所属。也许正是小美，在昏暗的灯光下，望着华曦在伏特加和洗发水的香氛中，带走了他的意识和灵魂，在缥缈的花园夜色中散步。

那是一段镌刻在基因里的故事，冷雨凉凉的感觉丝丝沁入华曦的记忆里，让他无法忘却。

柒

春节刚过，就在那个冬天快要结束的时候，华曦向梁院长提出了辞职。梁院长仔细听华曦讲了半天理由，没说一句阻拦的话就同意了，让华曦出门后感动了半天，觉得还是前辈明白事理。出了梁院长的门，华曦就在楼里的其他公司里窜了窜，通知大家一声，于是这些年轻人就闹着要晚上聚聚，给他送行。

从雪儿的生日那天之后，华曦总是有些魂不守舍，和小美在一起时，也感觉没了以往的冲动，似乎总有些什么东西隔在两个人之间。虽然日子仍旧是这么一天一天的过去，小美也依旧会在华曦作图的时候，偎在后面的床上捧着书本酣睡过去，可华曦还是觉得生活有那么一点改变。望着小美如婴儿般弯曲的身体，华曦眼前晃动的却总是吴缨罗衫轻解和雪儿酒后的萎靡眼神。华曦不知道小美对那晚的事有否察觉，只是悬在自己心中的那种惶恐感觉久久无法排解，只有用更多的工程图才能让自己平静下来。

这段时间，华曦渐渐结识了越来越多的包工头，这些人信任华曦的设计，虽然出价较低，但华曦也不会过多计较。即使偶尔暂时收不到钱，华曦也会按时把图纸送过去，所以在这个圈子里落得一个不错的名声，手头的活儿也越来越多，几乎白天上班的时间也要全用在画图上。因此，华曦终于在一个扭动着酸痛的腰肢挣扎起床的清晨，决定了辞职。

小美第一个知道了华曦决定辞职的消息，马上高兴地蹦起来，"好啊好啊，你要发达了。你要搬出去租房子住？好啊，我早就烦死这里了。"可是随即就蹲在天台的墙边，似乎有一阵肃穆的风刮过，让她顿时凝结成一块冰冷的石头，任由一缕散乱的头发在额前随晚风飘动。

"有什么不开心？"

"没有啊。"小美回答时，华曦竟然没有看到她的嘴巴在动。

"我只是想换个环境，也许走出这个院子会好一点。"

"是么？"

"难道不是么？"

小美依旧没有抬头，"我支持你的决定，你觉得怎样好就怎样好。"

"我们还在一起啊。"

"这之间没有什么关系。"

华曦也坐下，在小美的身边，双手捧起她瘦削的脸，"看着我，笑笑，这一切都会过去，我们还是一样。"

小美仰起脸，执著地盯着华曦，"明天肯定和今天一样，不过我相信，以后肯定会不同。"

天刚擦黑，宁绍辉就冲到华曦寄居了三年的资料室，此时，华曦正在满头灰尘的收拾自己不多的一点行李。宁绍辉在房间狭窄的角落里站住，搓着双手惋惜道："你真的要走了？我刚刚听吴缨说起。"

"是，这两天就搬走。"

"你想好了？"

"是，没错。"

宁绍辉停顿了半天，"那我就不劝你了，今天晚上好好喝一杯，省得你发达了之后把我们这些穷兄弟都忘了。"

这天的晚上，大院里的那些熟面孔几乎都到场了，占了巴登小吃店的两张大台。大家对华曦说了些保重的话，还有"苟富贵、勿相忘"的嘱咐，每句感人至深的话都让华曦激动地喝下一大杯啤酒，小美唯恐华曦当场喝醉，只好挺身而出，替华曦挡驾了几次，使自己也灌下了不少。

在场的人里只有宁绍辉和吴缨最安静，宁绍辉低头喝着闷酒，看上去心情很坏，和谁都没有敬酒。等华曦有些醉意阑珊时，宁绍辉晃晃悠悠地走到华曦身边，端着一大杯冒着泡沫的啤酒，一只手搭在华曦的肩上，眼角里有些湿润。

"兄弟，一路上走好！"

华曦感激地点点头，"谢谢。"宁绍辉高举起杯子，嗓音颤抖着对在座的人高声道："今天的酒不是送华曦，而是送别一个年代，送别我们青春中最美好的年代。我们曾经共同走过深南中路上的难忘岁月，这儿留下了多少喜怒哀乐，记载着我们多少最值得珍藏的回忆。可是人们陆续地走了，华曦也要走了，虽然他仍在这个城市里，但是这个时代已经离我们远去了，留给我们的只是回忆。让我们一起悼念即将消失的这段日子，悼念我们即将消失的岁月吧。"

华曦从没有见过宁绍辉如此庄重、如此肃穆，他的眼角里渐渐渗出了泪花。沉重的气氛感染了所有的人，刚才的嬉笑突然消失在金色的啤酒泡沫中。小美的眼泪止不住地淌下来，惠惠上前扑在华曦的肩上，泪水沾湿了华曦的衣裳，"记着，回来看我们。"

华曦强忍着自己的情绪，虽然眼角也痒痒的，努力让自己镇静下来，"虽然在特区的百万人口里，我们只是一群最不起眼的人，但是，我们随着特区的变化而成长，看着城市的扩张而成熟，城市长大了、我们衰老了，我们将生命中最好的时光留在了这个城市的脚印里。感谢一路上有你们我走过，感谢每一个回忆里都有你们的身影。"

昏暗的小吃店灯光摇曳，灯光下的人们泪眼婆娑，入秋的凉风和冷雨在窗户玻璃上流过，像一片凄婉的眼神久久地不肯从喧闹的城市上移去。

回去的路上，秋天的细雨浇湿了头发、也浇湿了心情，路边的霓虹灯和汽车尾灯在湿滑的里面上拖成了一片变换的光影。华曦牵着小美的手，一路上望着熟悉的街灯，眼睛里注满了雨水和泪水。在附楼下，吴缨走上前，轻轻抱了抱华曦，转头回了宿舍。大家也纷纷上前，为今晚的聚会做最后的告别。华曦一一送走大家，之后和小美回到了寄居三年多的资料室。房间里除了堆放整齐的图纸和几个打好的纸箱外，已经变得空空荡荡。小美扶着华曦坐在光秃秃的木板床上，两个人都不知道此刻该说些什么，只有头脑里的酒精在暗地里翻着波浪。

外面的雨越下越大，雨点敲打着窗棂，发出扑簌的声音。华曦浑身湿漉漉地坐在房间的床前，一绺一绺的头发还往下滴着水珠，水珠砸在地面的瓷砖上轻快地溅开，像是飞舞的花蕾。小美坐在房间的另一头，呆呆地望着暗灰的墙壁上蛛网隐约的纹路，嘴角抿成了翘起的飞檐，头发上的雨水沿着额头流下来，在嘴角的飞檐上化开，溶成了咽不下的愁情。两个人都不想讲话，在房间里唯一活跃的只有台灯将暗淡的光束散射开来，从地板到墙壁，丈量着两个人之间的距离。

桌子上那只有着两个小铃铛的闹钟还没有收起来，在变得光秃秃的桌子上滴滴答答地走着，稀稀的指针踱着方步，为人际的轮回思考着去向。终于，三条指针同时指向了十二点的位置，远处的雨雾里远远地传来华联大厦的悠悠钟声，钟声带着雨水的湿气飘进来，盘旋在小美和华曦的头上，久久不肯离去。在钟声渐渐沉寂的时候，华曦终于艰难地抬起头，喉咙里哽咽着，"小美，陪我到天台上坐坐。"这时，小美发现，华曦的眼眶里注满了雨水。

小美尾随着晃晃悠悠的华曦上了天台，天台上的沟槽里已经是水汪汪的一片。华曦在天台水泵房前的台阶上坐下，头上的房檐仅仅能遮住头顶上的一点点天空，空上的雨丝划出明亮的雨线砸在脚前，空气中的雨雾带来草的清香和远处那几株大叶紫薇特有的青涩味道。小美挨着华曦坐下，将头依在他的腿上，出神地望着雨雾缭绕后的那片隐隐约约的灯光。在小美的视线里，大剧院后面的那片嶙峋的楼房已经成了漆黑的背景，雨水在前面匆匆落下，将深南路上的灯光也冲淡了。路上没有车，就没有了车灯庸俗的刺眼炫目；路上没有人，就没有了世间甩卖的滥情喧嚣。一切都回归了平静，在蒙蒙的烟雨中，泛滥的枝丫缩成了一团。

雨水还没有彻底冲走酒精，华曦在昏昏沉沉的大脑中，只是沉浸在无限茫然之中，对于走出这个大院，对于离开这个群体，他没有任何的把握。也许明天，他又会像刚刚走出罗湖火车站的那天一样，四周的一切都是新鲜的、充满危机的。但心中这份难以了却的割舍，却丝丝扣扣地勒紧他的心绪，在失去的遗憾和未知的诱惑之下，华曦如负疚的病猫，趴在故人的窗前哀怨的鸣叫。此时，随着秋天的冷雨落下，他最不能理解的是小美内心认定的告别，这不是一次十字路口的短暂聚会，明天虽然还不预测，但是在同一座城市里，一定会在同样的夜晚里谱写着同样的心情。

"小美，明天、明天的明天，雨还会下，我们还会在一起。"

小美纹丝不动地坐着，仿佛华曦的话都淹没在越来越大的雨中。

"难道你不相信？难道真有什么变化？"

小美依旧没动，甚至连头都没有转一下。雨水借着风力飘洒到身上，让华曦觉出连连寒意，骤然缩紧了身子，脑子里却生出了莫名的恼怒，"为什么？为什么你一定这样认为呢？难道辞职就意味分手？"

小美还是一动不动。

豆粒大的雨点砸在小美的腿上，那件素花连衣裙已经紧紧地贴在光光的腿上，小美两只胳膊紧紧抱着胸前，仿佛在守候着即将离去的夜晚。忽然，她低低地说："华曦，再抱抱我。"小美在水幕下的眼睛里充满了无奈和期盼。

华曦伸手揽住小美的肩膀，两个冰凉的身体紧紧地靠在一起，小美湿淋淋的头发贴在华曦的胸前，一股凉意涌进华曦的心里。

雨水模糊了博物馆厚重的楼体，黑漆漆的阴影像一头桀骜的怪兽，忍受着雨水冰冷的冲濯。只有在这个时候，在内心冰冷和落寞失意的酒后，人作为动物才会忘却猜疑和自尊，从体征和意念上与毫无生气的钢筋水泥毫无二致。"小美，我离开这里，实在是不得已，我承认我有些自私，但这并不会影响我们之间的感情，我们依旧在同一个城市里，我们依旧守望着同一条深南中路。"

小美此时才无奈地摇摇头，"也许我说的话你不会信，但从你告诉我这个消息时起，我就知道，一切都该结束了，也应该结束了。这几年，你我都在过着一个童话般的日子，一个没有到达悲剧结尾的喜剧故事。实际上，我几次试着说出分手，只是在那一刻，我无法抗拒你看我时的眼神，你的眼神让我无法把持，我说不出这个决定。在那些日子里，我更愿意在你的背后，看着你画图的样子，陶醉在想像的快感中。对于未来，我不敢做任何猜想，虽然结局就明摆在我的眼前，只是我不肯去承认它。"

小美在华曦的怀里，深深地低下头，任由雨点飘落在她的发梢上。明亮的雨丝划过漆黑的夜，让小美迷蒙的双眼反射出闪烁的泪光。

"华曦，你我必须承认，这是一个牢牢束缚着我们的宿命。在你身上，我有快乐但没有安全，每次我开心之余，都有深深的恐惧陪我到天明，这对惠惠来说可能算不了什么，但是对于我，就像是背负的一颗定时炸弹，恐惧来自于我早早地看到了结果，看到了眼泪在明天流下时的颜色。尽管宿命告诉我，我们终究属于纷飞的劳燕，但是我依旧不肯放弃，放弃你带给我的快乐，直到从你的嘴里知道这一天终于来临。"

小美抓住华曦的手，贴在自己的脸上，华曦已经冰凉的双手感觉到水淋淋的面颊上流淌着淡淡的余温。"直到今天，我才敢劝你，我们一同放弃吧，不要走到悲伤的顶点后才寻找早已预定的方向。救救自己，也救救我们的感情，别让它受苦。"

　　"可我们还有机会，"华曦终究不肯接收，但是他的辩白被小美迅速打断，"我们不再是小孩子，不再有犯错误的本钱。华曦，你终究放弃不了本来的存在，对于你，缤纷的感情永远都是诱惑、永远都是向往。我无法束缚你，因为快乐的基础就是自由，精神上的自由。但是我既渴望快乐，又无法忍受你对其她女孩子的沟通和欲望，包括吴缨。吴缨本来只是我的普通朋友，我曾经为你，希望我和她成为好朋友，希望以此来平息我内心的嫉妒和煎熬。但是，我失败了。在你和吴缨出去的那个晚上，我在院子里坐了一夜，盼着你早点回来，直到我终于盼来了天亮的时候，我才明白了一个道理，那就是，你永远不属于我。"

　　小美停顿了一会儿，声音沙哑地像撕裂的雨声，"我的判断力不好，但是想像力却比别人发达，关于你的任何想像都让我无法快乐。所以，当我知道你要辞职的那一刻起，我终于可以安稳地睡觉了，虽然有种失去方向的感觉，但是重新体会到了久违的轻松。华曦，真心地谢谢你，感谢你让我有这一段如此充实的生活，同时我会记得，我曾经是那么投入地爱过一个优秀的男人，而他也是那么爱我。"说到这里，小美转过头，双手紧紧抱住华曦的头，疯狂地亲吻着那张熟悉而僵硬的嘴唇。

　　华曦把小美抱到自己的腿上，颤抖着体会可能留下终生记忆的最后一吻，尽管只是秋雨中的几分钟，然而走完的却是人生的一截长路。在双唇的蠕动中，华曦突然觉得如此无助，心里空洞地如晦暗深渊，眼眶里止不住涌出的泪水淌进了小美的双唇。小美忘情地吻着，在华曦的怀里沉醉成一个婴儿，似乎要在这一瞬间释放完所有压抑的力量，急促的喘息声感染着夜空，雨也下得越来越大，细细的雨丝在这一刻渐渐变成了如注的倾泻。这时，小美解开了胸前的扣子，让华曦的头埋在自己裸露的胸前，在夜雨的和鸣之中，将娇喘和痉挛通通送到华曦的面前。华曦沿着雨水流淌的纹路，寻觅在小美光洁冰冷的躯体上，在起伏的山峦中，寻找着过去的山氤水氲。

心仪的身体此时已变成激情的符号，暗示着即将到来并永远持续的记忆。可能只有此刻，才能为未来留下永远的冷雨。

"这里有一份为了结束的礼物，也有一个留给你的诅咒，为的是让你永远不能辜负。"小美直直地盯着华曦的脸，眼睛里有着不容许拒绝的坚定，"这个礼物就是天台上的这场秋雨，这个诅咒就是我的身体，作为我真心爱过的人，你必须接受她。"

华曦双手捧着小美赤裸的娇小躯体，狐疑地反问道："小美，别这么冲动。"

"不是冲动，是慎重。"小美坚决地回答。

"难道你不再恐惧这是一个错误？"

"当我已经确定她是一个错误的时候，我不再恐惧。"

冰冷的秋雨毫不吝惜地泼洒在两个人赤裸的身体上，在空荡荡的天台上，在黑漆漆的雨幕里，闪烁着激情的颜色。虽然远处的灯光依然模糊，虽然秋雨的温度依旧冰冷，但是，在这片雨夜的穹窿下，两个精灵的生命之舞依然显得那么从容。

捌

"之后呢？"

薛坚长长地吸了一口烟，之后将一串烟雾喷洒在酒店房间昏暗的空中，浮动在印着水渍和污痕的墙上。华曦仍旧垂着头，在这一刻，他已经精疲力竭，过去的记忆折磨着他，如负重的纤夫望着湍急的江水。

"之后？我离开了，小美大病了一场，"

"之后呢？"

"之后就是今天的样子。"

薛坚从沙发上站起身，将还剩半截的烟头狠狠地掐在烟灰缸里，在狭窄的房间里大步地来回走动，紧缩着的眉头蕴含着不解。忽然，他停下来，朝床上萎靡的华曦大声说："好了好了，这个故事结束了，你拯救自己的唯一办法就是，永远地忘掉它。"

华曦似乎突然被薛坚的声音震醒，他两眼直呆呆地望着肮脏的墙壁，不知道会有什么即将发生。

第七章 嬗变的暗夜

壹

又在丽湖度假村逗留了几天，华曦和薛坚才回到深圳。虽然房间又冷又湿，地上和家具都积了一层厚厚的灰，但华曦回到家的第一件事还是先拨通了吴缨的电话。不过听吴缨的口气，好像她已经把华曦嘱咐的事情早就忘了一般，害得华曦只好直接追问起来。

"我就知道你只关心小美，我在你眼里根本一钱不值。"

华曦赶忙脸上红一块白一块地解释，幸好吴缨在电话里分辨不出脸上的颜色。"哪里哪里，我这不是联络不上她吗？"

"得了，没几个女人能像我这样，热心过头，帮情人操办与另一个女人的约会。我跟小美谈了，她既不想见你，也不想听你解释什么。小美说，她不记恨你，也不怨恨我，她说这一切不过是命，注定的有缘无分罢了，只是从心情上难以接受，所以连普通朋友都难做。"

"就这些？"

"是啊，就这些。"

华曦放下电话，如同被抽了筋一般瘫在床上，尽管能听到薛坚在客厅里吭哧吭哧地打扫卫生，还是半天不肯吱声，只呆呆地望着墙角逐渐长长的灰穗微微摇摆。薛坚探头进来，"别赖在床上了，起来干活，衣服都臭了。"华曦不想被薛坚骂，只好勉强起身，这时电话又响了，吴缨在电话里提醒华曦，"我约了胡蓉晚上一起吃饭，你带钱过来买单。"

整个下午，华曦都像一个勤快的主妇一般埋头打扫卫生，被子、枕套，还有一碰就能抖出一捧灰尘的窗帘，全被塞进洗衣机转起来。洗完衣服，华曦还将地板包括积满油烟的厨房和臭烘烘的卫生间全都仔仔细细的打扫了一遍，这让薛坚奇怪不已，“你今天怎么了？要来例假还是在电话里受了刺激？”

“我乐意，你管得着吗？”

薛坚悠闲地翘起二郎腿，点上一支烟，慢条斯理地说：“管不着，但我就喜欢你这样的有志青年。”

“去去，不干活儿就少啰嗦。”

薛坚干脆掐了烟头，躺在光板的床垫上睡起来。

华曦在薛坚的面前用力地拖着地板，见薛坚假装睡觉不理自己，就大声地说：“我晚上有饭局，不带你。”

薛坚噌地坐起来，“和谁啊？有靓女没有？”

“有，但是和你没关系，晚饭你自己搞掂。”

薛坚唉声叹气地倒在床上，嘴巴里还咕哝着，“见利忘义、重色轻友的家伙，都怪我交友不慎。算了，我还不愿意去呢。”

贰

华曦出门的时候，着意地刮了胡子，又换了件干净的衬衣，这才急匆匆地赶到上海宾馆，在二楼餐厅的大堂里见到吴缨一个人傻坐在那里。吴缨一见华曦行色匆匆地赶来，就噘起了嘴巴，“我还以为请客的和被请的都不来了呢，就剩一个吃白食的早早赶来，真没面子。”

“怎么会呢？请你吃饭，我敢不来么？”

“你说清楚哦，今天可不是请我吃饭，是请你的救命恩人吃饭，我可不领你的情。”

“行了行了，反正只要你在，我今天是一定要来的。”

吴缨哼了一声，轻快地给了华曦的一个白眼，就自顾自地喝起茶来。华曦只好给自己倒上茶，抿了一口，"她还没来么？"

"看你这个猴急的样子，别一见靓女就发晕，人家没这么早下班。"

华曦红着脸反驳吴缨，"我还没见过她长的啥模样呢，我是一见你就发晕。"

吴缨马上仰起脸，双眼直勾勾地盯着华曦，"我？你见我会发晕？天大的笑话。依我看，你是见到小美就发晕，见到靓女就发晕。"

华曦阴笑着凑到吴缨的耳旁，"你是说，你不靓喽？"

"流氓！"吴缨清楚地回应了华曦。

窗外远远地传来华联大厦的钟声，手表的指针已经指到了六点的位置，外面也渐渐黑了下来。酒楼里开始变得熙攘起来，饭菜香和喧嚣声充斥整个大厅。装修成旧上海模样的酒楼处处流动着江浙女子的吴侬软语，身处江南女子的温婉秀丽和眼角的万千风情包围之中，让华曦这个北方男人觉得自己粗陋无比。

"怎么还没到？"

吴缨也看了看表，"该到了，我们约好的，应该不会不来啊。"

华曦又为两个人倒上茶，这时，吴缨轻声地说："我定了明天下午的机票，回北京。"

"这么早？"

"是啊，和你说过的。"

"那今晚算给你饯行。"

吴缨点点头，"算你有心。"

华曦想了一下，之后小声试探的，"吃完饭干什么？"

吴缨没有搭腔，华曦进一步问："晚上去我哪儿？"

"你哪儿有人，不方便。"

华曦止住了话头，吴缨用眼角瞟着华曦，"要是去我那儿，可能你又不方便。”

“有什么不方便？”

吴缨诡异地笑着，“方不方便，你自己知道。”

正在两个人调笑间，不知不觉中，一个高挑的女孩站在了桌子旁边，吴缨抬头一看，马上站起来拉住她的手，“你来了，华曦，这位就是那天救了你的大恩人，胡小姐。”

胡蓉看上去比吴缨略高，身材有些清瘦但挺得笔直，棕色卷发下的微笑里带着一丝不易觉察的高傲，弯弯的眼睛笑意盈人，说话时嘴角会微微地歪向一边，但笔直的眉毛和高挑的鼻梁让人看上去觉得有些难以亲近。胡蓉握了握华曦伸得长长的手，就挨着吴缨坐下。华曦赶紧将胡蓉面前的茶小心地倒好，尽量别让水溅出来。“胡小姐，真谢谢你，要不是你见义勇为，我可能已经成了八五烈士了。”

从胡蓉线条明朗的嘴唇就可以看出她的伶牙俐齿，“哪里，我要不是运气好从那里路过，怎么有幸能认识华先生呢？再说，我当时也没想到能救起一个这么英俊的帅哥啊。”说着，胡蓉就瞟了一眼吴缨，“不过，华先生，你也真有眼力，吴小姐这么漂亮，又开朗大方，让我这个做女人的看了都嫉妒，俊男美女，深圳难找。

尽管女人之间的互相吹嘘是天下最虚伪的谎言，但华曦听了还是觉得很受用，心里觉得很舒坦，表情也放松了下来。吴缨马上接茬道：“不过，在他眼里，我可是一身的毛病，横挑鼻子竖挑眼，难得讨他的欢心。”

胡蓉笑着用劝慰的口气说：“华先生，你就知足吧，第一个到医院的还不是吴小姐？有人疼你爱你，又这么漂亮，你已经够幸福了，别那么不珍惜。”

华曦在两个女人的一唱一和之中无法辩解与吴缨之间的关系，只好认真扮演起一个优秀男朋友的形象，“吴缨，除了你，我也没有动过哪个女孩的念头啊？”

吴缨抿着幸福的嘴巴，“哼，你呀回去好好想想吧。”

整个晚饭里，大部分时间都是吴缨和胡蓉在聊些女人之间的话题，比如逛街美容购物之类，华曦只是在一旁听着，根本插不进嘴去，只好望着眼前的硝肉和蒜茸上海青发呆。不过，从她俩的交谈中，听出胡蓉是四川成都人，父母是上海知青，上山下乡时去了成都，胡蓉就出生在成都，爷爷和叔叔一家还在上海，因此也算得上是半个上海人。

两个女人吃的东西都不多，华曦点的菜大部分剩在那里，只好逼着华曦大口地往肚子里吞。看着华曦的吃相，胡蓉忍不住笑出声来，“华先生的胃口真好，真幸福。”

“幸福？哪里幸福？”

“能吃是一种最大的幸福，我可没有这么好的运气，一吃就肥，无论见到什么好吃的都要忍着，要减肥啊。”

华曦惊异地望着胡蓉，“你减肥？”

“是啊，要保持身材就只好亏待肚子了。”

华曦转头对吴缨讥讽道：“人家这么好的身材还要减肥，你看你都吃成什么了？房门都快进不去了。”

吴缨马上羞红了脸，不过嘴巴上却毫不示弱。“我肥成这样你还追我？不是更说明我有魅力么？再说，我给你介绍过的那几个像胡小姐这样身材的，你怎么都没看上呢？”

“那是些什么人啊？不是坐台的就是菜市场里卖牛肉丸的，你净作践我。”

胡蓉笑着打着圆场，“好了，你俩别互相挖苦了。实际上吴小姐的身材很好啊，多有女人味，怎么看怎么性感，现在的男人最喜欢了。”

“除了他之外。”吴缨气哼哼地补充道。

华曦不想让眼前这位刚刚认识的美人了解自己与吴缨的关系，就连忙换上一副郑重的面孔，"胡小姐现在做哪行啊？"

胡蓉浅浅一笑，"我和华先生比不了，做点小生意。"

华曦连忙自我解嘲地讪笑道："我已经失业很长时间，属于不折不扣的盲流，在这点上，你肯定比不了。"

"你别逗我了，听吴小姐说，你是名牌大学毕业的建筑师，真羡慕你，我从小就想学建筑。"

吴缨打断胡蓉的话，"他哪里是什么建筑师，我当时是吹牛的，他不过是个装修小饭馆的包工头。"华曦赶紧点头称是，反倒让胡蓉笑得更欢了，"好了，你俩联手骗我啊！华先生这么温文尔雅，一定是个斯文人，怎么会是包工头？我坚决不信。"

华曦耸耸肩，"你爱信不信吧，不过我听吴缨说，你刚刚自己开了公司，祝贺你进入老板阶层，看来以后还要靠你多多帮衬啊。"

"哪里，我不过是点小生意，制造点假冒伪劣产品。"

"胡小姐不会是制造冒牌的原子弹吧？"

"我倒是想呢，可惜找不到买家。我也没有开什么厂，就是在别人的厂子里包了一条生产线，生产工业自控用的一种低频回路控制板，刚刚开始做，还不知是死是活呢。"

听到这些，华曦倒是兴趣十足，问题不断，胡蓉只好耐心地解释给他听，"因为我们刚刚开始做，一上来不可能先建个厂子，所以就到那些效益不好的加工厂里，包整条生产线，用他们的设备和工人，我们出材料和技术，指定生产我们要的产品，我们按月付给他固定的租金。这样我们就可以很快地做出产品。不怕你们笑话，实际上这些产品都是美国和台湾那些名牌产品的仿制品，就是大家说的假货，质量差不多，但价格便宜，所以零售商愿意卖我们的货。"

华曦听得津津有味，可吴缨在一旁打起了哈欠。胡蓉马上刹住话头，"你瞧，我们光顾聊着些没劲的事儿了，吴小姐都听困了，不说了不说了。"

吴缨两眼望着天花板，嘴巴里嘟囔着，"除了外贸之外，其他的生意我一概听不懂。深圳人怎么了？到了一起就是生意赚钱，真没劲！"

华曦对吴缨谦卑地赔着笑脸，"当然了，我们又没有你那当官的老爸，不赚钱靠什么吃饭啊。好了，让我再问最后一个问题，你们生产这些冒牌产品，那国外这些厂不干涉么？包给你生产线的厂家不是要自己承担责任？"

胡蓉不屑一顾地回答道："谁管啊？工商局不懂，国外厂家进入大陆时间短，它正乐意我们给它做广告呢，所以，这是个两厢情愿的事儿。你看，外面为什么有那么多的假冒伪劣商品，因为背后有这些正牌厂商纵容，市场不是某一个人的，它的假冒产品多了，说明它的市场份额大了，这样才是打击竞争对手的最好办法。如果它已经控制了大部分市场，他们一定会出来打击假冒伪劣。这就是当今社会最不道德的商业法则。"

华曦不住地点头，他不禁佩服起胡蓉精明的头脑，更感觉到面前这个女人身上隐隐流露出来的一股刚性，这种刚性是在小美和吴缨身上都不曾有过的，对华曦来说，是完全新奇的。

三个人走出上海宾馆，华曦提议要送胡蓉回家，胡蓉笑着说要去接男朋友下班，他们正在忙着年终财务结算，估计现在应该可以下班了。于是，华曦和胡蓉相互留了电话，就挥手告别，和吴缨步行沿着深南中路走回去。吴缨拽了拽华曦的手，"别看了，人家是有男朋友的。"

"有什么所谓呢？"

吴缨站住脚，"什么意思？"

华曦装作满不在乎的样子，"如果我对她没有什么想法，她有没有男朋友关我什么事？如果我对她有一点点想法，她有没有男朋友难道我还会在乎么？"

吴缨贴近华曦的脸，"那你对她有没有想法？"

"不敢肯定。"

"别不要脸了，老装出一副大情圣的样子，回家好好洗洗再说吧。"吴缨气得甩开了华曦的手。

今年的冬天已经到了，街上的人明显比夏天少了许多，也许是快过年了，商场门前的灯火格外通明，只是街上的行人大都行色匆匆，不肯在街灯下留下更多的影子。阴沉的马路显得有些潮湿，街边的石板凳冷落在颓靡的草丛中，这是城市的另一副面孔，阴沉、沉寂且缺乏生气。华曦无知地走在这熟悉的街道上，一边拽着吴缨丰润但有些冰凉的手，一边却分辨不清脚步的方向。两个人都没有讲话，华曦在随便地东张西望，吴缨却一直低头望着不住行进的脚尖。走过博物馆的时候，谁也没有要停下来的意思，仿佛这里不是吴缨的寄居地，仿佛这里不是华曦寄托了无数情思和快乐的地方。在跨过博物馆大门口的那一刻，似乎两个人都要努力挣脱黑洞洞的大门的吸引，不自觉间，两个人都加快了脚步。

"我这趟回北京，可能要多呆一阵子。"在昏暗的街灯下，吴缨慢吞吞地说。

"还回来吗？"

"我想会。"

"那就好。"

吴缨解下脖子上的丝巾，绕在华曦的脖子上，紧紧地扎了个死结，并狠狠地说："别以为我会放过你。"

"谁知道呢？"

回到华曦的住处，薛坚不在，吴缨脱掉了华曦身上所有的衣服，只留下了那条扎得死死的黄丝巾，一遍一遍将华曦折磨地精疲力竭。直到半夜，听到薛坚和一个女人回来，在客厅里翻云覆雨，于是，吴缨又来了两遍，才拉着那条绕在华曦脖子上的黄丝巾昏昏地睡去。

叁

  醒来的时候，闹钟的表针已经指到九点多了，吴缨不知道什么时间已经走了，只是在枕头上留下了几根长长的头发。华曦拖着松软的身子去卫生间，看到薛坚和一个陌生的女人酣睡在客厅的单人床上，于是就赶紧进去匆匆地洗过。从卫生间出来的时候，薛坚已经醒了，光着膀子依在床背上抽烟，女人已经穿好了衣服坐在床边。华曦朝他俩点了个头，有些不好意思地要进房间，被薛坚叫住，"华曦，我给你介绍，这位是瑛子，你认识的。"

  华曦皱皱眉头，面前这个女人睡眼惺忪，没有化妆的脸上残存着点点暗疮留下的痕迹，白净的皮肤有些松弛，文过的眉毛和眼线显得非常生硬。不过，从五官上看，这个女子还是颇有些姿色，只是因过度地透支总是让人在这张脸上感受到黑夜的残忍。华曦看了看，确实有些眼熟，但想不起在哪里见过，只好摇摇头。瑛子有些腼腆，"大哥，你可真够能忘事的，我就住在你楼下啊，有一次你还帮过我的。"

  这时华曦才恍然想起，她就是十二楼的那个女孩，看来薛坚曾说过的话今天终于兑现了。

  瑛子告辞要走，可是却少了一只鞋子，三个人伏在地上找，也没有寻获。瑛子只好穿着薛坚的拖鞋下了楼。华曦笑着问道："怎么上手的？"

  薛坚继续依在床背上，嘴角上叼着烟，一脸的得意，"太简单了，我已经摸清了她的动向，于是昨天在中国城夜总会一开门的时候，就占住一个包厢，将所有坐台小姐叫来选个遍，再加上两打啤酒，就这样简单搞掂了。"

  "多少钱？"

  "什么多少钱？"

  "过夜啊！"

"去！凭我的手段，还用给钱？你看她临走时要钱了吗？这里面学问大了，你以后多跟我学着点。"

华曦依旧是一脸的怀疑，这时薛坚笑着问道："晚上你是跟谁啊？吴缨？你俩疯了？有那么做爱的么？我在外面听着都受不了。"

华曦也露出一脸的得意，"你以后也跟我学着点。"

薛坚白了华曦一眼，"我看不那么简单，准有事！"华曦转身要走，薛坚从床头柜里摸出一只女人的高跟鞋，举给华曦，"喂，帮个忙，扔到垃圾桶去。"

华曦一愣，"这是干吗？"

薛坚一脸的诡笑，"这就叫手段，懂吗？"

到了中午的时候，两个人到楼下吃了碗米粉，回到楼上，华曦又有些昏昏欲睡，可薛坚却拉住他聊天，不肯让他再去睡觉，"别睡了，和你说点你肯定有兴趣的事。"

华曦大脑里像打过麻药一样，混沌一片。薛坚神秘地把华曦拉到沙发上坐下，"想不想春节前赚点钱？"

"怎么不想？每天都在想同一个问题。"

薛坚咧咧嘴巴，"我看你不是，你的脑子比我好用，可就是没有用在正地方。现在有一个机会，前两天我偶然认识了一个无锡来的业务员，到深圳送一批厨具，可是质量有点小问题，被退了货，香港的贸易公司还要找他们索赔呢。现在这批货已经压在了深圳，货值是五十万美金哦。"

"那又怎么样？"

"我这两天一直在捉摸，怎么把这批货弄到手再转手卖出去。"

"你去帮他们找买家？不那么容易。"

薛坚不耐烦地打断华曦，"你听我说完啊，这个香港公司不是不想要这批货，不过是想通过这个方法压对方的价格，价钱低的话自然会要。这两头我都认识了，我们怎么能从这中间赚上一道？"

华曦摇摇头，"不容易，别人的生意，我们怎么插手？"

薛坚继续诡秘地说："我觉得我们可以把这批货买下来，然后低价卖给这家香港公司。"

"这中间有差价么？"

"我们付个定金拿到那批货，然后就把货在深圳低价交给香港人，收全款现金，这就是差价。"

"无锡人不找你拼命？"

薛坚瞪了华曦一眼，"你可真笨！他找谁啊，深圳这么大，他去哪儿找啊？再说我们拿到钱，就可以去国外度假了，人走屋空，通缉都没用，再说了，这种事情，国家根本就不会管，因为这是个人行为，只能算他倒霉。"

华曦站起身来，"你净打如意算盘，无锡人那么精明，会上你的当？再说，他为什么会同意只收定金就把货给你？"

"这你就不明白了，这批货是国外下的订单，是完全按照老外的烹饪习惯订做的，在国内根本卖不掉。如果香港人真退货，那这批货就一分钱不值，无锡人心里清楚得很，所以他急于出手，在这种情况下，他不可能不干。"

华曦沉默了，对于贸易他是一窍不通，虽然吴缨在进出口公司，可是在一起的时候从没有谈过贸易业务，此时，只好听从薛坚的判断了。"你看有把握吗？"

薛坚肯定地点点头，"肯定可以试一试。我已经跟香港人谈妥，二十万美金在深圳成交。今天晚上，你就扮演一个贸易公司的经理，我俩去跟无锡人谈，最多先付几万人民币的定金，拿到出口商检合格证的三十天内就全款付清。下午你先去印盒名片，再刻个合同章。"

华曦皱紧眉头，"这里的程序还要再想一想，看看里面有什么漏洞没有？我再多嘴一句，你是怎么认识他们的？"

薛坚一边蹬着裤子，一边将烟头狠狠地掐在冒尖的烟灰缸里，"巧了，运气来的时候，你赶都赶不走。我在凯悦酒店喝茶，有两个人坐在我旁边，不停地为这事争吵，我本来想走，可是他们把一满杯咖啡打翻到我的裤子上，所以就过来赔礼道歉，就这么认识了这个无锡人和那个香港佬，这就叫做运气。"

华曦还是不敢肯定运气来得这么容易，"你敢肯定这里没有什么花招儿？"

薛坚自信地摆摆手，"不会，以我的经验判断，应该不会。"

肆

下午，华曦在出门前接到吴缨从机场打来的电话，告诉了她北京家里的电话，并嘱咐如果阿求找他们麻烦，就到北京躲一躲，她家在北京还有一处空置的房子。华曦答应下来，撂下电话后，又心事重重地拨通了小美办公室的电话，对方接电话的是惠惠。

"是华曦呀，你怎么这么长时间不打电话来了？把我们都忘了。"

"哪里哪里，最近有点事一直在瞎忙。你还好吧？"

惠惠在电话的那头呵呵地笑起来，"你就别啰嗦了，又来找小美？小美已经不在这里做了。"

华曦一愣，"走了？"

"辞职了。"

"去哪儿了？"

"不知道，她走的时候跟我都没有打招呼，一声不响地走了。"

华曦可不相信惠惠的话，这两个人天天混在一起，她不可能不知道小美的下落。

"回福州了？"

"也许吧。"惠惠爽快地答应着，华曦从这点上就可以听得出惠惠是故意不想告诉他，"惠惠，求你了，告诉我小美去哪儿了，她还好么？求你了。"

"我真的不知道，她也不肯告诉我。"

"她还在深圳么？"

"应该还在吧。"惠惠的声音里已经带着犹豫。华曦知道他不可能再问出什么来了，于是又千叮咛万嘱托地说："惠惠，要是小美打电话了，你一定转告她，我在找她。"

"你找她干吗？"惠惠在电话那头愤愤不平地追问着。华曦听得出这是惠惠和小美商量好的，他现在的话肯定会在五分钟后就传到小美的耳朵里。

"这里面有许多事，这段时间我也考虑过，也许有些事情是可以解决的。"

伍

吃过晚饭，华曦从柜子里翻出了已经泛起一层白毛的真皮公文包，擦拭干净，又换上了一套平时难得穿的西装，打扮起来，倒是蛮像个生意人。薛坚依旧是平时的那副打扮，黑色的真丝 T 恤，锃亮的尖头皮鞋，只是手里多了一部个头巨大的手提电话。为了今天晚上的约会，薛坚特意出去花了两万多购置了这部电话，为的是让对方相信自己的实力。

虽然街上行人不多，但阳光酒店的大堂里却仍是人来人往。在暧昧的灯光下，薛坚品着热腾腾的咖啡，四处上下打量着大堂里来来往往的各色年轻女子。华曦面对着华丽的大堂却有些坐立不安，脑子里混乱地充斥着即将来临的各种猜想。薛坚看在眼里，留着咖啡沫的嘴巴轻声地对华曦训斥道："看你这个鬼样儿，神经兮兮地，有什么大不了的，这儿有那么多漂亮妞儿，你还不能放安稳点。"

　　华曦努力让自己放松下来，可是一想到自己马上将是中山市昆达外贸公司的总经理，两条腿还是不自觉地有点发抖。正在这时，薛坚突然站起来，向酒店门口快步迎上去，满脸笑容地将一个低矮的胖子拉过来。踩着舞点跳过来的胖子长着一个硕大无比的脑袋，满脸肥肉泛着油光，格子呢绒的西装紧紧地包在圆滚滚的肚皮上，一双胖手和无限油腻的笑容一同送到华曦的面前，"李先生，敝姓周，周双标，叫我小周好了。"

　　华曦见到对面的小周最起码已经四十开外了，险些将刚吞下的咖啡一股脑喷出来，只好强忍着和他拉拉手，递上一张下午刚印好的名片。三个人就此坐下。薛坚为胖子叫上咖啡，胖子细细地抿了一口，然后眯着本来不大的小眼，呲着七上八下的黄板牙道："这个东西是喝不惯的，还是雨前的碧螺春好。"

　　薛坚低头哈腰地点点头，指着华曦介绍道："这位是我的好朋友李范先生，李总现在做着很大的外贸生意，在中山和珠海一带是很有名气的。"

　　胖子满脸堆着灿烂的笑容，"李总年轻有为啊，佩服佩服！今天认识您真是鄙人的荣幸。请问李先生现在主要做哪些出口生意啊？"

　　"这两年出口主要是走些纺织品和家居用品，偶尔也做点建材进口，主要是俄罗斯和韩国的钢材，最近盘条的价钱还不错。"在来的路上，华曦听着薛坚的教导，已经将这些说辞反复演练了几遍，所以一张口，谎言就自然而然地倾泻而出，不仅让听的人觉得很真实，而且还有一点点生意人自我吹嘘时的傲慢，刚才的慌张也瞬间消失了。

　　"佩服佩服，如今的钢材生意可是不好做啊，李总一定很有料道。"

　　华曦跷起二郎腿，慢悠悠地从牙缝里突出一串含混的字符，"谈不上了，在海关里还有几个朋友。"

　　"李总的货主要走哪个关啊？"

　　"蛇口、拱北、黄埔都走。"

　　胖子马上凑过来，"黄埔海关的王关长一定很熟了，"

华曦马上皱起眉头，"王关长？不认识。"华曦觉得这个周胖子很好笑，你这个无锡人怎么会认识黄埔海关的人，分明是想试探底细。

薛坚在一旁拦住话头，"周先生，那批厨具的事我和李总念叨过了，李总很感兴趣。所以今天抽时间过来，想具体了解了解。"

"这批货本来是香港人订的，发往西欧的，"华曦见胖子想从头说起，就伸手拦住，"周先生，我们都是做生意的，这批货小萧已经和我说过了，直说吧，多少钱肯出手？"

"这批货的合同是五十万美元，不过，既然香港人说包装上有点瑕疵，那我看四十八万就差不多了，算是我们认亏了。"

华曦一听马上转头望着薛坚，愣愣地说道："小萧，你好像可不是这么说的，算了，我还有个约会，周先生，改天我请你喝茶。"

薛坚马上站起身拉住华曦，"哎，李总，大家都有诚意，价钱可以谈嘛。"

华曦鼻子里哼了一声，"从这个价钱里，我可看不出周先生的诚意啊，既然大家都是做这一行的，我们对价钱心里有谱，不用绕来绕去吧。"

周胖子一直蜷在沙发上看着华曦和薛坚，这时才细声细语地说："李总，我们厂是国有企业，在当地也是纳税大户、顶顶有名。货出不去，也就是亏这么多，最多可以运回去便宜卖了，是赚是亏和我们这些给国家打工的人没任何关系。要是价钱太低，厂里还以为我私地下做了手脚，这个罪过我可是背不起。虽然厂长是我的表哥，但是我也没法和厂里的三百多工人交代呀。"

华曦冷冷一笑，"那就算了，生意嘛，天天都有得做，无所谓了。"

薛坚马上着急地拉住周胖子的袖子，"周兄，还可以谈谈嘛，在当地处理掉总比运回去好啊。李总，既然来了，大小都是单生意，干吗不做啊。"

华曦爽快地一摆手，"我一会儿还有事，痛快点儿，三十五万美元，先付百分之五提货，出关付清余款。"

周胖子一听马上站起身来，对薛坚面带不快地说："萧兄，谢谢你请我喝咖啡，这味道真不错，越来越喜欢了。我还有事，先走一步。"说完马上转身就走，看都没看华曦一眼，只让薛坚跟在他飞快地屁股后面追出去。华曦心里一凉，没有想到这个胖子这么不留机会，觉得今天这场戏是让自己给演过火了，一会儿准又要挨薛坚的骂了。在志忑间，薛坚兴冲冲地回来，朝华曦暗暗地伸出大拇指，"兄弟，你绝对是一流的演员，今晚的表现真牛，真让他相信了。"

"真的？哪他怎么头也不回地走了？"

"这就是谈判的技巧，这么大的事儿，怎么可能一下就谈拢呢。"

陆

两个人回到家里，薛坚的兴致还很高，兴冲冲地在客厅里转来转去。华曦冲完凉看见薛坚还在一支接一支的抽烟，于是喊他去洗澡，薛坚这才一头钻进卫生间。不一会儿，卫生间里就传出了奇奇怪怪的狼嚎声，气得华曦敲打着卫生间的门，"你当心真把狼叫来！"

薛坚浑身湿漉漉地从卫生间出来，看到华曦又卧在床上，手里捧着《明天的世界》，就一把把书抢过来丢到一边，"哎，你想点正事吧，这书能给你带来钞票么？"

华曦撅着嘴巴，"不看书还能干什么？"

"泡妞去。"

"你也想点正事吧，之后怎么对付那个胖子，我可不知道怎么把戏做下去了，还是你想想吧。"

薛坚有点不耐烦，"你可真够笨的了，他会等我们消息的。明天我再去个电话，给他放点价钱，准能成交。"

"我还是没什么把握。"

薛坚扒拉开华曦，一屁股坐在床上，"这种事就像你和小美谈恋爱，一会儿你进一步，一会儿她进一步，互相试探，摸准对方的穴位之后就可以办正事了。"

华曦噌地坐起来，"我和小美的事和这个是不同的。"

"我知道不同，我这不是打比方么，你急什么？要是依我看，你和小美前世准是一对冤家，这辈子报仇来了。"

华曦垂下了头，"在寂寞的时候，我还是觉得小美最好。"

"在你不寂寞的时候呢？你这是吃不到葡萄的原理在作怪。实际上，哪个男人都钟情于女人，可是，男人最大的弱点就是没办法拒绝诱惑、没办法摆脱荷尔蒙的困扰。所以你一直是在天使和魔鬼之间徘徊，在你的世界里，小美是天使，吴缨就是魔鬼，她俩各有各自的味道，你谁都舍不得放掉，所以你就悲伤，所以你就痛苦。"

薛坚跳到地上，指着黑漆漆的窗外，"天下有那么多的女人，各有各的好处、各有各的美感，你无法尝遍的，为此，你只有找她们之间的共性，用我们工程结构的专业词汇讲，就是梁柱之间的支撑点。女人的支撑点是什么？就是性，你只要认识到这一点，你一点都不会觉得痛苦。"

"所以你才四处猎艳？"

"是，这个时候，女人成了你的乐趣，不再是沉重的感情包袱，所以，你就很快乐。"

"可是，我做不到。"

"你还没有想明白，想明白了就自然会做。"

这时刺耳的电话铃声响起，华曦听到听筒里一个女人含混地叫着薛坚的名字。薛坚放下电话对华曦摊开手，"昨天晚上的那个瑛子又喝醉了，我去把她弄回来。从这点，你就看出哥们儿的魅力了。"

"看来那只高跟鞋算是白扔了。"华曦冷笑道。

"华曦，快帮我，我拖不动她了。"

薛坚艰难地把瑛子拖到房门口的时候，瑛子已经完全醉过去了，呕吐的污物溅在毛衣和皮裙上，酸臭的味道混合着酒精的气息充斥了整个房间。华曦帮薛坚把她拖进客厅，让她倚在沙发上，薛坚麻利地脱掉她身上所有的脏衣服，将她赤条条地扛进卫生间的浴缸里，开足热水给她简单的冲洗干净，两个人又把她拎出来擦干放到床上，盖上被子。薛坚又把瑛子沾满污物的脏衣服丢进浴缸，这时，两个人居然都累得冒出了虚汗，面对面直直地望着，忍不住大笑起来。

薛坚一把掀开被子，露出瑛子赤裸的身体，"华曦，这就是女人的共性，对于我、对于你，瑛子都是一样的，只是个象征，是性的象征。我可以上，你也可以上，在她没有醒过来以前，她只是男人荷尔蒙的消化场，这才是最真实的共性。"

华曦笑笑，"我无福消受，你留着吧。"

在这个夜里，华曦不知道自己是怎样睡去的，他想起了那场夏天的大雨，想起了台风中的那颗黄杨桃，想起了那个冷风凄雨的晚上，天台上小美被雨水打湿的眼神。在黑夜渐渐笼罩的时候，他见到了雪儿瘦弱的身体上流满了眼泪，吴缨在一旁的沙发上醉倒的样子。不知道什么时候，恍惚听到薛坚和瑛子的呻吟声，华曦在迷迷糊糊中不敢确定这声音是幻觉还是真实，只有在茫茫之中睡去。

柒

到中午的时候，华曦三人到楼下的上海包子店吃午饭时，瑛子还酒意未消，没有化妆的脸上泛着一层铁青色，眼里漫着一层血丝，散乱的焦黄头发衬着干裂的嘴唇，身上套着薛坚的粗线毛衣，一直遮到了膝盖，全身上下怎么看都泛着一股游魂的气息。瑛子看到华曦奇奇怪怪打量自己的眼神，脸上露出了一副羞怯的模样，"华大哥，酒后失态，让你见笑了。"

"以后少喝点酒，对身体不好。"华曦还是满真心地劝告她。

"不喝酒哪能挣到钱啊，我既不会跳舞又不会唱歌，客人找我就是让我陪他喝酒开心，不喝怎么混呢。"

薛坚抹着嘴巴上的馄饨汤汁坏笑道："是不是因为我的酒风特正，你才跟我回家的？"

"呸！还不是你跟我套近乎，说是楼上楼下，顺路送我回家，才把我骗回到你那里。"瑛子爽朗地指责着薛坚，不过眼神里却是心甘情愿的暧昧。

"反正是一顿啤酒，你俩就勾搭成奸，"华曦笑道，他努力选一些用在好人身上的坏词，以防惹得瑛子和薛坚都不高兴。

瑛子哭丧着脸，"是他勾引我的。"

薛坚急急分辨，"我可是对你心仪已久，再说你也是乐意的，你不是说我有男人的魅力么。"

华曦捂住耳朵，"喂，我是来吃馄饨的，可不是听你俩打情骂俏的，到底吃不吃饭？"

回到楼下门口，薛坚站住脚对华曦说："下午我要去会会那个香港人，你先上去吧。"

华曦略一沉吟，薛坚马上对着瑛子说："媳妇，下午让我兄弟陪你啊，我要去见见我的小老婆去。"没等瑛子呸出来，薛坚已经扭头走远。

回到家里，瑛子第一件事就是将泡在浴缸里的脏衣服放进洗衣机里洗起来，转身见华曦很不自然地站在客厅中央，就大方地从床头柜上摸出薛坚剩下的半包烟，并递给华曦一支。华曦勉强接过来点着，顺势坐在沙发上。而瑛子熟悉地像在自己家里一样，到厨房烧上一壶开水，返回来坐到床上。

"听薛坚说，华大哥和薛坚是同乡？"

"是，而且我俩还是一起十四年的同学，从小学到大学毕业。"

"薛坚也是大学生？"瑛子苍白的脸惊奇地拉长了一倍，"真看不出，你要不说，我还一直以为他最多上过小学。他骗我说，他从小就到新疆流浪，后来在青海放马，马全让他饿死了，老板让他赔，他没办法才跑到深圳来的。"

华曦大笑，他能想像出薛坚在女人面前撒谎的古怪模样，有些女人是很难逃过他这一关的，不过倒是吴缨一直不怎么喜欢他，华曦也搞不清楚到底是怎么回事。

"他可是在我面前经常提到你，说楼下有个女孩多么多么漂亮，他快要爱上你了。"

瑛子一听马上露出一副不屑的样子，"算了吧，你别为他说那么多好听的，还不是想和我上床干那点事儿！"说着，瑛子甩掉拖鞋，双腿盘在床上，将双脚精致描画的绛紫色指甲炫耀在华曦的面前。华曦知道她没有穿内衣，于是赶紧把眼光从毛衣外裸露出的两条大腿上移开。

"我说的是真的！"

"我不信！"

华曦停顿了一会儿，又小心试探着问道："那你干吗要做这行？"

"人要吃饭的，吃饭要花钱的，再说我又不会干别的。你是不是特瞧不起我们这种人？"

此时轮到华曦红了脸，"不是不是，我不是这个意思，我是想问，你也和客人出街么？"

"出啊。"

华曦发现看来瑛子并不想隐瞒什么，这两个字从她嘴里说出来，是那么自然。

"你是不是觉得挺奇怪的？面前这个女人怎么连这种事都做？华大哥，你看上去就是个有学问的人，可是有些事情，你们这些大学生不一定懂。我没有你这么好的命，家里很穷，从小我为了镇上小饭馆的一碗麻辣烫空咽口水，就知道了钱有多重要。所以，我现在知道拼命地挣钱是为了什么，为的是不再望着一碗麻辣烫空咽口水，为了能过上几天我爸妈想都不敢想的好日子，就这么简单。"瑛子说完，眨了眨眼睛，望着华曦，神情就像老师在给小学生讲解人生道理一般的认真。

华曦也认真地点点头，在瑛子的注视下反倒有点心虚，结结巴巴地说："这个道理我懂，只是不能理解和那么多男人出街会是什么感觉。"

瑛子转着眼想了想，表情有些异样，"我不知道该怎么跟你说这事，也许你们这些自小在学校里长大的人可能没有经历过，对于男女上床干事还有着那么多的神秘。我17岁来深圳，到深圳的第一天就被一个满身骚味的厨师强奸了。在那个晚上，我拼命地嚎，可是没有人敢出来帮我。第二天，我投奔的那个老乡偷偷地告诉我，这个饭馆的女孩子都被他玩过，可是没有谁敢站出来打抱不平，因为，这个厨子就是饭馆的老板，因为他是老板，他就可以每天玩一个白天给他端盘子洗碗的女孩，这些女孩白天累了一天，晚上还要躲在阁楼上，战战兢兢地听着他的叫唤，谁都怕下一个会轮到自己。有时候，他会爬到阁楼上来，当着我们的面干，也会当着其他女孩的面骑在我身上干那个事。从那时候，男人和女人的这点是对于我再没有什么神秘感，我也从此知道，有了钱就可以随便干，真的就这么简单。"

华曦不解地问："你们就没有去告他？"

瑛子摇摇头，"告倒了他，我们也就失业了，还要去找地方吃饭。再说，后来大家也都习惯了，无非就像晚上加班洗盘子一样，腰疼一会儿就过去了。"

"后来呢？"

"后来有个经常来吃饭的东北人看上我，和你刚才说的一样，说爱上了我。我当时真以为找到了爱情，欢天喜地地辞工搬去和他同居，后来才发现，他在沈阳什么都有，儿子都上中学了，而且在深圳，也不止我一个。他找我还不是跟找一个固定的妓女一样，所以，我就晚上出去做，回家和他做，反正他出钱租房子。刚一开始的时候，还有点想报复男人的想法，后来时间长了，这想法也就逐渐淡了，到现在，离开男人还真有点不习惯了。"

　　瑛子说着过去的时候，脸上连一丝表情都没有，只是到最后才露出点不好意思。反倒是华曦听得面红耳赤，一时不知道该说些什么是好。

　　"前天晚上我一上班，就听说包厢里有一个人把全部的小姐都叫遍了，就是没有满意的，我想我去试一试，一进去，就认出了薛坚，之前和他在电梯里见过几次。我当时一看他的表情，就知道了他来的意图了。他还花言巧语地蒙我，我就假装不知地随他去，把他哄得也挺高兴。"

　　华曦嘿嘿地也笑了，而且诡秘地眨着眼睛说："我听说你还不收他的钱，"

　　"当然了，是朋友嘛，怎么能收钱呢。薛坚是个很爽快的人，你俩都是好人，楼上楼下得做个朋友聊聊天也好啊，怎么能收钱呢，再说，女人也需要啊，"

　　华曦紧接着问道："那我呢？"

　　瑛子笑起来，把渐渐褪上去的毛衣往下拉了拉，"就知道你不是一个善茬，当然也不收你的钱。"

　　"现在？"

　　瑛子大笑起来，"看你那猴急的样儿，行啊，不过你还是问问薛坚的意思，他可不一定像我这么大方。"

　　华曦红着脸说："我是说笑的，别当真。"

　　瑛子欠身在床头柜上的烟灰缸里捻掉快燃完的烟头，"像我这个年龄的女人，正是需要最强的时候，见到自己喜欢的男人，自己从心里也想。和那些我不喜欢的人，我就当是工作，反正都是一回事儿，干就干呗。"瑛子无奈地摇摇头，"我也想像别的女孩一样，拉着男朋友的手逛街，在国贸的旋转餐厅喝喝咖啡、听听音乐，可是，凡是约我的人都是一样，喝完酒就脱衣服上床，之后塞给你几张钞票，都不会送你到门口。"

　　华曦认真地说："那我请你去国贸喝咖啡！"

　　瑛子睁大眼睛认真地瞟了华曦一眼，"真的？"

"当然。"

在迅速确认了华曦的诚意之后，瑛子兴奋地从床上跳起来，"好啊，你就当一回我的男朋友，我请客。"

瑛子下楼的时候，已经像换了个人一样，雪白的裤子配着大红色的毛衣，棕色的卷法用发夹整齐地别在脑后，远看上去像个清纯的高中生，只是脸上的妆化得重了些，但仍掩不住黑夜留下的憔悴。楼下已经等得不耐烦的华曦一时不敢相认，瑛子蹦蹦跳跳地走近，"像不像个淑女？"

华曦不住地点头，瑛子又问："这样出去不给你丢脸吧？"

瑛子像情人一样挽着华曦的胳膊，慢悠悠地走在热闹的下午大街上。街上的阳光懒懒地洒下，给了这个世界的冬天一点点信心，一点点温暖。从家到国贸大厦步行只有几分钟的路，可是华曦却觉得无限漫长，除了身边的瑛子美滋滋地像个生命之外，其他一切都是静止的，连阳光也不再挪动它的影子。几年来生活在情感涡流中的人和事，都混乱地贴在脑子里的各个角落里，不分彼此，无论轻重，抢夺着华曦已经不再敏感的思想。

西下的阳光将宽大的茶色玻璃照成一片金黄，在这片耀眼的金黄下，浓郁的哥伦比亚咖啡的香味飘进华曦记忆的最深处，像是个符号、像是张标签，为这个片断留下了清晰的速写。暖暖的阳光下，瑛子沾着咖啡沫的嘴唇变得如此性感，连那玩世不恭的眼神都变得平和恬静起来，随着天花板上轻轻传来保罗莫里亚乐队的舒缓音乐，大红的毛衣都开始膨胀成鲜活的生命，在暖洋洋的阳光下灿烂起舞。

虽然这里的咖啡昂贵得惊人，瑛子还是要抢着为难得的黄昏买单，华曦拦住她，"我花钱，才像你的男朋友嘛。"

瑛子的眼圈马上红了，一颗大大的眼泪滚落到牙齿紧咬的唇边。

无语的阳光渐渐沉到了深圳湾的那一侧，在国贸大厦的楼顶上，可以清楚地看见，金色的余晖燃遍了城市的天际，高高低低的建筑群落像是拥挤的记忆，摩肩接踵地组合着城市生存的秩序。在这片金色的天空下，一个故事刚刚开始，另一个故事已经结束。人们仓皇地编造着赖以生存的谎言，实现着谎言的无情诅咒，天色就在这密密麻麻的幻灭中黯淡了下来。

捌

华曦刚回到家里，薛坚就打了电话来，"你去那里了？害得我好找。"

"我出去了一趟。"

"我和那个香港人谈了一下午，他愿意付五万定金给我们。"

"五万美金？"

"五万人民币，已经不错了，至少表示他有诚意，剩下就是我们和那个周胖子的事情了。"

"那我们还要垫多少钱？"

薛坚胸有成竹地说："我敢肯定，最多给他四十万人民币，我们大约垫三十五万，转手给香港人能拿到二十万美金，净赚一百五十万，怎么样，这种生意值得做吧？"

"这么好的事情，香港人怎么不做？"

听得出，薛坚在电话那头有些不耐烦了，"你可真够蠢的，他是做正当生意的，他能跑得了么？他明知道是我们在黑无锡人，可是他买便宜货天经地义，没有一点责任，所以，这单生意双方受益，只有那个胖子倒霉。"

华曦还是有所担心，"有机会我倒想见见他，"

薛坚爽快地答应着，"我约他晚上见个面。"

在红岭西餐厅昏暗的灯光下，华曦见到了薛坚引见的香港商人。一张长长的布满暗疮后遗症的驴脸安在骨架崎岖的高个子上，活像个阎王府门前站岗的神汉，张嘴喷出来的一口浓重的东北腔调让华曦一时觉得到了长白山。

"幸会幸会，我叫汪景武，香港华闺集团深圳分公司的总经理，哈，华先生年轻有为啊，听薛坚说起过，幸会幸会。"

华曦淡淡地笑笑，"听你的口音，王总不是地道的香港人吧？"

汪景武长长的驴脸顿时放了光，唾沫星子马上溅到了华曦的脸上，"当然不是，我是前年沈阳华闺派到香港的，六月份刚让集团老板派到深圳组建分公司。我研究生毕业之后一直在俄罗斯，是沈阳市政府驻哈巴罗夫斯克的商务代表，但我可是市政府后备干部里最年轻的博士。后来有人嫉妒我，我一气之下就跟贾市长递交了辞职报告，市长看留不住我，才让我到香港，也算是私人交情吧，主要平时能为市领导做些个人工作。"

华曦没听懂汪景武的来龙去脉，只是那一口东北腔留下了深刻的印象，他转头问薛坚："汪总很豪爽嘛，"

没等薛坚讲话，驴脸又弓着腰凑到了华曦的面前，"那是，咱沈阳爷们个个如此，现在集团的老板都是咱哥们儿，昨天他们几个还在深圳开董事会，我请他在阳光酒店按摩呢。"

这时，华曦张大嘴巴打了一个大大的哈欠，被旁边的薛坚在桌子底下狠狠地踢了一脚。华曦赶忙起身，满脸堆笑地朝着那张实在不愿面对的驴脸说："真不好意思，突然想起来，家里的煤气上还烧着开水呢，出来的时候忘记关火了，我要赶紧回去看看，你们先聊，改天我们再聚聚。"

本来是华曦要和旺见面，但没坐足三分钟就要跑，薛坚感觉被晾在一边，脸色顿时有点铁青，只是不好当场发作，任由华曦抬身而去。反倒是那张长长的驴脸没有觉得什么，佝着弯曲的身子道："怎么这么不小心？上次我在哈巴罗夫斯克的时候，就是因为煤气泄漏，引起了当年俄罗斯最大的火灾，都上了《劳动者报》了。"

<h1 style="text-align:center">玖</h1>

华曦懒散地走在红岭大厦后的狭窄通道里，三十层的楼体上，排列得密密麻麻的空调机，摇摇晃晃地悬在华曦的头顶上，滴滴答答的锈水溅落在头发上，一只硕大的老鼠拖着粘沓沓的肚皮从充满恶臭的下水道中钻出，在华曦的眼前大模大样地穿过，根本没有把他放在眼里，本能的恶心从头顶瞬间感染遍全身，慌忙撤身夺路逃向深南中路边上的停车场。

停车场里停着各色昂贵的汽车，华曦望都没有望上一眼。他既不会开车、也不对汽车充满向往，汽车不过是架在四个胶皮轮子上的一个无限膨胀的欲望，同酒精与毒品一样，是把玩世界的资本家驾驭奴隶的一份口粮，是让小人物堕落成劳动机器的最佳借口，华曦觉得在那些漂亮的镀铬车灯和优雅的线条后面，隐藏着足以让人毙命的血盆大口。华曦愤愤然走过，如同走过富丽的宫殿而被站岗的当差呵斥般心存不平。正当此时，一扇车窗玻璃悄然地滑落，里面探出一个熟悉的面孔叫住华曦，"怎么是你？"

华曦赶忙止住脚步。惠惠和一个微胖的中年男人坐在这辆豪华汽车里，虽然只是两三个月没见，但惠惠似乎丰满了一些，夜色下的浓妆也是过去不曾有过的，只是眼角的银色眼影已经模糊，还留着一些泪水的痕迹。

三个人都站到了车头前，惠惠对那个木呆呆的微胖男人介绍了华曦，又转过头来说："这位是孙总，证券公司的。"

华曦握了握那只缓慢伸过来的胖手，就要告辞，惠惠急忙叫住他，"等等，正有事要找你呢，我们换个地方坐坐。"又扭头用不容置疑的口气对那个胖男人命令着："你回去吧，我有事先走了。"

走出停车场，华曦笑着对惠惠说："你现在在男人面前脾气够大的，不怕把别人训斥跑了？"

惠惠得意地甩着齐刷刷的短发，"那要分什么人了，要是换成你，我可不敢。再说了，这些人怎么训斥都不会跑的，这些色鬼在没达到目的之前，任打任骂。如果你要是让他达到目的，挨训的就是我了。”

“没想到，你变化真大。”

“变好了还是变坏了？”惠惠扭头把征询的目光盯在华曦的脸上。

“变坏了。”

惠惠无奈地笑起来，“坏点好，省得老让那些坏男人占便宜。”

“198吧”是深圳市下年轻人最红火的去处，单身的女人和不单身的男人以及那些希望今夜不再单身的学生仔都会蜂拥而至。粗陋的砖墙、碎石铺就的地面和几本已经撕烂的时装杂志，看上去更像是一个无家可归的流浪汉聚集地，只有墙上镶嵌着的一只萨克斯和一个破旧的画板，使酒吧有了点赚文化钱的感觉。华曦和惠惠进来的时候，由于时候还早，里面只有几个心急的高中生模样的男孩，黑糊糊的天棚上飘着黏稠的黑人音乐。惠惠让华曦坐在角落里，自己则挤在华曦的身边坐下。华曦叫了两只生力啤酒，这才试探着问道：“怎么，刚才哭过？”

惠惠使劲地点点头。

由于两个人紧紧地挤在一起，在蜡烛晃动的火苗照耀下，华曦清楚地看到惠惠的眼睛还有些泛红，泪渍和着银色的眼影糊涂成一团，眉尖散布着些细小的纹路，透着一丝成熟和狡黠，只有嘴巴上暗红色的唇膏依旧鲜艳如初。

“为什么？”

“还不是老样子，先是吃饭，之后送花，还有一堆甜言蜜语，今天，突然在他办公室里被我发现了他们一家的照片，那个傻儿子都快有我大了，所以我就只好哭给他看。”惠惠说起来就又有点气呼呼的。

“你也不打听清楚了，又险些上当。”

惠惠白了一眼华曦，“还不一定是谁上当呢，我才不会和以前一样傻，不会白白放过他。”

“什么？”华曦很惊奇。

“他不是想泡妞儿么？我就和他泡到底，反正只要不让他得手，这场游戏就可以坚持玩下去。”

“你累不累啊？还不赶紧找个喜欢的人嫁了。”

“我？嫁人？每天看着一张熟面孔，闻他的牙臭？”惠惠大惊小怪地斜眼瞧着华曦，仿佛眼前的华曦成了难得一见的怪物。

“不对么？”

惠惠做出一副绝望的姿势，用力地摇摇头，将发梢甩到华曦的脸上，“别傻了，我才不呢。以前谈恋爱是找被人爱的感觉，可是，我发现，没有人从真心里把你当作宝贝一样的爱你，全是拿你当成上床发泄性欲的工具，所以，那么多次，没有恋爱，只有做爱。”

“那也是你的需要啊。”

惠惠瞪着发红的凤眼，直直地盯着华曦，“不！对我来说，做爱不是第一位的，而对于那些男人，做爱是第一位的，也是唯一的。他们享受快乐，而我却只收获苦恼。我不会再让他们达到目的，现在我要牵住他们的鼻子。”

华曦嘿嘿地笑起来，“变态！”

惠惠也笑了，笑得眼角挤出了皱纹，“我是变态了，小美也这么骂我。不过，我开心多了，刚才这位孙总就是一个典型的山西农民，本来也挺憨厚老实的，可是一发财就开始花心了，不过看得出来，还不是老油条，居然在他过生日的时候送给我礼物，你说好笑不？不过，这个农民真是小气，你猜他送我的是什么？居然是上市公司开股东大会发的纪念手表。”说着，惠惠就高高地扬起手腕，露出一块明晃晃的金表。

华曦想起那个木呆呆的男人，险些笑出声来，“那你还不赶紧拉到？”

“拉到？这是多难找的一个宝贝啊，有钱有车，还没有泡妞经验，而且老婆孩子还不在深圳，这么好的条件上哪里去找？能碰上他算是我运气好，我还打算靠他的关系混进证券公司干干呢。”

“你居然变得这么实际？真看不出。那你就跟他这么混了？”

“多他一个不多，少他一个不少，只要别让他把自己蒙上床就行了。”

“当心你急了把他蒙上床。”

惠惠咧着嘴笑了，什么都没说。华曦问到：“你不是说有什么事儿要跟我说么？是小美么？”

惠惠这才正经下来，“真混蛋，说起这些就差点把大事忘了。不是小美的事儿，是宁绍辉，他进去了。”

“什么？”在嘈杂的音乐中，华曦没听清楚。

“宁绍辉被抓了，就在昨天下午，来办公室抓的。”

“真的？真不敢相信，那么老实的一个人。”

“我也是听说的，下午我正好出去了，听他们公司的人说，警察一进到办公室，老宁就瘫在椅子上了，后来他是哭着被带走的。”惠惠的叹息让蜡烛的火苗都开始颤抖。

华曦一时被这个消息惊呆了，这几年来一直与宁绍辉朝夕相处，特别是在篮球场上，宁绍辉总是最认真的一个，也是最忠诚的一个，在那段博物馆大院里的回忆里，他是如此的鲜活。

“吴缨知道了么？”

“应该不知道，谁会将这种事儿告诉她呢？”

“他犯了什么事儿？”

惠惠在蜡烛的烟熏中使劲眨眨眼，“我听说是挪用公款，还有和台湾商人合谋用境外假信用证套汇。”

华曦僵硬的脸此时已经作不出任何表情，“现在在哪里？”

“大家都不知道，所以想问你在检察院或者公安局有没有熟人，看看大家能不能使点劲儿。”

“涉案金额有多大？”

“他们公司的人说，挪用公款两百多万用作炒股票，不过这些股票都在，而且还增值了，都还没卖掉呢。套汇的事情就说不准了，出事也是从这件事引起来的，可能没做成就被发现了。如果说涉案金额，估计应该就这么大，而且没有造成多大的损失。"

华曦点点头，"如果真是这样，可能这事还好办一点。要是让我说，这个时候只有一个人能起到作用，"

"谁？"惠惠急忙追问道。

"吴缨，他们公司是部里的直属企业，吴缨的老爸是副部长，而且是于志阳的顶头上司。如果吴缨老爸能够出面说话，于志阳一定肯答应出面保人，那样，这个事情就可以大事化小，兴许不至于坐牢。"

惠惠挠挠头皮，"可是大家都跟吴缨关系一般啊，怎么说呢？再说吴缨又回了北京。"

"没关系，我有吴缨家里的电话，我明天一早就找她。"

惠惠此时才如卸下一块心病，神情就像宁绍辉已经光荣凯旋一般，"华曦，看来我找你真对了，我请你喝酒。"说着就叫过了服务员掏钱买酒。

华曦制住惠惠，"小宁也是我得好朋友啊，你这样不是拿我当外人了，发生了这种事儿，我当然要出力，还是我请你吧。"

服务员一口气端上了四大扎啤酒，放下心头事的惠惠开始和华曦边数落着过去的往事边大口大口地喝起来，一会儿她就有些醉了，嘴巴开始有些含混不清了，眼神也渐渐游移起来。这时的酒吧里已经塞满了花花绿绿的男女，迪斯科音乐也开始震耳欲聋，连地板都开始颤抖，爆炸般的低音推动着心肺，将华曦所有的清醒与冷静全都击碎。华曦趴在惠惠的耳边大声地叫着："小美在哪里？"

"什么？"惠惠随着音乐摇摆着瘦小的身体，脱下来的毛衣围在腰间，真丝的修身衬衣在舞动中充分地展示着身体的曲线。

"小美呢？我想见她。"

惠惠笑着摇摇头，华曦不知道她摇头是表示听不见说的话还是不知道小美的下落，只好抱着她的肩凑在他耳边再次喊道："小美在哪里？我想见他，跟她说我爱她。"

惠惠依旧摇着头。

刺眼的灯光闪烁着，紊乱着人的神经。舞池和通道里都站满了摇动的人们，所有的人都在摇动中发泄着欲望。不断晃动的激光和射灯破坏了人的视觉功能，外界只有灯光和黑暗，让人在发聩的音乐里发酵和再造睡梦中的幻觉世界。此时此刻，所有欲望和压抑都蠢蠢欲动，都伴随着想像的自由而更加泛滥。惠惠站在吧台拥挤的通道里，扭动着蛇一般的肢体尽情疯狂，妖娆的身段和沉迷的情绪吸引了所有饥渴的男人和无奈的女人的全部目光，尽管华曦站在一旁只是个陪衬，但足以在酒精和疯狂弥漫的空间里，成就了一段无法回忆的扭曲时光。

夜已经深了，街道上空空荡荡的，微弱的街灯仅仅照亮了浓密的树冠。在黑暗的马路上，惠惠依在华曦的身上，歪歪斜斜地游荡在凄清的夜晚。空旷的街上没有了行人，也没有了熙熙攘攘的车流，只有一阵阵的阴凉的冷风幽幽地吹过。"我还要去疯！"惠惠醉声醉语地嚷着，身体像面条一样与华曦纠缠不清。她转身紧紧拉着华曦的肩膀，手指在华曦的眼前晃着，"你今天晚上是我的，不是小美的，我还要去跳舞、我要疯到天亮。"

酒精已经完全占据了华曦的大脑，他掐着惠惠的细腰晃动着，"要是小美知道了准会杀了你。"

"小美走了，小美不要你了，你现在是我的。"惠惠嘿嘿地笑着上下打量着华曦，似乎在肆意欣赏着泡在酒精中的一件艺术品。

"我不是你的，也不是我的，我不知道是谁的。"华曦已经无法分辨嘴巴的上下，僵硬的舌头没有了知觉。惠惠推开华曦，依在树干上，手臂无力地舞动着，"可恶的小美，她不要你了，今天才轮到我，我要霸占你，不过你别害怕，就今天，就一个晚上。"

　　深南东路的"兰桂坊"是深圳少有的几家通宵营业的迪斯科舞厅，这里永远挤满了迷醉的人们。惠惠持续着她的疯狂，华曦坐在吧台上，直勾勾地注视着啤酒瓶里舞动的人影，随着泡沫的涌起和消失，夜色的绚烂终于在天光悄悄来临之际，逐渐地黯淡了。

　　天色已经泛白，新的一天开始了，清洁车在依旧空旷的街道上缓慢地喷洒着水雾，华曦和惠惠拖着要散架的身体走回到又要喧嚣的城市大街上。惠惠的脸泛着青色，银色的眼影被汗水冲成了几道泪痕，华曦牵着她的手，走回到自己家的楼下，在刚刚开门的上海包子铺吃了一碗云吞。付了钱，两个人都没有说话，径直上了电梯回到家里。睡得正香的薛坚被开门声吵醒，见华曦带了女孩进来，就咕哝了两句又翻身睡去。惠惠径直去了卫生间洗澡，等华曦洗完澡进到房间，惠惠已经睡着了。在窗外大亮的天光下，望着惠惠的瘦小身体，华曦平静地像一尊冰冷的石像，他蹲在床边抽了一支烟，才爬上床去，挨着惠惠昏然睡去。

　　窗外传来了汽车的笛声，初生的阳光从窗口悄然泻进两个人沉睡的世界里。这个喧嚣的城市从黑暗中挣脱出来，再次骚动起来；而骚动的人们却在渐渐升起的阳光下，重归暗夜的怀抱。

第八章 圣诞节快乐

壹

急促的电话铃声吵醒了华曦混乱的梦境，迷迷糊糊之间，让华曦没有想到的是，电话的那端正是他要找的吴缨。吴缨叫嚷着说昨天晚上跑到哪里去了，打了一晚上的电话也没人接。华曦支支吾吾地说朋友过生日，出去喝酒了。

"你还有心思喝酒？你知道宁绍辉的事了吗？你可真没良心，人家出了这么大的事儿，你居然还有心思喝酒？"

"正是犯愁，才愁上加愁啊。你怎么知道的？"

"废话！这么大的事儿，老于能不通知我爸？下一步该怎么办？"

"我不知道。"华曦故意装出一副无可奈何的样子，因为他深深了解吴缨的性格，知道这是吴缨显身手的时候，她不会不管的。可是华曦并没有想到吴缨也在另一端唉声叹气，"我也不知道。"

"吴缨，小宁可一直对你一往情深，在这个时候，你可不能不管啊。"

听吴缨的声音，华曦就知道她此时的表情一定很难看，"怎么会呢？我是那种人么？不过听我爸说，这件事太大了，部里的直属公司还没出过这么恶劣的事儿呢。"

华曦的眉头马上紧皱了起来，这时，正睡着的惠惠翻了个身，华曦马上伸手捂住她的嘴，她要是在迷迷糊糊中发出点声响可就麻烦大了。

"小宁在深圳没有什么能指望的朋友了，不管怎样，你都要帮忙啊，"吴缨的语调里也透着无奈，"关键是怎么帮啊？你倒是给出出主意啊。"

华曦心里已经有数，但还是稍加沉吟，"我听说这件事虽然性质比较恶劣，但是毕竟没有给国家造成实际损失，依我看，只要部里和公司不深加追究，检察院那边的工作应该不会太难做，谁愿意天天往自己身上揽活儿。所以，这件事恐怕关键还在于部里领导的态度，手抬一抬也就过去了。"

"今天晚上我再跟我爸爸说说，看看他的态度。"

"不行。你现在就到你爸爸的办公室去，赖住他才行，这样才表示你真着急，在家里谈，环境不一样，很容易被顶回来的。在这一点上，我比你看得明白。"

吴缨在电话里叫起来，"你知道现在北京外面多少度么？零下十几度啊，你想冻死我？算了，我还是去吧，省得以后让你们说我不帮忙。不过，我爸爸可能很快就要从现在的位置上下来了，不知道说话还管不管用！"

撂下吴缨的电话，华曦就靠在床背上望着窗外明晃晃的天空发呆，现在唯一能做的就是等待吴缨的消息，也许等来的是坏消息，但华曦相信吴缨的能量，此时只有吴缨才是身处囹圄的小宁的唯一希望。

"是吴缨么？"惠惠已经醒来了，欠起身，睁着两只充满红红酒意的眼睛问道。

"是。"

"她答应了么？"

华曦点点头。惠惠重又放倒自己，长舒了一口气，"这下好了。"

"还不一定呢，等等吴缨的消息吧。"

惠惠缩在被子里，望着光着膀子的华曦愣了一会儿，问道："酒喝得太多了，我现在还难受呢。我们昨天晚上都干了什么？"

"干了什么？还不是你闹着发疯？一晚上的迪斯科跳下来，老骨头都散架了。"

惠惠皱皱眉头，"就跳舞了？我怎么会住在你这儿的？"

"还不是你哭着闹着要上来，可我还没洗完澡呢，你就睡得跟死猪一样了，让我在旁边干着急。"

"你没在我睡着的时候非礼我？我不信！"

"我对静止的东西不感兴趣。"华曦摆出一副做作的神态，想看看惠惠有什么反应。可惠惠没理他的话茬，一把掀开被子，"那现在怎么样？我现在可是赤身裸体地睡在你身边。"

华曦斜眼望着惠惠娇小的身体，慢慢地点点头。可惠惠却露出一脸怪笑，从华曦的手下滑出去，"你呀，现在没机会了。"说着就溜下床穿起衣服。

华曦依旧保持着滑稽的笑容，对惠惠的戏弄，他没有任何值得气恼的理由。在这几年里，他们几个人总会有些奇妙的关系，没有什么刻意要做的。于是，华曦又点上一支烟，虽然还没完全学会吸烟，但是叼着香烟看女孩子穿衣梳妆，却是另外一种感受。

惠惠如同华曦并不存在一样地穿好衣服，又仔细地化了妆，才走到床边，在华曦的脸上重重地吻了一下，"下次吧。"

"有小美的消息就赶快通知一声。"华曦望着惠惠消失在门外的身影大声地说。

<h1 style="text-align:center">贰</h1>

中午时分，薛坚见华曦还在房间里，就探头进来，见华曦依在床上看小说，就皱着眉头撞开门，"我以为你还睡呢？你今天的精神这么好？"说着就坐在床边抢过华曦手里的书，丢到一边。

"昨天瑛子没陪你？"华曦本想逗逗薛坚，可是薛坚一听就火了起来，"你还有脸说呢？昨天你也太过分了，成心让我下不来台，你不想做这单生意么？"

华曦懒洋洋地说："我不是不想做，我是怕他把牛皮吹爆了，把人崩着，就这种人你也信？"

“我才不管呢，反正我们是跟他的公司做生意，公司我去看过了，营业执照也看了，百分之百是真的。而且我还托人到香港贸发局查过了，确实是鼎鼎大名的国营驻港企业，这不会错。那汪景武自己爱吹点牛皮，这和做生意有什么关系？这次又不是我们从他手里买货，我们卖货，只认现金，他吹不吹牛都要掏钱，有什么好怕的？”

“反正我觉得不牢靠。”

两个人下楼吃饭的时候，华曦将宁绍辉的事儿大致跟薛坚说了一遍，薛坚也觉得这时候只有吴缨能起作用，别人恐怕都无能为力。说到检察院抓人，两个人都唏嘘了一番，匆匆吃了点东西就上了楼。

在深圳的冬天里，房间里面比大街上还冷，阴冷的房间凉进人的骨头里，让人从心里瑟瑟发抖。尽管窗外有些阳光，可是在大厦的电梯间和楼道里，咬人的阴风却一直在脚边盘旋，从门缝下吹进来，带走艰难积蓄起来的一点点体温，让思想都慢慢地凝固了。

华曦最怕这样的下午，在阴冷中安静地可怕，房间里静悄悄地，屋外的一切都与你失去关联，连电话都纹丝不动，仿佛世界在这个时间开始午休。虽然以前也曾有过这样的日子，但那时总觉得这就是情怀浪漫的人所谓的寂寞。可是随时间的流逝，华曦渐渐明白了，这是慢慢步入死亡的真实体验，如同免疫系统遭受完全破坏一样，肌体开始腐烂，思想开始无奈的反思，原来一切都是错，原来一切都是罪，原来这个世界从一开始就无法得到宽恕。

薛坚又开始沉醉在武侠的世界里，看到兴奋处，还会当空使出一招九阴白骨爪，然后傻笑一阵继续看下去。华曦望着十米以外的薛坚，感觉这十米的空间却如此遥远，感觉自己如同千帆竞渡旁的一片沉没的小舟，被这个世界远远地甩在无人的天际荒野。也许只有闭上眼才能看到，自己在暮色红透的遥远山巅，肩负着西西弗斯的巨石，无休无止地赎着自己的罪行。但这一切，在这样的下午，永远都是那样的真实，直到惊出一身冷汗，才肯摆脱出梦魇的折磨。这时，华曦发现自己已经不知不觉地睡着了，连忙拉过被子为自己盖上。

这种景象已经是不止一次地出现在华曦的脑海中，从大学校园里的那时起，它反反复复地折磨着自己，为此，凌红曾经奇怪地发现他在睡觉时会冒出一身冷汗，但惊醒的华曦从来没有向凌红解释过什么，他也不知道该说什么才像个完美的借口。直至他要离开学校的那晚，在教学楼前面的那片小树林里，他结结巴巴地告诉凌红："可能是我的肾脏有点问题。"

随着不断轮回的噩梦和冷汗的来临，凌红与那段校园时光彻底地走出了华曦的世界；然而，他清楚地知道，在今天，深圳的12月的一天，随着惠惠在自己的书桌旁画好最后一笔唇膏，小美和天台上的那段时光也正式终结了，可就是在这个下午，窗外的阳光依旧无法温暖如此阴冷的一个普通的冬日下午，噩梦和冷汗又出现了。华曦再也无法入睡，翻出电话本拨通了吴缨在机场时留下的号码。不紧不慢的蜂鸣声断断续续地传来，对方没有人肯拾起听筒，再拨，依旧无人接听。原来人与世界的联络竟是这样的脆弱，一串缺乏乐感的机器声就宣读了世界的判决，不需要旁听、也不需要鼓掌，一切就此结束。

叁

整整一个白天都没有吴缨的消息，到傍晚的时候，惠惠打了电话来，叶青也打了电话来，两人都在询问吴缨是否成功地说服了她的父亲。可是，华曦的电话打到北京，对方依旧没有人接听，不得不让华曦怀疑自己是否记错了号码。薛坚在一旁劝慰他，兴许吴缨还要和她的父亲一起出去应酬呢，怎么可能这么快回家。

华曦没有下楼吃晚饭，薛坚给他打包带来了一盒扬州炒饭，华曦吃了几口就丢到垃圾桶，直让薛坚大骂他浪费粮食。

　　电话终于响了的时候，已经快晚上十点了。心神不安地华曦正蹲在沙发上，看着飘满雪花的电视机屏幕上不知所云。华曦和薛坚几乎同时跑到电话机旁，平时觉得尖锐无比的电话铃声现在居然会如此悦耳。

　　可是听筒里传来的却是小美的声音。

　　华曦顿时语塞，而小美的声音依然是那么轻快。

　　"没想到是我吧！怎么？不想理我了？"

　　"不不不，只是没想到会是你。"

　　薛坚看到华曦手足无措的样子，就抽抽鼻子走开了。

　　"想不想出来见个面？或者一起走走好么？"小美轻松地说着，"我发现了一个很好的喝茶的地方，在长安酒店旁边刚开张，十一点半在那儿碰头？"

　　华曦赶到"君溪茶坊"的时候，刚刚是十一点过几分，小美还没有到。新装修的茶楼里很冷清，几个服务员都站在收银台前仰着脖子看电视，偌大的茶楼里只有两桌喝茶的人，一桌坐得满满的，另一桌只是一男一女在倾谈。华曦选了个角落坐下，叫了一壶上好的凤凰单枞，独自一个人喝起来。这个茶楼是按照闽南风格装修的，天顶用毛竹吊成了斜顶，上面挂着农家的风灯，桌椅全是粗糙的竹子和木板捆绑在一起的，还飘着一股山野的清香。

　　酒精灯很快就烧开了水，单枞的香味马上淡淡地扑了过来。华曦并不是熟谙功夫茶的真谛，只是觉得单枞的清香特别持久，而且带着山野雨后的清新感觉，抿上一口，全身都如沐春风般地清醒了许多。品着悠远的茶香。华曦的眼睛一直透过前面的木格玻璃窗注视着窗外，也许就在冷风和霓虹夹杂的夜晚里，小美会隔着窗子满脸坏笑地挥手向华曦打着招呼，冷风将她的头发吹起，霓虹将她染成了淡彩。虽然天冷地刺骨，可小美的笑容依旧感染着所有路上匆匆过客，大家驻足观望，看着清新的茶香融化整个冬天的夜空。

茶渐渐地淡了，窗外还没有出现小美的笑脸，华曦也渐渐觉得身上冷起来。旁边那桌说说笑笑的茶客已经结账散了，只剩下另一个角落里那一对男女和华曦一样呆呆地无语独坐。此时，表针已经指向了十二点半，华曦失望了，也许小美被耽搁了，也许突然有急事来不了，也许是她忽然不想来了，种种可能让华曦重新陷入到混乱之中。

"您是不是华先生？有电话找你。"服务生在一旁轻声地说。

放下电话，华曦就迅速地结了账并冲上一辆停在路边的出租车，飞快地驶向市人民医院。

此时，小美正站在医院大楼门厅的黑影中，等候着急急赶来的华曦，冷风卷起她身边的枯草，小美打了个寒战，忙将大大的披肩紧紧地裹住单薄的身体。华曦匆匆跑上来，急急地上下打量着小美冻得冰凉的脸，"你怎么了？"

这一次，小美没有像以前那样调皮，"我没事，一个朋友在这里住院，情况不太好，我来看望她，刚才让你空等了。"

华曦松了一口气，语调也平和了许多，"现在怎么样了？"

小美摇摇头，没有说话。华曦看得出，这几个月里，小美明显地瘦了，人也苍老了许多，黑影下的眼神不再如过去那样活泼，而是异常地平静。以前总爱撅着的小嘴已经平静地合在一起，素妆的嘴唇有些干裂，也少了些血色。

"陪我在这儿走走吧？里面太闷了。"小美轻轻地央求道，华曦点点头，小美将冰凉的手伸进华曦的手中，"还像过去一样，拉着我。"

两个人手拉手地走出医院的大门。外面的街道黑漆漆的，冷风吹起了街道上的草枝，几个塑胶袋在空中飞舞着，连街灯的暗黄色光影也在柏油路面上微微飘荡。两个人漫无目的地走着，谁都没有说话，唯恐张嘴就会宣告这段路程的结束。在路面上移动的脚步，带着台风季节的记忆，走过了暴雨里的沼泽。这一切都像身后的树影一样，越走越远。

渐渐转到医院后门的路上，小美的脚步仍没有停下来。在医院的铁门旁，还有一个水果摊亮着灯，带着大红灯罩的灯泡在风中摇晃着，卖水果的人瑟缩在摊子后面，痴痴地等着下一个买主。小美走上前，仔细地挑了两个璨黄的杨桃，递给华曦一个，自己将另一个端详了半天，紧紧地揣进怀里。

渐渐地，华曦感觉小美的手暖和了起来。这只手，曾经那么熟悉地牵在自己的手中，它会时常在里面挠挠你的手心，要么滑溜溜地挣脱，之后又会用指甲撬开紧握的手指重新钻进来。现在，华曦只能感受到体温正在一点点回升，她平静地躺在里面，如同慵懒的海鸟依赖着那片熟悉的海湾。

回到医院的大门前，小美止住了脚步，平静地转过头歉疚地望着华曦，"你看我这个人多自私，让你半夜里陪我散步。"

华曦站住，用充满柔情的眼神回答了她。小美低下头望着脚尖，忽然抬起头，眼睛里闪着华曦曾经熟悉的一丝无奈，"我们走了好大一圈，还是走回到医院里了。"说着她从怀里掏出了那枚大大的杨桃，"人有时候真得是很奇怪，不吃它，就永远不知道它的味道，可是，吃到嘴里，也并不是想像中的好味道。"

华曦有些手足无措，呆呆地站在小美的面前，冷风已经吹僵了他的大脑。

小美忽然像过去一样调皮地笑了，"大半夜里站在这儿说这些傻话，真傻！"说着就抱着华曦的肩膀在华曦的脸上轻快地亲了一下，"谢谢你陪我走过。辛苦了，回去好好睡一觉吧。"

华曦还没有反应过来时，小美就转身向门厅里走去。忽然，她又止住脚步转过身来，"听说你在找吴缨帮忙救宁绍辉？"小美的语气里带着诚意，"你要多费心啊。"说完就快步消失在门厅里的黑暗中。

华曦感觉在一瞬间变得那么孤独，他大声地朝着黑暗中的背影喊着：

“小美，给我电话。”

在冷风缭绕的黑暗中，华曦仿佛看见了小美的背影吃力地点了点头。

肆

华曦上电梯的时候看了看手表，已经快四点了。从人民医院到家里的这段路，是他一步一步走回来的。看着小美的身影消失在黑暗中，华曦才悻悻地出了医院大门。他说不上是开心还是失落，几个月来，小美变得很沉默，像是有许许多多的沉重压在心里，华曦还没有机会了解更多，也无法替她分担什么。从小美的眼睛里可以看出，她已经原谅了自己，只是，明天又会怎样，华曦也说不清楚。想着走着，错过了几台出租车，华曦懒得伸手再拦，于是一路上，思绪引领着脚步走回到家中。

门缝里露出了灯光，薛坚居然还没有睡，手拎着啤酒瓶子来开门。客厅里，瑛子蜷缩在沙发上，脸上的浓妆还没有洗去。华曦和他们打过招呼，就进了卫生间。薛坚追了过来，一脸的好奇，“谈得怎么样？”

“没谈什么。”

“这么久居然没谈什么？”

“是没谈什么。”

薛坚不解地晃晃满脸胡楂的脑袋走开。华曦突然追问道：“吴缨回电话了么？”

“没有，不过有个女孩子的电话找你，”

“是谁？”

“我不认识，好像是姓胡，她让你给她回电话。”

“知道了。”

华曦回到客厅，瑛子咪咪地笑着指着华曦，“你的白色小鸟要飞了。”

华曦慌忙低头拉上裤子的拉链，"你看走眼了，白色的是鸟窝。"

薛坚笑着把华曦拉过来，"一块儿喝啤酒。"

"算了，不当你俩的电灯泡儿，我还是踏踏实实自己睡觉了。"

瑛子插话道："两个人太闷，三个人才好玩。"

"你俩才这么几天就嫌闷了？"

瑛子白了薛坚一眼，"不是我，是他。"

华曦摆摆手，"你俩少拿我当政委，我可不会作思想工作。"说完就回房间睡下了。华曦还没睡着，就听到客厅里传来了嘤嘤地哭声，薛坚的吼声振得门板簌簌发抖："再哭就滚出去！"和着两个人的吵闹声，瑛子的哭声更大了。之后，外面渐渐地安静下来，只有瑛子还不住的抽泣。不知什么时候，世界逐渐地平息下来，华曦捻亮床头的台灯，看到闹钟的时间已经到了五点多，外面的天正黑得无限深远，华曦关掉灯，长长地叹了一口气，才沉沉地睡过去。

伍

早上八点多，华曦睡得正香的时候，惠惠就打了电话来问吴缨的消息，华曦迷迷糊糊地应了两声又倒头睡下。等电话再响起的时候，已经快中午了，华曦急忙抄起电话，电话里却传来了胡蓉的声音。

"你可真不像话，想不起我是谁了？"

"不敢，我昨天夜里三点多才回来，没敢打扰你。"华曦胡乱地解释着，因为他实在想不出胡蓉打电话来的理由，也就无法掩饰在漂亮女人面前有些紧张的习惯。只是因刚刚惊醒，想不出电话那端的胡蓉现在是什么神情，所以华曦说起话来分外的小心。

"这么几天都不来个电话？我看你是没心理我们这些小人物。好了，算我求你帮个忙，能答应吗？"

"那要看什么事了？"

"还讲条件啊？那就算了吧。"听得出来，胡蓉语气里的失望是装出来的。

"别介意，看来你是要剥夺我最后的一点知情权，好吧，答应你。"

胡蓉得意地笑了起来，劣质的电话听筒里传来的笑声仍旧充满了色彩。随后，华曦听人摆布地约好了见面的时间地点，反正他没什么好做的事情，有着大把空闲的时间。只是在交谈中，华曦总是给对方一副百依百顺的感觉，让胡蓉倍感得意。

中午的阳光，依旧有些阴郁。华曦想起，已经快到年底了，这一年又要过去了，马上就要迎来自己来深圳后的第六个圣诞节和新年了。除了有一次在北海，其他的新年全是在深圳度过的，只是并没有留下什么太多的印象。对于圣诞节，华曦只是记得在那个特定的心情和特定的气氛下，没完没了的喝酒和带着醉意的散步。曾有一次，已经不记得是那一年了，也不记得是圣诞还是新年了，反正印象中既没有新年的钟声，也没有响叮当的铃儿，华曦和小美从福田沿着深南大道一直步行到了蛇口，后来，华曦实在走不动的时候，小美却还兴致勃勃，非要从南山半岛的后海沿着海边穿越到前海，去看深圳最新鲜的日出。

华曦敲敲自己昏胀的脑袋，拨通了吴缨的电话。电话铃声响了很久，正当华曦即将失去信心的时候，传来了吴缨含混沙哑的声音，想来她正是美梦正香的时候。

"几点了？我困死了，早上八点钟刚睡下。"

"你不知道我们在这边儿都急死了吗？"

"是吗？我不知道。"吴缨顺势卖起了关子。这是吴缨的习惯，华曦一直认为吴缨总没个正经儿，无论大小事情，在她嘴里都变成了不咸不淡的白开水，而且从不会有一丝多余的表情，让华曦总结她是博物馆大院里"最没有人生追求的闲人"。

"我已经打了无数个电话，平均 5 分钟一次，你家里没别人？"

"怪不得电话这么烫？原来是你干的。我不和父母住在一起，这个房子是我一个人住的，怎么样，想不想过来陪我？有大把地方给你睡。"

"说正经的，事情办得怎么样？"

"什么事儿啊？"吴缨又开始卖起了只有自己才觉得有趣的关子。

说到正事儿，吴缨就没完没了地抱怨起来，她按照华曦出的主意到办公室里堵住她的部长老爸，老爸听完后先把她训斥了一通，见吴缨一边听他的人生训导一边东张西望，就无奈地叹了口长气，电话联络了负责这件事儿的主管部属企业的副部长。这位吴缨总是亲热地叫作"陈叔叔"的副部长正在延庆县开会，于是父女俩人赶到了长城脚下，以叙旧的名义共进晚餐。见到吴缨，头发已经花白的陈叔叔对吴缨嘘寒问暖，正菜还没上，一瓶白酒就已见了底。趁着酒兴正酣，吴缨不失时机地提到这件事，并把事情的原委轻描淡写了一番。

"结果怎么样？你别让我着急。"华曦现在只关心结果。

"你猜呀？这不是明摆着的么。"

"我猜不出来，我又不认识那些大人物。"

"陈叔叔说，这件事他全了解，性质还是很恶劣的，在部里的影响很不好，其他人都在等着看笑话，不严办恐怕影响太大。不过，陈叔叔说，好在还没有给国有资产造成损失，相反倒增值了，所以，他答应回去和有关人员研究研究。"

"就这样？"

"就这样。"

本来听着吴缨絮絮叨叨地讲述过程，华曦还以为吴缨是在邀功，没想到等来的结果并不是预想的样子。吴缨听出了华曦的心事，"你还不满意啊，为了这点事儿，我一大早才从延庆的山沟里赶回来，我都快累死了。"

华曦赶紧解释道：“不是，就是觉得没等来个准信儿，心里还是没谱儿啊。”

“你听不出来么？这件事没什么大问题了，陈叔叔只能这么说啊，你还想让他当时就打电话放人？”

“真没事儿了？”华曦还是有些忐忑。

“你放心吧，我打小就长在这些人堆儿里，他们怎么办事我清楚。”

华曦听吴缨说得这么肯定，这才长叹了一口气。吴缨接着挑逗地问道：“你不想知道我为什么今天早晨才回来？”

“想！”华曦顺口答应道。

“想不想知道昨晚我干吗了？”

“想！”华曦的声音里已经没有了任何表情。

“我去相亲了。”

“相亲？你爸爸要把你嫁给延庆农民？”

吴缨清脆地呸了一声，“陈叔叔给我介绍他的一个部下，马上就派到香港工作了。”

“是男的么？”

“废话！”

“有几个小孩？”

“废话！人家是北大的研究生，比你强多了。”

“满大街的人都比我强。”华曦小声地嘀咕着。

陆

把情况向惠惠通报后，华曦再也睡不着了，就起床去卫生间冲凉，见薛坚还在大睡，瑛子呆呆地坐在沙发上看电视。华曦思忖了一下，就小心地问道：“昨晚你俩个怎么了？”

瑛子的眼泡还是浮肿的，苍白的脸上暴着一片明显的雀斑，"没什么？喝了酒，大家都有点反常。"

华曦不想再问什么，翻身进了卫生间。

华曦冲凉的时候，楼下的保安敲门送上来一封信，说是一大早有位女孩留下的，指定要送给华曦。一看信封上潦草的笔迹，华曦就知道是小美。

华曦，这封信是在医院病房的走廊上写的，走廊里很冷，冷得握不住笔，也许是心也冷吧。可是，我还是幸运的，至少我还能在走廊里给你写这封信，不像病房里的那个女孩，还在死亡的边缘徘徊，祈祷着本不属于她的幸运之神眷顾一次，哪怕只是一次。

你看到这封信的时候，我可能已经坐在香港启德机场的候机厅里，等候飞往欧洲的班机。我想，在这个时候，我会挂念你的。同时，我也感谢，是你有始有终地陪我走完了在深圳的几年时光，这段日子，无论我走到哪里，我都不会忘记。

当我下决心离开深圳的那个晚上，我已经想不起当时的心情是多么轻松，觉得终于可以忘却了一段沉重的过去，可是，在今天的黄昏时候，我走在深南中路上，我却发现，临走前的一晚，我最想见的人就是你。真的，无论发生过什么，你给我的这段记忆都是那么美好，那么值得惠惠嫉妒。如果能够从头再来一次，哪怕是提前知道了会是今天的结局，我都愿意。

现在是凌晨五点多了，路过的护士在用奇怪的眼神看着我。天就要亮了，我也要走了，这时候才发现有好多好多的话还没有说，可是留给我们的时间已经不多了，就像躺在病房里正在痛苦挣扎的那个可怜的女孩。

母亲来信要我去贝尔法斯特生活，母亲老了，弟弟用最快的速度变成了一个欧洲孩子，他已经搬出去住了，母亲需要有人陪。实际上，我对欧洲缺乏任何想像，只是想起母亲的一生，我觉得有义务陪着她老去。移民的手续很顺利，深圳的杂事我也都处理了，但最大的一块心事还没有了结。

你写给我的信早就收到了，只是当时大脑乱成一团，不知道该怎样回答你，所以就拖了下来。你说你依旧爱着我，我今天可以告诉你，那颗黄得正艳的杨桃也会一直祝福着你。在这个混乱的时代里，我们并不是不奢望爱的结果，只是，冥冥之中的安排就是分离。在那段黑夜无限漫长的日子里，总是要等到惠惠睡着之后，我才敢让眼泪痛快地流下来，当时总在疑问，表针要走多少圈，委屈的眼泪才会留干。等天终于亮了的时候，我就在阳光洒进房间的那一瞬间作出了决定，决定把这几年的时光和我们共同走过的日子，封存成一张黑胶唱片，留到我们都苍老得只能回忆的那一刻，再共同聆听过去的声音。

我有幸地封存了过去，我有幸地能够想像未来，不像深圳那些可怜的女人，用折磨煎熬自己的感情。病房里的女孩是我从博物馆搬出来后的合租室友，她才只有二十一岁，年轻地像一张纯洁的白纸，平时总是快乐得像一只雨燕，是她让我轻松地走完深南中路的最后一段。可是，当这个可怜的女孩发现她所钟爱的男人留在她身上的不仅仅是绝情和卑鄙，还有天下最肮脏的性病的时候，她没有哭诉，她选择了用一把刀片来告别过去。

这个可怜的女孩已经在死亡线上挣扎三天了，我一直在陪着她，希望能够让她并不孤独地走到世界的尽头。虽然天色好黑，走廊很冷，但是在她的面前，我是那么的幸福。

在这最后的晚上，我想，你会来陪我走走，可是当望着女孩那张曾经是那么漂亮的小脸因痛苦而变得扭曲时，我深深害怕，害怕见到你时我会大哭不止，害怕我永远也走不出你的世界。在楼下大厅里，我想了很多种可能，也许当时你像过去那样的抱抱我，我就会垮在你的怀里。幸好，这一切都没有发生，你的眼神在黑夜里并不可怕，我像过去一样地走开了，觉得无比轻松，就像我们在天台雨中的那晚，完成了感情涅槃之后的轻松。

天已经有些亮了，树影都看得到了，我要走了。这个时候，我忽然有些害怕，不知道飞机的终点会是哪里，不知道欧洲的天空下，有没有深圳的黄昏。请求你，再祝福我一次，总能让我记起天台上的那些大雨。

华曦，我也一直爱着你。

华曦放声大哭，眼泪像台风里的暴雨一样滂沱而下。

整个下午，华曦不知道是怎样度过来的，薛坚探头进来看了几次，都没有说话。晚饭时，华曦喝醉了，醉成了一滩烂泥。薛坚一直在陪着他，瑛子也没有出去。薛坚一支接着一支地抽烟，眉头紧锁，深深叹了口长气，"记得有句歌词说，问世间情为何物，直教人生死相许，今天才读懂了这句话。"

"要是有男人这样爱我，给他做牛做马我都愿意。"瑛子回答道。

柒

华曦整整一天都把自己反锁在房间里，他忘记了与胡蓉的约会，没有吃饭、也没有睡觉，两眼直直地望着灰渍斑驳的天花板。脑袋里乱得像是正从悬崖上飞下来，总保持着临近昏厥的状态，耳朵里的鸣叫悠长而尖锐。

薛坚虽然急得在客厅里团团乱转，除了敲门之外想不出任何办法，瑛子只好劝薛坚让华曦安静一下，他会慢慢好起来的。天黑了，大家睡了，天亮了，大家醒了，可是华曦还没有走出那扇房门。薛坚渐渐坐不住了，不能再这样袖手旁观下去了。在这一天里，他已经替华曦接了好几个电话，有胡蓉的、有惠惠的、还有他不认识的人的，他一概以华曦有急事去了广州为名挡掉了。到了中午的时候，薛坚气冲冲地用拳头砸着房门，"华曦，你快给开门，再不开门我就搬出去。我知道你烦我，知道你从心里看不起我，我是个粗人，不配了解你的感受，好，你当面告诉我一句，我们还是不是兄弟？"

正在薛坚气哼哼地站在门外大声挑战的时候，房门慢慢地打开了，华曦失魂落魄地站在里面，"你嚷什么？我不是好好的吗？不能让我安静会儿？"华曦的声调平静中带着缓和，反让薛坚顿时手足无措。

"我不是怕你一时想不开嘛。"薛坚满脸赔笑地挤住门口，"有那么多的电话找你，我都快记不住了。另外，伤心归伤心，咱们的生意还要做啊。"

"谁伤心了？我去冲凉。"说着，华曦就推开薛坚，径直走进卫生间。

瑛子在一旁疑惑地问薛坚："他不会受了什么刺激吧？"

"乌鸦嘴！别瞎说。"

梳洗打扮妥当的华曦仍像往常一样清爽，只是眼泡严重浮肿，眼神也有些呆滞。瑛子去厨房煮好了一锅米饭，还从饭馆里点了菜。华曦闷头大吃，饭量比平常大了许多。吃完饭，薛坚提议去看场电影，华曦翻了翻眼珠，"你俩别哄我玩了，我没事。躲在房间里安安静静地好好想一遍，觉得这样真得挺好，对我好，对小美也好。如果两个人继续下去，到最后，都成了对方的负累，那会害了小美。"

"想通了就好，"薛坚兴奋地搓着双手。

"好了，我要去打电话了，电影我就不去看了，我答应过胡蓉的，昨天给耽误了。"华曦进到房间里去打电话。一直站在一旁的瑛子睁大了双眼："他怎么这么古怪啊？"

"都是让深圳给逼的。"薛坚愤愤地说。

华曦躲在床上的时候，脑袋里全是小美的身影。随着眼前的景物渐渐褪色，华曦让自己混乱的思维定格在人民医院黑洞洞的大厅里，随着那片黑暗吞噬了小美的身影，这一切就都结束了。逐渐地在黑暗中，华曦看到了自己像狂风中的影子般失魂落魄的模样，他的影子幽幽地对自己说，"一切都结束了，在深圳，你永远思考不出正确的答案。"于是，华曦摸了摸自己下巴上扎手的胡楂，"要起床了。"

捌

华曦赶到电子大厦楼下的时候，胡蓉已经楚楚地等在那里了。虽然只是第二次见到胡蓉，华曦还是觉得她身上有了什么变化，似乎她比上次见面时瘦了一些，单薄的身子像棵营养不良的小树，使拎着的公文包显得格外的巨大。胡蓉笑着迎上来，向一侧翘起的嘴巴让人感觉如此典雅。

"你又迟到了。"胡蓉上前的第一句话就让华曦脸皮顿时充血，他支支吾吾地辩解道："是你来得太早了吧，我……"

胡蓉又笑起来，她笑的时候，会将头发向后甩去，身子也仰成一道弧线，"算了，罚你请我吃麦当劳吧。"

"原来你早早来就是为了罚我，我冤啊。"

上午麦当劳里人头攒动，虽说已经过了午饭时间，可里面依旧拥挤得转不过身来。很多深圳人都对这间麦当劳抱有美好的记忆，因为它一直肩负着承办青年人约会求偶的使命，当华曦和胡蓉推门进来时，里面挤满了双双对对的青年男女。

胡蓉握着华曦买来的苹果派，小心地撕开包装纸，嘴巴试探着撕碎油呼呼的脆皮，眼睛却一直斜斜地注视着华曦。华曦问道："你是打算吃它还是吃我？当心烫嘴！"

"你放心吧，我是吃素的，对你没有什么危险？"

"吃素？上次在上海宾馆你怎么没说？"

"但你也没见到我吃肉啊？"

华曦认真地点点头，"都怪我没注意。"

胡蓉嘿嘿笑起来，"刚才是逗你的，我说着玩的。那天不是你没注意，是没注意我，注意力全在吴小姐身上，哪里还注意到我吃不吃肉呢？"

“我注意吴缨？不注意她每天都要吵几次嘴，要是注意了她，估计这日子就没得过了。”

胡蓉抿着嘴笑笑，“你呀，别不肯承认了，吴小姐可是很关心你的，在医院的时候，你不知道她有多伤心。”

“我不在医院，她才伤心呢。”华曦随口打趣道。

“唉，你们这些男人都是这样，关心你反倒不落好。”

华曦不知道该怎么顺着这个话题说下去了，赶忙岔开话题：“你不是说有什么事儿么？我能帮上什么忙？”

胡蓉眨眨眼，“你在这里陪我说话就是帮忙啊。”

“是么，这么简单？不会吧，你这个大忙人，会有这份闲情？”

“怎么不会？我忙也是瞎忙，总是忙不出个道理来，就像我的一个朋友，没日没夜的忙了半天，到头来还是被老板骂得狗血喷头，看着他都快不行了，真惨！”胡蓉的脸上挂着悲天悯人的慷慨。

“干什么的公司？老板如此恶毒。”

“他们是做安防的，专门承包建筑工程中的弱电部分，智能监控啊、消防报警啊。”

华曦摇摇头，“这行儿现在可不好做啊。”

“是啊，他是学电子的，建筑一窍不通，做设计的时候看不懂建筑图纸，所以总是白费力气。”说到这儿，胡蓉迅速瞟了一眼华曦，“哎，你不是建筑方面的专家么？你帮忙给看看这个图纸，看看这个裙楼总控电路的安装位置对不对？”说着就从那个巨大的公文包里拿出一大叠图纸，摊在桌子上。

见到图纸，华曦马上就兴奋起来。他大致地瞟了几眼图纸，就开始指手画脚地指点着：“岂止是总控有问题，整体布线都不对，这样做不仅和上面的转换层部分没法衔接，而且，消防弱电部分在发生火警的时候，无法使用人工控制，恐怕消防验收也通不过。”

胡蓉见华曦来了精神儿，就马上凑过来，"那该怎么改啊？"

"恐怕要大调，重新规划整体布线，否则，肯定通不过。"

胡蓉马上收起图纸，脸上的遗憾足以遮住阳光。

"他惨了，这次躲不过了。"

华曦望着胡蓉悲凄的表情，心里也泛起怜悯，只是他没有分清是怜悯胡蓉还是怜悯那个看到这堆图纸就发晕的可怜虫。"要是他有时间，我可以给他出点主意。"

胡蓉摇摇头，"算了，你那么忙。"

"没关系，我最近没什么事，不忙。"

胡蓉犹疑了半天，才小脸红红地试探着问道："要不然，你抽点时间帮他拿个大概的方案出来，指点个方向，具体的活儿让他按照你的思路去画，帮他一回。他是我很要好的朋友，最早在深圳认识的，也帮过我不少的忙。"

"没关系，我就帮他做完得了，反正这点活儿对我算不了什么。"华曦大气地咧咧嘴，挂在脸上的那种不记成本的大度，让华曦自己都觉得奇怪。

"好啊，我替他谢谢你，回头我请你吃麦当劳。"胡蓉欢快地感谢着，脸上露出了一丝由衷的轻松。

走出麦当劳的时候，华曦还扭头认真地问道："你真得没有什么事要我帮忙？"

胡蓉笑脸迎人地甩甩齐肩的卷发，指着华曦腋下的那一大叠图纸，"真的没有，只是想见见你，可还是给你添了麻烦，真不好意思。"

"欢迎再添麻烦。"华曦觉得自己此时忽然高大了许多。

华曦乐颠颠儿地走在深南中路上，统建楼巨大的黑影投射在身上，他没有感觉到丝毫的沉重。以前走过这条路的时候，华曦指着有二三十层高的统建楼说，如果现在有人从上边跳下来，没准我能把他接住。可小美却回答，要是有人在楼顶上种棵树，那一定是深圳最高的树，结深圳最大的果子。今天走过这里，华曦忘记了跳楼与种树的事儿，只是大脑空空地轻松走过，等觉得有点累的时候，就挥手招了一辆出租车坐了上去。

车子路过博物馆大院的时候，华曦向里面望了望，虽然只是一晃而过，但好像依旧没有什么变化。房子还是那栋老房子，树还是那棵老树，只是小美不见了，那段往事也无法找回了。想到这儿，华曦对前排的司机说道："师傅，去人民医院。"

"大夫，前两天送来一个女孩抢救，我想去看看她，她在哪个病房？"华曦小心地问着急救室里正慢慢悠悠分配药瓶的女护士。

女护士的眼皮眨都没眨，嘴巴里含混地问道："姓什么？"

"我只知道她的英文名，学名我就不太清楚了。"说着，华曦举起了手里的一大束鲜花。这束花是华曦在医院门口的花档里精心挑选的，剑兰与百合组成的花束里特意点缀了几朵小美最喜欢的非洲菊，也许看到它就像看到了小美，让那个可怜的女孩从此有个说话的伴儿。

"那么多病人，怎么知道你找哪一个。什么病？"

"好像是自杀。"

护士从眼镜后面投射来的怀疑眼神让华曦不寒而栗，"你是她什么人？"

"她是我们公司的客户，老板让我代表公司来看看她。"华曦哆里哆嗦地背出在车上预习好的台词。

"走了！"

"这么快就出院了？"

"不是出院，是死了。"女大夫重新低下头继续数着药片，似乎什么都没有发生过。

华曦浑身冰凉地走出医院的大门，到了门前的台阶上，站在人流之中，华曦已经挪动不了脚步。在屋檐的阴影下，他铁青着脸，胸口憋闷得喘不过气来。过了几分钟，华曦才深深地吐出一口长气，随手将那捧在冬日里依旧娇艳欲滴的百合花束塞到一个正在玩耍的小女孩的怀里，快步跑出了医院，只留下手捧着花束的小女孩奇怪地望着他远去的背影。

玖

回到家里后，华曦就将那个可怜的女孩的事讲给了薛坚，薛坚听了没有作声，脸上却流露出了少有的肃穆，"她也算是壮烈了一回，可为什么深圳的女人会选择用刀片来证明自己的清白？"

"真残忍，小美把最后的一点痕迹都带走了。"华曦答非所问地回答着。

华曦摊开图纸后就觉得脑袋发大，无论怎样，他已经很久没有埋头画图了，脑子里生涩地像长了一层铁锈。复杂的图纸此时在他的眼里已经成了迷宫一般难以捉摸，几次泛起放弃的念头，只是想到胡蓉的那张乖巧的笑脸，他就无法拒绝曾做过的承诺，因此，只有继续强迫自己梳理着眼前的迷津。薛坚几次探头进来，见华曦如此认真，都没有打搅，直到快半夜的时候，他才大喊大叫地冲进来，强把华曦拉到楼下吃宵夜。

午夜的街道已经很少了行人，白天大做圣诞促销的商铺都已经打了烊，只留下满地的包装纸和空饭盒在风中飞舞。一阵寒意袭来，华曦不禁打了个寒战，好像今年的冬天还没有这么冷过。两个人加快了脚步，走到一间灯火昏暗的小排档里，匆匆吃了碗河粉，就转头回家走去。

沉默地走过街道路口，也许是冷风吹过的缘故，两个人一路上都没有说话。走到春风路口的时候，华曦突然跑了两步，孤独地站在十字路口的中央，声嘶力竭地朝路边的薛坚喊着："薛坚，我们迷路了，向左还是向右？"

薛坚止住脚步，默默地望着激动地开始变得张狂的华曦。在黑夜里，在红绿灯闪动的光影里，在急速而过的出租车旁，华曦变得绝望。

这一个夜晚，华曦再也没法让自己平静在迷乱的图纸里，他与薛坚对坐了半夜，他没有力气问起什么，薛坚也不想回答什么。直到夜里三点多，瑛子醉醺醺地回来，才挪回房间睡去。

　　薛坚故作沉稳地等候在阳光酒店的大堂吧里，手提电话摆在台面上最明显的位置，跷起的二郎腿为的是展示油亮可鉴的西班牙皮鞋。早上接到无锡人周双标的电话，薛坚就特意到楼下的发廊里吹了个一丝不苟的老板头，认认真真地梳妆打扮了一番。只是华曦坚决不肯再去，一是自己的精神不好，怕影响整个事情，二是去了不知道该说些什么，薛坚代表自己去谈判，还可以摆摆自己的老板谱儿。

　　周双标进来的时候，依旧是一副寒酸相，那件格子西装更显得破旧，只是满脸的油光和发腻的笑容一点没有改变，"薛先生，来晚了，抱歉呀抱歉。"

　　服务生端上咖啡之后，周双标的笑容如适量的咖啡伴侣一般贴切，"又让薛先生破费，心里真是不安啊。"

　　薛坚摆摆手，"没什么，大家是朋友嘛。李总委托我再和周先生谈谈，看看你这方面还有没有什么松动，如果不行，大家就算交个朋友，生意以后还有得做。"

　　周双标的表情像拉线木偶一样变换着，咧着的厚嘴和倒八字眉毛明确地表示着无奈，"我这几天也一直在做厂里的工作，厂里对李总的报价是坚决不同意，指令我如果谈不成马上就把货拉到上海，那边的市场不错。我的意思是在深圳当地处理掉算了，省得麻烦。"

　　薛坚遗憾地摊开手，"要是价格上的问题，那还可以谈，要是厂里觉得在上海好销，我就给李总回个话儿，这事就算了。"

　　"当然了，价格还是最主要的，要是价格合适，我看厂里的工作我还是能做通的。"胖子赶紧补充道。

　　"既然这样，我看我们也别浪费时间，你看多少钱合适？"

周胖子伸出圆滚滚的小手比划着，"最少四十五万美金。"

"不可能。"

"多少你们能接受？"

薛坚也伸出四个手指头，"李总给我的最高权限就是这个数，四十万，多一分也不行。"

周胖子脸上像暴雨来临之前的天气一样急剧地变换着表情，"这个么，我还得跟厂里再谈，不过我觉得还是有希望。这样吧，我先跟你约定这个价儿，四十万美金，先付百分之十五，其余的等拿到船运单一次付清，怎么样？"

薛坚随着周胖子到了梅林仓库，在一个沉积着霉味儿的仓库里看到了这批货并简单地清点了数量，之后又请周胖子吃了顿狗肉煲，这才分手回到家中。

薛坚进家后就直接到了华曦的房间，"和周胖子基本上谈妥了，四十万美金成交，我们只要先付他六万美金就可以提货。拿到提货单往老汪哪里一交，我们就可以拿到二十万美元，净赚一百三十万人民币，怎么样，这单生意不错吧？"

华曦还是有些担忧，"可我们要先掏五十多万出来啊。"

"那当然，舍不得孩子套不到狼，再说，我们明天就可以先收定金了，你还怕什么？"

"收到定金再说吧。"华曦讪讪地回答道。

拾

当华曦终于将图纸完成并一再检查无误之后，才突然发现圣诞节已经悄悄地到了。

虽然深圳的圣诞节没有雪花飞舞，没有送来礼物的圣诞老人和小鹿拉着的雪橇，但是人们为了给自己的宣泄找一个合理的借口，却愿意再造一个虚假的幻象。百货商店和酒店的大堂里全挂着泡沫做的雪花，红红绿绿的圣诞树和翻来覆去的铃儿响叮当遍布这个亚热带城市的大街小巷。也许是大家都在期盼，期盼着今晚真会有圣诞老人从烟囱里送来一份惊喜，期盼多喊几声圣诞快乐就能为自己求来一份运气。不过，华曦可没有这份心情，就连吴缨打来的问候电话也懒得应酬了。

这几天，华曦一直闷在家里画这份图纸，薛坚跑了几次汪景武那里，可是也没有收到定金。汪景武一直推托说会计不在，要等两天，害得薛坚三番两次地白跑。华曦自觉插不上手，就干脆放手让薛坚去办，自己乐得清闲地在家里画图。

从吴缨早上打来的电话里才想起今天是圣诞节，听吴缨说今晚要去使馆区的土耳其餐厅参加狂欢派对，华曦也觉得确实该散散心了。这段时间一直心情不好，早就忘了狂欢的滋味。只是躲在被窝里听着吴缨甜得发腻的嗓音说着圣诞快乐，顿时让华曦一时冲动起来，连忙清了清有些发紧的嗓子低声说到："我想你了，"

吴缨依旧慵懒地问："哪里想？想哪里？"

华曦又干咳了两声，"不知道。"

"真没诚意，就知道你总是这德行，不跟你计较。"

放下吴缨的电话，华曦就拨通了胡蓉的办公室电话，不仅要向她问候圣诞快乐，还要通知她图纸已经大功告成。可是接电话的人告诉华曦说胡蓉病了，已经有几天没有来上班了。华曦马上又拨了胡蓉的手提电话，可已经停机了。华曦心神不宁地放下电话，似乎有什么预感，只是不知道是好事还是坏事，于是，干脆又睡起来。

瑛子推门进来的时候，已经过了中午。华曦睡得正香的时候，忽然发现有人坐在身边，睁开眼却发现是瑛子。瑛子穿着一件宽大的睡袍，微微有些浮肿的脸上依旧素面朝天，脸颊上的那片雀斑比平时更重了。

"起床了，不看看都几点了？"

华曦睡眼惺忪地瞧瞧床头的小闹钟，撇了撇嘴巴。这段时间里，瑛子经常是在后半夜醉醺醺地和薛坚胡闹一通后就住在这里。夜里，两个人在客厅的小床上云里雾里，也不避讳华曦，时间一长，华曦也见怪不怪了，即使偶尔撞见，也当作没看见的扭头而过。不过，瑛子像今天这样推门进来坐到华曦的床边，还不曾有过。

华曦将瑛子的睡袍往下拉了拉，遮住瑛子裙下露出来的内裤，满脸坏笑地说："你私闯民宅，该当何罪？特别是故意骚扰无知处男，罪加一等。"

瑛子一把掀开华曦的被子，"那我就检查检查你是不是处男，"

华曦慌忙抢回被子将自己遮得严严实实的，瑛子哈哈大笑，"都黑了，你这样的要算处男，那我就是处女。"

华曦的脸红透了半边天，支支吾吾地说："我今天是处男。"

瑛子听了大笑，一只手伸进了华曦的被窝，"那我就开了你的苞，让你今天也做不成处男。"

华曦慌忙跳下床，扯过裤子套上，"别，给我留点盼头吧。"

瑛子笑得险些岔过气去，"行，饶你一命，知道今天是什么日子么？"

"当然，不就是圣诞节平安夜么？"

"是啊，你有什么打算？"瑛子止住笑，很严肃地说。

华曦摇摇头，"没什么打算。"

"不去狂欢？"

"不去。"

瑛子没趣地站起身，"你们这些人真没劲，除了吃饭就是睡觉，一点情趣都没有。"说着就向门外走去，快走到门口的时候又转过身来，神秘地问道："你说，薛坚今天会不会送礼物给我？"

华曦随口答道："我怎么知道？"

瑛子无趣地走出门后，华曦才明白了瑛子的意图。于是就关上门，打通了薛坚的手机。薛坚正在和人吃午茶，在酒店的吵闹声里，薛坚也想不起今天的日子，经华曦一提醒，才恍然大悟，马上就要打电话到夜总会订房间，华曦拦住他，"我不是这个意思，我是问，你有没有给瑛子买礼物。"

"礼物？什么礼物？"

"圣诞礼物啊。"

"什么圣诞礼物，中国人干吗要整这洋相？烦不烦？"

华曦自觉没趣，就拦住薛坚的话头，"行了，你别管了，下午我去买吧，你回来后到我的房间来拿就行了。"说着就撂了电话。

华曦起床就直奔东门，挑了一支法国香水准备送给瑛子，想想不知道该替薛坚挑个什么礼物，恰好路过一个女人内衣店，于是就大模大样地走进去，在各式亵衣和奇异眼神的包围下，华曦芒刺在背地挑了一套带蕾丝花边的紫红色透明内衣，让店员严严实实地包起来。才逃出内衣店，华曦站在路边又想起应该给胡蓉买些礼物，于是又去挑了一支进口香水，顺便还买了一套护肤套装礼盒，才回到家里。

胡蓉的手机还没有开，华曦无聊地在客厅和房间里走来走去，不知道该如何打发掉这样一个阴冷漫长的下午。薛坚一直没有回来，瑛子也不知了去向。外面的天气阴沉沉的，可以肯定今年的圣诞节既没有雪花飘落，也没有星星闪烁，只有那些无奈和寂寞的人们在酒精里游荡了。从读大学时开始，华曦都会在圣诞或新年里给女孩子送一点点小小的礼物，这个习惯一直保留下来。他已经记不起送过多少礼物了。只记得在北海时，在圣诞的前一天，专程跑到海边，捡了一只奇形怪状的海星贝壳，特别在贝壳的空洞里塞了一张写满极度肉麻情话的纸条，用特快专递寄给小美。可圣诞节过了很多天，小美也迟迟没有收到。虽然小美来电话说没有收到邮件，却换来了一副好心情，但华曦总觉得有些遗憾，同时也奇怪那些肉麻的情话最终流落到什么地方。

瑛子回来的时候，看见华曦躺在客厅里的沙发上睡着了，就扯过毛毯为他盖上。在睡梦里，华曦咧着嘴，瑛子看不出这是痛苦的表情还是偷偷地笑意。

吃过晚饭，薛坚也没有回来。快九点了，路灯下已经多起来酒醉的人们，薛坚依旧没有回来，手机也关掉了。瑛子和华曦痴呆呆地坐在客厅里，房间里冷清地像个常年空置的谷仓。华曦问道："你该去上班了。"

瑛子木讷地摇摇头，"我想等薛坚回来。"

华曦见时候已经不早了，就拿出香水送给瑛子，"圣诞快乐！"

瑛子的脸马上多云转晴，兴奋地拿出香水在鼻子使劲闻闻，眼睛笑成了一条线。

"小处男，我爱死你了。"

"别别，你还是该爱谁爱谁吧，薛坚让我把他的礼物也带回来了，说让我在这个时间送给你，并替他祝你圣诞快乐。"

华曦见瑛子一脸的狐疑，就从背后拿出包得严严实实的礼物，"薛坚昨天上街买的。"

"为什么他自己不送？"瑛子的眼里依旧充满疑问。

"这样才有神秘感嘛。"

"是什么东西？"

华曦摊开双手，"我怎么知道？"

瑛子半信半疑地接过来，撕开包装纸，马上兴奋地要晕过去，脸上闪烁的激动足以化解今夜密布的阴云。她把透明的内衣捂在脸上，激动地仰在床上，双手体会着丝滑的感觉和快慰。这兴奋是华曦从不曾在瑛子身上见过的，也许人们对幸福的要求真的很少，只要在一个合适的时机送上一点合适的表示，幸福就会像滂沱大雨一样，让整个世界涕泗横流。

瑛子蹿起来，"我要马上穿上它，"说着就钻进了洗手间。

　　一点小小的礼物换来一晚快乐的心情，华曦也为此感动，他捡起薛坚的烟，慢悠悠地吸起来。虽然他还不习惯万宝路的味道，但此刻的心情赫然开朗了许多。燃尽了一支烟，瑛子还没有从洗手间出来，华曦想着她在镜子前搔首弄姿自我陶醉的样子，心里不住地想笑。就在此时，洗手间的门打开了，只穿着内衣的瑛子迈着台步，斜瞟着双眼悠悠地走过来，沙发上的华曦顿时变得浑身燥热。

　　在客厅黯淡的灯光下也能看出，瑛子的脸刚刚经过了细心的浓妆艳抹，鲜红的嘴唇泛着油光。女人的隐私在透明的内衣下，纤毫毕露又欲说还羞。紫红色的内衣映出了暖暖的感觉，蕾丝花边则清楚地在裸体上写着欲望。

　　华曦手足无措地按捺着燥热，既想掩饰狂乱又无法移开已僵直的目光。瑛子摆着从电影里学来的姿势，用噘着的嘴巴和扭动的腰肢夸张着性感，一步一步骑到华曦的身上。在眼睛与内衣只有一寸距离的时候，华曦已经无法辨别肉体的模样，横在面前的只有抽象的冲动。透明的丝料遮不住肉体却能掩盖真实，蕾丝花边让女人特有的体香变得如此刺激和冲动。华曦已经没有了理性选择的余地，他只有闭上双眼，抵抗丝滑的诱惑，随着眼前黑暗的来临，剧烈的心跳变得让人格外羞愧。

　　尖锐的电话铃声撕裂了大脑里混沌的状态，华曦的理智迅速地回到了阴冷的客厅里，他慌忙推开瑛子的躯体站起来，磕磕巴巴地掩饰到："你休想废了本世纪的最后一个处男，我要将处男进行到底。"说着就窜进房间抓起电话。

　　"你怎么气喘吁吁地？"胡蓉在电话里幽幽地问。

　　"我一直在等你的电话，"华曦此时已无法考虑谎言的合理性。

　　"我病了。"

　　"我知道，可我一直联络不到你。"

　　"是，我本想自己清静清静，可我不想过一个人的圣诞节！"

　　华曦慌张地夹起图纸走出门的时候，瑛子仍斜躺在沙发上，散开的胸衣维持着剩余的诱惑，眼睛里还荡漾着幻象和等待。华曦坚决地抵抗着慌乱的心跳，忙不迭地逃出大门，将混乱的欲望留在那扇门板的那一端。

拾壹

出租车窗吹进来的冷风降低了体温，但冷却不了大脑。直到华曦摁响胡蓉家的门铃时，他才想起送给胡蓉的圣诞礼物丢在了家里。此时，他已经发现胡蓉在铁门的那一侧露出了恹恹的笑脸。

胡蓉的家在北环大道的边上，四周尽是些陈旧的工业厂房，只有这样一栋高层住宅独自耸立着这片漆黑地冷清之中。华曦按亮电梯上的 26 楼的按钮，慌乱的心情才有些渐渐平息。随胡蓉走进客厅，发现这套两室一厅的住宅很狭窄陈旧，已经坏了几个灯泡的吊灯照不亮灰暗的墙壁，有些破旧的漆面家具已经有些残缺，只是阳台边的转角布艺沙发是崭新的，在这个阴冷的客厅里显得格外扎眼。

胡蓉面色苍白，虽然上了些淡妆，但还是从眼泡和唇角里，看得出一副病恹恹的样子。刚刚梳理过的头发依旧披散着，看上去有些枯干。胡蓉穿着一身纯白色的针织运动衣，外面罩着一件厚厚的丝绒睡袍，睡袍上绣着一团鲜艳的草莓图案。华曦觉得这片草莓很眼熟，只是一时想不起曾在那里见过。

"圣诞快乐！"华曦轻声地问候着。

胡蓉站在华曦的面前，凝望着他的脸，两手搭在华曦的胳膊上，轻轻地回应道："圣诞快乐！"说着，眼角就变得有些湿润，她顺势将头埋在华曦的肩窝里，轻轻地抽泣起来。华曦静静地站在那里，一动不动，他知道这是一个预兆，只是一个孤独圣诞的前奏，然而即将来临的剧情高潮，华曦无法预知。

华曦在沙发上坐下，胡蓉坐在一侧，歉疚地笑笑："你看，我多傻，让你笑话了。”

“怎么会呢？看上去你病得不轻，要好好休息的。”

“本来是休息，可是今晚是平安夜，别人都去狂欢，我躺在床上越想越怕，真怕在这儿听到午夜的钟声。”

“现在不怕了，有我在这儿啊。”

胡蓉点点头，双手抱在怀里，"不怕了，可是你看我有多自私，要不是我，你肯定早就去过圣诞狂欢夜了。”

华曦平静地望着胡蓉，“我倒是觉得这样更有意思。”

“是么？”胡蓉略带惊奇地望着华曦，本来有些疲惫的脸上闪烁着不易察觉的惊喜。华曦将一大叠图纸递到她面前，“图已经做好了，拿去交差吧。”

“麻烦你了。”胡蓉顺手接过去，看也不看地随意丢在一边。华曦没有想到自己几天的苦功被这样轻视地丢在一旁，心里刚闪现出一丝不悦，就被胡蓉看在眼里，她低低地说：“现在它已经不重要了。”

华曦马上明白了今天的缘故，高声打趣道：“原来是心病，怪不得发作起来这么厉害。”

胡蓉绯红了脸，“不是这样子，我昨天刚去了医院。”

“哦？到底怎么了？”华曦这时才认真起来。

“没什么。”胡蓉缩在睡袍里的两只手抱得更紧了。

“要是你真把我做朋友，就应该告诉我。”

胡蓉皱着眉头，嘴巴抿在一起，好半天才挤出几个字，“我刚做了人流。”

华曦点点头，没有再问下去，从身边抄起一个靠枕放在胡蓉的身后。

胡蓉吃力地将靠枕调整到舒服的位置，声音沙哑又幽幽地说：“这几天心里特别难受，真想找个人说说，可是，自己的事情谁又能懂呢，要不是圣诞节，我可真不敢打扰你。”

“这样的日子我也有过，这种感受我懂。”

"你不懂，"胡蓉苍白的小脸在黯淡的灯光下泛着幽幽的光，"你不可能懂一个女人在突然发现自己怀孕的同时，却听到了被胎儿的父亲抛弃的消息。女人的这种感受你不懂，在那一刻我也不懂，但是在后来的几天里，我慢慢地懂了，那是绞心的痛。"

华曦专注地望着胡蓉的眼睛里慢慢渗出了泪水，心绪已经变得不知所措。

"我刚从电话里听到这个消息的时候，我一直想笑，天底下怎么会有如此荒唐的玩笑？我笑这个玩笑的愚蠢和荒谬。可当电话的那头用哭泣作为解脱的时候，我才慢慢地发现，该被讥笑的是我，一个披着高傲的外衣在深圳的大街上用天真乞讨真情的傻女人。"眼泪滚落下来的时候，外面的天空上绽开了一朵烟花，金色的火光映亮了天空，也在瞬间内将胡蓉的泪眼映透。"这种感觉你肯定不懂，我居然不知道是怎么在这个冷冰冰的房子里度过了四十八小时，我甚至不知道在这四十八小时里，我有没有呼吸。到后来，我唯一的想法就是怎么赶快拿掉肚子里的这块肉。我不是想报复谁，只是觉得它不再是我的血肉，它像寄生在我体内的一条蛔虫一样让我恶心，让我毛骨悚然。我不知道该向谁咨询，我不知道叉着腿躺在手术台上的滋味。可是，在那个晚上，我急切地盼着去医院，盼着天快点亮起来。"

胡蓉渐渐地依偎在沙发上，华曦帮她将靠枕垫住头部，让她能尽量地舒服一点。

"从医院里一步一步挪出来的时候，你不知道我的心情有多好。虽然那天特别的冷，可忽然觉得轻松了那么多，好像外边的世界上突然变得如此简单，马路上的人都变得像白纸一样的透明。"说到这儿，胡蓉突然绯红了脸，咧嘴笑了，"你知道么，我躺在手术台上的时候，忽然就想到你，忽然觉得是你在拉着我的手，是不是特别荒唐？"

华曦摇摇头，"能帮到你真好。"

"今天睡醒的时候，才发现已经到了圣诞节，我躺在床上就在想，今年还有没有圣诞礼物？这个礼物会是什么？可是该死的电话一直没有响，天黑以后，我想我快失望了，所有的圣诞老人都把我忘了，今年这里没有圣诞了。当时我特别想哭，想痛痛快快地哭一场，可就在酝酿眼泪时，我想最后还可以试一试。我真幸运，你接听了电话。"

华曦往前挪了挪，将胡蓉的脚搭在自己的腿上，"你的手机停了，我一直在等你的电话，没有其他办法，只有等。"

"手机和那个胎儿一样，被我留在了过去。"胡蓉已经平静下来，只是嗓音更低沉沙哑了。

"我特意去给你买了礼物，可是出来的时候却忘了拿，"

"不用了，你就是这个圣诞节里最好的礼物。"胡蓉痴情地望着华曦。

华曦傻呆呆地笑了，笑得那么无知，"我可不是什么好礼物，不过倒是个出色的圣诞老人。"

胡蓉眯着眼，眼角里流露出一丝惯常的俏皮，"让我猜猜是什么礼物？"

华曦见她的情绪渐渐快乐起来，就顺势逗她说："你一定猜不到，"

"我不信，不过你不许骗我，猜到了就要承认。"

"没问题，反正我还要拿给你的，"

胡蓉装模作样地想了想，脱口而出："香水？"

华曦咧咧嘴，"一下就猜中了，你说我这个人多没有悬念。"

胡蓉笑起来，笑声变得如此悦耳，"不过，我还能猜出是什么牌子，"

"这我就坚决不信了，给你三次机会。"

胡蓉猜了三次都没有猜对，后来华曦只有坦白自己也不知道那是个什么牌子，只是店员推荐说这个牌子是今年刚刚开始流行的，华曦只记得在包装盒上有一个武士骑着一匹长着翅膀的马。

"我知道，那是个很有品味的牌子。"胡蓉认真地说。

"是么？那太合适你了。"

"我？谢谢你这么夸我，反正我很喜欢。"胡蓉骄傲地接受了夸奖。

　　胡蓉进房间的时候，随手关上了客厅里的灯。在漆黑中，华曦望见窗外的天空轻轻卷过灰白色的烟雾，有人在用焰火庆祝着这个冷清的圣诞。在这个城市冷静的面孔下，有多少孤寂的人们试图编造着快乐的理由，有多少蠢蠢欲动的渴望在寻找着发泄的理由。此时，只有华曦在静静的夜里，体会着理智被麻醉后的感受，一丝丝冷风、一点点焰火都成了与整个城市互相安慰的温柔。

　　胡蓉捧着一点烛光走出来，烛光下有一只红酒。酒红洋溢在她的脸上，像一团抹不去的羞涩，荡漾在潋滟春光之中。

　　"刚做完手术是不能喝酒的，"

　　"在深圳的圣诞节，心情比身体更重要。"

　　在无法拒绝的烛光荡漾下，酒红随着眉目顾盼渐渐感染了神经，在痴痴的笑声和呓语里，眼神迷离成酒红中起伏的幻影。胡蓉俯在华曦的胸前，一滴酒红沿着唇边落下，在白色的胸前染成一片桃花，散发着酒香的红唇含混地吐露着这个城市里不曾有过的情绪，在恍恍惚惚之间，华曦只能感受到两个生命在不停地纠缠和涌动。

　　"你是我的圣诞爱人，在飞舞的眼泪里。"胡蓉已经醉过去，醉得像轻飘飘的棉絮，迷离的眼神和闪烁的唇光无助地飘荡在圣诞节的夜空里。华曦抱起她，像抱起一团影子，告别了即将燃尽的烛火，在远处传来的隐约钟声里，把她送到床上。

　　华曦守望着即将坠入泪海的最后一点点烛光，迷乱的思绪随着渐渐来临的黑暗变得更加混沌，平安夜已经远去，只在玻璃杯的壁上还留着一点残存的痕迹，一切又都归于清冷，来得那么突然，去得如此简单。

　　柔软的沙发上已经没了胡蓉的余温，在辗转反侧中，华曦无法为自己的大脑安顿一个空间。在卧房的那张大床上，有一丝欲望和一床失望，睡着的心里游动的是永远的无奈。而客厅里的华曦，则愿将所有的思绪凝固在逐渐冰冷的烛泪之中，不再躁动，只有从脚尖袭上来的冰冷久久地缠着他。

一扇打开的门阻隔了两种欲望，混合了同样的心情。

第九章 逝去的悲歌

壹

圣诞节过后，日子又恢复了以往的平淡。华曦也没有问薛坚在平安夜的晚上去了哪里，只是瑛子自那以后沉默了许多，平日懒散的神情不见了，平时总会一个人目光呆滞地发愣，似乎已经灵魂出窍。

圣诞节的早晨，华曦醒来的时候，天色已经大亮。在华曦的记忆里，他很少这么早起过床。外面街道上的行人很少，似乎大家都还迟迟不愿忘却昨夜的欢乐，只有扫街的车子响着单调的铃声慢悠悠地划过。

胡蓉卧房的门还敞着，她抱紧被子蜷缩成一团，挤在大床的角落里，披散的卷发让华曦看不到她睡梦中的脸，不过，从她睡觉的姿势可以看出，梦境里又是一个沉醉混乱的夜晚。华曦简单地擦了把脸，锁好门，下楼叫了出租车回家。

外面的风清冷地吹过，华曦缩紧了脖子，困意模糊了双眼，疲乏酸软的感觉让他在汽车后座上难以自持，只好强打着精神支撑到家。家里没有人，薛坚还没有回来，瑛子也不在，华曦倒在床上昏昏睡去，居然没有想起昨晚的任何事情。

贰

薛坚已经开始在准备现金，因为周双标来电话说，厂里终于同意了薛坚的报价，但要求六万美元的定金必须是现钞。华曦到了银行才发现，一次性很难从银行提出这么多钱，于是和薛坚商量好将周双标那边交钱的时间拖一拖，自己每天一次到银行取钱。而薛坚也终于从汪景武的手里拿到了五万人民币的定金，汪景武在酒店的饭桌上掏出这一叠钞票的时候，手还有点哆嗦，一再叮嘱千万不可出什么差错，特别是到年底的时候了，公司要结账，最好能越快越好。不过那天从海上皇酒楼出来的时候，薛坚手里的现金就还剩下了四万七，因为钱一出手，汪景物就点了一通龙虾洋酒，还叫了三个小姐陪吃陪喝，结账的时候害得薛坚付了三千多。不过薛坚想想反正是对方的钱，也就没有理会。

华曦在每一个信封中装进一万美元，一共装了六个信封，分别放在薛坚和华曦两人外套里面的口袋里，临了还是使劲按了按，确认无误后，这才放心地走出桂园路的那间地下兑换外汇的铁皮棚子。对于很多人来说，六万美元可能是一个天文数字，可华曦却惊讶自己辛苦几年，只剩下这几个信封，也算是天大的玩笑。回到家里，薛坚让华曦收拾收拾值钱的东西，把随身要换的衣服装进旅行袋。华曦不解地问："干吗？"

薛坚拧着眉毛大声嚷嚷道："你是真傻还是装糊涂？我们收了钱还不出去躲躲，难道让周双标找上门来？"

华曦真有些发愣，虽说也曾想过要避避风头，可是事到临头，却真不敢肯定自己要过上流亡生活，"真走？"

"当然真走。"

"去哪儿？"

"不知道，反正让他找不到就好了，过上几个月再回来，这事情也就过去了。"薛坚不以为然地回答着华曦的疑问。

"到国外？"

"你别想得那么美了，出了这种事，边防海关第一时间就知道，你不是自己送上门去么？老老实实找个不起眼的小城市住上几个月，就当是考察项目。"

华曦顿时情绪低落，也许此时只有维也纳的咖啡馆和加勒比的沙滩对他还有吸引力。他撇着嘴巴道："那就去北京吧。"

薛坚一阵冷笑，"想吴缨了？你呀，一时也离不开女人，再说吧。"

华曦早上醒来的时候，迎来的是今年的最后一天。在今晚，深圳的人们又有了欢乐的理由，新的一年将从今晚开始，而新年的钟声将为过去的三百六十五天做出残忍的总结。无论是欢乐还是悲伤，一切都会在今晚开始褪色消融，剩下的只有好事者留下的一本残破日记。

薛坚打电话到周双标住的招待所，房间里没有人，过了一个小时再打过去，还是没人接听，这时已经是上午十一点多了。华曦心头冒出了一丝不祥的预感，薛坚看在眼里安慰道："别急，也许这个家伙出门吃早餐去了。"

华曦焦灼不安地在客厅里走来走去，沉重地仿佛等待世界末日的来临，薛坚把他拉住，"你稳当会儿好不好？心里别这么装不住事儿，这种心理状态怎么作大买卖？今晚有什么打算？这可是辞旧迎新的一天啊。"

"还没想呢，收了钱怎么都好说。"

薛坚乐了，"我和汪景武已经通过电话了，今天下午我们就可以拿提货单换现金了，钱已经准备好了。"

"那我们什么时间走？"

"别急，过了今晚，明天一早就直奔机场，买得到哪里的机票就飞哪里，目的地暂时不明。"

中午的时候，周双标打来了电话，约好下午两点在梅林仓库见面交易。在电话里还一再地低声下气地抱歉说一早就出去和朋友去吃早茶，忘了约定的时间。终于盼来了周胖子的消息，华曦又开始急切地等待着时间慢慢地逝去，临出门的时候，薛坚一再提醒他要冷静，千万别在关键时刻露出马脚。

外面的天空厚厚地积着一层阴云，阴沉地像破旧的柏油路。室外的温度比前两天还要低一些，听天气预报上说是北方的冷空气在这里迟迟不肯离去，要到下周才能逐渐放晴。华曦走出楼门口的时候，抬头望了望天，紧张的心情多了一份沉郁。坐上出租车，薛坚忽然想起一件事，"记得提醒我，办完事以后去给瑛子买件礼物，圣诞节就没有买，惹得她好大不高兴，这次别忘了。"

华曦点点头，既然瑛子没有告诉薛坚那件内衣的事情，自己也就不便捅破，"是啊，你也该多注意注意女人，她们就是这样一种奇怪的动物，只满足于虚荣的表象。"

薛坚深有感触地点点头，"太复杂了，想起来都累。"

车子到了仓库门口的时候，周双标已经等候在那里，圆滚滚的身子还穿着那件开始泛着油亮的格子西装，像个游乐场门口的新款垃圾桶。车门还没有打开，肥腻腻的小手就殷勤地伸了过来，一直把二人领到仓库里黑洞洞的泛着一股霉味儿的小办公室里，"合同已经准备好了，你是先点货还是先把合同签了？"

薛坚大手一挥，"老周，我们之间还有什么不相信的。"

华曦冷冷地瞟了薛坚一眼，"我倒是想去看看这批货，周先生不在意吧？"

"不在意、不在意，这是应该的。"周胖子点头哈腰地在前面领路，又叫过来一个穿得像管理员模样的人，把对方的货物搬下来拆了封口，华曦简单地翻看了一下，双手拍了拍尘土，重又回到那间昏暗肮脏的小办公室里，拿出早已经准备的合同章，盖章签字。薛坚对弯腰伺候在一旁的周胖子说："老周，开个收据吧。"

周胖子满脸堆着泛滥的笑意，"收据已经开好了，这个……钱呢？"

薛坚从随身的公文包里摸出六个信封拍在桌子上，"点点吧，一包里是一万，数好了，出了门我可就不认了。"

周胖子仔细地点了一遍，又特别找了张白纸，随意抽出一张使劲地在上面蹭了蹭，这才放心地把钱收好，从包里摸出一个皱巴巴的牛皮纸袋，"这下心里一块石头才算是落地啊，在深圳待了这么长时间，对厂里才算有个交代。"

薛坚从纸袋里翻出一份一式三联的提货单和一张收据，华曦仔细看了看，又叫过来管理员问道："这张单是不是那批货的？"

长着一脸暗疮的管理员接过来看了看，认真地点点头。华曦这才站起来，傲慢地握住胖子的手，"好吧，我还有事，要先走一步，以后我们多多合作，改天我请你吃饭。"

周胖子的眼睛已经挤到了面部肥肉的夹缝里，"谢谢李总支持，您还要多多帮助我们乡镇企业发展啊。"

华曦与薛坚出了梅林就直接奔到汪景武的办公室，汪景武正衣冠端正地坐在大板台后等着二人，那张马脸如沐春风般的灿烂。等秘书端上茶来，就亲自关好门，压低的东北腔里带着中午盒饭的味道一起冲出来，"办妥了？我这边钱已经准备好了。"

薛坚掏出提货单递给他，汪景武坐在大板台后面正正经经地看起来，一边看一边拨通了电话，"财务部，我是汪总啊，你让林经理过来一趟，等等……"

汪景武的马脸突然拉长了许多，疑惑的眼神从提货单转到了薛坚身上，"小萧啊，这个仓库的章不对啊，这件仓库我很熟悉的，他们应该是申华仓储公司，是上海人办的，这个章上面怎么是永华仓储公司？你是不是再核对核对？"

华曦愣住了，薛坚一把抢过来，在保管单位那一栏上的红章上确实明确地印着永华仓储的字样，薛坚皱着眉头，"汪总，这不会错的，这间仓库可是当时你推荐给老周的。"

"仓库不会错，我的货一直放在那里的，我是说这张单子不对头，你还是最好和老周核对核对，我下午还有个会，我就不陪你们去了。”

　　走出汪景武的办公室，薛坚的脸已经变得比外面的天空还要阴沉。两个人都没有说话，赶到梅林仓库的时候，仓库的大门上紧紧地扣着铁锁。薛坚一通狂砸，才从小窗子里探出一个已经醉醺醺的老头，红红的脸上喷出满嘴的酒气，“干什么的？”

　　“提货！”薛坚气哼哼地说。

　　等了半天，老头才从旁边的一扇小门里晃出来，接过提货单放到离眼睛只有两寸的地方看了看就塞到薛坚的手里，“你没事逗我玩呢？这不是我们出的单，”

　　“什么？”华曦结巴地问道。

　　“你自己看清楚，这个章不是我们申华仓库的，再说，所有我们出的单都有我的签名。”

　　“刚才那个年轻点儿的保管员在不在？”

　　“什么年轻点儿的保管员？这个仓库就我一个人管，没别人。”

　　薛坚和华曦飞速赶到周双标住的招待所，发现他已经在中午退了房。

　　汪景武及时地打通了薛坚的电话，对薛坚说如果拿不到货就赶紧把他的定金退回去，年底了财务部要结算，否则不好交代。

　　“我们上当了！”薛坚铁青着脸吐出这几个字。

　　华曦坐在招待所门前的台阶上，已经没了知觉。街上的行人在冷风中匆匆地穿行，没有人在意这一切，只有两个脸色铁青的人在这个城市的街道上体会着寒风。

叁

　　街灯下到处是吵吵嚷嚷的人群，掺和着酒精的张狂让这个城市的新年格外躁动，商店大多打烊了，所有的酒楼和夜总会都喧闹着迎接全年里最具消费力的一晚，到了明天，又是新的一年，周而复始的年年岁岁，都是从这一天开始。薛坚一言未发地喝掉了整支的白酒，只是酒醉的脸依旧铁青着，让瑛子不敢放肆的说话。

华曦手里举着酒杯，哆嗦着送不进嘴里。此时他已经无法回忆起当时的情景，也许只是瞬间的感受，天之将倾的感受，就足以击垮平时足以吹嘘的信心。华曦再次努力着将白酒倒进嘴里，辛辣的味道让神经末梢微微有了些知觉，从胸口开始，渐渐传到了四肢。华曦无法面对已经发生的一切，他曾经试图告诉自己，周双标还在深圳，他只是将单子给错了，也许这一切还可以挽回。可是从薛坚已经没了任何表情的脸上可以看出，自己的想法不过是自我安慰，该发生的都已经发上。在麻木的神经下，眼前晃动的还是仓库的那把铁锁和周胖子肥腻的笑脸，忽然，所有的懊悔和恶心都从胸口一泻而出，胃口想翻出来的口袋一样倾泻了所有。

薛坚醉了，瑛子醉了，华曦也醉了，三个人都没有讲话，只是靠酒精麻痹着自己的神经。时间在酒精的浸泡中慢慢的过去了，新年越来越近了，薛坚用醉得通红的双眼歉疚地望着已经逐渐瘫到在沙发上的华曦，在瑛子的耳边低语了几句，说完就摇摇晃晃地出了门。

华曦睁开眼的时候，只觉得眼前依旧是漆黑一片，不过窗外的喧闹声和出租车的刹车声却清清楚楚地传来，好像就在床头一般，也许是人的听觉在黑暗中格外灵敏的缘故，也许是酒精刺激了神经的缘故，华曦的大脑被这些噪音深深刺痛。忽然，华曦的手仿佛被电击一般的缩回来，人顿时惊出一身冷汗。

一个赤裸的躯体躺在自己的身旁，华曦本能地知道，这是一个女性光滑的身体。

"你醒了？"黑暗中传来的是瑛子的声音。

“我怎么到床上了？”

“你醉了，是我把你搬上来的。”

“薛坚呢？”

“不知道去了哪里，”说着瑛子扭开了床头的台灯。

华曦敲着自己昏胀的头，坐起来。灯光下，瑛子的身体毫无遮掩地暴露在眼前。

“我们怎么了？”

“都喝多了。”瑛子的声音里带着疲惫。华曦赶忙拉着被子遮住身体，“不，这不行，”

“还有什么不行？你已经做完了。”瑛子平淡地扯开华曦紧紧抓住的被子。

“不可能。”

“你喝醉了，我刚把你扶上床，你就变成了牲口。”

华曦极力想用麻木的舌头为自己争辩着，“这让我怎么和薛坚交代啊？”

“他是故意躲出去的，是他要把你留给我。”

华曦顿时无语。

混乱的意识已经让他无法回忆起今天的遭遇，华曦只能想起薛坚沉默的样子。在这样的夜里，血液中发作的酒精让他分外狂躁。这时，窗外响起了噼噼啪啪地鞭炮声，大钟楼的钟声也悠悠地躲在鞭炮的背后，隐隐地从窗缝里溜进来，飘荡在床上充满着酒气和汗味的污浊空气中。华曦抬起头望着窗外，心里空得像是拧干的海绵。当终于听到最后的一声钟声缓缓响起又渐渐消失，华曦长长地叹了一口气，“又到一年。”

薛坚在街上漫无目的地闲逛，街上尽是无聊的人们以发泄多余的精力作为对新年的祝福，年轻的男女与不年轻的男女都在大街上放肆地诅咒平日的伪善。薛坚在酒精的感染下，眼里看到的尽是无奈。薛坚坐在国贸大厦下的台阶上，凝望着穿梭游荡的人流，看着形形色色的人们勾肩搭背地在眼前晃过，一时间，心底所有的无奈和悲伤都涌上头来，眼眶也在不知不觉中湿润了。

薛坚无法接受华曦悲伤的眼神，特别是他今天下午以后一声不发时的眼神，这种眼神像是条鞭子狠狠地抽在自己的背上。从小的时候，家属大院里的这帮小伙伴中，华曦就总受到大家的保护，无论在外面惹了什么祸，大家都是让华曦第一个跑回大院，实际上，谁也说不清楚到底是为什么对他疼爱有加，尽管他并不比别的孩子瘦小。从那时，薛坚作为这帮小伙伴里的头儿，就无处不庇护着华曦，唯恐他受到任何处罚，宁可自己挨母亲的巴掌。直到了今天下午，薛坚今天才明白，这些年来，是华曦惊慌失措的眼神里的恐惧和无助让薛坚无法忍受，虽然这眼神是亲情的责怪，但比仇人的怨毒更有杀伤力。

薛坚抽完了烟盒里的最后几支烟，开始晃晃悠悠地找着回家的路。此时的路上，街灯更显得昏暗，灯下烂醉的人们开始在污言秽语里不停地呕吐，在人行天桥下，一个肥女人跪在下水道的铁栅栏上，露出腰间颤抖的白肉和花底裤，痉挛的四肢拼命地将肚子里油呼呼的晚餐和胃液一倾而出。路边的那些呕吐物和颤抖的白肉不停地在薛坚的眼前晃来晃去，让他抑制不了胸口的恶心，直到他奔到了天桥上，望着桥下冰冷的路面和街灯的倒影，这才深深地舒出一口长气。

这时，远处有人放起了鞭炮，一串串的火星撕裂了暗夜的迷蒙，清亮的声音撞击着混沌凝固的大脑。天桥上的行人止住了脚步，齐齐转头望向鞭炮声响起的地方。这是新年的第一声脚步，它提示着人们肆意的理由。薛坚嘿嘿地冷笑了两声，戏谑地摇摇头，引来了旁边的一对男女的白眼。这时，天空中远远地传来了钟楼悠长的钟声，含混而绵长，虽然自己已经醉意阑珊，但不用数也知道，这是今年的最后一次钟声，在突然喧噪一片的鞭炮声里，隐隐约约的钟声时断时续。眼看一年就要到了尽头之时，薛坚忽然觉出身后逼过来两个黑影，未及转头，一股足以忘却一切的奇怪感觉从自己的腰间瞬间绽开，完整的生命被锋利的刀刃忽然挑破。薛坚并没有感觉任何疼痛，只是觉出一丝金属的凉意，眼前的一切就马上变得模糊了，双腿也无力支撑生命的骄傲。

他一头栽倒在天桥冷冰冰的铁板上，再没有了任何顾盼。

<h1 style="text-align:center">肆</h1>

华曦听到薛坚死讯时，刚刚从床上爬起来。昨晚的酒意和宣泄让他此时的太阳穴如针扎一般的疼痛。他挣扎着坐起来，望着身边瑛子酣睡中苍白而松弛的身体，分辨不出堵在自己胸口的是失落还是懊恼。就在这时，电话铃声响起，电话里是大厦的保安。

警察赶到现场的时候，薛坚的身体已经凉了，天桥上淌着一大片凝固的黑血。四肢张开卧在桥面上，脸上的表情平静地像刚刚睡去。黑西装的后背上有一个不起眼的小洞，涌出的血浆早已经凝固在黑色的西装上。警察在现场勘查中，从薛坚的衣袋里找出了一张洗衣店的收据，才顺藤摸瓜地找上门来。

华曦推醒了瑛子，瑛子睡眼惺忪地听到这个消息，马上倒头又躺下，"别闹了，让我再睡一会儿，我困死了。"华曦只好再次言辞激烈地申明，这个消息千真万确。

瑛子躺在那里一动没动，华曦正要发火的时候，却发现她已经泪流满面，身体也紧紧地在颤抖中蜷缩起来。

"这是报应。"瑛子低低地说，没有人知道她说的是谁。

在麻木之中，华曦处理完了薛坚的丧事，其间还在派出所里接受了几次调查。只是这几天，华曦平静得像是演一出平淡无味的过场戏，在不知不觉中就结束了。警察最后的结论是抢劫杀人，因为薛坚随身带的手提电话和钱包也不见了踪影。华曦没有为此争辩，坦然地接受了警方为薛坚所作的最后评语。薛坚的家人没有来深圳，生活在养老院的老母亲已经老得下不了床了，华曦的父母没敢把这个消息告诉她，只是希望华曦能够过一段时间就以薛坚的名义寄些钱到养老院，让她能安安稳稳地度过余生。

这期间，惠惠和叶青都来过，叮嘱华曦要节哀顺变，保重身体。看着她们脸上悲戚的表情，华曦觉得，一个人生命的终结似乎让无数无关痛痒的人都作出了同样的表情，仅仅在这一点上有些可笑。

出事的当天晚上，从停尸房回来后，瑛子就住进了医院，高烧四十几度，胡话连天，大夫说她受到惊吓，短时间内精神接近崩溃，需要抓紧住院治疗。华曦把她送进病房后就没时间看护她，只好每天半夜的时候，到病床前安静地陪她坐一会儿，不管她是醒着还是睡着。住进医院的一两天后，瑛子明显好了很多，白天的时候基本可以安静下来了，睡着的时候还会盗汗，被子都湿乎乎的，偶尔会在三更半夜里大喊大叫，把同屋的病人全部吓醒。

华曦已经三天两夜没有合过眼，没有洗过澡，没有换过衣服，身体和平时灵敏的嗅觉都已经麻木。壁钟滴滴答答地指向了夜里三点，屋子里像墓场一样寂静，也许薛坚此刻也能感受到这寂静。呆呆地坐在薛坚睡过的小床上，华曦没有一点困意，眼神从没像现在这样平静，只是脑子里迟钝地像断了电的冰箱，没了一点余温。华曦痴呆呆地坐着，忽然感觉狭窄的房子开始变得如此空旷，空旷得看不见尽头。冰冷的墙壁将寒冷带进人的骨头里，华曦打了一个寒战，眼眶马上变得湿润了。

从薛坚出事以来，华曦还没有流过一滴眼泪。在沙湾的殡仪馆里，看着薛坚被工作人员推进去，他也只是低着头站着，久久地没有挪动一步。在那个惨白肃穆的大厅里，只有墙角的一堆常年摆放的塑胶花红得异常扎眼。工作人员把薛坚推出来的时候，华曦已经站在大厅里等了有半个小时，这期间，他就像是在飞机场等待老友重逢一般地急切，没有丝毫的悲伤感觉，只是腿脚有些隐隐酸疼。终于，一块有些油污斑驳的白门帘被掀开，一架带轮子的铁床被推了出来，停在铁栏杆后，一个枯瘦的老者掀开了蒙在上边的白布。薛坚如同睡着一样安静地躺在那里，只是没有了往日的硬朗，没有了往日的坚定，一种从未有过的安详凝固在已经冻僵的脸上，收拢的四肢是如此放松，松得没有一丝力气。华曦只觉得心头堵得难以喘息，手捂在胸口上，脸色变得苍白。推着铁床的老者见如此情景，马上将铁床推回白门帘的后面。在大脑僵直的这一刻，华曦看到了薛坚毫无血色的脸，僵硬地定格在这一瞬间，而这一瞬间成就了薛坚的永恒。

华曦不记得是怎样走出殡仪馆大院的，只是不住地回头张望，望着大院后面的那棵年久的烟囱，猜测薛坚是凭那股淡淡的烟雾羽化成仙。然而，那一天的正午，天特别的阴沉，阴沉得像是暴雨后的一汪泥水。此时，华曦的眼泪才无休无止地流下来，温暖着空旷寂寞之中的寒夜，直到天色放亮的时候，华曦才昏昏然地睡去。

正午的时候，吴缨打来电话，听说此事吓得半晌没说出话来，之后就半哀求半命令地让华曦马上去北京，好好在北京过个年，也散散心。华曦不知道该如何接受吴缨的这份关怀，就模棱两可的答应了。放下电话，华曦就径直去了医院，到了病房的时候，才发现瑛子的病床已经空了，护士说她今天上午已经办了出院手续。华曦有些奇怪，也有点担心，打通瑛子家里的电话，可是电话没人听。于是华曦信步走出医院的大门，站在马路边上，望着身边急速驶过的车流，华曦不知所措。

华曦茫然地被人流裹在大街攒动的人头中，既没有表情也没有方向，只是随着前面人走的方向一步一步地往前。离春节还有大半个月，人们开始置办回家过年的礼物了，虽然这些日子很冷，由北方南下的冷空气迟迟不肯离去，但依旧阻不住飘荡在外的人们思家的情绪。人们拎着大包小包摩肩接踵地拥挤在大街上，或兴高采烈或小心谨慎，只有华曦，像个无知觉的动物，闲逛在这个拥挤的城市里。没有直觉、没有情绪，既不肯观望别人，也不肯观照自己，直到实在走不动的时候，才坐进了深南中路边上的一间叫做"歌剧"的咖啡厅。

现在正是上班的时间，装饰成欧洲画廊风格的咖啡厅里人很少，只有一两桌的客人，都是穿着深色西装、架着金边眼镜的人，在低声讲述着什么，偶尔还会传来几声大笑。华曦挑了里面靠窗的位置坐下，身旁的巨型落地玻璃窗将窗外的街景尽收眼底。"歌剧"的楼上是深圳最旺的写字楼，只有那些有权有势的公司才能付得起这里高昂的租金。玻璃窗外的名车拥挤在一片毫无头绪的停车场内，宛如下嫁平民的公主一般，没了名门的风范。只是窗外的景色吸引不了华曦此刻的主意，在服务生的劝诱下，华曦叫上了一杯冒着热气的蓝山咖啡，细细地品着绵长香气背后的那一点酸涩。

忽然间，华曦想起了远赴重洋的小美，不知道她此时身在何处，是不是也会在一杯类似的咖啡里读到了深圳的天气，不知道在欧洲的天空下，她还会不会想起深南中路上的味道。想到此时，华曦鼻子马上酸了，眼眶也有了点潮湿，心底压抑地已经有些麻木了的一腔委屈，感染了全身。华曦随手抓过一张印着精美图案的餐纸，将此刻的心情一字一句地倾诉出来。

小美，你好吗？日子就在我们每天的叹息和盼望中度过，一天一天的盼望，期待的始终没有来，而拥有的却一天一天在褪去，比如友情，比如爱情。此刻坐在越来越拥挤的深南中路旁，真想知道你现在的心情，真想知道在呼吸着大西洋上吹来的海风时，你在同谁讲着关于深圳的一个笑话，是草地上的一头奶牛吗？

深圳的天气还是老样子，和你走的时候差不多，只是临近春节了，更阴冷了些。本不想以一个悲伤的消息破坏你的心情，只是觉得有必要告诉你。在你走的那天，医院里那个用刀片来解决感情折磨的可怜女孩就永远地和痛苦告别了，从那天下午以后，她不会再为爱情烦恼了。原来，感情也是这样脆弱，轻松就可以得到解脱。既然如此，那我们还在等待什么？是轮回么？原来在长夜里等待的不过是天亮时才睡去的感觉，而大白天坐在安静的咖啡厅里不过是等待又一个黑夜期待黎明的折磨感觉。莫非我们生活的主题就是寻找折磨自己的借口？虽然我不愿意承认，但我不能否认，她毕竟是现实。

小美，那个我不曾见过的女孩现在一定很开心，在另一个永远都是朗朗夏日的世界里，她会是一个快乐的天使。盼望与等待不再是人生的负累，快活的拥有成了开心的唯一理由。祝福她，也祝福我们。

就在九四新年来临的那一瞬间，一个生命得到了解脱。他是那样安详地走了，甚至尖刀从腰部穿透了肝脏，他都没有一丝痛苦的表情。在无意之间，就毫无知觉地走到了生命的尽头。也许是预谋，也许是偶然，反正这些已经不再重要，重要的是他毫无预感地等到了解脱，解脱了爱情和友情的双重折磨。这几天，我眼前一直晃动的是他诀别时的那份恬静，在瘆人的遮尸布下，他用安详和冷漠逃脱了义务和责任，为还活着的人们和等待着的人们留下了诅咒和懊悔。我不知道该怎样来为他下一句评语，也许盖棺论定还太早，也许他是故意留下一个永远求证不了的猜想，此刻我唯一所知的就是，我们等待和盼望的一切都是如此脆弱。

此刻的咖啡厅里正放着《The Sound Of Silence》，唱片有点跳针，让西蒙的嗓音有点怪声怪调。从你走后，我已经不敢再听音乐了，唯恐保罗西蒙和克莱普敦会让我无法等到天亮。不过今天晚上，我会再放一遍《天堂的眼泪》，以此来纪念那些终于获得解脱的感情和生命。

这张餐纸已经容不下我的倾诉了，希望就此结束一个难捱的冬天。不过我一直想像不出贝尔法斯特的样子，除了北爱共和军，我对它就一无所知了，真想看到你现在的样子，是开心还是忧郁？北海岸边的冬天是不是和深圳一样寒冷？那里的心情会不会和深圳一起呼吸？

伍

　　天色完全黑了后，华曦才走出"歌剧"，在霓虹的闪烁下，街上的所有人都带着一样的面具，虚伪的满足背后隐含着战战兢兢地诚惶诚恐。本来白天就阴翳的天空已经黑暗地无限深远，如遮罩在人们头上的巨大黑洞，吞噬了这个城市的所有光芒。华曦漫无边际地差遣着自己的脚步，在跨进博物馆院门的那一刻才反应过来，竟然在此刻重返了那个曾失落在记忆中的童话领地。

　　华曦蹑手蹑脚地爬上了五楼的天台，在熟悉的台阶上坐下，远远地向外望去，这个城市依旧是一副老面孔，只是今夜黯淡了许多。院子里分外安静，没了以往的热闹，只有宿舍楼里还亮着几盏依旧昏黄的廊灯。院子里的那棵老榕树还在，浓密的树冠被夜色紧紧地包裹着，保持着一贯的沉默。

　　这里，曾经有过的都已经消失了，不曾拥有的仍然健在，如同头顶上的天空一样，恪守着往往复复聚散离合的不二法则。

陆

　　华曦回到家中的时候已经半夜，从博物馆到家里的这段路是一步一步走回来的，虽然没有看表，华曦也知道至少用了一个小时的时间，如果换作平常的日子，最多用去二十分钟。可是今天的这段路，华曦走得异常缓慢。回到家里又将是一个面壁的夜晚，在寒冷之中的空旷房间里，等待已经变成了恐惧。终于在走出电梯之后，华曦轻轻地打开了家门，房子里一股寒冷的阴森气息马上扑面而出，站在门口的华曦不禁打了个冷战。

　　漆黑的客厅里，坐着一个黑影。黑影垂散着长发，一动不动，仿佛没有感觉到门口站着另一个黑影。华曦打开了灯，锁好房门，在沙发上坐下，直直地望着披头散发的瑛子。

瑛子的脸藏在灯光的阴影之中，看不清具体的表情，只是身体萎靡成了一个弓形的曲线，厚厚的外套下露出两只惨白的手安静地攥在一起。

"我去了医院，大夫说你已经出院了。"

瑛子没有回应，像是没听到华曦的话。

"薛坚的事儿都办完了，人是昨天烧的，骨灰存放在殡仪馆了，存放证在我这儿，你要是去看他，记着从我这里拿证去。薛坚的东西都还没有动，我想等你回来，一起给他收拾收拾，你挑点东西留给纪念吧。"

瑛子还是没有动，只是大滴大滴的泪水从垂散的头发中滴滴答答地落下，砸在她有些痉挛的双手上，在昏暗的灯光下，溅起的泪珠是那么刺眼。华曦双手拄着脸颊，在沉闷之中呼吸着阴冷的悲伤，觉得此刻连静止的空气都在呜咽。

"是我害死了他"，瑛子幽幽地说。

瑛子的话戳进了华曦的心里，他顿时打了个冷战，"别这样说，这就是命，人无法预测和掌握自己的命。"

瑛子微微抬起头来，"是命也不是命，那天晚上是我故意做给他看的，他现在一定还很生气。"

"我也有一份，不过他很平静，一点点痛苦都没有。"

瑛子泪眼婆娑地望着华曦，"他一定是绝望了，他一定很在乎那天晚上的事情。"

华曦摇摇头，"算了，我们已经无能为力了，薛坚回不来了，他是用生命留下了诅咒，这个诅咒我们要背一辈子。"

听完华曦的话，瑛子反倒平静了许多，"是么？我真愿意这样。薛坚是我有生以来遇见的最爱，虽然他不会娶我，可我觉得他是个坚实的依靠，哪怕只是他的情妇，也想把他牢牢地抓住。可是，我一直怀疑他是不是真心对我，我想不出别的办法，只想做一次考验。可我真没想到，居然把他引上了死路。"

"天意证明他很在乎你。"

"我知足了。"瑛子说着，眼泪又涌了出来。

华曦垂下了头，他不知道这是不是一场有关爱情的忠诚测验，也许在瑛子看来，忠诚、贞操和道德之间没有任何关联，但薛坚却在认真地分辩尊严、操守、情感之间的分寸，在那一年的最后一刻，他彻底迷茫了，在新年来临的那一瞬间，他安静地选择了解脱。可无论怎样，自己在这场游戏测验中，只是一个不及格的学生，手里握着一张耻辱的答卷来告别一段时光。

"我不知道该怎么样向你道歉，所以我没有告诉你出院的消息。本来想一走了之，可是终究发现自己还没有个交代，所以我就在这里等你，希望你能原谅我这个下贱的女人。"瑛子挂满泪渍的脸上写满了哀求和懊悔。华曦摇摇头，没有说什么。

"我已经订了机票，准备回家，不想再回深圳了。上午我去最后看看他，就直接去机场，以后就拜托你多陪陪他了。"

华曦点点头，摸出一支烟点上，长吐了一口烟气，"薛坚解脱了，你也可以解脱了。"

在静默里，两个人都感受着这个冬天最阴冷的一刻。华曦又开始觉得胸口堵得无法喘息，虚弱的脸也变得通红。薛坚走得如此突然，就在心爱的女人与华曦在床上疯狂纠缠的时候，他一生不吭地走了，没有一句诀别的言语，所有的情义、歉疚、责任都用一捧鲜血抹平了，留下的只是平静和回忆。此刻，华曦觉得如此无助，眼前像是今晚漆黑的天空一样恐惧和孤独，他突然嗷地一声大哭了起来。

瑛子走的时候已经开始变得非常平静，在拎起箱子后，又凑到镜子前仔细给自己补了补粉，"我不想让薛坚看到我这么难看。"说完还向华曦微微笑了笑。华曦站起身披上外套，瑛子拦住他，"你不要送我了，越送越难过。"

华曦点点头，止住了脚步。瑛子走出门，突然又返身进来，对华曦认真地说："我来深圳三年，挨过无数男人的白眼，也害死了我唯一的爱人，这下扯平了。"

空荡荡的屋子里只剩下华曦一个人，硬币掉在地上的声音都传出了空旷的回音。墙上的水渍预示着将来几天又会是一段阴冷潮湿的日子，衣服开始变得发粘了，与皮肤腻在一起，让人从心里觉得有些恶心。华曦望着闹表机械地循环往复，发现这里的一切都在静止中变得凝固了。

柒

宁绍辉从检察院出来后的第一件事就是给华曦通了电话。

华曦发现宁绍辉憔悴的仿佛老了二十岁，头上的白发一丛一丛地蔓延开来，眼神里多了些呆滞，少了些执著。经过吴缨的疏通，宁绍辉的案子终于在春节前了结了，公司在宣布将其开除、收回宿舍后就没了下文。宁绍辉暂时在同学家里临时凑合，华曦问他为什么不回家过春节，宁绍辉哭丧着脸说："哪还有脸回家啊？家里人已经伤心透了，不想惹他们烦心。"

捌

这几天，华曦退掉了金城大厦的房子，和业主约好过两天搬家，然后就打通了胡蓉的电话。

由于临近春节了，"歌剧"咖啡厅的生意也变得清淡了许多，偌大的空间里只有华曦坐在靠窗的角落里，乖巧的服务生只剩下了零星的几位，不紧不慢地维持着深圳仅有的一点情调。华曦来到这里的时候，时间过了

　　九点，正是平日里深圳的夜生活刚刚开始的时候，红男绿女开始上街游走准备迎接又一个通宵达旦的狂欢。然而今天的街道已经冷清了许多，连街灯和平时光艳异常的霓虹灯都收敛了光芒，此时，大多数的异乡人已经返乡或者正在准备返乡，留下的只有那些飘零在外的无家可归人。

　　华曦进来的时候，发现胡蓉还没有到，就先找了位子坐下，茫然四顾，除了屋子中央的三角钢琴旁有一个寂寞的女钢琴师在熟练地弹奏着肖邦的C小调波兰舞曲，其他皆是空落落的。女孩子赴约从来都会迟到，这个习惯就像是黑死病一样传染了全球，华曦对此已经习惯，只是无心在昏暗的烛光下费力翻阅那些无聊的时装杂志，于是就专心地听着女钢琴师演练着华丽的指法。自圣诞节过后，胡蓉就没有再打电话过来，华曦以为女人对自己的酒后失态有些羞涩，所以也不便主动去提醒女人的敏感，于是就拖了下来。胡蓉不认识薛坚，华曦也不想把这件事传得沸沸扬扬，所以在临走前才第一次与胡蓉通了电话。

　　胡蓉一听电话里是华曦，就将他好好埋怨了一通，说心情不好的时候还要受到男人的如此冷落，简直是女人最悲惨的境遇。华曦赶忙赔了一通好话，又说到这几天发生了好多意外的事情，见面时再说给她听，胡蓉这才爽快地答应了。

　　一杯柠檬水下肚，胡蓉还没有来，华曦百无聊赖，只好把所有的注意力都集中在大厅中央的那架钢琴上。没有经过电声的华丽音乐时缓时舒，像是森林深处传来的天籁，撩动着华曦干涸枯燥的神经。他已经很久没有在这样的心境下安静地聆听他人营造的情绪了，如今在深圳最阴冷潮湿的季节里，伴着少有的寂静，别有一番感受。在钢琴前的那盏台灯下，远远望去，弹钢琴的女人有些柔弱，苍白的脸映在明鉴可人的钢琴琴板上，虚幻地如一张不真实的白纸。披肩的卷发随着音乐的节拍上下跳动着，只有脸上那副最近刚刚流行的无框眼镜让她看上去更像是个文静的中学教员。

　　在华曦不经意间，音乐戛然而止，苍白的女人合上琴谱，抿了一口水，就将身体斜倚在钢琴上，瞭了瞭空落的大厅。没有听众的表演是对自己的犒赏，可是如果只有一个认真的听众，犒赏就变成了考核，因为此时的聆听一定是最苛刻挑剔的，这个女人一定深谙这个道理，当她的目光和华曦在空中相交一刻，华曦感觉到她的脸瞬时就红了，眼神也像触电一般，马上闪了回去。华曦也匆匆收回目光，尴尬地在透明玻璃杯中品尝着这段寂静的时光。

窗外下起了蒙蒙的细雨，深南中路的柏油路面变得明晃晃的，通红的汽车尾灯将世界染成了粼粼的红色，偶尔的行人加快了匆匆的脚步，这个阴冷的冬天变得更加萧瑟，唯有的一点暖意来自突然出现在面前的胡蓉的脸上。

"这次是我迟到了，让你久等了。"胡蓉依旧是那副动人的微笑，嘴角微微地吊着，毛茸茸的杏眼又眯在了一起。

华曦赶忙站起来，拉了拉胡蓉的手，这双细手冰凉而又光滑。

华曦为胡蓉叫了一杯有浓浓日本风味的绿茶咖啡，自己则点了更合自己心境的霜冻摩卡，之后就细细地端详起胡蓉那张俏丽的脸。胡蓉的气色比圣诞节那天好了许多，虽然灯光昏暗，但还是能看出她脸上荡漾着的那片绯红，跳动的眼神也恢复了往日的轻快。尽管华曦的脸上充满了惯有的柔情，不过胡蓉可没那么容易感化，马上开始了充满信心的声讨。

"过了节你就黄鹤一去杳无音信，你知不知道别人在苦苦等你电话？逢场作戏之后就忘得一干二净了？我还以为你和别的男人不一样。"

华曦赶忙解释："绝对不是，我也在等你的电话。"

"这个时候的强词夺理只能说明你心里根本没有别人。"胡蓉狡辩的口气足以堵住华曦的任何老实的辩解。华曦虽然心中明白她并不是真正在意，只是觉得在口才上说不过胡蓉，就简要地把薛坚的事情从头到尾细说了一遍。胡蓉这才安静了下来，认真地听着，渐渐地眼神里充满了悲伤。华曦努力平静地把这段心路讲完，可在胡蓉关注的目光下，终究哽咽住了，如果再讲下去，他怀疑自己还能不能在这个心绪细腻的女人面前保持男人应有的平静。胡蓉正是这样一种让男人恐惧而又痴迷的女人，她不需撒娇和美艳来迷惑男人，偶尔也会虚张声势，但她能随时洞穿男人的脆弱，在她的脸上，永远充满了理解和无法抗拒的柔情。在坦白的过程中，华曦已经从心底向胡蓉彻底投降。

胡蓉抓住华曦的手，向他的手心里传递着一点点微弱的力量，让华曦迅速地垮掉。恰好此时服务生端上了咖啡，胡蓉赶忙缩回了手，这才让华曦得以自持，让自己保持住了表面的平静。

"真替你难过，"胡蓉低低地说，"不过他走得如此平静，也许是命里注定会有个美好的来生。你别难过了，薛坚一定很高兴有你这样如此牵挂他的朋友，不枉此生在世间的这一趟。"

"谢谢你的开导，我已经平静很多了。"

"那你就别想了，说说你春节准备怎么过？"胡蓉的眉梢向上挑了挑，换出一副兴致盎然的样子。华曦被她感染地咧着嘴苦笑，"还过什么春节呀？我还没想呢，也许准备出去走走。"

"去哪儿？"

胡蓉一问，华曦本来平静的目光忽然茫然地凝固在空气之中，能到哪里去呢？这个问题连华曦自己也不知道。华曦脸上这一瞬间微妙的变化被胡蓉清楚地看在眼里，她再次抓住华曦的手，紧紧地将它按在餐台的花格子桌布上，"留在深圳吧，你这个样子出去我不放心，不要让我们担心了。"

华曦本可以轻松地挣脱这只手，此刻胡蓉握在他的手上也许只有几克的力量，然而此时，华曦连这点力量也没有了。他顺从地点点头，嘴里嗫嚅着："再说吧，谁知道明天会怎么样？"

喝完了面前的咖啡，华曦又叫服务生上两大杯加冰的柠檬水，胡蓉马上脸色一片绯红，"我不能喝，一杯好了。"

华曦点点头，关切地问道："身体没事了吧？你看我多自私，从来不懂关心别人。"

胡蓉笑起来，"你别拐着弯儿地夸自己了，虽然是个万人迷，也别老夸自己的优点啊。"

"我？我是万人迷？"

"是啊，上海宾馆那次，一见到你，我当场就被你迷死了。"胡蓉装模作样的表情让华曦捉摸不透她的话到底是真是假，只是脸上飘出的一丝绯红让她的玩笑露出了一点点马脚。

"当场被迷死的是我才对，那天晚上我差点找不到自己的家。"华曦马上顺着胡蓉的玩笑发挥下去。半真半假、似是而非的玩笑是人类语言艺术的最高境界，它能直白地讲出平时羞于启齿的欲念，又不用承担责任，如果哪个傻瓜被一句玩笑挑起了无限遐想，其结果一定是咎由自取，埋怨不得别人。既然玩笑是一种最好的调情手段，那么多说上几句，一定不会引起对方反感，在这一点上，华曦是烂熟于心的。

"算了吧，有吴缨小姐在，你当然找不到自己的家了。"胡蓉伶牙俐齿地紧逼了一步。

"哪里？吴缨属于哥们儿那一类的。"华曦说出这句话的时候，舌头有点发硬。

胡蓉吃吃地笑着，将头埋在咖啡杯里，眼睛直直地瞟着华曦，"吴缨可不是拿你当哥们儿吧，依我看她是把你当成哥了。"

"没有没有，我们以前在博物馆大院儿的时候，是一大帮人天天混在一起，其中有我的女朋友，只是她刚刚出国了。"

胡蓉似乎对此兴趣十足，"一定是你始乱之、终弃之。"

"被抛弃的是我，被玩弄之后就像一件过时的衣服一样被丢掉了。"所有男人对下一个女人的告白永远是对上一个女人的背叛，在这一点上，华曦也不能免俗。

在谈笑间，女钢琴师不知何时已经换上了时下最流行的曲子，悲情的《滚滚红尘》中依旧能听出华丽的指法，在激情的演绎之中，昏黄的灯光下能听到琴弦敲击空气的金属鸣响。华曦此时已经归于了沉寂，只是双眼中开始注满了女人最受用的优雅，一双白皙的大手绞在一起摩挲着釉瓷的咖啡杯，烛光下这幅宛如德加油画一般的情景，让任何饱经风霜的女人都难以自持。

胡蓉喝光了最后一滴绿茶咖啡，舌尖抿掉嘴唇上残余的泡沫，一双杏眼紧紧地盯在华曦的脸上。

华曦此时才注意到，胡蓉今天在黑色的羊绒大衣里，套着一件暖红色的紧身毛衣，领口上扎着一条纯白的丝巾，蜡烛跳动的光芒陷在松软的毛衣里，跃动在起伏的丝巾中。华曦一时间有些冲动，只是瞬间又让自己不被察觉地平静下来。

胡蓉望望窗外的夜色，低声地引导着说："不早了，我们走吧，明天还要工作。"

华曦垂下眼睑，马上露出一副歉意，"我还想再坐一会儿，回家也睡不着。"

"那我陪你，"胡蓉只好被动地坐下。

"不不，你先回吧，我一个人习惯了，再说很久没有一个人出来这样独自坐坐了。"

"你不要让我担心啊，"胡蓉的关切开始变得有些焦急。

"怎么会呢，为了你也不会，我只是想安静地坐坐。"

胡蓉独自走了，望着窗外娉婷的背影，华曦有些怅惘、有些得意。临走时胡蓉脸上瞬间闪过的那一丝失落被华曦清楚地印在脑子里，包括她走出门外时头也不回的身影，她知道，有一双眼睛正紧紧地落在自己的后背上，只是谁都不肯在凝视对方之后戳破双方如天气一样阴冷的矜持。为了这点自尊，为了享受这点骄傲的快乐，胡蓉将腰肢在黑色的大衣中摆动得更加轻盈，华曦则点上一支烟，在烟雾缭绕中独自体味着已经僵硬在脸上的那丝得意。

华曦喜欢一个人发呆的感觉，安静地魂不守舍，像个无形地幽灵一般，任思绪无目的地飞舞。凌红曾经骂他是一个精神世界的巫师，在意念中以摧残自己为乐。只是华曦没有觉得有什么不可理解，既然作为精神动物，人就有权胡思乱想。同学们都在阶梯教室里挥汗如雨地准备考试的时候，华曦则经常偷偷地溜出去，躲在消防楼梯间的台阶上，透过墙上的一扇小窗安静地向外眺望上整个下午。那扇破旧的木窗已经有些油漆斑驳，玻璃裂成了两半，但是透过小窗可以看到一片小小的杨树林，幼小的树干下经常会有些浪漫过头的男女肆无忌惮地谈情说爱。华曦并不想在此偷看别人，只是窗外的那片绿色和弥漫的阳光让他着迷，在这样的下午，思绪可以像蝴蝶一般自由地飞舞在金色的阳光里，没有任何外在的羁绊，只会换来一副轻松过后的难得心情。

坚决支持他发呆的是小美和吴缨，吴缨觉得华曦只有在发呆的时候才像个与众不同的上佳情人，深刻又有些奥秘，而小美则比华曦还爱发呆，她甚至可以发呆到后半夜而忘了蚊虫叮咬。只是今夜在这扇阔大的玻璃窗前，望着外面的蒙蒙夜雨，心情却忽然变得很坏，胡蓉的背影在视界里消失后，华曦反倒觉出浑身充满凉意，柠檬中的那股孤独滋味从唇间渗到心头。

"怎么就剩下你一个人了？"弹钢琴的女人俯在华曦的身边轻声地问道。

华曦忙把思绪收拢回来，"只是想安静安静。"

"那打扰你吗？"

"没关系。"

苍白的女人在胡蓉留下的座位上坐下，"外面在下雨。"

“难得这么安静。”

女人点点头。

“想喝点什么？”

“我只喝白水。”女人指了指自己面前的透明玻璃杯。

华曦点点头，“我喜欢放一片柠檬和几块冰，有点清凉的味道。”

“这天气已经够凉了。”女人幽幽的声音里有些嘶哑，听不出钢琴上的华丽。

女人小口的抿着水，眼皮随着额前的头发疲惫地垂下。华曦发现，面前那双将肖邦演绎地极其华丽的纤长十指，松弛地团在一起，完全看不出在琴键上挑动激情的样子，只是细致描画的银色指甲油传递着一份奇妙的优雅。

“怎么，不想说话？”华曦问道。

“坐坐就好了。”女人平静地回答。

“你每天不是都坐在那里么？”

女人抬起头，眼睛后面闪烁着一丝异样的光，“可面对的终究只是一架冰冷的钢琴。”

走出“歌剧”的时候，夜雨还在细细地从漆黑的天空上飘落。

夜晚两点钟之后的深南中路几乎没有了行人，路面上开始积起了水，将街灯荡漾在柏油路上。华曦随着女人的脚步，一同向着未知的地方缓缓地走去，两个人平静的没有讲一句话，没有为同行找一句借口或是理由，只是任凭雨水渗进外套，感受着这个冬天的全部凉意。

走过一条寂静的大街，转上另一条寂静的大街，女人悄悄地将冰冷的手塞进华曦的手里，华曦无语地接受了这一切，随着女人无声的脚步，牵着女人冰冷的手，机械地穿过大街，走过雨夜，走进女人在数不清的台阶之后的精致家中。在无语的默认中，华曦洗了澡，换上女人准备好的睡衣，爬上女人松软的床，关上房间所有的灯，用两个陌生的身体执行双方默认的动作。女人自始至终没有讲一句话，手和脚都是冰凉的，只有鼻息里发出幽幽地呻吟。

睡梦中，华曦仿佛听见有人在低声地抽泣，起身摸索着打开床头的台灯，赤裸的女人蜷缩在床的角落里，背对着华曦低声说："关上灯。"

"怎么，你不开心？"

女人没有动，"你睡吧，我没事。"

九

华曦收拾了简单的行李，将这几年添置的家具、电器和书连同房子的钥匙留给了房东后，坐大巴到了黄田机场。再过两三天就是春节了，机场里挤满了回家的人们，低矮的候机厅堆满了行李和思乡的情绪。华曦挤到换票柜台上才被告知，自己乘坐的这班飞机因北京大雾的原因延误，对方还没有起飞，目前还不能确定起飞时间。华曦只好悻悻地在寄存处存好了行李，走到在机场外的一条小食街上，胡乱地吃了几口东西，找了个公用电话亭，给吴缨打了电话。吴缨在电话里笑得前仰后合，"我没那么傻，我一早看见外面下大雾，就打电话到机场了，才不会傻呵呵地站在机场门口瞎等。"

华曦放下电话，又拨通了宁绍辉的电话，接电话的人说小宁一早就出去了，不知道去了哪里。华曦让他转告说自己出去过年了，算是提早给他拜个年。之后又给惠惠、叶青几个熟识的人打了一通电话，可都没有找到人。华曦掏钱付了电话费，犹豫了一会儿，又抄起听筒叫通了胡蓉的电话。

"嘿，是我。"

胡蓉听到是华曦的声音，显得有些紧张，"哦，有什么事么？"

"我现在在机场候机，跟你道个别。"

胡蓉在电话那段静默了许久，"打来的电话都是为了道别。真的留不住你么？"

华曦也语塞，停顿了一会儿，华曦低声问道："不想知道我去哪里？"

"既然留不住你，知道去哪里又有什么用呢？"

华曦被胡蓉顶得不知该往下再说些什么，只好匆匆地说："我回来后再给你电话。"

"随便你。"没等华曦反应过来，胡蓉就挂掉了电话。

头顶上的天空阴沉地似乎随时会下雨，机场外是一片空旷的荒地，只有零星的民房突兀地树立在地平线上。在远远的视界里，如同仓皇的蚂蚱般的飞机在起起落落。华曦沿着机场前的这条破旧的柏油路随意地前行，四周渐渐少了人烟，只有路旁的一道铁丝网将繁忙的机场与荒芜的滩涂分隔开来。终于在铁丝网的尽头有一条田间小路折了进去，铁丝网上挂着一块大大的牌子，上面用红油漆写着"机场重地，不得翻越"，字迹已经斑驳褪色，夹板也裂开了口子。华曦在牌子下站立了一会儿，就沿着这条小路一步一步地摸索进去。

机场的铁丝网之外是一大片养鱼塘，这片鱼塘由几个足球场大的鱼塘组成，每个鱼塘之间都互相连通，养鱼人可以划着小木船喂食。鱼塘之间的陆地上有为钓鱼人设的凉棚，高处还有几间休息用的小草屋，不过在这个季节，鱼塘里既看不到一个闲情的钓鱼人，也看不到劳顿的养鱼人。华曦走到池塘边的凉棚里坐下，恰好面对着机场直直的跑道，阴沉的远处，一架波音737缓缓转上了跑道，在一片蒸腾的烟雾中，腾空而起，消失在阴翳的天空里。刚刚恢复了平静，一个巨大的黑影紧擦着华曦的头皮落下，飞机呼啸着在眼前落地，轮胎触地时的瞬间巨响和激起的白烟将华曦惊出一身的冷汗。飞机渐渐地停下来，开始慢慢转弯驶向候机楼，这时另一架等待归家的飞机又转向了跑道。就是这样，一来一往，穿梭不已，华曦慢慢地沉浸在这个世界与天空的交汇处，头脑里简单地像一张飘落在荒芜之中的白纸。

天色渐渐黑了下来，机场和跑道上都亮起了灯。跑道两侧的领航灯笔直的延伸过去，把这个世界改变得无限深远。华曦活动活动有些酸痛的身体，拍拍屁股上的尘土，走回到机场候机厅。

候机厅的问讯处小姐回答华曦乘坐的这个航班已经从前方起飞了，至于具体登机时间还要等候通知。此时候机厅里已经堆满了心急火燎的乘客，由于北方大雾，今天飞往华北一带的飞机全部晚点，北京、石家庄等机场从下午四点钟以后才陆续重新开放。华曦被大厅里的喧闹声吵得有些头晕，于是就乘上扶梯躲进二楼的西餐厅。西餐厅里并不比外面安静多少，虽然价钱贵得离谱，但每张台前都坐满了等待归家的人们，而且空气中烟雾缭绕，充斥着浓浓烟草味道。服务生把华曦引领到一张角落里的餐台边，一对男女正在等待结账。华曦歉意地点点头，对方没有给他任何表示。华曦只好将头转向窗外，因为他理解，在机场里苦苦等候并不属于自己的飞机会是多么恶劣的心情。

华曦坐下后，叫了一份昂贵的三明治和一杯果汁，之后就点着一支烟，细细地在品尝窗外夜色之中渡着无聊的时间。在大学时，华曦的父母最得意他的就是烟酒不沾，当时的研究生院里，不抽烟的男生只有华曦一个。华曦并不是自命清高，只是闻到烟味就会觉得胃口有些隐隐地难受，有些类似轻微呕吐的感觉。所以每当别人递上烟来，华曦总是会歉意地表示无福消受。可自从薛坚来到深圳以后，华曦发现这种生理上的抵触逐渐消失了，而且渐渐喜欢上了烟草的香味。不过他对于点着的烟还只是把玩，不敢真正地大口吸进去，只是愿意闻着它飘散的味道并随着袅袅生气的白烟进入冥想。

服务生在华曦身边大声地问道："先生，能搭个台么？"生硬的命令口吻让任何人都无法拒绝。华曦不置可否地继续欣赏着烟头的明灭，一个穿着明黄色羽绒服和大红围巾的女孩子毫不客气地把几个大旅行包堆到华曦的脚下，之后一屁股坐到对面。

女孩抓过餐牌急急地看起来，一头染黄的碎发散落下来，遮住了大半张脸。华曦发现对面女孩极其瘦弱，翻动餐牌的一双手已经明显暴露出骨骼的形状，透明皮肤下的静脉清晰可见，从大红色的围巾里露出了突兀的肩胛骨。华曦忽然觉得眼前的这一切是如此的面熟。

"雪儿，是你么？"

女孩抬起头，空旷的眼睛里充斥着疑惑。

华曦可以肯定，对面的女孩正是雪儿，在焦黄的乱发下，那张苍白的脸是如此的消瘦，眼眶已经深深地凹陷下去，两只大眼睛无依无靠地暴露在银色的眼影中。

"你是……华曦？这么巧的？"

"是啊，这个世界真小，我们有一年多没见过了。"

寒暄中，尽管已经互相确认，但华曦的眼睛仍无从判断眼前的景象。雪儿比以前还要苍白瘦弱，透明的皮肤紧紧裹住了单薄的骨骼，轻微摆动中的身形如吊在枯枝上的最后一片树叶。雪儿整个人仿佛是刚刚大病一场过后，骨子里的精疲力竭让眼神都显得格外呆滞。

"回家过年么？"华曦谨慎地问候着，唯恐言语不当而伤及面前这个脆弱的小女人。

雪儿眨眨眼，"是回家。"

"我真多余，这里都是回家过年的人。"

"不是回家过年，是回家。"

"有什么区别吗？"华曦疑惑地问。

"回家过年表示过了年还要回深圳，而回家是再也不回来了。"雪儿一字一顿地解释着华曦的疑惑，似乎对面的这个英俊男人只是一头不懂琴声的老牛。

"怎么，想家了？"

"我的家在北京，我恨死深圳了。"雪儿从牙齿的缝隙里挤出了这几个字，细细的眉毛都拧在了一起。

"那阿标呢？"

雪儿听华曦提起阿标，本来迷蒙的眼睛低垂到自己相互纠缠的十指上，"他走了，变成垃圾了。"雪儿慢慢地告诉华曦说，阿标破产了，拖欠了不少货款和工人三个月的工资，后来工人上告他，债主天天堵在门口，连回乡证和护照都被收掉了。十月的一天晚上，阿标喝了很多酒，又吸了大麻，就从二十三层的阳台上飞了下去，正掉到了建筑工地上的钢筋上，再分辨不出人样了。雪儿一个人把他送到沙湾后，他在香港的老婆和债主们都找上门来，要收这套房子抵债，雪儿拿出写着自己名字的房产证才把他们一一抵挡回去，之后就低价处理掉房子和所有的东西，下定决心回北京。

"还回来么？"

"不！"雪儿斩钉截铁地回答着，"最近一两年，我只要睡着，就会想起北京的家里，哪怕是好久以前的一点点小事，都会记得一清二楚。虽说家里人并不在意我，可是我从那时候就渐渐知道，深圳不是我的家。在这儿，我没有亲人，只是当时我离不开阿标，离不开这个死鬼。"

雪儿咬着自己的指甲，费力地整理着自己的思路。

"是啊，有亲人的地方才是家。"华曦诚恳地认同着雪儿的话。

雪儿眼睛里泛起了潮湿，忽然她偷偷笑起来，"你还记得那天晚上我们做了什么么？"

华曦狐疑地摇摇头，无法分辨雪儿在暗指什么。

"那天晚上你抱着我说，你爱我。你不记得了？我可是一直没有忘，当时觉得有些好笑，可是现在却特感动，你还会再说一次么？别怕，我不会较真的，我只是想再听到这句话，让我能再感动一次。"

华曦笑着点点头，"你是真的想听？"

"真的！"

"雪儿，我爱你。"华曦压低声音郑重其事地说，脸上的表情也配合地极其诚恳。

雪儿顿时大笑起来，双手高兴地挥舞着，"你上当了，你那天没说过，你真可爱。"

华曦继续保持着脸上诚恳的微笑，平静地说："实际上，从那天以后，我一直想对你说出这句话，只是一直没有勇气讲出口，感谢你给了我这次机会，让我把憋在心头的话终于讲出来。如果你不信，我还愿意再次重申一次，雪儿，我爱你。"

"这是真的？"雪儿惊奇地愣住了，

"是真的，那天晚上是我在深圳留下的最美好的记忆。"

"不会吧？"雪儿开始变得迟疑了。

这时，机场广播里开始播报飞往北京的班机开始登机，雪儿反应过来，仓皇地说："我要走了，要登机了。"

这是华曦拉住了雪儿那双嶙峋的小手，"雪儿，在深圳这个城市，每个人都在演戏，只有自己才知道真实的一面在哪里，虽然不等走出这扇门，你就会知道刚才也上了我的当，可是我们终究在这个城市里相遇过，让我再次抱抱你来告别吧。"

华曦站起身将雪儿抱在怀里，雪儿顺从地依在华曦高大的身躯上，像寒风中一株枯草。她低低地说："别告诉我你是在骗我，别说，求你了。"

华曦看着雪儿单薄的身体拉着沉重的行李一步一步地消失在回家的人群中，忽然自己的鼻子开始一阵阵地发酸。雪儿眼中的空旷让华曦觉得身上在瑟瑟发抖，在涌动的人流中，华曦忽然感觉自己是一个孤独的行者，早已经忘了家的方向。

　　华曦退掉了机票，搭上了最后的一班机场巴士。在黑暗的公路上，坐在空荡荡的大巴角落里的华曦望着窗外黑漆漆的景物被急速地甩向身后，前方城市的灯火渐渐逼近，虽然并不像以往那么明亮，但是华曦知道，在那一片的灯光里，有他熟悉的街道和熟悉的爱情。

　　从华联大厦到八卦岭，出租车只用了几分钟。可在车上的时候，华曦还觉得无比漫长，当站在空旷黑暗的街道上的时候，他开始犹疑地无法挪动自己的脚步。华曦不敢肯定眼前的黑暗是真实还是幻象，也不敢肯定在电话键盘上按下的号码会不会暗喻着明天。

　　此刻，胡蓉出现在电话听筒的另一端。

　　"是我，"

　　"已经到了？"胡蓉冷冰冰地问道。

　　"已经到了，可是我……"

　　"怎么了？"

　　"我，想见见你。"

　　华曦含混地语音让胡蓉听不太明白，"什么，你在哪里？"

　　"深圳，我在你的楼下，我能看到你窗户的灯光。"

　　胡蓉惊呆了，"什么？骗我！"

　　"不是，我现在就在国际展览馆门前的电话亭里看着你。"

　　"别动，我马上来。"

　　冷冷地街道中，没有一个行人，四周黑暗的厂房像潜伏的危险，让人毛骨悚然。街道上刮起一阵阵潮湿寒冷的阴风，沿着衣领吹进胸口。华曦直直地站在街灯下，像个迷路的孩子在等候亲人的召唤。黑暗中，一个纤长的身影飘过来，停在华曦的面前。胡蓉望着他，什么都没有说，只是那一双关切的眼睛已经足以让华曦崩溃。

　　夜风中，胡蓉挽住华曦的胳膊，"回家吧。"

第十章 夜色温柔

壹

"起床了，大年三十的早晨不许睡懒觉。"胡蓉在床边吆喝着。

春节在阴冷潮湿中悄悄地到了，安静的居然没有引起华曦的注意。每当春节来临的时候，深圳都会变得异常的平静，像坟场一样的平静，没了一点生气。这时，深圳已经成了一座空城，拥挤狭窄的深南中路忽然变得无限宽阔，阴沉的柏油路面像一条腌制的带鱼，被冷落在城市的中央。而每到此时，深圳的天气不是寒风刺骨就是阴雨潇潇，送给所有在深圳过年的人们一副恶劣不堪的坏心情。

华曦回来后，胡蓉把靠北的小房间收拾了一下，临时支了一张小床，让华曦早早洗澡睡下。胡蓉没有问华曦回头的原因，也没有更多亲昵的表示，看着华曦睡下，就回了自己的房间，只是临走时说："睡觉时别插门。"

华曦关上灯，倚靠在有些摇摇摆摆的小铁架床上，点着一支烟，在黑暗中盯着烟头那一点红火明明灭灭，而自己的脑袋里则混乱得像是刚烧开的一锅猪食，混沌不堪。这是一个陌生的房子，身下有一张陌生的床，连窗外偶尔经过的货车引擎声听起来都是那样陌生，唯一熟悉的是隔壁床上的那个女人，两个人用同样的疑惑思考着不同的问题。

沿着窗外望去，黑漆漆的深圳体育馆像个马桶盖倒扣在笔架山的脚下，四周一片漆黑，只有身后的笔架山能大致分出个轮廓。再往远处望去，居然看不到一盏灯光。这时，华曦突然想起了薛坚，真想知道他身边是不是也像这里一样黑暗，能不能在黑暗中找到一点火星再为他点最后一支香烟。

天一亮，华曦就打通了吴缨的电话，虽然自己不知道该如何解释，但总不能让她空等一场。华曦没有解释理由，吴缨在电话里沉默不语，之后就长叹了一声，撂了电话。华曦洗完澡后，见胡蓉还没有起床，就盘腿坐在沙发上静静地等待。电视里没完没了的香港早间新闻陪着华曦快到十点时，胡蓉的房门才吱呀一声打开。胡蓉睡眼惺忪地从里面晃了出来，见到华曦整整齐齐地坐在沙发上，就走过来坐到华曦旁边，两只眼睛还在不住地打架，"怎么不多睡会儿啊，反正已经放假了。"

"睡不着了，你再去睡会儿吧？"

胡蓉摇摇头，"算了，既然起来了就不睡了。我们今天有好多事情要做的，"

"什么事？"

"首先是大扫除啊！过年嘛，然后去买这几天的菜，再不买就要饿肚子了。"

两个人如同小夫妻般地将家里里外外打扫了一番，清理出不少垃圾。华曦讥笑说："真看不出，原来你也是个懒婆娘。"

胡蓉有些难为情地狡辩道："这段时间人家身体不好嘛，哪里还顾得上打扫卫生？"

"准是你不讲卫生，才把男朋友气跑的。"

胡蓉放下拖布，直起腰，一脸严肃。"绝对错误！第一，他只是曾经作过我的男朋友；第二，我只是懒得打扫房间，但他绝不是被我气跑的。"

华曦赶忙吐吐舌头，"别发火，就当我没说。"

中午吃完饭，华曦就打起了哈欠。在厨房里洗完碗筷的胡蓉一进客厅就笑了："晚上不睡觉，白天就成了困猫了吧？老实说，晚上不睡觉干什么来着？"

华曦捂住自己哈欠连天的嘴巴，"在这儿还能干什么？还不是想你来着。”

“我才不会信，想我怎么不过我房间来？”

“你房门锁得那么紧，我怎么进去啊？”

“撒谎！昨晚我根本没锁门。”

华曦脸上青一阵白一阵，不知该如何应对。胡蓉似乎没在意华曦尴尬的表情，落落大方地说：“睡一会儿吧，两点钟起床。”说着就径直回了自己的房间。

华曦走到自己房间门口，被胡蓉叫住，“喂，进来吧，我可不是诚心虐待你。”

华曦愣住了，之后才一步一步挪进胡蓉的房间。胡蓉正站在房间的中央注视着华曦，华曦缓慢地走到胡蓉的面前，伸出双手拢住胡蓉的细腰，把她轻轻地收在怀里，胡蓉顺势把脸藏到华曦的肩上，不让他看到自己抑制不住的那份羞涩。

“可不是我勾引你的。”华曦望着胡蓉耳边泛着金光的茸毛低低地说。

“就是你勾引我，不过我愿意。”胡蓉答道。

“我不用再睡小房了？”

“别臭美，这是中午，晚上继续睡小房。”

华曦一脸冤屈，“为什么？”

“晚上容易犯错误。”

贰

大年三十就这样到了，天上没有雪，地上没有冰，听不到爆竹的声音，也看不到喜庆的笑脸，这就是深圳的春节。在阴冷寂静之中，人们用苍白的心情迎来了一个落寞的节日。如果这只是一个普通的周末，空闲的心情还不会坏到如此彻底，恰恰人们已经从心理上习惯了春节的喜庆和团圆，才使得这座阴冷潮湿的空城变得更加寂寥。

华曦洗漱完毕，见胡蓉已经收拾停当，短短的羽绒服和瘦身的牛仔裤让她显得格外清爽。华曦一脸疑惑，"要出远门？"

"去过年啊，车子马上到楼下了。怎么，不想去么？"

"我刚知道啊，挺突然的。"

实际上，胡蓉早已经和几个留在深圳过年的朋友约好，准备到靠近大亚湾的南澳海岛上过一个与众不同的大年三十，本来想给华曦一个惊喜，只是看他的脸并上没有想像中的那份愉快，胡蓉于是顺口将它变成了自己的工作失误。

"我忘记告诉你了，我们几个朋友去南澳过三十。快收拾收拾吧，多穿点，海上比较冷，不过也别带太多，明天就回来了。"

停在楼下的面包车上还有三个人，两男一女，华曦和他们打过招呼，就躲在车子的最后一排。胡蓉则和那个胖墩墩的女人坐在中间，嘻嘻哈哈地扎在一起。从他们的谈话中可以听出，开车的那个戴眼镜的男孩和胖胖的小女人是一对新婚的小夫妻，而坐在副驾驶位置上的是一个肤色黝黑、高大威猛的男孩，看起来和胡蓉很熟络，只是说起话来细声细语，听上去有点阴阳怪气。

"胡蓉，原来是金屋藏娇啊，怎么不跟我们介绍介绍这位先生？"

"藏什么娇啊？华曦，我的好朋友。"胡蓉故意轻描淡写地说，然后指着那个高大的男孩说："这位是深圳著名的十大帅哥之一，大号李峰，在深圳所有的夜总会里，有人不知道李嘉诚是谁，但绝对没有人不知道峰哥是谁。这位靓女是我的同学，为我们开车的是她的新婚老公倪可。"

胖女孩转过头来，五官笑得拧在一起，"你好，我叫珍妮。"

华曦挨个打过招呼，就安静地坐在后面听他们讲话，既不想插嘴也不知道自己此时到底该扮演什么身份，于是就扭头看着窗外，静静地欣赏着向后掠去的城市风景。

　　车子在山与海之间飞驰了将近两个小时，才在一处破旧客栈模样的地方停下来。众人锁好车，拎着大袋的食物穿过低矮陈旧的走廊，忽然眼前一片豁然开朗。无边无沿的大海从众人的脚下铺展到天边，含糊了世界的尽头。灰色的海水和阴沉的天空合而为一，如同巨大的穹窿诱发无限的遐想，空旷的风声和海浪沉闷的涌动合奏着低沉单调的旋律，只有脚下的岩石上，细碎的白浪溅起又悄悄地落下。

　　一位枯瘦的老人不断地念叨着说如果今天的风再大一些，就万万出不得海了，说着还是让他们几个上了一条小渔船，费力地向海里划去。

　　海上的风虽不大，但是在空旷的海面上却显得如此饱满，让船上的人无法迎着风向呼吸。深灰色的大海犹如一块巨大的绸布在不停地抖动，海水有规则地上下涌动，温柔地戏弄着小船上所有游客的心情。

　　小船将人们送上一座小岛，就掉头返了回去，海天之间，只有那个枯瘦老人的弓形脊背摇摆在起伏的大海之上。华曦注意到，与其说这是一个小岛，不如说这只是飘浮大海中的一片枯叶更准确。它只是露出海面的一块沙洲，表面上铺满了黄色的沙，偶尔有点点绿色的草和棕红色的灌木丛。在岛的高处，有几间只有一人高的木屋，歪歪斜斜的，勉强支撑在海风的吹拂中。除了他们五个人，岛上再没有人迹，只有木屋前的空地上一片燃烧后的灰烬表示这里曾经有过人烟。

　　"我们是来当鲁滨孙的么？"李峰看起来非常不解。

　　"是啊，就是让你来体验野人的生活，"胡蓉答道。

　　几个人观察清楚了地形就开始安排住宿，珍妮和新婚老公抢占了一间看上去最严实的木屋，胡蓉认真地挑了一间，探头进去看看之后喊道："华曦，把行李拿过来吧，就是这间了。"

　　华曦正和李峰站在一起，有些尴尬地不知所措，听到胡蓉的召唤就向李峰礼貌地点点头，和胡蓉钻进了木屋，把李峰一个人呆呆地甩在那里。

　　木屋里只是一张破旧的草席，角落里还有一张小木桌，其他地方全是裸露出来的黄沙，墙角还生长着一丛生命力极其顽强的灌木。这里只有在夏天的周末，才会有些从城市里来的游客，入冬以后根本没有人光顾。可胡蓉偏偏选中了这里，并鼓吹说，在冬天的大海上过大年三十，才最值得纪念。

海上的风比城市里猛烈了许多，气温也低了许多。大家匆匆吃点东西，就都躲进了木屋中。华曦坐在木屋的门口，守望着木屋里的狭窄和大海的辽阔。胡蓉把草席打扫干净，将带来的衣服和旅行包铺在草席上，招呼着华曦，"关上门暖和暖和吧，当心被风吹到。"

华曦没有动，手指了指着远处海天相接处，"这种感觉真奇妙，是在城市里无法体验的感受。"

胡蓉也凑过来，将自己的身体紧紧靠在华曦的怀里，"你看，云彩后边的阳光就要洒下了，之后海面上就会有一小片光亮，鱼儿会聚在这片光亮里，把海水搅得乱成一团。"

"是么？你见过？"华曦分辨着天边海水与阴云的交汇处，看不出有任何的变化，云层像海水一样深厚。

胡蓉迷蒙的双眼凝固在天边的混沌之处，"见过，也是一个冬天，只有我和他两个人。天和海都没有变，都和过去一样，只是心情已经完全变了样。"

"从上岛的那一刻起，就觉得你好像认识这里。"

"岂止是认识，就是在这儿，我第一次听到一个男人对我说，愿意在我身边守上一辈子；就在这间木屋里，我第一次把我的肉身交给了一个男人。对于一个女人来说，怎么忘得掉？可是从第二个冬天开始，一切就那么轻易地变了。一辈子的诺言变成了没有理由的逃跑，可笑的是，他竟然和一个奇丑无比的老女人一起跑了，他在分手一刻居然还想出用这种方式侮辱我，这样的男人真是无耻。"

胡蓉那种总是很和善的脸变得坚毅起来，细细的眉毛紧锁在一起。华曦拍拍她的肩膀，"也许他找到了属于自己的爱情。"

"一个躺在女人怀里的男人不配谈论爱情。他是那种离不开女人但又时时恐惧女人的男人，他唯恐女人霸占了他的自由，但是又时时希望能够在女人身上慰藉他的空虚。在他的心里，只有一样，就是他自己。"

"虽然我不敢肯定，但是我发现你似乎非常恨他。"

"在他面前，我做了一次被贱卖的蠢女人，这是我一生中犯的最蠢的、也是不能饶恕的错误。"

华曦转过身疑惑地端详着胡蓉，"为什么告诉我这些？不怕我在意么？"

胡蓉在华曦的怀里仰起脸，长长的睫毛上挂着亮晶晶的眼泪，"怕！但我无法不告诉你，当我面对你的时候，我无法向你隐瞒这一切。"

当面对着这样一个美丽而悲伤的女人的时候，你无法不坦然地接受了她所说出的任何理由，华曦顺从地答道："在成熟面前，过去只是一段不值得相信的记忆，也许我们可以为此骄傲。"

胡蓉平静下来，但从眉眼之间看得出，她的心绪好了许多，本来有些苍白的脸上也渐渐泛起了淡淡地笑意。两个人安静地倚坐了一会儿，胡蓉提议沿着沙洲的边缘走走，等华曦把木屋的房门关好，胡蓉已经远远地走到了海边。

在阴沉的海与暗黄色的沙之间，有一个女人孤独纤细的背影，深远的天空和水墨般的大海成了她无可替代的背景，在海风的吹动下，几只海鸟在隐约之间自由盘旋，低沉的叫声时隐时现地淹没在大海的呼吸中。华曦被眼前的景色所感动，干脆止住脚步静静地望着，不忍打扰这一切。胡蓉就是这样一个美丽的女人，在小布尔乔亚的外衣下，你无法看穿她的心思，有时你会觉得她如此亲近，似乎能感受到温暖的喘息，有时又会觉得她如此遥远，仿如脆弱的水晶一般无法触摸。在寒冷的海风吹拂下，华曦已经无法判断眼前的感受是否真实，不知道在大年三十的时候，伫立在阴沉而茫然的海边，望着一位孤独的女人背影会是一个预兆还是一句诺言。

胡蓉转过头来，"别站着了，快来看。"

远远的海上，一个黑点浮现在视线的尽头，"看，那是什么？"

"一条船，"华曦肯定地说。

"你肯定？"

"肯定。"

胡蓉摇摇头，"大年三十的时候，谁还会出海呢？依我看，它是一个孤独的行者，正在茫然地寻找未来。"

走过沙洲的一端，沙的尽头是一对黑色的石头堆在海水之间，涌动的海水在石缝里不断地激起些细碎的水花，随着海风飞舞起来，让空气中充满了咸咸的滋味。华曦拉着胡蓉绕开它，走到高坡上，从这里可以看到那几座木屋的背影。

"似乎那个叫阿峰的不太喜欢我，"华曦问道。

"别胡思乱想的，他就是那个样子，总是不讨人喜欢。珍妮是我的同学，又是老乡，所以来深圳后我们就走得很近，不过她是个傻女人，有时候在男人面前会忘了自己，我挺担心她。"

"他老公看上去文质彬彬的，还不错啊。"

"谁知道啊，反正我不喜欢他，总觉得哪里有些别扭。"胡蓉说完，马上又捂住自己的嘴巴，"你看我是不是很八婆？"

华曦拉着她的手将她拽上沙坡，"还是管好你自己吧。"说完两个人都不好意思地笑了。

天色黑了下来后，几个人都聚在一起准备起年饭。外面的海风渐渐猛烈起来，在征得大家同意后，五个人全挤进了珍妮的木屋里，让本来就狭小的木屋显得十分窘迫。尽管条件恶劣，但大家带的食物很丰盛，满满地摆了一桌子。大家互致了问候，李峰就开始向华曦发动了白酒进攻，华曦一时间招架不住，头渐渐地晕了，眼前的人和物都开始晃动起来。胡蓉见状，忙把华曦挡在身后，"李峰，几个人有你的酒量？华曦可比不得你。"

李峰的黑脸拉长了，阴阳怪气地说："胡蓉，这么快就变了，变得不像你了，以前你可不是这样啊。"

胡蓉马上赔着笑脸，"以前还不是这样？"

"以前可一直是别人护着你的，这才几天啊，不光金屋藏娇，还做起了英雄救美的护花使者。"

胡蓉见李峰也带着醉意，忙叉开话头，"好了，救什么美呀，要说救美也是倪可救我们的珍妮啊。珍妮，是不是他经常帮你挡酒呀？"

珍妮幸福地拼命点点头，李峰却撇撇嘴，"珍妮，在这一点上你比胡蓉可差远了，你可是三十年找到一次爱情，胡蓉是三十天找到一次爱情。"

胡蓉手中的酒杯停在半空中，"李峰，这点酒让你喝得很不愉快啊。"

李峰黑着脸，将手中的一杯白酒倒进嘴巴里，"早知道我还真不想喝下这杯酒，与其看着新人笑，不如守着旧人哭春宵。"

"那你算是新人还是旧人呢？"

"我不过是这个世上的走卒一个，来来往往、分分合合，这些红男绿女大多与我无关。"

胡蓉哼地一声笑了出来，"珍妮，他说的这些你信么？再说，珍妮正值新婚燕尔，你在这儿大谈新人旧人的，是不是太煞风景了？"

华曦虽然头有些昏昏然，不过看到他们之间剑拔弩张的样子，顿时也清醒了许多。看得出，李峰也有了些醉意，只是在借着酒劲撒疯。李峰的黑脸费力地扭曲着张不开的嘴巴，桀骜顿挫地辩白着："我说的可是与珍妮无关。"

"那就是说我了？"胡蓉直直地瞪着他。

"说谁谁知道。"

胡蓉将手中的白酒泼在地上，"既然如此，我这杯酒算是给你赔罪了，华曦，我们走吧，这个大年三十，我可不想毁在一杯酒里。倪可，不好意思，好好陪陪我们的宝贝珍妮。"

叁

回到深圳后，胡蓉就变得好像什么都没有发生过一样，又开始变得有说有笑，只是华曦快乐不起来，他总是觉得在与胡蓉之间有一丝阴影存在，是李峰那张黑脸吗？应该不是，华曦自己否定了他，是李峰酒后言语中暗指的那个旧人吗？华曦也不敢肯定，只是每当看到胡蓉那双温情的眼睛时，华曦心里都会闪过一丝疑问，这是真实的么？

春节这几天，天气一直阴冷。两个人躲在家里没有出去，最多就是两个人站在窗台眺望一通这个城市，看着它的灯火在阴云下亮起，直至在黑暗中失去自身的轮廓。胡蓉每天都要等做好中午饭时才肯叫醒华曦，华曦一睁眼就总是见到胡蓉扎着围裙站在床头，像个温顺的小女人。胡蓉喜欢在餐桌上，拄着下巴听华曦天南地北的闲谈，专注的样子足以让华曦谈得更加兴高采烈。看到华曦已经说得口干舌燥，胡蓉起身收拾好碗筷，伸伸懒腰娇媚地说："我困了，想睡一会儿。"

"好啊。"

"你来陪我？"

华曦点点头。

在胡蓉那张温暖的大床上，胡蓉缩在华曦的怀里一声不吭，华曦见她故意装出睡觉的样子，就在她的耳边轻轻地哈气，撩得胡蓉痒痒的。只是胡蓉硬撑着，好像没有任何感觉。渐渐华曦的手开始在胡蓉的身体上游动起来，这是，胡蓉才娇柔地命令道："住手。"

"为什么？"华曦的声音里充满了委屈。

“不方便，医生说这段时间不行。”

“摸摸有什么不方便？”

“你是没什么不方便，我不方便。”

华曦只好傻傻地一动不动，让胡蓉在自己的肩头睡去，直到她睡得沉了，才轻轻地把压酸了的胳膊小心翼翼地抽出来，自己缩到床角随便捡起一本书，没头没尾地读起来。可是没一会儿，胡蓉又回转身过来，重新扎回华曦的怀里，让华曦继续抱着她发呆。

春节假期就是这样一天一天地过去，白天里，两个人总是守在一起没完没了地闲聊，然后由胡蓉下厨简单做点自己的拿手菜；每到晚上，两个人就守着电视机，一边看着乱哄哄的春节节目，一边对装模作样的明星品头论足。入夜之后，华曦就回到自己的小房间，独自在床上看看杂志，或者在黑暗中点上支烟，想想明天的样子。

初七这天，两个人吃完中饭，胡蓉提议出去走走，华曦问到哪里，胡蓉也不知道，于是两个人出了门，就随便搭上一辆公共汽车，任由它不知目的地驶去。这时，街头上的人已经开始多了起来，春节返乡的人们已经陆陆续续地回来了，虽然钱包都是瘪瘪的，不过洋溢着的喜悦还是感染了整个城市的心情。胡蓉和华曦坐在公共汽车的最后一排，像个观光客一样东张西望，觉得车窗外的城市各个角落都透着新奇。华曦将自己道听途说的各类笑话不停地说给胡蓉听，逗得胡蓉不顾旁人的眼色哈哈大笑，只让华曦感觉胡蓉像完全变了个人，没有一点儿淑女的风范。

车子走过东门的时候，华曦突然拉着胡蓉下了车，走到金城大厦的保安室里问问有没有自己的信件。值班的保安认识华曦，低头在抽屉里翻了半天，找出一张明信片递给华曦。华曦一看笔迹就知道是小美。明信片上是一条美丽的欧洲街道，街道两旁是露天的咖啡馆和小书店，悠闲的人们正在散淡地消磨着时光。在明信片的背面，小美的笔迹依旧歪歪斜斜，

“坐在布拉格的街道边，体会波西米亚咖啡里的浪漫，我是小美。布

拉格，捷克共和国”

明信片上没有具体地址，也没有小美的影子，不过华曦能想像得出小美一个人在大街上闲晃的样子，该和她在深南中路上闲晃没有什么两样。

胡蓉在一旁看了看，没有说话。华曦也没有解释是谁寄来的，交代保安替自己保管好以后来的信件，两个人就沿着深南路坐上了回家的汽车。在车上，华曦注意到胡蓉好像不再像刚才来的时候那样开心，双眼盯着车窗外愣神，半晌都没有说话。

吃完晚饭后，华曦主动帮着收拾桌子和洗碗，之后两个人又坐在沙发前扭开了电视。电视里的节目照样是老一套，胡蓉看了一会儿就站起身，"真没劲，还不如听收音机呢。"说着就起身回了自己的房间。华曦愣了一会儿，就蹑手蹑脚走进胡蓉的房间。胡蓉倚在床上，头上带着耳机，一边听收音机一边看书，看见华曦进来就摘掉耳机，身子往床里让了让，腾出一块地方。

华曦在她身边坐下，胡蓉眼角瞟瞟他，继续读自己的书。华曦觉得有些没趣，不过既然已经觉察出来她有些生气，那么厚着脸皮讨好对方也是应该的，"什么书？"

"《挪威的森林》，"

"不错，很好看的一本小说。"

"马马虎虎。"胡蓉不动声色地应付着。华曦接着又试探问道："怎么，生气了？"

胡蓉转过脸来，"生气？没有啊。怎么会这样问？"

"哦，我以为你不开心。"

"为什么不开心？"

"看你不怎么说话，以为下午的时候那封明信片让你……"

胡蓉淡淡地笑了笑："怎么会呢？我没有那么小气，谁还没有点过去啊？"

"不过是一个很要好的朋友，已经移民到欧洲了。"

　　"不用解释给我听的，真的，我不会很在意的。"胡蓉说这话的时候，脸上开始变得严肃起来，"我既然愿意和你坐在一张床上，就不会在乎你的过去，既然我和吴缨都能成为朋友，又怎么会在意一个远在欧洲的女人呢？"

　　华曦无奈地摇摇头，为了胡蓉的执拗。"我和吴缨之间真没什么。"

　　"别解释了，你可以认为没什么，不过你不要低估了我作为女人的直觉。至少我可以断定一点，吴缨被你吸引又很想控制你，在这一点上，我也许比你看得清楚。"

　　华曦一时无语。他不得不佩服胡蓉温顺的表面下那副缜密的心思，在这个城市的女人里，她显得太过聪明了，聪明到让男人有些恐惧，只是她的温婉和典雅又是任何男人都难以抗拒的。华曦脸上很不自在地嗫嚅道："那你说，我们是在恋爱么？"

　　胡蓉本来平静的脸上顿时如结了一层冰，手里的书也被丢在床上，"你怎么会说出这种话？我很下贱么？"

　　"我不是这个意思，只是在此时，我有些不敢相信。那天晚上，我站在机场的候机大厅里，我迟疑着不敢上飞机，真怕这一走就再也见不到你了，可是当到了你的楼下，看着你的窗户还亮着灯时，我真怀疑你会不会下楼来见我。在那一刻，在街道的黑影里，我才懂得了内心害怕的感觉。"

　　胡蓉轻轻地抱住华曦，将头依过来，眼睛里多了一丝温婉，"你呀，只顾自己瞎想。虽然我是一个在别人眼中矜持过头的女人，可是，当我心仪的男人告别远行，宁愿等在我的窗下享受寒风时，我又如何能为了自己的脸面而把他拒之门外呢？爱情对于别人，可能是花前月下的浪漫，也许是命运对我这样的女人开的玩笑，我们只有在这么寒冷的一个冬天，在这么小的一套房子里开始酿造爱情。也许你不理解，就像李峰说我是金屋藏娇一样，为什么两个人这么快就住到了一起？实际上我也不理解。只是为了这份爱情的开始，我已经不再在乎别人的目光。所以，你现在就知道了为什么我们要和珍妮他们一起过年，因为我既想让那个抛弃我的人知道，也想让我自己知道，我又开始了一次爱情。懂了么？傻瓜。”

胡蓉的情绪感染了华曦，他抱住胡蓉的头，让她的卷发在自己的手心里微微荡漾。

“你刚来的那个晚上，听着你在屋子里走来走去，我也很久很久没有睡着。我不知道该怎样面对这份突如其来的爱情。最后促使我下决心的是，我不能让你再一次从我的手心滑走，我不愿意一个人在深圳阴冷的冬天里折磨自己。虽然我们无法从鸿雁传书、眉目传情开始，但是，在深圳，谁又会指望那份虚幻的浪漫呢？”

华曦的手指在胡蓉的脸上划过，从鼻尖到唇边，感受着她美丽的轮廓。“我懂了，只是我真的不知道该如何做得好一些，不知道怎样才能让你感到幸福。”

“已经足够了，我要得并不多，只希望你是个我心目中的男子汉就足够了。”

华曦此时只有用嘴唇紧紧堵住胡蓉的嘴，才不至于让自己的情绪宣泄出来。华曦抱住她，把她团在手心里，听着两颗心脏翩翩起舞，品尝着沸腾血液的热力。在华曦的手中，胡蓉烫得像一串燃烧的火苗，足以烧穿华曦的胸膛，温暖这个阴冷的冬天。

胡蓉从华曦的手里挣脱开，坐在华曦的身上大口喘着粗气，俏丽的小脸涨得通红，“抱歉，我可不是接吻高手。”

华曦倚在床头上，望着坐在自己身上的胡蓉，一贯的自信偷偷地溜到了脸上，“这算什么？”

“这下遇到高手了，我受不了了。”

“怎么会呢？你也是十足的女人啊？”

“当然是，只是以前没有遇到男人。”

华曦轻松地打趣道：“可是好像有人前几天才去做了人流啊。”

胡蓉双手捂住了羞红的脸，“那不过是一次事故，走火而已。”

“原来这样，”华曦又把胡蓉揽到怀里，“你是我们家里没长大的小女孩，哦，不哭。”

胡蓉一时羞得将头扎到枕头下，忽然又抬起身来，眨着眯眯的眼睛郑重其事地说：“你别以为我不像个女人，别看我不爱化妆、不爱逛街，你知道我喜欢买什么么？说出来你可能不会信，我最喜欢买女人内衣。”说着胡蓉跳下床，拉开大衣柜的门，“女人的衣柜是不给男人看的，不过你是例外。”

胡蓉的衣柜里很整洁，长长短短的衣服整齐地挂在里面。不过在其中的一个格子里，吊满了花花绿绿的女人内衣，胡蓉饶有兴致地翻动着，“你不信吧？你别看我平时在家里都捂得严严实实的，可是我最喜欢买内衣了，特别是这些性感的，漂亮不？”

胡蓉一边说着一边还拿出来在身上比划着，“我每次去香港出差，都会偷偷溜出去买自己中意的，我最喜欢的就是这种带蕾丝边的，穿上它是不是特有女人味儿？”

华曦实在不敢相信自己的眼睛，在这个平素里总是让职业套裙或牛仔裤包裹着的女人世界里，居然还充满着如此迷幻的色彩，其中大部分内衣甚至是华曦从没有在现实世界里见过的。

“真不敢相信，我还以为你很老土呢。”

胡蓉一下噘起了嘴巴，“实际上，我是很老土，这几十件内衣前前后后买来有几年了，可是我从来没有穿过一次，我甚至不知道合不合尺寸。我只是喜欢夜深人静的时候，一件件翻来覆去地比划，想像穿上后的不同感觉。但是真要穿上它的时候，我又有非常害怕，害怕这些内衣会把我变成镜子里的影子，关上灯就消失地无影无踪。”

“我真想像不出你穿上它们的样子，不过我敢肯定，一定迷死人。别害怕，大胆穿上让我看看吧，我宁愿被迷死。”

　　胡蓉靠过来，把脸藏到了华曦的耳边，“很抱歉，华曦，我作为女人，这些内衣都是为你准备的，可是我真的做不到，我无法坦然地面对这一切，我对我的身体有天生的恐惧感。我不会游泳，我不穿短裙，甚至换睡衣都是匆匆忙忙的，你发现没有，我的洗澡间里是没有镜子的。不是我的身体有问题，是我无法面对我自己的身体，这是一个无法解释的问题。”

　　“美不美都在自己心里，其他都不重要。自己开心就好了，不要有其他的顾忌了。”

　　“最可笑的是，这些漂亮内衣中的第一件却是先前的那个男人买给我的，那是我们刚认识不久，作为圣诞节礼物送给我的，可惜他从来没有见我穿上它。第一次看到这么小的透明内衣时，我比他还羞，不过从那以后，我就喜欢上它，开始一有机会就去搜罗这些内衣。不过这可是我的秘密，没有其他人知道的秘密，那个男人都不知道，我甚至开始怀疑我有些变态。”

　　华曦笑道：“如果这个城市都已经变态了，那么任何个体的变态行为相对而言都是正常的，这是爱因斯坦相对论的最经典解释。不过你没有和他住在一起么？”

　　“他可没有你那么好的运气，他一直住在厂里的宿舍，我住在你现在睡的那间房，也是那张小床。这套房子是我叔叔的，我自从来深圳就住在这里，现在他的公司搬到上海了，我把它买下来了。”

　　“看不出，你原来还是个小财主。”

　　“只不过是个小女人！”胡蓉低低地说。

肆

　　华曦依旧睡在小房间里，只是每次都要等到胡蓉睡着的时候才会蹑手蹑脚地离开。为什么要离开，华曦也解释不清楚，甚至没有考虑过，只是每当胡蓉枕在自己的胳膊上睡着的时候，华曦唯一的想法就是躲到旁边的小房间去，在黑暗里点上一支烟，就着过去和明天胡思乱想一番在昏昏睡去。

每天睡醒的时候，大多将近中午。胡蓉开工后就没有人叫华曦起床了，华曦已经忘记了时间的存在，每天醒来只是坐在沙发上看着撒进室内的阳光一点点地褪去，直到天色完全黑下来，就该听到胡蓉敲门的声音了。不过，在出了正月里的一天，从睡梦中叫醒他的居然是吴缨。

这天天色将晚，电话响起了，华曦以为是胡蓉有事，就抄起了电话。对方是找胡蓉的，华曦告诉他胡蓉还没有下班后，就突然反应过来，电话里的那个人居然是吴缨，而对方也听出了华曦的声音。

"华曦，是你？你怎么在这儿？"

正当华曦不知该如何作答的时候，吴缨撂掉了电话。华曦顿时呆住了，当大脑还在一片空白时，电话又响了，华曦知道一定又是吴缨。

"华曦，我走了没多长时间，变化真大呀，怎么？这么快就把自己廉价处理了？"

华曦没有吭声，吴缨似乎看到华曦尴尬的表情一样说道："别不好意思了，跟我们说说吧，别让我们心里堵的慌了。"

"有什么好说的？还不是老样子。"

吴缨听到华曦在含混地应付他，马上来了脾气，"电话里不说？好吧，马上到富临酒店来，我在三楼餐厅等你。"

吴缨说完就撂掉电话，华曦匆忙地给胡蓉写了张字条，说有朋友从内地过深圳来，自己去见个面，写完就匆匆跑下楼。刚到大楼门厅，正值胡蓉下班回来，"咦，你去哪里？"

华曦随口把纸条上的话复述了一边，就匆忙地离开，只剩下胡蓉站在大楼门厅的台阶上望着华曦匆忙的背影消失在黑暗之中。

伍

富临酒店辉煌的楼体在罗湖火车站旁显得格外耀眼，特别是在夜色深沉之时，庞大的楼体和星星点点亮着灯火的落地窗，曾让无数的淘金者面对着它的富丽堂皇和高昂的消费产生过无限的遐想。

华曦顺着自动扶梯来到三楼餐厅，穿着大红色锦缎旗袍的漂亮小姐看来已经接到了吴缨的吩咐，直接把华曦领进了包厢。餐桌上坐了七八个人，一见华曦进来，吴缨马上起身迎了过来。

吴缨还是那幅熟悉的笑容，只是看上去红润了许多，细嫩的圆脸闪着亮光，只是彩妆比以前更浓了些。吴缨穿着一件低胸的砖红色毛衣，露着一片白皙的胸口，锦缎的黑色长裙是传统的满清样式，上面绣着大簇大簇的团花，让她看上去透着一股过去不常有的富贵气。吴缨亲热地拉着华曦的手，让她坐在自己的身边，然后大方地给桌上的人介绍说："我给你们介绍，这位英俊潇洒的帅哥是我在深圳的同事，也是我的大哥，深圳有名的建筑设计师，这几年是他一直照顾我。"

华曦一时间感觉无功受禄，只好红着脸点点头，"哪里哪里，是吴缨经常给我做思想工作。"

吴缨接着指着身边一个文质彬彬的中年男人说："华曦，这位是我的老公蒋卓，啊，你还不知道吧，我结婚了。"

华曦惊异地险些跳起来，"啊！突然，"华曦瞬间让自己镇定下来，"太过分了，这么大的事居然不告诉我？什么时候？"

"就在春节，你连一个电话都不打，所以就坚决不通知你。"

华曦站起身与吴缨的新婚老公热情地握握手，打趣地说："蒋先生，非常感谢你，我们大家心头的一块石头终于落了地，我这个妹妹终于嫁出去了。"

对面这个衣着光鲜的男人和华曦的身高差不多，只是比华曦要魁梧一些，虽然肤色看上去有些黝黑，不过穿着举止都很得体，除了嘴角还爆着两三颗青春痘以外，其他地方都让人感觉有些过度成熟。这时，桌子主位上的一位老者发了话，"不过，我倒是想听听吴缨怎么在深圳就嫁不出去的原因。"

吴缨赶忙抓住华曦的手，"就是嘛，你要说清楚，否则我可就没脸回北京了。华曦，这位是我的陈叔叔，也是我的介绍人和证婚人。"

姓陈的老者继续道："我可是看着吴缨从小一点点长大的，出落成今天的大姑娘的。正是她，让我一直遗憾没能生个女儿，不过我可是一直把吴缨当作自己的亲生女儿看的，怎么到了深圳，我的宝贝女儿就成了嫁不出去的处理品呢？华先生，不妨说来让我听听。"

华曦听出老者也没有把玩笑当真，只好继续半真半假地把玩笑开到底了，"陈叔叔，你可能不知道，吴缨在我们那里惹了多少麻烦。自打她一来，公司就没有一天正经办过公，门前人山人海的都是她的追求者，堵在大门那里，让别人以为这里是证券公司。我也总劝她，别挑了，找一个合眼的嫁掉算了，可是她一个都看不上，我们私底下就蹅摸着，吴缨这辈子算是废了，估计很难嫁出去了，今天我真不敢相信她居然已经结婚了。"华曦顺势又握了握吴缨老公的手，"不过，真的委屈你了。"

陈叔叔哈哈大笑，桌旁的人也附和地笑着。后来华曦才知道，其他几位都是从香港赶过来请客的商人，嬉笑过后，他们又谈起了几方合作炒作股票和外汇的事，华曦对此没兴趣，就一直小声地和吴缨聊着天。吃完饭，几个男人要继续找地方谈事，吴缨和蒋卓说："你们去吧，我和华曦去聊天。"

蒋卓和华曦礼貌地握握手，之后就乘电梯上了楼。华曦跟着吴缨沿着扶梯下到一楼的大堂里，在大堂吧的角落里坐下，叫过服务生，吴缨点了一杯果汁，华曦则指了指面前的冰水，让服务生加些冰块。大堂吧里摆放的都是宽大松软的竹沙发，每组沙发边的小桌上都点亮着一盏台灯，让这里荡漾着一股浓浓的书卷气。华曦坐在靠墙的沙发上，吴缨则坐在他的侧面，面对这落地的玻璃窗，窗外是酒店的游泳池。这个时节，游泳池里没有人游泳，只有蓝色的灯光在平静的池水下照射上来，让一池碧水看上去通透怡人。吴缨端正自己的坐姿，两腿并拢，仔细整理好长裙，才拉出了一脸的严肃，"现在老实交代吧。"

华曦怔怔地，"交代什么？怎么像审问犯人似的？"

吴缨笑了，"交代你最近的动向，别想隐瞒，我可基本上都掌握了。"

"我有什么好交代的，你可是变化不小啊，稍不留神就嫁了，一点组织观念都没有，你向谁请示了？谁批准你结婚的？"

吴缨睁圆眼睛，气鼓鼓地叫道："啊，我结婚还要你同意啊？天大的笑话！你连来北京看我一眼都不肯，难道还要我怎么样？"

华曦哑了，不知道该用什么样的言语来面对这个近在咫尺的漂亮女人。吴缨继续说道："你既然眼里没我，就别拦着我嫁人啊，是好是坏我自己担了，不需要指望别人的脸色。"

"蒋先生不错啊，看上去温文大度的。"

"好坏我自己知道。"吴缨心绪恶劣地拦住华曦的评价，"不过，幸好天底下不是就你一个男人，依本小姐的条件，还能马马虎虎地嫁出去，不用死缠着你。"

华曦局促地搓着双手，真不知为何吴缨会如此激动，"你看，开开心心地嫁个好老公，反过来却大叫我的不是，天下有这么不讲理的么？"

华曦这样一说，吴缨却更急了，她凑到华曦的跟前低声地说："春节前你要是来北京的话，那我现在就是你的老婆。"

华曦惊呆了，他下意识地往后躲着。这时，吴缨圆圆的眼睛里流露出了一丝不曾见过的幽怨，"要是你来北京的话，我会跟你从婚礼上跑掉，我已经下了决心。可是，在准备婚礼的时候，你却告诉我，你先逃了。"吴缨端起装满果汁的高脚杯挡在自己的脸前，台灯纱罩下的灯光柔和地洒在她的眼里，反射出一点晶莹的微光。"婚礼是家里人操办的，爸爸妈妈和陈叔叔轮番做我的工作，说蒋卓有多好多好，那个时候，我真希望你能打个电话来说你爱我，哪怕我是排在小美之后，我都愿意。可是连这句话我也没等到。"

"吴缨，我很抱歉，在那个时候，我不知道有个女人在苦苦等我，那时我只有悲伤和茫然。如果当时我知道你即将嫁人，我也不会对你说出我爱你，尽管在心里，我一直把你作为偶像一样地爱着你。"

吴缨哭了出来，在大堂的角落里肆无忌惮地哭了。眼泪从银色的彩妆上淌下，流过鼓鼓的嘴唇，挂在茸茸的毛衣上。华曦不知所措地停在那里，过了一会儿，吴缨才止住眼泪，轻轻地叹了一口气，"哎，这就是命，怎么也改变不了的命。"

"蒋先生看上去也很出色的。"

吴缨摇摇头，"蒋卓是不错，可惜这次婚姻不过是一个交易的副产品，所以两个人结了婚也跟陌生人没什么两样。本来春节前我们都以为父亲要从副部这个位置上退下来了，可没想到父亲不仅没有退，反倒升了部长，倒是陈叔叔退到部里的信托公司做了董事长。蒋卓是陈叔叔的干儿子，陈叔叔退下来的条件就是把蒋卓派到香港，并且希望我俩能够结婚，以后两家的关系就更加紧密了，陈叔叔做什么事也都有父亲撑腰了。"

"你父亲怎么会同意？"

"父亲这次升迁是陈叔叔帮的忙，他怎么能不同意？"

"你呢？"

"你不肯来接我，我只有听命喽。"吴缨露出一丝苦笑，"不过我也有条件，第一我不去香港，第二，让陈叔叔在深圳给我办一家公司，他们都答应了。"

"准备做什么？"

吴缨咧着嘴笑笑，"我会做什么？还不是他们做什么，我就做什么。陈叔叔从信托公司给我弄钱过来，跟着香港那边炒炒股票和外汇呗。反正我也不懂，我已经和宁绍辉谈过了，让小宁过来帮我。"

华曦点点头，"小宁这方面的能力没问题，"

吴缨瞟了瞟华曦，"不过我还缺个帮手，主要是上下联络和应酬的，另外帮我管理这个公司，你看有没有合适的人给我推荐推荐。"

"我认识的人哪个你不认识？你要是看中了谁，我去帮你说。"

吴缨嘿嘿一笑，"我就看中了你！"

"我？"

"是，就你不错。"

华曦刚一愣，吴缨紧接着道："别说我请不起你，光开办费陈叔叔就给我批了五百万，够你花的，再说，赚了钱有你的一份。"

"让我想想。"

吴缨冷笑道："恐怕是回家要和胡蓉商量吧？"

华曦红了脸，嘴巴里支支吾吾地半天没说出话来。吴迎接着问道："告诉我，怎么勾搭到一块的？"

华曦脸沉了下来，直勾勾地盯着吴缨那张鲜红的嘴巴，"真想知道？"

"真想知道！"

在吴缨面前，华曦永远是一个虚伪和真诚的两面体，在顺从的表面总是隐藏着执拗的拒绝，谦卑的表面下又折磨着内心的清高。华曦从没有觉得从内心里和吴缨非常亲近，然而在孤独的时候，第一时间想起的又是吴缨。在从吧台上传来的音乐声中，华曦含混地讲着这段奇怪发生的爱情，在这个阴冷的冬天里的爱情。随着吴缨时刻变化的表情，华曦无法判断自己哪句话是真哪句话是假，在混乱的头脑中，他演绎着吴缨心中激荡着的情绪。

不知何时，蒋卓已经站在了二人的身旁，华曦发现后就止住话头，"不早了，我先走了，你们早点休息吧。"三个人随后走出大堂吧，蒋卓拉着吴缨的手送华曦到酒店大门，临别时吴缨对华曦说："回去后别忘了我的话，好好和胡蓉商量商量。"

华曦点点头："不管怎样，都祝你们新婚快乐，白头偕老。"

吴缨趁华曦钻进出租车的那一瞬间，小声地在华曦耳边说道："你放心吧，我饶不了你。"

陆

回到家里时，胡蓉正依在床上看书，见华曦回来就问道："吃过完饭没有？"

"吃过了。"华曦说完先去洗了澡，洗完后就坐到了胡蓉的身边。胡蓉放下书，将头枕在华曦的身上，眯着毛茸茸的眼说："怎么这么晚啊？刚才我都睡着了，我还做了个梦，梦见你坐在火车上，我在站台上追你，你头也不回地就走了。"

"怎么会呢？我哪里也不会去。"

"是么？"

胡蓉闭上了双眼，吹开了拂在脸上的一缕卷发，嘴巴半信半疑地静止在毫无表情的脸上。华曦马上岔开话题，"你猜我晚上见到谁了？"

"谁？"

"你猜！"

"吴缨。"这个名字从胡蓉的嘴里平淡地滑出，好像没有什么特别之处。

"咦，你怎么知道？"华曦本来想故弄玄虚，可此时吃惊的反倒是他。

"我们通过电话了。"

"你没有告诉过我，"

"你走了以后我们才通电话，怎么告诉你？她打电话来问你去没去？正好我刚进门。"

幸好此时胡蓉看不到华曦的脸，否则华曦能钻到枕头下面去。

"她结婚了，她老公也在，看上去人不错。"

“是么？真要祝福她。”

之后又是两个人长长的静默，半天华曦才说："早点睡吧，明天你还要上班呢。"

胡蓉没有动，由于她的头压在华曦的身上，华曦也愣着一时不知所措，这时胡蓉才低低地说："今天别过去了，睡在这儿吧。"

"你不怕我了？"

"随便你吧。"胡蓉低垂着双眼，把这句话说得极其无奈。

柒

吴缨的公司办得很顺利，宁绍辉跑前跑后地办完了所有的手续。华曦虽然还没有答应吴缨，但吴缨也给她安排了不少活儿，其中吴缨新家的装修和办公室装修自然而然地落在了华曦的肩上。等这两处地方完工时，深圳的天气已经热了起来。

胡蓉还是每天一大早就走，只是晚上回来得越来越晚。现在逐渐到了市场上的旺季，胡蓉加工的这种低频回路控制板销路很好，要货的人每天盯在加工厂门口，胡蓉只好等最后一批货被客户拉走才能回家。回到家后，胡蓉就已经累得睁不开眼了，要是华曦在家，两个人就会倚在床上说说话，要是华曦不在家，胡蓉就早早地睡了。等华曦每天醒来的时候，胡蓉早已经上班走了，因此两个人经常几天说不上一句话。

这天下午，华曦打通了胡蓉的电话，"吴缨搬了家，请我们去她的新家吃饭。"

"我可能要晚点才能去，厂里走不开。你先去吧，记着别忘了买礼物带过去。"

捌

　　华曦在国贸转了半天，也不知道该买些什么当作礼物会比较讨好，只好在公共电话亭里拨通吴缨的手提电话。吴缨一听，马上告诉华曦她也在附近，马上过来，让华曦在原地等她。

　　深圳的夏天来得特别早，虽然刚到三月中，天气却急不可耐地热了起来，好像不早点到就不足以证明自身的存在一般。然而更急不可耐的是深圳的女人，比天气还要急的将夏天穿在了身上，露背的吊带裙和凉鞋已经开始成为大街上的点点风景，让经过了一个冬天压抑的男人们感觉心花怒放，眼睛严重疲劳。华曦站在一小片树阴下，呼吸着有些蒸腾的空气，树阴四周是白花花的阳光，看上去有些心悸。在深圳的三月，正午一点钟的阳光居然奢侈地将街道、建筑和玻璃窗覆盖起来，让缓行的人们躲在墨镜和阳伞的后面，品尝着相对无语或自言自语的快乐。

　　一辆香槟色的丰田轿车停在华曦的身边，吴缨从后窗里探出头来招呼着华曦上车。开车的司机是个身材健硕的年轻人，留着一个板寸头，一副沉默寡言的样子，是蒋卓给她安排的退伍兵，华曦已经见过几次。华曦坐到吴缨的身边后，吴缨就叫司机开去写字楼，之后拍拍华曦的腿说："你客气什么呀？就是约大家一起认认门罢了，买什么礼物啊？我正要找你呢，上午我正在订写字楼的家具，可心里没谱，正想着让你去看看，该买些什么？"

　　车子拐了几个弯，就到了红岭路边的一座大厦下，吴缨的写字楼就安在这里的十八楼，据吴缨说这是陈叔叔给选的楼层，图个吉利。吴缨下了车，司机摇下车窗问道："董事长，我在这里等你？"

　　吴缨略一思忖，"你先回酒店去吧，看看宁总他们是不是要去银行，我回去的时候再给你电话。"

　　走进大堂，看着车子悄然地溜走，吴缨轻蔑地对华曦说："这不过是蒋卓在我身边安排的间谍，送一台车子搭一个奸细，买一送一。"

"对于蒋卓来说是预防万一。"

"预防？我已经在驾驶学校报了名，自己学开车，看他还预防什么？他总不至于每天都从香港回深圳。"

"哈，我看蒋卓娶了你等于是自找了一块心病。"

"他不吃亏，要不然他能从部里的小职员一下子当上香港公司的总经理？"吴缨撇了撇涂抹成暗红色的嘴，"对他来说，扒住了陈叔叔就等于扒住了我，扒住了我就等于扒住了我老爸，他算吃亏么？再说，把我娶到手算是他有艳福了。"

华曦皱着眉头，"我就一直没弄明白，你陈叔叔怎么对蒋卓这么看重，他俩又不沾亲带故？"

吴缨用中指狠狠点了一下华曦的脑门，"你呀，真是块木头！这么简单的道理都不懂？陈叔叔在这个位置上还能干几年啊？谁不为自己留条后路,不留点养老的钱啊？香港公司是部里办的,现在划到信托公司的名下了,掌握着部里的大部分进出口业务和配额，随便转转就可以生钱，这些钱连检察院都查不出。再说了，信托公司还有大把的钱，你说，香港公司总经理是不是个重要角色？"

吴缨得意地用手指在空中划着圈，"我这间公司实际上就是香港公司的税务局，他们要用钱、用配额都要从我这里过账，赚得钱也要从我这儿消化，我就中间坐享其成。谁赚钱、赚多少，都逃不过我的手心，这样我老爸也才能控制他们。懂了吗？"

华曦糊里糊涂地点点头，"差不多，反正挺复杂。"

吴缨的两只圆眼睛笑成了一条缝，"你现在明白我为什么一定要用小宁了，他是绝对好的理财专家，又和咱们贴心。要是真出了事，有人查下来，小宁是自由人，而且出过事了，就让他撒腿一跑，那时我们就把什么事儿都推到他身上，我们最多是管理不善。"

　　说着电梯已经到了十八楼，吴缨的公司占了半层，除了电梯门向右一转就是公司堂皇的大玻璃门。玻璃门上着锁，里面贴着油漆未干的字条。华曦设计这个写字楼的时候，专门征求吴缨的意见，吴缨的意思非常明确，按照五星级的标准将九百平方米的面积分配开就行了。所以华曦在设计时非常自由，墙壁和大理石地面都是纯白色的，只有镶磨砂玻璃的木格门和墙上的书架用的是深色的胡桃木，看上去极其典雅大方。吴缨的办公室在朝西的一侧，落地窗直接俯视荔枝公园，还能清楚地望到曾经生活过几年的博物馆的附楼和宿舍楼。

　　吴缨和华曦走进办公室，反锁上大门。本来就宽敞的办公室由于还没有摆放家具，更显得空旷，虽然地面和玻璃隔断都已经擦得纤尘不染，但空气里却仍旧弥漫着浓重的油漆和天那水的味道，刺的人睁不开双眼。华曦赶忙推开了所有的窗子，让新鲜的空气流通进来，吴缨站在中间捂住自己的鼻子，等华曦逐一打开所有的窗。

　　吴缨的办公室是最里面的一间，门上贴着董事长的标牌，旁边的一间略小一点，门上的牌子上写着总经理的字样。吴缨推开门拉着华曦走进去，站在落地窗前。

　　"这间办公室怎么样？也是能看荔枝公园的。"

　　"不错，"华曦点点头，附和着说道。

　　吴缨转头看着窗外，拉长语调地说："不过，这间办公室目前还没有主人呢。"

　　华曦听得出吴缨话里的意思，故意说："深圳人才多得是，赶紧去招聘啊。"

　　吴缨马上转过头来，双眼直勾勾地盯着华曦的脸，"别跟我兜圈子了，你到底来不来帮我？"

　　华曦笑笑就扭头望向窗外，"深圳人又不止我一个，怎么就选中我？"

　　吴缨伸手拽住华曦的耳朵，愠红了脸，"你可真过分！老是这副吊儿郎当的鬼样子，你还打算让我求你么？"说着，吴缨两手抓住华曦的肩膀，让丰满的身体靠在华曦的身上，"这次你要是不答应，休想以后我还理你！"

华曦拥住吴缨圆润的腰，用温情的眼睛上下抚摸着吴缨红润的脸，"我只想知道，为什么选中我？"

婚后的吴缨比以前变得更加丰满，熟悉的双唇开始充满成熟女人的渴望，只有期盼的眼神依旧是过去的模样，"他们都在利用我，只有你不会。"

"你肯定？"

"肯定！"吴缨坚定地点着头，眼睛和嘴巴里都充满着信心。

"我能帮到你什么？"

"你能让我开心。"

"你不开心么？"

"难道你看不出来么？从你打来电话说不来北京的那天起，我就没有开心过。"

"我还有选择么？"华曦在疑惑中带着无奈，见吴缨摇头，就轻声地说："我答应你。"

吴缨的脸上顿时充满了难以言状的幸福，她闭上双眼，浑身松软地倚在华曦的怀里，一头卷发枕在华曦的肩上，让女人的气息和香水的味道完完全全地包围住他。

从吴缨这次出现后，华曦始终有些惴惴不安，不仅仅是因为吴缨嫁作他人妇，摇身一变成了一个深圳少有的权势妇人，再没了记忆中的那个女孩的印象，也是因为每次见面时，华曦都能感受到她身上发散出来的那股具有破坏力的诱惑，特别是在胡蓉面前接到吴缨的电话时，华曦都无法掩饰内心的伪饰和不安。那个时候，他不敢注视胡蓉的眼睛，不敢体验胡蓉的内心。在入睡时，他总觉得有两个女人在撕扯着他，让他看着自己的肉身变成一块块的血肉，模糊地散在荒芜的地表。在茫然中，华曦几次从睡梦中惊醒，望着身边胡蓉熟睡的样子，听着她有节奏的鼻息，华曦两眼直勾勾地在暗夜里搜寻，寻找着自己失落了的模样，直到天色从窗外渐渐亮起，才昏昏然不知归处的睡去。

在吴缨微微颤抖的卷发中，华曦懂了她的轻松，也懂了她的无助。奇怪的是自从亲口答应了她之后，华曦此时也体会到了这段时间来从未有过的轻松，人类的恐惧来自于对即将发生的一切充满了想像，而这一切真实发生之后，想像的恐惧则瞬间变成想像的快感，这快感是无法类比和用标准判断的，因此，人类就是这样热衷于在血淋淋的想像中折磨自己。

透过玻璃窗的阳光已经被过滤掉大半的热度，但是仍让空荡荡的空间里充满着骚动的暖流，华曦开始用双唇在蓬松的卷发中寻找着耳朵的轮廓，在发丝的撩拨中，把温软的耳垂和镶钻石的耳环含在舌尖里，手也开始在吴缨的细滑的腰间和膨胀的胸口上游动。

钻石在舌尖上带来一点凉意，让柔软的耳垂感觉更加细腻，可以清楚地闻到牙齿划过的痕迹和听到钻石碰撞的清脆声音。来自吴缨身体的热度逐渐传到华曦的舌尖，让他能在女人的体香和香水之外，逐渐嗅到一丝血腥。吴缨的手指爬上华曦的脸颊，从坚硬的胡楂上划过，让皮肉斑驳地发痒。在透过玻璃窗的灿烂阳光中，两个不同心跳节奏的肉体开始黏稠，开始像阳光下的沥青一样变软。

吴缨静静地享受这一切，只有呼吸渐渐变得急促，饱满的胸口在华曦的抚摸下上下起伏。忽然，她从华曦的嘴巴里挣脱，春情的眼睛眯成了细细的样子，把女人的羞涩掩盖在睫毛和蓝色眼影之后，"还没上任就敢调戏董事长？"

"这是总经理的本职工作。"华曦继续追逐着她的耳朵。

吴缨轻轻推开他，将手指压在华曦的嘴巴上，"你知道为什么我要选这里做办公室么？你知道为什么只有这两间房能够看到荔枝公园么？我想让我俩能同时看着博物馆大院，能同时会想起过去我们在一起的那些开心日子，除了你，换了任何人都不会懂。”

华曦远远地望着阳光下博物馆附楼那灰暗的影子，望着那片看上去小小的院子，望着楼顶天台上模糊的水塔和冷却管，过去所有的记忆零零星星地跳出来，形成了一团散乱的片断。

“这一年来，我一直在回忆着过去的日子，可是我从没有理出个头绪，我甚至不能肯定头脑中的印象是真实的，也许有好多都不过是自己的想像，我一度怀疑自己的脑袋出了问题。我不记得曾经做过什么，我不记得我住在哪里，我甚至怀疑是不是真的在那里生活过。”

“这一点都不奇怪，过去的几年没有给我们留下什么，这段时间我经常在想，结婚前的那么长时间我都做了什么，爱过谁？恨过谁？可是除了你之外，一切都是空白。”

华曦捧住吴缨的脸，“我能记起的就是我们在一起的那些日子，你的声音、你的嘴唇和你的身体，我怎么也忘不了。”

“真的？”

“真的。”

吴缨缓缓解开上衣的扣子，“她变了吗？”

玖

两个人从写字楼里出来的时候，太阳已经落到了荔枝公园的树梢上，金色的阳光将大厦的玻璃幕墙染成金黄色。吴缨没有招司机过来，而是搭上了一辆出租车去接胡蓉。在出租车上，吴缨从手袋里掏出口红和粉饼，仔细地补上妆，“我可不想让胡蓉认为我在勾引她老公。”

华曦笑笑没有说话。

胡蓉在车上埋怨华曦没有去买礼物，吴缨在前座上回过头来对胡蓉说：“我们之间还客气什么？你们能来已经给我好大好大的面子了。”

胡蓉说："多不好意思啊。"

下了车，华曦拉着胡蓉的手跟在吴缨的身后，吴缨突然转过头来看着两个人："真肉麻！这么大人了还手拉手，成心气我！"

说着就拉起华曦的另一只手，笑着对胡蓉说："我也要拉，胡蓉你介意不？"

胡蓉笑笑："反正我只能拉一只，他那只手闲着也是闲着。"

吴缨得意地笑了。只有华曦很不自在地领着两个女人上了狭窄的电梯。

拾

华曦和胡蓉回到家里的时候已经将近半夜，由于在吴缨家喝了几杯酒，头有点晕乎乎的，所以回家就一头扎进卫生间洗澡。胡蓉把明天的工作又理了一遍，才把华曦从卫生间里等了出来。

等胡蓉洗过澡出来时，发现客厅和房间里都没有人，走到餐厅里才发现华曦正依在阳台的栏杆上独自出神。

阳台外面是酣睡的子夜，白天翠绿的笔架山现在只能分辨出一个黑魆魆的轮廓，楼下的国展中心和远处的体育馆没有一点灯火，栏杆外的一切仿佛被一张巨大的假面所笼罩，看不出了头绪，也看不出理由。华曦将抽尽的烟头从楼上扔下去，看着烟头的那一点红火被黑暗迅速地吞噬。这时，他觉出了胡蓉已经站在身后。

"想什么呢？"

"没什么，有点头晕。"

华曦转过头来的时候一下惊呆了，在餐厅暗淡的灯影下，胡蓉几乎是赤身裸体地站在阳台的门前，透明的薄纱内衣无遮无拦地暴露出她的美妙身材，身体的每一条曲线都舒展在暗夜的凉风中，虽然在灯影里看不到胡蓉的表情，但华曦面对这样的情景却惊异地瞠目结舌。

“今天是怎么了？”

“有什么奇怪？我也是女人啊。”

华曦把胡蓉揽在怀里，回首望着阳台之外的沉沉夜色，“你看到了吗？深圳的夜晚竟然是如此宁静。”

“因为所有心碎的人们都已经睡了，所有醒着人们都在盼望着心碎。”

华曦沉默了，他将目光放到了夜色深处，在那里，天边仿佛还飘动着一线灯火，他无法肯定，那是灯火的倒影还是城市的眼泪，只是在那飘动的光亮中，他分辨出一点点希望和一点点彷徨。

初稿于二〇〇二年四月十七日